KB183111

모든 아름다움은 이미 때 묻은 것

모든 아름다움은 이미 때 묻은 것

레슬리 제이미슨

송섬별 옮김

모성, 글쓰기, 그리고 다른 방식의 사랑 이야기

SPLINTERS

SPLINTERS
by Leslie Jamison

Korean translation edition is published by arrangement with
Leslie Jamison c/o The Wylie Agency (UK), Ltd.

이오니 버드에게

일러두기

본문의 각주는 모두 이해를 돕기 위해 옮긴이가 단 것이다.

차례

젖

아기를 재우는 그 올빼미 로봇은 뭐지? 아기를 재우는 심장 뛰는 인형은 뭘까? 엄마가 하는 일을 뭐든지 해 주는 1000달러짜리 요람의 이름은 뭐지? 제왕절개 수술 흉터 위로 불룩 튀어나온 살이 사라지기는 할까? 마리나 아브라모비치는 임신중단수술을 몇 번이나 했을까? 차가운 달이 애도하는 달*이라고도 불리는 이유는 뭘까? 날개 달린 개미는 다들 새로운 군체群體를 만들려는 여왕개미일까? 여왕개미는 왜 새로운 군체를 만들고 싶어 할까? 뉴욕 이혼 전문 변호사의 시간당 평균 요율은 얼마일까? 늑대 달**은 내 삶을 어떻게 바꾸게 될까?

* 북아메리카 원주민들로부터 오랫동안 전해 내려오는 월별 달의 이름. 차가운 달과 애도하는 달은 12월에 붙은 이름이다.

** 1월에 붙은 이름이다.

아기와 나는 샴푸, 이앓이 과자, 즉석조리용 오트밀 몇 봉지, 조그만 두 발을 감쌀 수 있는 지퍼 달린 파자마를 쓰레기봉투에 가득 담은 채 서블렛* 아파트에 도착했다. 어느 시점에 슈트케이스가 다 동나서였다.

우리에게는 스크램블드에그와 베이컨 무늬가 그려진 기저귀가 있었다. 어째서 기저귀에 아침 식사를 그려 넣는 거야? 만약 방 안에 다른 어른이 있었더라면 나는 그 사람에게 이렇게 물었을 것이다. 어른은 없었다.

바깥 기온은 해가 드는 곳에서도 영하 7도였다. 우리는 한 달간 기찻길 옆 소방서 근처의 원룸 아파트를 빌려 지내게 되었다. 나는 라즈베리와 여행용 요람을 샀고, 어두운 집 안을 밝혀 줄 흰색 크리스마스 전구들도 샀다. 옆 건물인 소방서에서 한 손에는 사슬톱을, 다른 한

* 임치한 집을 다른 세입자에게 단기로 재임대하는 것.

손에는 치리오스 시리얼을 들고 소방차를 향해 성큼성큼 걷는 소방관이 보였다. 내 아기는 그의 움직임 하나하나를 눈으로 좇았다. 저 사람은 내 시리얼로 뭐 하는 거야?

마침내 목이 메어 온 건, 이혼 변호사에게 "딸이 13개월이에요." 했을 때였다. 알고 보니 이혼 변호사 역시 심리치료사와 마찬가지로 사무실에 티슈를 구비해 놓았지만, 심리치료사들처럼 건네기 쉬운 자리에 두지는 않는다는 점이 달랐다. "분명 어디 있을 텐데요." 빙글빙글 돌아가는 의자에 앉아 있던 변호사가 티슈를 찾으려고 일어나며 걱정스러운 목소리로 말했다. 마치 당신이 우는 게 놀랍지는 않지만, 그걸 위로하는 게 우리 일은 아닙니다.라고 말하는 것만 같았다. 내가 5분간 운다면 그 눈물은 50달러어치일 것이다.

"이제 갓 13개월을 넘겼어요." 나는 우리의 결혼 생활이 실제보다 더 길었던 것 같은 인상을 주려고 그렇게 말했다. 그는 자꾸만 "아기가 고작 한 살이잖아."라는 말을 되풀이했었다. 제일 친한 친구는 "지금 끝내는 게 나아." 했다.

머릿속으로 그와 싸워 보았자 소용없었다. 오로지 아기의 동그란 배가 온 세상처럼 느껴질 정도로 그 애를 꼭 끌어안는 일만이 도움이 됐다. 그럼에도 불구하고, 뭐, 이 일에는 양면성이 있었다.

우리가 빌린 아파트는 길쭉하고 어두웠다. 어떤 친구는 이곳을 우리의 산도産道라고 부르기도 했다. 예술가가 소유함 직한 모습의 아파트였다. 즉, 아기가 살기에 적합한 곳이 아니었다. 커피 테이블은 그저 콘크리트 블록 위에 나무판 한 장을 맵시 있게 올려놓은 것에 지나지 않았다. 이 집에 있는 예술 작품 중 크기가 가장 큰 것은 벽에다 벽을 걸어 놓은 것 같은 새하얗고 커다란 캔버스였다. 때로는 옆집 소방관들이 별다른 이유 없이 사슬톱을 켜기도 했다. 하지만 내가 뭘 알겠는가? 어쩌면 모든 일에는 이유가 있는지도 모른다.

우리의 밤은 인스턴트 라면과 귤로 채워졌다. 겨우내 손가락에서 오렌지 냄새가 풍겼다. 우리 집은 블라인드의 빗살 사이를 통과해 들어온 붉게 점멸하는 사이렌 불빛으로 물들었다. 부엌 조리대는 레드벨벳 케이크 반죽이 남긴 기다란 얼룩과 작고 동그란 베이지색으로 굳어진 팬케이크 믹스 흔적투성이였다. 문제를 해결하려고 뿌린 설탕이 남긴 흔적이었다.

낮이면 내 아기는 나무 마라카스를 들고 묵직한 아트 북 무더기 속에 앉아 낙엽 무더기를 다룬 그림책의 투명한 페이지들을 두들겨댔다. 버드나무, 자작나무, 잃어버린 손모아장갑 한 짝, 잃어버린 열쇠, 그리고 맨 밑에는 조그만 벌레. 내 아기는 말코손바닥사슴 인형을 소중하게 아끼며 듬성듬성하게 난 갈색 털에 뺨을 묻었다. 하지만 나무 실로폰을 들고 있을 때 그 애는 구약성서 속 하느님처럼 굴었다. 그 애가 연주하는 음악 속에서 실로폰이 간신히 살아남을 정도로.

우리가 집을 나온 건 독감이 한창 유행하던 시기였다. 어느 날 새벽 4시에 잠에서 깨니 입안이 들쩍지근한 침 범벅이 되어 있었다. 꿈꾸고 있는 아기 곁을 비틀비틀 지나쳐 욕실로 들어가서는, 동틀 때까지 무릎을 꿇은 채 변기를 붙들고 있어야 했다. 아기가 깨어나자, 나는 바닥을 기어 이 방에서 저 방으로 아기를 따라다니다가 나무 바닥에 옆으로 누워 아기를 지켜보았다. 일어설 힘은 없었지만, 아기에게서 눈을 떼고 싶지는 않았다. 그 애가 자기 입안에 온갖 물건을 집어넣는 바람에 정신이 하나도 없었다. 할 수 있는 일이라고는 회색 담요를 몸에 둘둘 감은 채로 오한과 발열에 시달리며 아기의 장난감 옆에 누워 있는 게 다였다. 아기는 자기가 제일 좋아하는 나무 막대를 내게 주었다. 무지개색 실로폰을 연주할 때 쓰는 막대였다. 바닥에 있던 치리오스 시리얼 하나를 주워서 조심스레 내 입가에 대 주기도 했다.

나 역시 사람들이 말하는 '이혼 자녀'였다. 이혼이 무슨 부모라도 되는 것 같은 표현이다. 아주 어렸을 때, 나는 이혼을 기념하는 이혼식이 있는 줄 알았다. 부부가 결혼식에서 했던 과정들을 거꾸로 되풀이하는 것이다. 제단 앞에서 시작해 잡았던 손을 풀고 각자 따로 복도를 걷는 것이다. 한번은 부모님의 친구에게 이렇게 물은 적이 있다. "이혼은 잘하셨어요?"

C와 사랑에 빠지는 과정은 차근차근 진행되지 않았다. C와의 사랑은 모든 것을 사로잡는, 강렬한, 삶을 확장하는 사랑이었다. 갓 구운 빵을 큼직하게 뜯어내 입안에 욱여넣는 것 같은 사랑이었다. 처음 사랑에 빠졌을 때, 그는 파리의 작은 다락방에 놓인 핫플레이트로 조그만 소시지들을 구우면서 내게 결혼해 달라고 말하는 남자였다. 내가 빨간 소파에서 굴러떨어질 만큼 실컷 웃겨 주던 남자였다. 모로베이 북쪽의 조그만 식당에서 산 훈연 타코를 좋아했던 남자. 어느 서퍼가 혼자 살던 집에 딸린, 우리가 빌려 지내던 차고에서, 뒷마당의 닭들을

가리키던 남자. 파열된 난소 낭종을 찾으려 CT 촬영을 하기 전, 씁쓸한 게토레이 맛이 나는 조영제를 마시는 내 허벅지에 손을 올려놓았던 남자. 로드트립을 떠나던 길에 니티 그리티 더트 밴드Nitty Gritty Dirt Band의 음악을 틀고, 렌터카 대시보드에는 우리의 마스코트이자 믿음직한 안내자 삼아 흑곰 인형을 올려놓았던 남자. 그런 것들은 우리의 것들이었다. 다른 이들처럼 우리에게도 우리의 것들이 무수히 많았다. 그러나 우리의 것은 오로지 우리만의 것들이었다. 이제 그런 것들이 아름답다는 걸 누가 알아줄까?

처음 사랑에 빠졌을 때, 그는 한밤중 라스베이거스의 결혼식장에서 결혼 서약을 한 뒤 골든너겟 호텔에서 룸서비스로 스테이크를 주문하는 남자였다. 제일 좋아하는 스포츠 게임 쇼를 보는 내 옆에 웅크려 눕는 남자, 내 얼굴을 팔죽지에 타투로 새긴 남자, 시끄러운 파티에서 내 귓가에 속삭이던 남자였다.

그는 아직도 그 남자다. 나는 아직도 그 여자다. 우리는 그 다정한 사람들을 배신했지만, 여전히 어디로 가건 그들을 우리 안에 품고 다닌다.

헤어졌던 그 학기—내 삶이 아파트 구하러 다니기, 분노에 찬 문자 메시지, 아기 돌보기, 또는 아기를 어린이집에 데려다주기로 이루어졌던 시절—의 개강일. 카페인을 과다 섭취해 관자놀이에서 맥박이 두근두근 뛰는, 극도로 민감한 상태로 강의실에 도착했다. 학생들은 머리카락을 귀 뒤로 넘기고 손톱 큐티클을 뜯으면서 자기가 쓰고 싶은 글에 대해 돌아가며 이야기했다. 소음순 수술. 만성 통증. 눈사태에 갇히는 경험. 학생들은 몰랐지만, 그들은 전부 내 아이들이었다. 벌집 같은 내 심장에는 그들 모두에게 줄 사랑이 충분했다.

망가진 결혼에서 마침내 빠져나오고 나면 사랑이 뚝뚝 흘러넘치는 것처럼 느껴진다. 적어도 나는 그런 기분이 들었다. 마치 나를 둘러싼 욕조 속 거품 덩어리가 점점 더 커지는 기분이었다. 그 거품을 온 세상에 묻히고 싶었다. 그게 소방서 옆 아파트의 욕조 속 나였다. 우리의 산도 속 모든 방을 돌아다니며 해야 할 일을 하는 나와 내 아기. 아기는 숟가락 걸이에 걸린 숟가락을 꺼내야 했다. 아기용 제깅스 서랍에 있던 아기용 제깅스를 모조리 끄집어내야 했다. 실로폰이 자기한테 뭔가 잘못을 저지른 괴물이라도 된다는 듯 두들겨대야 했다. 아기는 꼭 나한테 무릎 꿇어, 하고 말하는 것 같았다. 바닥에 무릎 꿇고, 귀를 기울이라고.

아기가 조그만 손바닥의 도톰한 밑부분으로 나무 건반을 두들기는 모습을 보고 있으면, 마치 아기 아빠와 함께 그 모습을 보는 것만 같아서 옆에 있는 그의 환영을 향해 고개를 돌리려다가 정신을 차리곤 했다. 모든 행복한 순간 하나하나마다 이런 무게가 깃들게 될까?

이로부터 1년 전, 눈보라가 휘몰아치는 날에 양수가 터졌다. 출산은 한동안은 무사히 진행됐으나 나중에는 아니었다. 갑자기 새벽 2시가 되자 간호사가 내 위로 몸을 구부리고 "손이 더 필요해요."라는 말을 몇 번이나 했는데, 그러다가 손이 더 많이 등장하고, 너무 많이 등장하더니, 전부 심장 박동을 찾아댔다. 그러더니 그들은 나를 들것에 싣고 수술실로 달려가며 외쳤다. "60대로 떨어졌어요! 50대로 떨어졌어요!"

아기의 심장 박동 이야기라는 걸 알 수 있었다.

의료진이 내 하반신에 푸른색 방수포를 덮고는 상체에 마취제가 빨리 퍼지도록 내 몸을 뒤로 젖혔다. 어째서 우리가 이토록 중력에 의지해야 하는 걸까 하고 생각했던 기억이 난다. 과학이 이만큼 발전했는데도 더 나은 방법이 없는 거야? 하지만 주로 나는 그저 아기가 무사하기만을 바랐다.

내 복부를 찢고 아기를 꺼낸 그들은 아기를 방 한구석으로 데려갔다. 담요 속에서 말도 안 되게 조그만 다리 하나가 튀어나와 있는 게 보였다. 줄에 묶인 개처럼 내 양팔이 들것의 수갑에 매여 있는 사이 마취제가 내 혈압을 잡으려 애를 썼다. 혈압 같은 건 알 바 아니었다. 내 아기는 작고, 보라색이었고, 내 품에 안겨 있지 않았다. 내내 나는 몸을 떨고 있었다. 내내, C가 내 손을 잡고 있었다.

혈관 속에서 약물과 아드레날린이 미친 듯 날뛰었다. 아기를 안아 볼 수 있게 된 뒤에야 나는 잠잠해졌다.

출산 병동에서 열린 수유 교육에서 다른 여자들은 프렌치 세일러 목깃이 달린 줄무늬 수유 블라우스를 입은 채 조용히 젖을 빠는 아기를 안고 있었지만, 나는 병원 가운을 훌렁 열어젖혀 아기가 매달려 있지 않은 맨 가슴을 내보이고 있었다. 메시 소재의 파란 팬티를 절개 부위에 두른 붕대 위로 끌어 올려 입은 채였다. 품에 안긴 아기가 젖을 빨지 않고 울자 나는 말했다. "전 레슬리라고 해요, 제 아기가 젖을 안 먹어요." 익명의 알코올중독자 모임에 뚜껑 열린 술병을 들고 간 기분이었다.

수유 교육은 마치 중학교 때처럼, 다른 아이들은 전부 여성성이라는 의례를 수월히 헤쳐 나가는 가운데 오로지 나만 갈피를 못 잡고 허둥거린다는 틀린 생각을 또 한 번 하게 만들었다. 줄무늬 수유 블라우스를 입은 여자들에게는 각자의 문제가 없을 것이라는 확신 역시 틀린 것이므로.

밤이면 병원 창밖으로 우뚝 솟은 엠파이어스테이트빌딩의 작고 노란 사각형 창문에서 새어 나온 빛이 눈 덮인 환풍구와 파이프로 이루어진 미로 같은 지붕 위를 비췄다. 음 소거된 텔레비전에서는 제목이 「미국 최악의 제빵사들」 정도 됨직한 프로그램 속에서 어린이들이 마카롱을 만들고 있었다. 화장실에 갈 때마다 링거 줄이 거치대 기둥에 걸려 꼬여 버렸다. 핏덩이가 타일 위로 뚝 떨어졌다. 작은 아보카도만 한 핏덩이는 젤리처럼 흔들거렸다.

창틀에는 친구들이 보내 준 간식들이 잔뜩 놓여 있었다. 그레이엄 크래커, 캐슈너트, 체더 치즈, 코코넛 워터, 작은 녹색 잎이 그대로 붙어 있는 오렌지. 누군가 맑은 수프를 신청할 수 있는 서류를 건네주었다. 별안간 꽃이 등장했다. 피어나는 큼지막한 백합, 보랏빛 난초, 라벤더색 튤립. 병원에서 주는 푸른 메시 팬티 말고는 다른 어떤 팬티도 도저히 입을 수 없을 것 같았다. 유리 벽이 둘러쳐진 아기 침대 위, 속싸개로 싸인 채 누워 있는 아기는 내 침대 발치에 나타난 신 같았다. 가끔 아기가 눈을 뜨면 온 세상이 멎었다.

캘리포니아에서 어머니가 도착했을 때 나는 풀 먹인 시트 위에 아기를 안고 앉아 있었다. 어머니가 나를 안아 주자 나는 통제할 수 없는 울음을 터뜨렸는데, 당신이 나를 얼마나 사랑했는지 마침내 이해할 수 있어서, 그런 은총을 도저히 감당할 수가 없어서였다.

새벽 3시, 간호사가 병실로 오더니 아기의 황달 증상을 치료하기 위해 빌리루빈 광선을 쏘이러 데려가야 한다고 했다. 그들은 '빌리 조명'이라는 표현을 썼다. 간호사가 "걱정 마세요, 흔한 일입니다." 했을 때에야 내가 울고 있다는 걸 알았다. 뭐라고 설명하면 좋았을까? 흔한 일이라는 건 알았다. 그저 내 몸이 아기와 떨어지길 원치 않았을 뿐이다. 울고 있는 건 내 정신이 아니었다. 내 울음은 근육과 젖으로 이루어진 언어 없는 동굴에서 나왔다. 아기를 내 안으로 도로 집어넣고 싶어서, 잡아먹고 싶어 하는 내 안의 어떤 부분에서 나오는 것이었다.

잠시 후, 나는 링거 거치대를 밀며 복도를 걸어가 신생아실을 찾아갔다. 아기는 조그만 기저귀를 찬 채 푸른 조명 아래 등을 기대고 누워 있었다. 신혼여행이라도 즐기는 것처럼 한 다리에는 담요를 받친 채로, 아기의 살갗은 촉촉한 코발트 빛 세계를 들이마시고 있었다.

퇴원해 집으로 돌아온 뒤, 내 아기는 밤의 솔기를 뜯어 나를 밤의 깜깜함 속으로 끄집어냈다. 새벽 4시에서 7시 사이의 고요한 시간, 아기가 내 품에서 잠든 사이 나는 오스트레일리아 모델 지망생들이 나오는 리얼리티 쇼를 틀어 놓은 채로 거실을 서성이면서, 우리 블록에 있는 집 중 딱 하나 불이 켜진 창문을 보며 누굴까? 그리고, 왜?라고 생각했다. 마치 여태까지 우리가 사는 평범한 세계 속에 보이지 않게 숨어 있던 다른 행성에 착륙한 기분이었다.

사람들은 엄마가 되면 시간, 잠, 자유를 박탈당한 기분을 느낄 거라고 했지만, 내게 엄마가 된다는 건 갑작스럽고 진이 빠지는 풍요처럼 느껴졌다. 잠을 자지 못하니 하루가 더 길게 느껴졌다.

물론, 아기가 걸핏하면 깬다는 이야기는 들어 알고 있었다. 그런데 이제는 그 말조차도 농담 같았다. 애초에 아기를 재우는 게 가능하기는 한 걸까? 침대에 눕힐 때마다 아기는 그칠 줄 모르고 울어댔다. 열여섯 가지 속싸개를 써 봤지만 그중 단 하나도 효과가 없었다. 심지어 간편 속싸개마저도, 적어도 새벽 3시에는 아무 소용이 없었다. 속싸개 날개에 붙은 찍찍이가 미궁처럼 복잡해서였다. 뭘 어디에 붙여야 하는 거람?

아기는 안겨 있을 때만 잠을 잤다. 그래서 C와 나는 번갈아 가며 잤다. 우리 집 빨간 소파는 선명한 오렌지색 도리토스 부스러기며, 내가 기계처럼 쉬지 않고 한 움큼씩 입안에 털어 넣는 바람에 혀에 상처를 낸 신맛 나는 젤리에서 떨어진 설탕 덩어리투성이가 되었다. 스팀 온열기는 마치 그 안에 갇힌 조그만 엘프들이 커다란 망치를 들고 꺼내 달라고 항의하고 있는 것처럼 덜거덕거렸다. 소음이 날 때마다 아기가 깰까 봐 이를 악물었다.

매일 나는 젖병 하나를 채울 만큼 유축하려고 애썼고, 젖 먹이는 시간 사이에 유축하는 빈도가 하도 잦아서 도저히 젖이 다시 차오를 것 같지 않았다. 이렇게 젖병을 채워 둔 덕에 밤마다 몇 시간은 잘 수 있었다. 보통은 내가 아기를 안고 11시, 12시까지 깨어 있고, 그 뒤에 C가 새벽 2시, 3시까지 아기를 보고, 그 뒤에 내가 잠에서 깨 아침까지 아기를 보았다. 때로 그가 내가 바랐던 것보다 더 일찍, 갓 자정이 지난 시각에 부엌에 젖병을 가지러 가는 기척에 잠에서 깼다. 그 기척은 곧 내 차례라는 뜻이었기에, 안 돼, 안 돼, 안 돼, 생각했다. 내 몸이 또다시 대체 불가능해지는 시점이 점점 다가오고 있었다.

아기가 태어나기 전, 나도 둥지 틀기 충동을 느꼈다. 온갖 '물건들'을 갖고 있다면 육아를 해낼 수 있을 것이다. 흘러넘치는 보물창고처럼 그 물건들을 온통 늘어놓으면 될 것이다. 그런데 이 물건들 중 도움이 되는 건 아무것도 없었다! 백색소음 발생기는 일종의 끈질긴 희망을 표현하는 데 지나지 않았다.

아기가 아기침대에서 잠을 안 자요라고 검색해서 나온 결과들은 모조리 내가 이미 클릭해서 보라색으로 바뀐 것들이었다. 어느 날 새벽 3시, 구글에 엄마가 하는 일은 뭐든지 해 주는 1000달러짜리 요람을 검색하면서, 이 1000달러짜리 요람 중 몇 퍼센트가 자정부터 오전 5시 사이에 팔렸으려나 생각했다.

내 딸이 태어나고 첫 몇 주 동안, 나는 뒷문 창가에 놓인 회색 수유 의자에서 살다시피 했다. 냉장고 속은 썩어가는 야망으로 가득했다. 샐러드가 될 예정이었으나 지금은 갈색 액체가 줄줄 흘러나오는 오이, 까맣게 잊어버린 바람에 물러져 가는 딸기, 포슬포슬한 곰팡이가 앉은 마리나라 소스. 딸에게 젖을 물리는 동안 어머니가 물을 끝없이 가져다주었다. 우리 세 사람의 몸은 하나의 수분 공급 체계를 이루었다. 내 눈은 늘 딸의 정수리를 바라보고 있었고, 손가락으로는 젖을 먹다 잠들지 않도록 딸의 뺨을 간질였다. 아기는 예정보다 3주 일찍 태어났다. 작았다.

몇 시간에 한 번꼴로 어머니가 치즈를 작고 네모나게 잘라 얹은 크래커며 청포도 송이, 얇게 썬 사과가 퍼즐 조각처럼 그득 담긴 접시를 내 무릎에 올려 주었다. "먹어야 돼." 그렇게 말한 뒤에는 내 어린 딸을 품에 안고는 아기의 귓가에 속삭였다. "엄마가 널 얼마나 사랑하는지 알지? 할머니는 네 엄마를 그만큼 사랑한단다."

어머니. 내가 열한 살 때 부모님이 이혼한 뒤 우리는 둘이 살았다. 일요일 밤이면 소파에 나란히 앉아 그릇에 담긴 아이스크림을 퍼먹으며 「제시카의 추리극장」을 보았다. 어머니는 두 번째 광고가 나올 때쯤이면 늘 수수께끼를 풀어냈다. 장면의 구석에 놓인 잃어버린 우산, 아니면 살인자가 여성 치과 의사를 설명할 때 "그 남자he"라는 표현을 쓴 바람에 알아차릴 수 없었던 수상쩍은 알리바이를 통해 추리했다. "그냥 운이 좋았지." 어머니는 말하곤 했다. 그러나 운이 좋아서가 아니었다. 진료 예약일이라거나, 학교 과제라든가 친구와의 다툼에 대해 내가 지나가는 투로 흘린 모든 말을 전부 기억하는 그 예리한 눈과 마찬가지로, 어머니가 세계의 세부 사항에 대해 기울이는 꼼꼼한 관심 덕분이었다. 당신은 그 모든 것이 어떻게 진행될지 궁금해했기에 아무것도 놓치지 않았다.

어머니의 살갗에서는 당신이 쓰는 비누의 달콤하고 청결한 향기가 풍겼다. 푸른 통에 담긴, 높이 솟은 광대뼈에 문지르는 차가우리만치 새하얀 푸딩. 어머니는 신선한 갈색 빵을 몇 덩이나 구운 뒤 오븐에서 갓 나온 따뜻한 빵 껍질을 뜯어 내게 주었다.

어머니는 내가 일주일에 한 번 저녁 식사를 요리할 수 있도록 인덱스카드를 스프링 제본으로 엮어 만든 작은 노트에 조리법을 쓰는 것을 도왔다. 소이 크럼블이 들어간 슬로피 조, 부풀어 오른 비스킷과 버섯 수프의 크림으로 만든 캐서롤. 경제학자인 아버지는 전국 방방곡곡을 돌아다니거나 도시 반대편 그의 아파트, 아니면 하늘 위에 있었다. 아버지의 행방을 알기는 어려웠다. 아버지와 나는 한 달에 한 번 같이 저녁을 먹었다. 더 자주일 때도 있고, 더 가끔일 때도 있었다. 아버지는 내가 만든 비스킷 캐서롤을 한 번도 먹어 보지 못했다.

어린 시절 찍은 사진 속에는 엄마가 나를 끌어안고 있는 모습이 여럿 등장한다. 한 팔을 내 배에 두르고, 다른 손으로는 무언가를 가리키며 저것 좀 보렴 말하는 모습. 나에 대한 어머니의 사랑을 이야기하는 것은 동어반복이 될 것이리라. 내가 생각하는 사랑을 정의해 준 사람이 어머니였으므로. 마찬가지로, 우리의 일상적 나날이 내게는 세상 모든 것이나 마찬가지라고 말하는 것 역시 의미 없다. 그 나날이 나를 만들어 냈으므로. 그 나날과 따로 떨어져 존재하는 자아를 나는 알지 못한다.

해 질 녘은 마魔의 시간대였다. 아기는 하염없이 울었다. 젖을 물려 달래는 데도 한계가 있었고, 그 뒤로는 아무 방법이 없었다.

인터넷을 찾아보니, 해가 질 무렵이면 어둠 속에 버려질지 모른다는 원초적 두려움이 고개를 들기 때문에 아기를 안심시켜 주어야 한다고 했다. "걱정 마, 아가." 나는 파자마 차림으로 품에 안겨 울음을 쏟아내는 아기에게 말했다. "널 어둠 속에 버리지 않을 거야." 막상 소리 내 말하고 나니 그렇게 최악인 것 같지는 않았다.

딸의 울음소리에서는 뼈에 닿도록 긁고 또 긁어야 사라질 간지러움 같은 긴박감이 느껴졌다. 울부짖는 소리가 매번 아무 도움이 안 되잖아라는 비난처럼 들렸다. 어느 날 저녁, 나는 마침내 이렇게 쏘아붙였다. "대체 왜 우는 거야?" 아기는 배신당한 눈빛으로 나를 잠시 바라보더니 좀 더 울었다. 고작 생후 11일 된 아기인데! 나는 화해의 선물인 양 젖을 물렸다. 아기는 젖을 먹으려 들지 않았다. 고개를 아기의 얼굴에 바짝 가져가서는, 붉게 달아올라 뜨거워진 그 애의 뺨에 내 뺨을 대고, 아기의 따뜻하고 조그만 눈물방울을 내 얼굴로 문질렀다. 아기에게 내가 영영 떠나지 않을 단 한 사람이라는 걸 이해시켜야 했다.

나는 아기를 안은 채 왼발과 오른발에 차례차례 힘을 실으며 앞뒤로 몸을 흔들었다. 어머니는 새스커툰 북쪽의 농장에서 자란 당신의 어머니가 그 동작을 서스캐처원* 셔플이라고 불렀다고 알려주었다. 그러나 몸을 흔드는 이 동작을 모르는 어머니는 없다. 모든 어머니가 그 동작에 나름의 이름을 붙인다. 때로는 품에 아무것도 안고 있지 않은 여성도 낯선 사람의 아기가 우는 소리를 듣고 본능적으로 그 동작을 하기도 한다.

아이가 울기 시작한 지 몇 시간, 그 울음을 멎게 하려 무슨 수를 써도 통하지 않은 지 몇 시간이 지나고 나면, 흔들린아이증후군**이 왜 생기는 건지 서서히 알 수 있었다. 빅토리아 시대 사람들이 아기에게 아편으로 만든 팅크제를 먹인 이유도 알 수 있었다. 결국 나는 아기

* 새스커툰이 위치한 주의 이름.

** 발달이 다 이루어지지 않은 아기를 앞뒤로 세게 흔들 때 뇌나 척추에 생길 수 있는 심각한 손상.

를 품에 안은 그대로 침실 벽에 내 머리를 쾅쾅 박기 시작했다. 여전히 우리 둘의 몸은 하나의 몸을 이루는 일부분처럼 느껴졌다. 그러나 이렇게 하면 아픈 건 내 몸뿐일 터였다. 벽에 머리를 세게 박을수록, 아기를 더 단단히 안고 있으려 애썼다. 사랑을 담은 두 팔로 아이를 감싸안고 있지만, 그 두 팔은 제정신을 잃어 가는 여자에게 붙어 있다. 어쩌면 아기는 영영 울음을 그치지 않을지도 모르지만, 상관없다, 결국 나는…… 죽을 테니까?

옛 약사들은 아기용 아편 물약에 안성맞춤인 이름을 붙였다. 고요quietness라는 이름이었다.

무슨 일이 일어난 거지? 아기가 울음을 그쳤다. 아기는 잠을 잤다. 잠에서 깼다. 또 울었다. 또 잠들었다. 또 젖을 먹었다. 나는 계속 아기에게 젖을 먹였다. 내 어머니는 계속 나에게 밥을 먹였다.

몇 달 뒤, 부부 상담에서 C는 말했다. "세 사람은 밀실 속 폐쇄된 세계에 들어가 있었어요. 그곳에 내 자리는 없었죠."

마치 아기에게 젖을 먹이거나 아기를 가슴에 안은 채 서성이는 것 외에 하는 일이라고는 아무것도 없는 것처럼 느껴지는 나날이었다. 삶은 그저 내 몸을 아기의 몸에 연결하는 가느다란 젖 줄기, 그리고 중간중간 끼어드는 피넛버터 샌드위치에 지나지 않았다.

어머니는 근처 아파트를 두 달간 단기 임대해 지내고 있었다. 매일 아침 어머니가 오기를 목이 빠져라 기다렸다. 어머니의 존재는 다른 누군가에게 내 몸을 맡길 수 있다는 뜻, 그리고 미안해하지도, 망설이지도 않고 필요한 것을 부탁할 수 있다는 뜻이었다. 로스앤젤레스의 상점에서 사 모은 겨울용품들인 울 소재 터틀넥, 화사한 분홍빛 스카프 차림의 어머니를 바라보며 하루에 백 번 생각했다, 어머니의 절반만 닮을 수 있다면 그것으로 충분하리라고.

어지간한 날마다 우리는 아파트 안쪽, 부엌과 창가 회색 수유 의자 언저리에서만 시간을 보냈다. 아기에게 젖을 물리면서, 겨울바람에 흔들리는 헐벗은 나뭇가지가 거미 다리처럼 가느다란 검은 담쟁이덩굴로 뒤덮인 벽돌담에 탁탁 부딪히는 모습을 보았다.

C는 주로 기다란 복도의 반대편 끝에 있는 거실, 환한 겨울 햇살이 듬뿍 내리쬐는 빨간 소파에서 시간을 보냈다. 그는 일했다. 우리가 집 안 각자의 구석에 자리 잡고 있자면, 노트북 앞에 있는 그의 몸과 수유 의자 위에 있는 내 몸 사이에 이미 존재하는 거리를 그저 인정하는 기분이 들었다.

어차피 나로서는 그 누구와의 관계보다도 자연스럽던 유대 관계, 즉 모녀 관계 속으로 되돌아가는 게 더 쉬웠다. 어머니는 내가 당당하게, 태연하게, 애매모호한 감정 없이 도와주세요라고 말할 수 있는 유일한 사람이었다.

어린 시절, 나는 불행한 결말로 끝나는 동화를 쓰는 것이 좋았다. 용이 모두를 불태워 버렸다. 아니면 왕자를 제단 앞에 세워 두고 떠난 공주가 열기구를 타고 바다를 건너갔다. 어쩌면 이 역시 행복한 결말일지도 모르겠다. 그저 조금 다른 종류일 뿐. 결혼이 아니라, 속박으로부터 빠져나오는 결말. 바구니 너머로 던져 떨어뜨린 모래주머니. 타

올라 실크로 된 열기구를 부풀리는 불꽃.

어른이 된 뒤, 나 자신에 관한 이 이야기—"어린 시절 나는 불행한 결말로 끝나는 동화를 쓰는 걸 좋아했어."—를 하도 많이 한 나머지, 기억의 전당 속을 서성이는 또 다른 소녀를 잊어버리기 시작했다. 이 소녀는 광택 나는 결혼 잡지를 찾아 슈퍼마켓 통로를 돌아다녔다. 페이지마다 머메이드 실루엣이라든지 스위트하트 네크라인*을 가진 드레스, 드레스에 달린 트레인**이 크리스털로 만든 거미줄처럼 잔디 위를 쓸고 다니는 사진이 잔뜩 실려 있었다. 나는 어머니에게 이런 잡지를 한 권 사 달라고 애원했고 어머니는 거부하다가도 결국은 사 주었다. 그렇게, 다섯 살 내 손에 광택 나고 향수 샘플의 향을 풍기는, 전화번호부만큼 두꺼운 잡지가 쥐어졌다.

재미있는 건, 실제 그 잡지를 가진 건 기억나지 않고, 오로지 그 잡지를 원했던 기억만 있다는 점이다. 욕망의 대상이 내 손에 묵직하게 쥐어진 순간, 내 욕망은 더욱 분산되고 성가신, 기억하기 어려운 것이 되어 버렸다.

C를 만났을 때 나는 서른 살이었다. 어리지 않았다. 그러나 모르는 게 너무 많았다. 그때까지는 되돌릴 수 없는 선택을 해 본 적 없었다. 나는 돌이킬 수 있는 것들이 가진 가능성 속에 익사하는 중이었다. 없던 일로 할 수 없는 일이 주는 확고함을 원했다.

* 목 부분이 하트 모양으로 파여 윗가슴과 목이 넓게 드러나는 디자인.

** 웨딩드레스 뒤에 꼬리처럼 길게 달린 천.

우리는 각자가 일하고 있던 작가 공간의 공용 주방에 서 있다가 처음 만났다. 맨해튼 시내의 파티 용품 가게 건너편, 큐비클형 개인 작업실이 토끼 굴처럼 자리한 공간이었다. 바로 아래층은 지금은 사라진 바텐더 학교였는데, 때로 취재를 위한 전화 통화를 할 일이 있을 때면 — 해양 음향 기술자라든지 전생의 기억을 가진 아이의 가족들과 — 나는 그곳으로 내려가서, 아무도 없는 카펫 깔린 공간을, 벗겨져 가는 리놀륨 바 앞을 서성였다.

C가 처음 건 말은 내 타투에 대한 질문이었다. 이 질문을 한 남자가 처음은 아니었다. 그러나 그가 내 타투에 보인 흥미보다, 그의 타투를 향한 내 흥미가 더 컸다. 그에게는 타투가 정말 많았다. 목덜미에 수작업으로 새긴 히브리어 문자. 어깨선을 따라 스케이트보드를 타는 해골. 팔뚝에서 피어오른 백합. 마치 내가 기다란 복도 끝에 서 있고, 타투 하나하나는 열린 문인 것 같았다.

사귄 지 1년이 되었을 무렵, 그가 마침내 팔죽지에 내 얼굴을 타투로 새겼을 때는 우리는 이미 결혼한 사이였다. 그가 헌신한다는 증거 — 나를 자신의 몸 일부로 만들었다는 사실 — 는 도취감과 두려움을 동시에 불러일으켰다. 우리가 한 일을 없던 일로 만들 방법은 없음을 상기시켰다. 우리는 그 무엇도 되돌리지 않을 거라고.

그가 처음 말을 걸었던 그날 오후, 나는 그를 대번에 알아보았다. 《뉴욕타임스 북 리뷰》 표지에 그의 첫 소설을 향한 극찬이 실렸었다. 저자 사진 속 그는 위압감을 주는 모습이었다. 검은 머리, 형형한 눈빛, 타투, 검은 옷. 그는 '이유 없이' 웃어 주지 않는 사람이었다. 그의 무뚝

뚝함은 직접 만났을 때도 느껴졌지만, 한편으로는—불편하게, 짜릿하게—엉뚱함, 열정, 호기심과 공존하고 있었다. 그는 온몸을 흔들며 웃었다. 진짜 웃음이었다. 그는 표정을 숨길 줄 몰랐다. 경멸, 욕망, 분노, 짜증, 그 모든 감정이 하늘을 번쩍 밝히는 번개처럼 얼굴에 번졌다.

세 번째 데이트에서 우리는 캐츠킬산맥에 갔고, 마지막까지 방이 남아 있던 유일한 모텔에 묵었다. 모텔의 이름은 '구름 위의 침대'였는데, 방마다 천장에 각기 다른 하늘이 그려져 있어서였다. 우리 방에 있던 건 그게 다가 아니었다. 방 안으로 들어서며 C는 감탄했다. "시그프리드와 로이*가 굉장히 많군." 온 벽에 호랑이와 함께 위풍당당한 포즈를 취한 시그프리드와 로이 사진이 서른 장은 붙어 있었다. 정말 마음에 들었다.

아침마다 조금 떨어진 곳에 있는 작은 다이너에서 아침 식사를 했다. 커피가 꺼끌거리고 쓰고 뜨거웠는데도 나는 혀를 데어 가며 몇 잔을 내리 마셨다. 잠기운을 가시게 하고 싶어서, 말하고 싶어서, 튼 입술이 따끔거릴 정도로 짜디짠 베이컨을 베어 물고 싶어서, 할 말이 너무 많은 나머지 화장실에 갔다가도 얼른 테이블로 돌아가고 싶어 안달이 나 있어서였다.

C는 당시의 나보다 훨씬 더 많이 살았다. 그건 내가 갓 20대를 벗어났고 그가 40대가 된 지 한참이어서만은 아니었다. 그는 엄청난 비극을 겪은 사람이었다. 첫 아내가 중한 병에 걸려 장기간 투병하다 세상을 떠났다. 그는 골수 이식을 마친 아내의 병실에 머물렀다. 아내가

* 흰 사자와 흰 호랑이를 데리고 다닌 유명한 마술사 듀오.

머리카락을 밀었을 때, 그 역시 머리카락을 밀었다. 아내가 음식을 먹지 못할 때 뭐라도 먹이려 애썼다. 보험회사가 보험금 지급을, 처음이 아니라 스무 번째로 거부하자 그는 주먹을 휘둘러 벽에 구멍을 냈다. 죽은 아내 이야기를 할 때면 고유한 질감과 진실성이 느껴지는 깊은 존중을 담았다. 그는 나 역시 그녀를 사랑했을 거라고 했다. 그녀도 나를 사랑했을 거라고 했다. 우리 둘이 친구가 될 수 있었을 거라고 했다.

아기가 생후 5주가 되었을 때, 소아과 담당의한테서 갑상샘 문제로 연락이 왔다. 세 번째 이상 소견이었다. 사전 선별검사는 모두 별 이상 없는 결과가 나왔지만, 몇 가지 빗나간 소견들이 있었다. 걱정할 일은 아니라고 의사는 말했다.

처음 이상 소견이 나왔을 때 의사는 "분명 아무것도 아닐 겁니다." 했다. 두 번째에는 "아마 아무것도 아닐 겁니다." 했다. 이번에는, 나쁜 소식도 있고 좋은 소식도 있다고 했다. 나쁜 소식은 뉴욕대학교의 소아 내분비과 의사가 내 딸의 수치에 대해 무척 걱정한다는 거였다. 좋은 소식은 그 의사를 당장 만날 수 있다는 거였다. 그러니까, 한 시간 뒤에.

택시를 타고 맨해튼에 도착하기까지, 미친 듯이 몇 번이나 검색해 보기에는 충분한 시간이 걸렸다. 선천성 갑상샘저하증은 생후 며칠 내로 치료하지 않으면 사라지지 않는 선천성 결함을 유발할 수 있다. 내 한쪽 옆에는 아기가 탄 카시트가 놓여 있었다. 다른 한쪽 옆에는 어머니가 앉아 있었다.

병원에서는 아기의 자그마한 팔오금에서 피를 여섯 병이나 채혈

했다. 그렇게 조그만 지혈대가 있다는 것도, 또, 어느 시점부터는, 아기의 몸에 남은 피가 아직 있다는 사실도 믿기지가 않았다. 아기의 첫 번째 혈관이 터지자—마치 내 아기가 세상에서 가장 조그만 약물 중독자라도 된다는 것처럼, 혈관이 터졌다는 말을 들었을 때 도저히 믿기지 않았다.—의료진이 아기의 팔에 특수한 광선을 비추며 살갗 아래 거미줄처럼 얽힌 다른 혈관을 보여주었다. 의사는 내 딸의 수치를 설명할 가능성이 몇 가지 존재하지만—단백질 결합이 어쩌고, 코르티솔이 저쩌고—선천성 갑상샘저하증을 거의 확신한다고 설명했다.

"그래도 아기는 괜찮겠죠?" 나는 지나친 검색으로 충격을 받은 어머니의 눈으로 의사를 빤히 보며 물었다. "이미 뇌 손상이 온 건 아니잖아요, 그렇죠?"

긴 침묵이 흘렀다. 1000초, 어쩌면 5초.

한참 만에야 의사는 입을 열었다. "아무것도 장담할 수는 없습니다. 하지만 제 생각으로는……." 의사는 또 한 번 말을 멈추고 신중히 표현을 골랐다. "아기가 괜찮을 가능성이 상당히 높습니다."

침묵 말고는 아무 소리도 들리지 않았다. 나는 우는 아기의 벌린 입에 대고 울었다. 아기의 조그만 얼굴이 내 눈물 콧물로 범벅이 되었다.

의사는 자신이 선천성 갑상샘저하증을 거의 확신한다는 말을 한 번 더 반복했다. 무척 희귀한 경우라 출생 직후에 잡아내지 못했다고. 이 병이 아기의 뇌에 이미 미친 영향을 정확히 알 수 없다고. "만약 이 진단이 틀린 거라면, 전 세상에서 가장 행복한 사람이 될 수 있을 겁니다." 의사는 말했다.

다음 날, 채혈을 한 번 더 해야 한다는 연락이 왔다. 그다음에는 또 피가 필요하다고 했다. 어느 날에는 간호사가 "이렇게 작은 아기한테서 이렇게 많은 피를 뽑아 본 건 처음이에요." 했다. 아기는 내 품에 안긴 채 말도 안 되게 반짝이는 눈으로 나를 올려다보았다. 내가, 이 아이에게 왜 이런 짓을 하는 거지?

채혈, 애매한 결과, 또 한 번의 채혈, 전화기 옆에서 기다리다가 끝없이 메모를 휘갈겨 쓰기로 이루어진 나날이었다. 10학년 때 익힌 완벽한 필기법이 도움이 되었다. 갑상샘과 관련된 보기 흉한 암호로 가득한 메모였다. 총 T4. 유리 T4. T3 흡수 지표. TBG. TSH.

어느 날 밤 나는 C와 대화를 시도했다. 내가 얼마나 큰 걱정에 사로잡혀 있는지 전하려 했다. 그런데 내 말은 마치 그를 비난하는 것처럼, 그에게 퀴즈를 내는 것처럼 들렸다. 총 T4와 유리 T4의 차이를 알아? 어째서 갑상샘이 호르몬을 분비하지 않는데도 신생아 선별검사에서 TSH가 정상으로 나왔는지 알아? 밤에 잠을 잘 때, 아기가 내 옆에서 젖내 나는 숨을 내쉬며 헤아릴 수 있는 꿈에 빠져 잠들어 있을 때, 감은 눈꺼풀 안쪽에 새겨진, 이미 클릭해 보라색으로 바뀐 링크들이 당신이 눈 감을 때도 보여?

나는 내 걱정을 그와 나누는 법을 몰랐다. 내가 아는 건 오로지 걱정을 탑처럼 내 주변에 켜켜이 쌓는 것뿐이었다. 혹시 이 모든 수치들이 그에게 또 다른 수치들을, 병원에서 보낸 다른 나날들에 대한 기억을 불러일으키는 건 아닌지 묻지 않았다. 혹시가 아니었겠지. 분명 그랬을 것이다.

그렇게 한참의 시간이 흐른 뒤에야, 마침내 내분비과 의사에게서 내 아기가 선천성 갑상샘저하증이 아니라는 연락을 받았다. 그저 단백질 결합, 그러니까 우리가 틀리길 바랐던 최악의 상황이 아니라, 틀리길 바랐던 그나마 양호한 상황이라고 했다. 뇌 손상을 걱정할 필요는 없었다.

나는 아기를 품에 안은 채 거실에 서 있었다. 어머니는 문간에 서 있었다. C는 소파에 앉아 있었다. 나는 의사가 하는 말을 들리는 대로 영수증 뒷면에 모두 받아썼다. 유리 T4 0.73. TSH 5.2. 총 T4 3.43. T3 흡수 지표 68. 전화를 끊자마자 어머니에게 의사의 말을 전했다.

그 뒤로 몇 달간, C는 끊임없이 그때 이야기를 했다. "우리 아기가 무사하다는 소식을 듣자마자 어째서 어머님께 먼저 말한 거야? 어째서 내가 아니었어?"

때로 나는 아기가 온전히 내게만 속한 것 같다고 느꼈다. 때로, 아기가 내 옆에 놓인 아기 침대에 누워 자고 있을 때면, 내 몸에 남은 흉터를 어둠 속에서 손가락으로 쓸어 보았다. 굵게 꿰맨 자국, 절벽 사면에서 튀어나온 바위처럼 흉터 위로 불룩 솟은 살. 그 기다란 흉터는 내 몸속으로 이어지는 구멍이 아닌, 다른 세계로 들어가는 입구처럼 느껴졌다. 아기가 온 세계.

처음부터 내 아기 안에는 선함이 존재했다. 내가 만든 것이 아님을 나는 알았다.

아기의 몸이 아기띠로 안을 수 있을 만큼 자라자, 나는 종이접기를 연상시키는 신축성 있는 천 소재 둥지 속에 아기를 넣고 품에 꼭 붙인 채 어디건 함께 다니기 시작했다. 추운 바깥을 몇 시간이나 서성이다 돌아오면 손가락에 감각이 없었고, 그때마다 내가 얼마나 간절히 집을 벗어나고 싶었나 생각했다. 아기의 손가락도 확인했다. 그러나 내 다운재킷 안에 파묻힌 채 가슴에 안겨 있던 아기의 몸은 따뜻했다.

산책하면서, 여태까지는 몇 년이나 있는 줄도 모르고 지나치던 나무들의 이름을 배웠다. 단풍버즘나무, 은단풍나무, 비술나무. 아기방 창밖의 헐벗은 가지에서 움이 트고 꽃이 피는 모습을 바라보며 내 첫 후원자*가 한 말을 떠올렸다. 그저 씨앗이 자라 나무가 된다는 사실이 그녀가 믿는 신이라고 했다. 그녀가 믿는 신은 수염 난 할아버지의 유령 같은 신체가 아니라, 이 부조리하면서도 엄청난, 눈에 뻔히 보이는 곳에서 일어나는, 과격한 동시에 흔하기 이를 데 없는 변신 속에 살아 숨 쉰다.

매일, 매시간 아기와 함께 있으려면 면밀한 주의가 필요하고, 이때 주의는 아기를 향한 것—아기가 침대 모서리에 얼마나 가까이 굴러가는지, 아기의 눈꺼풀이 파르르 떨리는 건 잠에서 깨려는 건지 아니면 그저 꿈을 꾸고 있는 것인지—뿐 아니라 다른 모든 것을 향한 것이기도 했다. 이런 온갖 사소한 것들에 주의를 기울이는 일 외의 다른 모든 일들은 지루하기 짝이 없을 뿐이었다. 어둠 속에 오래 있다 보면 앞이 잘 보이는 것과 마찬가지로, 내 시선은 더욱 민감해졌다.

아기가 태어난 뒤 첫 몇 달 덕분에, 다시금 하루하루가 보였다. 모든 게, 우리 일상을 이루는 천편일률의 순간들이 별안간 그곳에 존재하

* 알코올중독 회복 모임에서, 이미 회복의 단계를 거친 사람이 단주를 시도하는 회원의 후원자가 되어 회복 과정을 완수할 수 있도록 도와주는 것.

게 되었다. 젖을 먹던 아기가 입가에서 젖 방울을 졸졸 흘리며 킥킥 웃는 모습. 아니면 비 내리는 오후, 잠든 아기를 아기띠로 안은 채 몇 킬로미터나 걷고 있자면 우리의 살갗에 떨어지는 바늘 끝만 한 이슬비. 아기의 숨결이 내 갈비뼈에 닿으며 부풀어 올랐다. 플리스 안감을 댄 손모아장갑 속 아기의 손은 잠에서 깰 때면 새처럼 움찔거렸다.

아기와 보낸 첫 나날은 과잉이고 환각이었다. 엄청났지만, 그 나날을 표현할 언어를 찾으려 들면 전부 별것이 아니었다. 젖과 기저귀, 젖과 기저귀, 젖과 기저귀. 아기를 돌보는 일이라는 놀라운 발견은 놀랍다고 말하기에는 부끄러운 것이거나, 솔직히 말하면, 발견이라고 하기도 어려운 일이었다. 애착은 모든 사물을 거짓된 비범함의 광채로 물들인다. 사랑에 흠뻑 취한 내 눈은 무언가가 정말로 볼 만한 가치가 있는 것인지 분별할 수 없었다.

나는 이미 12단계 회복 모임에 참여하면서, 내가 경험하는 모든 건 과거에 누군가에 의해 경험된 일임을 배웠다. 이 배움 덕분에 부모가 될 채비를 할 수 있었다. 부모 되기란 독창적인 일이 아니다. 모두가 아기를 갖는 건 아니지만, 모든 사람은 한때 아기였다. 그렇기에, 애초부터 전혀 독창적인 일이 아니다.

아기와의 나날을 일기장에 조금씩 기록하다 보면 내 안의 비평가와 엄마가 다투기 시작했다. 비평가는 서정적인 세부 사항을 선택하고 싶어 하지만—내 딸은 젖은 벚꽃 송이들 속에 작은 손을 파묻었다.—내 안의 엄마가 선택하고 싶어 하는 것은…… 전부 다였다. 그녀는 선택하지 않기를 원했다.

한편, 제3의 자아—몇 주째 하루에 고작 몇 시간 눈을 붙인 여자—는 시간을 훌쩍 뛰어넘어 20년 뒤 미래로 가고 싶어 했다. 이런 나날들 속에 갇혀 있는 게 아니라, 이 나날을 전부 기억하는 미래로.

한밤중, 지구 반대편에서 벌어지는 동계올림픽 중계를 보고 있을 때면 내 딸의 젖내 나는 숨결이 내 뺨에 훅 끼쳤다. 나는 게슴츠레한 눈으로 황금 시간대가 아닌 새벽 3시에 방영하는 아무 중계나 봤다. 2인 봅슬레이, 스켈레톤 챔피언십, 아이스댄싱, 다운힐 스키 훈련 중계.

풍부한 젖으로 가득한 밤, 구겨진 옷, 갈라진 입술과 축축한 브라, 증기 난방기가 내뿜는 열대의 호흡으로 이루어진 우리의 따스한 은신처는 텔레비전 속, 뽀드득거리는 흰 눈으로 뒤덮인 먼 곳의 슬로프, 얼음과 레일 위를 긁고 가르는 스키와 보드와는 정반대처럼 느껴졌다. 그들은 찬 공기 속에 입김을 내뿜었다. 그들의 회전은 절도 있으면서도 가차 없다.

성인이 된 뒤로 나는 줄곧 시간이 다른 것, 특히 예술로 변환할 수 있는 자원이라 여겼다. 시간은 내 무한한 야망의 수단이었으며, 내 야망은 세계를 이루는 물질들을 이해하고 이로써 내 존재를 합리화할 방법을 만들겠다는 정신 나간 시도였다. 살아 있는 일은 어째서 내게 살아갈 자격이 있는가를 끊임없이 합리화하는 과정을 수반했다. 한 번에 가로대 하나씩 놓아 거대한 틈을 넘어갈 다리를 짓는 것처럼.

그러나 아기가 생기자 시간은 이제 어떤 성취를 수호하는 부적인 양 거래되는 화폐가 아니라, 헤치고 나가야 하는 것, 물처럼 헤엄쳐야 하는 것이 되었다. 중요한 건 그저 한 시간 한 시간을 움직여 나아가는 게 다였다. 그게 우리의 유일한 할 일이었다. 해방감과 소진감을 동시에 안기는 일이었다.

나는 언제나 할 일 목록과 효율성을 중시하는 사람이었다. 그런데 이제 이 작은 생물을 살아 있게 하는 것 말고는 온종일 아무것도 하지 않다시피 했다. 내 하루의 리듬은 단순했다. 왼쪽 가슴, 오른쪽 가슴. 왼쪽 가슴, 오른쪽 가슴.

상어에게 출산은 일시적인 식욕 억제제로 작용하고, 그렇기에 새끼가 잡아먹히는 일이 없다는 이야기를 들은 적 있었다. 그런데 나는 여전히 배가 고팠다. 간절히 글을 쓰고 싶었다. 글쓰기가 최고조에 달한 순간이면, 글을 쓴다는 것이 나 자신보다 더 큰 무언가에 닿는 일 같다고 느끼기도 했다. 그러나 아기가 태어난 직후의 나날 동안에는, 나, 내 집, 내 아기 같은, 끝이 어디인지 알 수 있는 것들보다 더 큰 무언가에 닿는 기분은 도저히 들지 않았다.

일, 여행, 강의, 마감에 온몸을 던질 수 없는 이상, 내가 이룬 삶을 속속들이 바라볼 수밖에 없었다. 이 남편, 이 결혼. 매일 느끼는, 떠나고 싶은 욕망은 도저히 무시할 수 없었다. 아기를 데리고 추운 동네를 서성거리다가, 점점 커지는 동심원을 자꾸만 만들며 집으로부터 멀어지고 싶다는 욕망.

C를 만난 직후, 몇 년 전 그의 첫 소설이 출간되었을 때 《뉴욕타임스 매거진》에 실린 작가 소개 기사를 찾아 읽었다. C는 기사를 쓴 작가에게 자신이 태어나 어린 시절을 보낸 도시인 라스베이거스를 구경

시켜 주었고, 부모님이 운영하는 전당포도 보여주었는데, C가 노숙인을 마주칠 때마다 걸음을 멈추고 그들을 선생님Sir이라 부르며 돈을 주는 바람에 작가는 자꾸만 그를 놓치곤 했다. 그것이 내게 가장 인상 깊게 남은 이미지다. 인파로 가득한 거리, 돈을 물 쓰듯 쓰는 이들과 몽상가들로 가득한 인도에서, 자기 기사를 써 줄 작가를 나 몰라라 한 채, 주머니를 뒤져 동전을 찾고, 보이지 않는 여백으로 굴러떨어진 모든 이들의 얼굴에 대고 말을 걸고, 그들의 눈을 마주 보며 선생님, 선생님, 선생님, 부르는.

우리가 사귄 지 얼마 안 되었을 때, C는 자기가 쓴 소설을 내게 선물했다. 라스베이거스를 다룬 장편소설로, 등장인물 대부분은 라스베이거스스트립의 그늘에서 살아남고자 분투하는 이들이었다. 피어싱을 잔뜩 한 채 카지노 벽에 기대서서 작은 봉지에 든 소스를 목구멍에 털어 넣는 가출 청소년들. 월경이 끊긴 이유는 자신이 10대 마녀이기 때문이라 믿는 깡마른 소녀. 자기 얼굴 사진이 실린 우유 팩 속 우유를 아기에게 먹이는 상상을 하는, 임신한 가출 청소년.

C는 내게 준 책에 메모를 잔뜩 남겨놓았다. 여기까지 읽었어? 여기서부턴 훨씬 더 재미있어질걸. 뒷날개에는 10년 뒤, 우리가 함께이건, 헤어졌건, 이 메모를 다시 보고 웃을 수 있기를 바란다고 쓰여 있었다. 슬프겠지, 헤어진다면, 그래도 멋진 추억, 그리고 애정, 사랑스러운 기억들은 영영 머무르겠지.

C는 농구화와 보데가*에서 파는 먹거리를 좋아했고, 커피보다는

* 주로 뉴욕 길거리에 있는 민족적 특색을 갖춘 작은 구멍가게.

탄산음료를 좋아했다. 쉽게 모욕감을 느꼈고, 직언을 일삼았다. 힘든 일이나 위기를 두려워하지 않았다. 어려움 앞에서는 더 강해졌다. 언제나 패배자들의 편이었다. 그는 「금지된 사랑」에서 존 큐색이 맡은 배역인 로이드 도블러를 좋아했다. 졸업생 대표를 맡는 아름다운 우등생과 사랑에 빠져서, 헐렁한 베이지색 블레이저와 클래시 티셔츠 차림으로 그녀의 방 창문 아래 서서 붐박스를 머리 위로 힘껏 치켜든 채 구애하는 킥복싱 선수였다.

사귄 지 얼마 되지 않았을 때 C는 내가 기적적인 존재라고 했다. "당신은 인간이라는 종의 미래야." 그렇게 말했다. 같이 자지 않는 날에는 매일 아침 눈 뜨자마자 서로에게 문자 메시지를 보냈다. 한입에 꿀꺽 삼키고 싶은 사람. 내 돌고래. 그는 그렇게 썼다.

사귀기 시작하고 몇 주 뒤, 처음으로 C에게 내 식이장애 이야기를 했을 때, 그는 내가 아플 때 체중이 얼마나 나갔는지 물었다. 대답하고 있는데 그가 내 말을 끊더니, 전 아내가 삶의 끝 무렵에 체중이 얼마나 조금 나갔는지 말했다. 살갗을 뚫고 들어가는 가시처럼, 고통스럽기 그지없는 그 기억이 그의 온몸을 꿰뚫었으리라. 그렇기에 도저히 그 말을 입 밖에 내지 않을 수 없었을 것이다. 그 순간, 그리고 그 뒤로도 여러 번, 나는 내 삶의 모든 것들이 그가 견뎌낸 일들에 비해 사소하기 그지없다고 느끼게 되었다.

내 안의 어떤 부분은 여전히 하던 말을 끝까지 하고 싶었다.

내 안의 또 다른 어떤 부분은 이 남자를 행복하게 하는 것이 여태 내가 한 그 어떤 일보다도 의미 있는 일이 되리라고 생각했다. 만난 지 얼마 되지 않았을 무렵부터 그는 "당신은 내게 새 삶을 선사하고 있어." 했다. 마음속에서 의심의 불꽃이 튈 때마다 꼭 그 희망을 배신하는 기분이 들었다.

사귀기 시작한 초기, 어느 칵테일파티에서 낯선 사람이 C에게 별명으로 그를 불러도 되느냐고 묻자, 그는 곧장 "안 돼요!" 했다.

그는 상대가 바라는 말을 해주려고 자기를 바꾸지 않는 사람이었다. 사랑하는 이들에게 충실한 사람일 뿐, 모든 이를 기쁘게 하는 거짓되고 불가능한 신이 아니었다.

내가 하는 행동이 다른 이들에게는 깊은 인상을 주었지만 C는 그걸 꿰뚫어 보았다. 그는 타인의 대응 방식과 요란한 보상 심리를 예리하게, 그러나 부드럽게 바라보는 관찰자였다. 라디오 인터뷰에서 말이 빨라지는 걸 듣고 내가 초조해하는 걸 알아차리는 사람이었다. 누군가의 시선에 꿰뚫리는 경험에는 전류가 흐르는 듯한 짜릿함, 나아가 에로틱함이 깃들어 있었다. 꼭 엑스레이처럼.

당연한 일이지만, 결국 그 꿰뚫어 봄의 이면은 드러났다. 훗날 그는 내가 아무리 온 세상 앞에서 착한 사람으로 보이려 용을 쓴들 자기 눈에는 내 껍데기 아래 진짜 모습이 다 보인다고 했다. 내 야망을 뒷받침하는 이기심이. 남들이 미덕이라 착각하는 미덕의 과시가. 내 안의 어떤 부분은 그의 말을 믿었다. 내 안의 어떤 부분은 언제까지나 그의 말을 믿을 것이다. 타인은 내게서 친절함을 보지만, 같은 행동에서 그는 모두가 자신이 친절하다 믿기를 간절히 바라는 한 여자가 벌이는 정교한 꼭두각시놀음을 보았다.

우리가 사랑에 빠진 첫 여름, 나는 파리에서 한 달간 머물며 강의했다. C는 일주일간 파리에 와서 내가 묵던 뤼 베톨레의 다락방 아파트에서 함께 지냈다. 우리는 까칠한 빵집 여주인한테서 버터가 배어 나오는 아몬드 크루아상을 샀다. 경계심을 품은 채 우리의 틀린 거스름돈 계산을 고쳐 주는 파리의 빵집 주인 앞에서 우리는 갈팡질팡하는 두 미국인이었다. C가 "전 아무것도 모르는 멍청한 미국인이거든요!" 하고 농담했을 때 나는 어설픈 프랑스어로 사과의 말을 웅얼거렸다. 하지만 주인은 입에 발린 듣기 좋은 말 대신 유쾌하게 자신의 부족함을 인정하는 그에게 호감을 보였다.

센강을 가로지르는 다리 위에 서서 아름다운 노트르담 성당을 바라보던 우리는 한참이 지난 뒤에야 우리가 보는 게 성당의 뒤편이라는 걸 깨달았다. "노트르담의 궁둥이를 쳐다보고 있었군." 그는 말했다. 때로 나는 우리가 함께 보낸 나날 동안 그가 나를 몇 번이나 웃겼는지 궁금하다. 수천 번일까? 수만 번이려나?

어느 파티에서, C의 지난 이야기를 아는 어느 학생이 와인에 취해서는 말도 안 되는 이런 상황을 상상해 본 적 있느냐고 물었다. 불타는 건물에서 둘 중 하나만 구할 수 있다면, 첫 아내를 구할 건가요, 아니면…… 학생이 손짓으로 나를 가리켰다.

이런 물음에 대답하기 위해서 취할 필요는 없었다. 취해야 하는 건 이런 물음을 던질 때였다. 그러나 나는 이제 술을 마시지 않는 사람이었다. 이런 질문을 던지는 사람이 아니었다.

당연히, C는 대답하지 않았다. 그러면서 학생에게 그 순간을 빠져

나갈 만한 구실을 만들어 주었다. 그는 자신의 애도를 타인이 좀 더 감당할 만한, 일상적인 대화 주제로 만드는 기술을 익혔다. 그런데, 나는 그 눈치 없는 술 취한 학생이 한 가지 사실을 분명히 해 주었다는 게 묘하게 고맙기도 했다. 우리 사이의 모든 순간에는 다른 여자의 죽음이 도사리고 있다는 사실. 그것이 우리가 사는 집이었다.

내가 누군가의 단 하나뿐인 위대한 사랑이라는 환상을 내려놓는 것이야말로 성숙의 징후라고 나는 스스로를 다독였다. 그러나 한편으로는, 이 때문에 우리 역시 위대한 사랑을 하고 있다는 증거가 될 섣부른 행동을 갈구하기도 했다. 예컨대, 몇 달 뒤 라스베이거스로 가서 한밤중에 결혼한 것처럼.

파리에서 지내던 어느 날 저녁, 친구 해리엇을 만나 의심에 관한 대화를 나눴다. 후덥지근한 밤, 거미줄과 파리로 들끓는 공원을 산책하던 중이었다. 장황한 독백을 한 번 뱉을 때마다 적어도 파리 한 마리씩은 삼켰을 것이다. 나는 C와의 사이에서는 과거의 연애들처럼 의심에 시달리지 않는다고 말했다. 해리엇은 자신의 연애에 끊임없는 의문을 제기하는 것은 물음표의 그늘에서 사는 일이라고 했다. 그 표현을 들으니, 하늘을 배경으로 우뚝 선 거대한 물음표가 상상됐다.

해리엇은 그 그늘 바깥으로 걸어 나올 수 있다면 너무나 마음이 놓일 것 같다고 했다. 그건 어떤 기분이냐고 내게 물었다.

"어떤 기분이냐면……." 나는 한참이나 말을 잇지 못했는데, 나 역시 같은 게 궁금해서였다. 그러다 간신히 대답했다. "좋은 기분이야."

나는 의심의 존재를 부인하면 마술처럼 의심이 사라지기를 바랐다. 확신을 얻고자 하는 욕망이 너무 강한 나머지, 그 욕망 자체가 확신처럼 느껴지기 시작했다.

C를 만난 건 4년간의 연애가 끝난 직후였다. 중력처럼 나를 끌어들이며 온 마음을 사로잡은 연애였기에, 우리가 일으키는 끊임없는 마찰 역시 틀림없이 강렬한 사랑을 위해 치러야 하는 대가이리라 생각했다. 이토록 지독한 사랑이 쉬울 리는 없었다. 데이브와 사귀던 기간의 대부분, 우리는 아이오와시티, 여학생회 건물이 줄이어 서 있는 거리에 있는, 비막이 판자를 붙인 목조주택에 살았다. 우리 집은 내 백일몽 속 삶을 현실로 그대로 가져온 것만 같았다. 데이브는 창문까지 있는 큼직한 벽장에 들어가 글을 썼고, 먼지투성이 다락에서 밴드 연습을 했다. 나는 장편소설의 시간적 구성을 벽 하나에 마커로 온통 써 놓았다. 우리는 파티를 열어 작은 샷 글래스에 문어구이를 담아냈고, 파티가 끝나면 시인들이 우리 집 이불장에 들어가 잠들었다.

그러나 그 집을 떠올릴 때 기억나는 건 주로 새벽 3시, 이런 파티의 흔적을 대청소하느라 둘 다 빨간 일회용 컵이 그득한 검은 쓰레기 봉지를 들고, 하드우드 마루에 꿇어 엎드린 자세로 끈적이는 오염을 닦아내면서 플러팅이라든지 신뢰 같은 말의 정의가 무엇인가를 놓고 술에 취한 채 벌였던 싸움이다. 내 이글거리던 분노는 그 집 안에서 곪아 터졌고, 결국 데이브는 내 낮은 자존감 때문에, 내 요구 때문에 진저리가 나 떠났다. 침실 서랍장 속 그가 쓰는 서랍에는 싸움을 벌인 다음 날 아침마다 내가 숙취에 시달리며 쓴 사과 편지들이 쌓여 있었다.

함께한 4년 동안 우리는 헤어졌다가 다시 만나고, 또 헤어지기를 반복했다. 이사하고, 또 이사하고, 집을 나갔다가, 다시 들어오곤 했다. 우리는 싸웠다. 화해했다. 싸웠다. 화해했다. 나는 술을 마셨다. 술을 끊었다. 다시 마시기 시작했다. 또 술을 끊었다. 우리는 갈등과 화해 사이를 오락가락했다. 늘 이동 중이었다. 어쩐지 우리는 이 문턱을 넘어가는 과정에야말로 그 어느 때보다 서로의 곁에 있는 느낌이었다.

데이브와의 삶은 물음표의 그늘에서 사는 삶이었다. 나는 어머니와 길고 고통스러운 전화 통화를 하면서, 내가 느끼는 불확실한 마음을 설명했고, 어머니가 내 결정을 도와주기를 바랐다. 어머니는 물었다. "네 본능은 뭐라고 말하니?" 하지만 그 질문은 도움이 되지 않았다. 내 본능은 동시에 서로 모순되는 말들을 하고 있었으니까. 우리는 소울메이트라고, 또 우리는 이제 끝장이라고. 어차피 내 본능은 믿을 만한 목소리가 아니었다. 회복 과정에서 얻은 교훈이었다. 내 본능은 술을 마시고, 마시고, 또 마시기를 원했다. 내 본능은 내가 아무리 마셔댄들 늘 갈증에 시달릴 것임을 알지 못했다.

C를 만났을 무렵의 나는 본능에 귀를 기울이는 데 이골이 나 있었다. 상위 관리자를 불러들일 준비가 되어 있었다. 상위 관리자는 미적지근하게 구는 건, 오락가락하는 건 이제 그만하라고 했다. 의심의 목소리로부터 귀를 막아버리라고 했다. 그 의심들은 내가 과거의 나로 되돌아가도록 구슬리는 것뿐이라고.

우리가 함께 지내던 파리의 다락방, 기울어진 천장 아래 침대에 누운 채 C는 내게 결혼하자고 했다. 나는 좋다고 했다. 그를 사랑했으니까, 또, 내 온 존재가 어떤 의문도 없이 무언가를 원하기를 바랐으니까. 나는 그런 위안을 바랐다. 사랑이 굴복의 행위가 아닌 의식적 결정이라 믿고 싶었다. 나는 오랫동안 감정에 굴복하며 살아왔고, 이제는 지쳤다. 굴복이란 핑계에 지나지 않았다. 의지의 힘으로 감정을 바꿀 수 있을 것 같았다.

이런 단호한 결정이 과거 한 연인이 나의 "지긋지긋하리만치 변덕스러운 심장"이라고 표현한 것으로부터 탈출하게 해 줄 것 같았다. 심장으로부터 탈출할 수는 없을지 몰라도, 그 심장을 훈육할 수는 있을 것 같았다.

나는 모든 걸 실제보다 크게 받아들이는 사람이었고, 내가 가진 흠결에 대해서도 그랬다. 당신의 지긋지긋하리만치 변덕스러운 심장. 누구에게든 이렇게 말하는 과거의 연인이 하나쯤 있는 법이다.

그래서 나는 해리엇에게, 모든 사람에게, 나 자신에게 말했다. 한 점의 의심도 없다고. 물음표가 없다고. 나는 어떤 약속을 지키고 싶은 것인지 생각해 보지도 않고 약속해 버렸다. C는 고통을 겪었고, 내가 그에게 다른, 더 나은 삶을 줄 수 있다고 믿고 싶었다. 내 안의, 사랑에 빠진 부분의 목소리에 귀를 기울이고, 나머지 목소리는 전부 무시해 버렸다.

이 거짓 확신은 내가 앞으로도, 끝없이 대답해야 할 질문이다. 아주 오랫동안, 어쩌면 영원히. 그 누구보다도, 내 딸에게.

처음으로 함께 맞은 가을, 우리는 라스베이거스의 문학 페스티벌에 참석했다. 남몰래 몇 달간 결혼 이야기를 주고받았던 시점이었다. 늦은 밤 우리는 차에 올라 리틀화이트 웨딩 채플을 향했다. 차에서 내리지 않고 접수할 수 있는 창구가 있고, 화사한 초록 인조 잔디 위에 새하얀 탑이 솟아 있는 곳이었다. 장식체로 쓴 마이클 조던과 존 콜린스의 이름 사이에 하트를 그리고 여기서 결혼했어요라고 쓰인 간판이 있어서 꼭 그 둘이 서로 결혼했다는 소리 같았다. 라스베이거스에서는 무슨 일이든 일어날 수 있으니까.

몇 년 뒤, 헤어진 뒤, 나는 이따금 나도 모르게 라스베이거스에서 치른 우리 결혼식을 아이러니한 방식으로 되짚어 보면서, 그 결혼식을 이루고 있었던 자잘하고 우스꽝스럽던 요소들을 나열해 보고는 했다. 떨떠름해 보이던 아기 천사들, 실크로 도배한 벽, 보이지 않는 어딘가에 숨겨진 스피커에서 나오던 엘비스 프레슬리의 「풀스 러시 인Fools Rush In」. 그러나 내 결혼을 이렇게 경쾌하게 축약한 버전으로 이야기할 때마다, 내 목소리는 어딘가에 걸려 찢어진 것처럼 갈라진다. 마치 비행기 옆자리에 앉아 애써 울음을 참고 있는, 유약한 낯선 승객처럼. 그 사람이 작은 잔에 담긴 잭 앤드 코크를 한 잔 더 주문하는 모습을 보면, 이제 시작이군 하는 생각이 든다.

사실 우리 결혼식에는 무수히 많은 것들이 담겨 있었으며 그중에는 순전한 희망도 있었다. 우리는 호텔로 돌아와 육즙 가득한 스테이크와 혀를 델 정도로 뜨거운 감자튀김을 주문했다. 심지어, 우리는 자정이 지난 뒤 수영장에 못 들어가게 막았던—죄송합니다만, 폐장 시간입니다.—수영장 직원에 대한 애착까지 생겼는데, 그의 거절 역시 우리의 말도 안 되는 라스베이거스 결혼식 이야기의 일부가 되었기 때문이다. 나는 주인을 닮아 감정이 넘쳐흐르고, 제멋대로고, 뜻밖이며, 온 마음을 사로잡는 심장을 지닌 남자를 사랑하게 되었다. 우리는 만난 지

6개월 만에 결혼했다. 나는 자라나는 식물을 타임랩스로 찍은 영상처럼 속도를 높이면 헌신적 관계가 가능할 것이라 믿었다. 씨앗에서 줄기가 자라고, 꽃이 핀다. 짠.

마치 열에 들떠 꾸는 초현실적인 꿈처럼, 그날 밤은 새로운 존재 방식으로 나아가는 낯선 입구 같았다. 내가 라스베이거스에서 비밀 결혼식을 치르는 그런 사람이 될 수 있었구나! 나도 마음을 바꾸지 않는 사람이 될 수 있었던 거다. 입으로 뱉고 나면 우스꽝스럽게 들리는 말이지만, 다들 그런 사람이 되기를 간절히 바라는 거 아닌가? 자아와 법적 구속력을 가진 계약을 맺고 싶었던 적 없는 사람도 있나?

시간이 흐른 뒤, 라스베이거스에서 결혼한 그 여자를 떠올리면 얼떨떨하다. 그 여자의 선택들이 남긴 것으로 인해 겸허해지고, 동시에 그 여자가 일으킨 온갖 해악 때문에 화가 났다. 그렇기에, 나는 그녀에게 라스베이거스 결혼식의 우스운 일화라는 수갑을 채웠다. 그녀의 손이 자유로워지는 게 겁나서. 그녀가 아니야! 그날 밤은 아름다웠어, 그날 넌 무언가를 진심으로 믿었다고! 항의하는 게 두려워서.

다음 날 아침, C는 자기 어머니가 운영하는 시내의 전당포로 나를 데려갔다. 그의 어머니는 진열장 안에서 우리를 위한 결혼반지 한 쌍을 골라 주었다. 계산대 뒷벽에 걸린, 숫자 대신 주사위가 붙은 시계들, 희귀한 동전들, 승마복에 사막의 햇살이 반사되어 반짝거렸다. 이 반지를 저당 잡히고 돈을 받아 갔을 그 여자를 상상하지 않을 수 없었다. 돈이 없어서였을까, 결혼이 깨져서였을까.

과거에 연애할 때, 나는 늘 우리 사이에서 잘 풀리지 않는 문제들을 지나치게 경계했다. 잠재적 갈등 요소를 전부 파악하면, 언젠가는 이혼하게 될 상대와 결혼하는 일을 피할 수 있기라도 한 것처럼. 그러면서도, 나는 내가 결국 이혼하지 않을 거라고 전적으로 믿을 수 없었다. 우리 가족의 결혼은 거의 모두 이혼으로 끝맺음했으니, 내 결혼은 다를 거라는 상상이 쉽지 않았다. 우리 가족 중 다른 누구도 감당하지 못한 그 무엇을 내가 유지할 수 있다니, 오만한 생각이라 느꼈다. 유일하게 이혼하지 않은 건 뉴멕시코의 농장에서 알팔파를 키우고 양치기 개를 훈련하는 삼촌 부부뿐이었다. 그분들의 행복은 내 능력으로 얻을 수 있는 게 아닌 것 같았다. 그건 내가 살아갈 삶이 아니었다.

어린 시절, 일곱 살 아니면 여덟 살 때, 어머니가 나를 아버지 사무실에 데려갔다. 아버지는 출장을 떠난 뒤였다. 출장을 떠나는 일이 잦았다. 무언가 중요한 물건을 사무실에 놓고 간 아버지는 물건을 찾아 달라며 어머니를 사무실로 불렀다. 그런데 그 대신 어머니가 찾아낸 건 아버지와 바람을 피우던 어느 여자가, 아버지와 바람을 피우던 또 다른 여자의 존재에 대해 알고 노발대발해 남겨 둔 편지였다. 편지에는 이런 식의 말들이 쓰여 있었다. 당신 아내는 참을 수 있을지 몰라도, 난 절대 안 참아.

그날의 기억은 없다. 어머니가 그날을 내 기억에 남기지 않으려 애쓴 덕분이다. 어머니는 그날 나를 아이스크림 가게에 데려갔다고 한다.

어머니와 아버지는 22년간 결혼 생활을 했다. 아버지가 계속 바람을 피워도 어머니는 함께 살 수 있다고 스스로를 자꾸 설득했다. 어머니는 아버지의 정신을, 재치를, 두 사람 모두가 믿었던, 일에 대해 헌신하는 태도를 사랑했다. 어머니는 늘 내게 말했다. "네 아버지와 있으면 적어도 지루하지는 않았다."

내가 아홉 살 때, 아버지는 일 때문에 나라 반대편으로 떠났다. 그곳에서 18개월 동안 지구적 건강 불평등 연구를 이끌었다. 아버지는 질병 부담을 개선하는 데 초점을 두고 연구하는 경제학자였는데, 어린 내게는 번역이 필요한 말이었다. 즉, 어떻게 하면 돈을 써서 사람의 목숨을 구하는지 연구하는 사람이라고. 아버지가 우리를 떠나 지내는 동안, 오빠들이 대학에 진학하며 집을 떠났다. 우리 집 남자들한테는 다들 집보다 더 나은 곳이 있었다.

아버지가 로스앤젤레스로 돌아오자, 부모님은 두 분이 헤어지기로 했다고 내게 알렸다. 두 달 뒤, 아버지는 다른 사람과 재혼했다. 나는 딱 한 번 그 사람을 만나 보았다.

어린 시절 살던 집에서 몇 블록 떨어진 곳에는 키가 훤칠한 프랑스 여자가 하는 빵집이 있었다. 그 여자가 아름다웠는지 아닌지는 기억나지 않고, 오직 키가 컸던 것, 밀가루가 잔뜩 묻은 검은 면 앞치마를 늘 두르고 있었다는 것만 기억난다. 빵집에서는 베이킹소다 맛이 나는, 잼이 든 스콘을 팔았다. 나는 스콘이 덜 익어서 반죽이 담긴 작은 그릇처럼 느껴질 때가 가장 맛있었다.

어느 날 빵집을 나서다가 아버지가 나를 보며 말했다. "아빠는 늘 아빠보다 키가 큰 여자한테 끌리더라." 어린 나는 그 말을 어떤 식으로 이해해야 할지, 아버지가 왜 나한테 그런 말을 하는지 알 수 없었다.

시간이 흐른 뒤, 내가 쓴 원고를 아버지에게 보내며 바꾸고 싶은 부분이 있느냐고 물었을 때—결혼 생활에 충실하지 않았다거나 음주 문제가 있었다는 언급 등—아버지는 단 한 가지만 바꿔 달라고 했다. "네가 나를 강하다고 표현한 부분에는 다른 단어를 썼으면 좋겠구나. 강하다는 건 딱 맞는 표현이 아니라서."

부모님이 헤어진 뒤, 6년이라는 시간 동안 내가 아버지의 집에서 잔 건 네다섯 밤이 전부였다. 매주 화요일이라든지, 격주 주말이라든지 하는 식으로 정해진 일정은 없었다. 어린 시절 아버지가 무척 자주 출장을 다녔기에, 아버지와 떨어져 지내는 데는 이미 익숙했다. 우리는 함께 있을 때 어떻게 해야 할지 잘 몰랐다.

가끔 아버지는 나를 소텔 대로에 있는 꼬치구이 식당에 데려갔다. 도덕적으로 올바른 채식주의자인 내가 고를 메뉴는 몇 개 없었다. 쫄깃쫄깃한 은행 꼬치, 메추리알 꼬치. 옻칠한 식탁을 사이에 두고 아버지와 앉아 있으면 꼭 내가 아버지에게 좋은 인상을 주어야 하는 것처럼, 오늘이 그냥 밤이 아니라 하나의 사건인 것처럼 느껴졌다. 그 시절, 나는 아버지와 함께 있을 때 말 그대로 집에 있는 것처럼 편안한 기분인 경우가 거의 없었다. 꼭 아버지의 진짜 삶은 여기 아닌 다른 데서 일어나는 일 같았다.

어떤 아이들은 두 집을 오가면서 살기도 한다는 걸 알게 된 건 다른 이혼 가정 아이들을 만난 뒤였다. 나로서는 쉽게 그려 볼 수 없는 협상이었다. 아버지가 사는 아파트는 카펫이 깔린 방 하나짜리 고요한 집이었다. 출장을 자주 떠났고, 아버지의 아내는 아주 먼 곳에 살았다.

아버지 집 가구들은 사무실 비품 같았다.

아버지는 나와 함께 할 만한 일을 만들고자 아이스크림 제조기를 샀다. 우리가 만든 아이스크림에서는 바닐라 추출물과 얼음 결정 맛이 났다. 창밖 산비탈에는 유칼립투스 나무가 무성했다. 샌타애나의 건조한 바람에 흔들리는 유칼립투스 잎사귀는 마치 여기 아닌 어딘가를 향해 느릿느릿 떠나는 것처럼 구슬프고 초조한 소리를 냈다.

내가 7학년이던 어느 날 오후, 아버지가 성적표 문제로 나를 만나러 어머니 집을 찾아왔다. 특히 '세계 문화' 수업에서 받은 비 마이너스 점수에 관해 이야기하고 싶어 했다. 아버지는 말했다. "이건 너답지 않아." 비록 부정을 통해서일지라도, 아버지가 내가 어떤 사람인지를 분명히 알고 있다는 걸 깨닫는 기분은 짜릿했다. 때로 나는 그저 눈에 보이지 않는 걸 넘어, 녹아 버릴 위험에 처한 것 같은 기분을 느꼈다. 그 해, 학교에서 인기 많은 남학생이 복도에서 나를 불러세우더니 말했다. "넌 정말 내가 평생 만난 사람 중 제일 말이 없다."

아버지에게 나쁜 점수를 받아 죄송하다고 말하면서, 내 안에서 어떤 결심이 굳어졌다. 비 마이너스를 받는 것의 반대가 무엇인지는 몰라도, 그 일을 하며 내 평생을 보내겠다고.

아버지가 바람을 피운다는 이야기를 어머니에게서 처음 들었을 때 나는 10대였고, 이미 이름 붙이기 어려운 이유로 아버지에게 화가 나 있었다. 아버지와 서먹한 데 너무 익숙해진 나머지, 내가 서먹한 사이를 원치 않는다는 사실조차 알아차리지 못하게 만든 우리 사이의 거리 때문이었다. 맹목적이고도 용암처럼 뜨거운 노여움에 휩싸인 나는 이 분노가 어머니를 위한 것이라고 스스로에게 말했다. 실제로도 그랬다. 그러나 그건 아버지가 버리고 떠난 집의 일부였던 어린 소녀를 위한 것이기도 했다. 또, 그 당시에는 몰랐지만, 내가 미래에 될 여자, 그의 불안을 조금 다른 형태로 내면에 품은 채, 아버지가 이 불안을 헤치고 나아갈 수 있는 다른 방법을 보여 주었더라면 좋았을 거라고 생각하는 그 여자를 위한 것이기도 했다.

라스베이거스에서 결혼하고 3년도 더 지난 어느 뼛속까지 시린 겨울날, 나는 포근한 흰색 방한복을 입힌 아기를 안고 습한 온실 안을 걸었다. 높이 자라난 원시 양치식물, 끈끈한 흰 수액이 맺히는 고무나무, 그리고 거인이 먹는 블루베리처럼 주렁주렁 열린 보랏빛 번여지* 를 지나쳤다. 지구의 역사 속을 걷는 것 같았다. 아기의 반짝이는 눈은 기다랗게 갈라진 종려나무 잎을 바라보다가 그 잎들이 바닥에 만들어 내는 격자무늬 그림자로 옮겨 갔다. 그 애의 집중력이 전류를 흘리기라도 한 것처럼 모든 표면이 가늘게 떨렸다. 그때, 문득 부르릉 방귀 소리가 울려 퍼졌다. 아기의 똥 냄새는 돌연하면서도 식물성이었다. 때로 그 냄새를 질릴 때까지 한참이나 맡을 때가 있다. 어떤 때는 손톱 밑에 아기 똥이 말라붙어 있는 걸 보면서, 내가 영영 깨끗해지지 않을 것임을 알았다. 이 일은 영영 끝나지 않을 터였다.

* 서인도제도와 남아메리카 지역 원산인 과일로, 부드럽고 달콤한 맛이 풍부해 '슈거애플'이라고도 불린다.

그날, 식물원에서 집으로 돌아왔을 때, C는 기분이 언짢아져 있었다. 그가 나를 바라보는 눈빛에서, 소파에 앉아 있다가 나를 향해 홱 돌아앉는 자세에서 알 수 있었다. 나는 그에게 온실 이야기를, 아기의 눈이 명멸하는 그림자를 따라가던 것을, 아기의 똥이 내 가식을 방해할 때 기분이 얼마나 좋았는지를 말해 주고 싶었다. 그러나 그가 이런 이야기를 들을 기분이 아니라는 게 느껴졌다.

대신 C에게 오늘 하루가 어땠느냐고 물었다. 끔찍한 하루였다고 그는 대답했다. "식물원에서 잘 놀다 왔길 바라." 그는 냉소로 팽팽한 목소리로 말했다.

나는 어째서 그의 하루가 나빴느냐고 묻지 않았다. 이미 수없이 했던 질문이고, 답도 알았다. 글이 잘 안 쓰여서 답답하거나, 우리 사이 거리가 생기며 느낀 무언의 상처 때문일 것이다. 아마 사랑은 이렇게 죽는 건지도 모른다. 이미 답을 알고 있다고 생각할 때.

나는 이런 말을 그에게는 한마디도 하지 않았다. 그 대신, "우리는 멋진 하루를 보냈어." 말한 뒤 그가 내 말투를 아무렇게나 읽어 내도록 내버려 두었다.

우리의 집은 이제 내가 혼자라고 느끼는 곳이 되었고, 그렇기에—앙갚음 삼아, 아니면 내가 고갈된 탓에—나도 C가 혼자라 느끼게 만들었다. 그의 가시 돋은 말들이 나를 너덜너덜하게 만들었기에, 이제 나도 그 말들 아래에 존재하는 상처를 알아차리거나 달래 주기를 그만두었다.

종일 아기를 보는 게 노는 일인가? 그 하루가 내 영혼을 다시금 정렬해 준 것은 맞지만, 노는 것처럼 느껴지지는 않았다. 내가 하루 종일 하는 노동을 C에게 인지시키려면, 양육을 소진되는 일이라는 틀에 넣는 방법뿐일까 하는 생각이 들었다. 그러나 나는 어려움, 지출, 부담으로 사랑을 재는, 오로지 그런 언어로만 양육이라는 행위에 관해 말할 수 있는 가정을 만들고 싶지 않았다. 나는 그날 하루 느낀 경이로움과 감각이 마비될 정도의 소진감을 동시에 담을 수 있는 언어를 원했다. 때로 그의 눈에 양육은 오로지 희생으로만 보이는 것 같기도 했다.

아기가 잇몸으로 내 젖꼭지를 꽉 무는 바람에 내가 얼굴을 찌푸리자, 그의 눈에 눈물이 고였다. "당신, 우리 딸을 정말 사랑하는구나." 그는 말했다. 마치 그제야, 내가 기꺼이 아픔을 감수함으로써 내 헌신의 증거를 내놓을 때에야 내 사랑이 가장 선명히 보인다는 듯이.

결혼 생활을 하면서 나는 그의 눈빛에 별안간 깃드는 불길을, 태풍이 오기 전 기압이 떨어지는 것처럼 분노가 폭발하기 직전 방 안에서 변화하는 분자들을 감지할 수 있게 되었다. 비가 내리면 안도감이 들 정도였다. 무언의 분노라는 습도보다는 나았으니까. 그가 언제 폭발할지 몰라 늘 폭발을 염두에 두며 지냈다. 놀라는 것보다는 경계하는 게 나았다.

헤어진 뒤 그의 분노는 더 격렬하게 터져 나왔다. 내가 충격을 받고 멍해질 정도일 때도 많았다. 그러나 그의 분노로 인해 분명해지는 것들도 있었다. 우리의 역동 속에 오래전부터 존재해 온 무언가를 선명히 드러내 주었으므로.

아기를 그의 집에 데려다줄 때, 아기를 태운 유아차 옆에 서 있는 나를 향해 그는 현관에서 고함을 쳤다. 뭐라도 좀 먹으라고, 거식증 걸린 년아. 아니면 이렇게 말하기도 했다. 너 씨발 나한테 말도 걸지 마. 제발 나한테 그런 식으로 말하지 마, 라고 내가 말하면, 그는 내게로 몸을 바짝 기울이고는 말했다. 난 너한테 내 좆대로 말할 권리가 있어. 너는 이런 말을 들어도 싸.

내 목소리는 제발 나한테 그런 식으로 말하지 마라고 했지만, 내 몸은 다른 말을 했다. 내 몸은 구부러졌다. 움츠러들었다. 내 몸은 손가락 두 개를 입에 넣고 빠는 아기를 더 꼭 끌어안았다. 나는 친구들과 변호사가 연습시킨 대사를 떠올리려 애썼다. 실내에서도 뻣뻣한 재킷을 입는, 어마어마한 수임료를 자랑하는, 새그하버의 별장에서 유능하고 강인한 여성 특유의, 층을 내 깃털처럼 드라이해 넘긴 머리에 소금기 섞인 바람을 맞고 있을 내 변호사의 모습을 소환해 내려 애썼다.

그의 분노는 그가 나를 얼마나 사랑하는가를 보여주는 것이라고 말하는 친구도 있었다. 꼭 엄청나게 큰 수 앞에 마이너스 기호를 붙인 것처럼, 분노와 사랑은 정반대의 세기를 지녔을 뿐 등가물이라고. 하지만 나는 그의 분노는 형태가 다를 뿐 줄곧 존재했다는 사실을 알았다.

한번은, 그가 한 무슨 말에 내가 움찔하자 그가 쏘아붙였다. "겁먹은 척은, 씨발."

나는 두 가지 진실을 동시에 받아들이게 되었다. 그를 떠남으로써 내가 그에게 깊고도 오래가는 상처를 남겼다는 것. 그리고 또, 그의 분노와 한집에 살지 않는 삶을 택한 것을 후회하지 않는다는 것.

두 가지 진실을 동시에 받아들였다는 말은, 내가 밤마다 그 진실들을 품고 누운 채 잠 못 든다는 뜻이다.

산도를 닮은 서블렛 아파트에서 뜬눈으로 밤을 지새우다가, 우리가 나눈 결혼 서약이 떠올랐다. C와 나는 라스베이거스에서 결혼한 뒤, 캐츠킬산맥, 천장에 구름이 그려진 그 모텔에서 멀지 않은 어느 농장에서 성대한 결혼식을 열었다. 에소푸스 크리크 옆에서 결혼 서약을 하는 사이 친구들이 데려온 아이들은 물장구를 치며 놀았다. 아이들을 위한 보물찾기 행사도 있었다. 풀숲과 나무 사이에 금빛 상자들을 숨겨 두었다.

빵집에서 일하던 시절의 상사는 슈트케이스에 넣어 온 도구를 이용해 호텔 객실 안에서 우리의 웨딩 케이크를 조립했고, 결혼식장 테이블에 놓인 케이크 프로스팅에는 아이들이 버터크림을 손가락으로 긁어 먹은 흔적인 줄무늬가 남아 있었다. 우리는 조그만 병에다 여러 종류의 젤리를 섞어 넣고 모든 손님에게 답례품으로 돌렸다. 다들 수제품일 거라 생각했지만, 사실 우리는 밤늦게 주유소를 찾아 비닐봉지에 든 젤리빈을 계산대에 한 아름 내려놓았다.

결혼식 도중에, 내 안의 어떤 부분은 의심을 품었다. 그러나 내 안의 더 큰 부분은 내가 영영 의심에서 벗어날 수 없으리라고 믿었다. 확신이라는 불가능한 감각이 찾아오기를 기다리는 대신, 내가 직접 확신을 만들어 낼 수 있다고.

또, 나는 주유소에서 산 젤리빈을, 계산대 옆에서 C와 웃음을 터뜨렸을 때의 감정을 믿었다. 우리의 미래는 그 웃음으로, 고개를 맞댄 채 세상에서 가장 다정하고 우스꽝스러운 것들에 대한 메모를 서로 비교하던 순간들로 가득할 줄 알았다. 안감이 두둑한 미식축구 유니폼처럼 권위를 걸치고 있던 라스베이거스의 10대 수영장 직원, 우리가 묵은 작고 괴상한 호텔 벽을 장식하던 호랑이 훈련사들 같은 것들. 나는 우리의 삶이 주유소에서 산 간식과 농구화로 가득할 줄 알았다. (농구화는 이미 가득했다. 맨해튼에 있는 C의 좁아터진 아파트에는 오랫동안 수집한 그의 컬렉션이 간신히 자리 잡고 있었다.) 나는 그가 우리 아이를 위한 작은 농구화를 골라 모으는 모습도 그려 볼 수 있었다. 지하철에서 마주친 낯선 사람에게서 아이의 농구화를 칭찬받은 그가 기뻐하며 손뼉을 치는 모습도 눈에 선했다.

우리에게 아이가 생긴다면—나는 언제나 아이를 갖고 싶었다.—그는 분명 충실하고, 쾌활하며, 그 누구보다 딸을 단단히 지켜 주는 아버지가 될 것임을 나는 알았다. 그 점은 의심한 적 없었다. 그러나 우리 사이에 아이가 생기자, 부모 노릇은 외로웠다. 우리 둘 다 외로웠다.

당연히, 모든 이야기는 실제 이야기의 일부일 뿐이며, 이 책에 C가 첫 결혼에서 낳은 아이 이야기는 나오지 않는다. 그가 요청했고 우리 둘 다 동의한 점이다. 그러나 아버지로서 C의 삶은—그의 불타는 사랑, 격정적인 헌신—은 그 시절을 헤치며 흘러온 강이었다. 그가 당신은 내게 새로운 삶을 주고 있어라고 말할 때마다, 내가 그와 그의 아이에게 그런 삶을 주고 싶었던 이유는 너무나 많았다.

아기가 갓 태어났던 그 나날의 한가운데에 내 새 책이 나왔다. 아기가 생후 3개월 되는 시점에 출간이 예정되었던 책이었다. 나는 보통 그 책을 술에 대한 책이라고 설명하지만, 사실 그 책은 내가 쓰는 글의 유일한 주제를 다룬 책이었다. 내면의 어마어마한 공허, 내가 술, 섹스, 사랑, 회복으로, 그리고 아마도, 지금은 모성으로 채우려는 공간. 책이 크게 주목받자 나는 멀미가 났지만, 동시에, 마치 중독된 사람처럼, 더 많은 관심을 바랐다.

그 책은 겸손에 관한 책이자, 에고를 내려놓는 일에 관한 책이었다. 그러나 지금 나의 에고—새벽 4시면 기진맥진해진 채, 솜털로 덮인 아기의 귀여운 머리통 위에 도리토스 부스러기가 묻은 한 손을 올려두는 에고—는 충분한 관심을 받는다면 이미 망가졌고 외롭게만 느껴지는 결혼 생활을 보상받을 수 있으리라 믿고 싶어 했다.

배고플 때는 장 보러 가면 안 된다는 걸 다들 안다. 보이는 모든 걸 입에 집어넣고 싶어질 테니까. 때로 내 야심도 마찬가지라는 생각이 들었다. 다른 곳에서 허기를 채우지 못했으므로, 전부를 원했다.

더 정확히 말하면, 다른 사람들이 야심이라 부르는 것이 내게는 때로 내 존재를 정당화하는 일에 더 가깝게 느껴졌다. 성공은 행복해지는 데 실패한 내게 위로 삼아 주어지는 상 같았다. 내세의 법원에서 어느 심판자가 행복했나요? 묻기라도 할 것처럼.

그때 내가 음, 아니요. 하지만 전부 해냈어요라고 대답할 수 있게.

3월 초의 어느 날 아침 우리는 사진을 촬영했다. 여기서 '우리'란, 어머니가 아기를 데리고 침실에 있는 사이 내가 우리 집 거실에서 사진을 촬영했다는 뜻이다. 사진 촬영을 위해 슈트케이스 세 개에 가득 담긴 명품 의상, 장미가 그려진 닥터마틴을 신은 스타일리스트, U자핀을 못 찾아 허둥거리는 어시스턴트까지 왔다. 모두 그린 주스를 마셨다.

그러다가 사진작가가 "내 그린 주스 본 사람?" 물었고, 답할 수 있는 사람은 아무도 없었다. 그린 주스가 안 보여서가 아니라, 너무 많아서였다. 온 사방에 그린 주스가 널려 있었다. "내 주스에는 강황이 들어 있는데요." 사진작가가 좀 더 구체적으로 알려 주었지만 역시 도움은 되지 않았다.

그린 주스를 마시지 않은 건 나뿐이었는데, 이제는 그린 주스에 대한 강렬한 부러움이 느껴졌다. 나는 오로지 내 젖으로만 작은 생명체를 먹여 살리고 있었다. 나야말로 그 누구보다 그린 주스를 마실 자격이 있었다. 그날 아침 일찍, 나는 며칠 만에 머리를 감았고, 이제 그 머리카락은 스타일리스트가 환각 버섯에 취해 있을 때 만들었다는 기발한 꽃 모양 펠트 헤어 롤러에 돌돌 감겨 있었다. 또 다른 의식 상태에서 가져온 기념품이었다. 내가 또 다른 의식 상태에 굴복한 것은 아주 오래전의 일이었는데, 그게 내 책의 주제였다. 물질 속으로 사라지라는 세이렌의 노래, 한편으로는 그것들을 포기하고 자신의 삶 속에 깨어 있는 것, 예리할 정도로 현재에 존재하는 것이 어떤 기분인지.

내 책 전체가 맑은 정신, 날카로워진 주의력, 있어야 할 곳에 있는 일, 현재에 머무르는 일에 바치는 찬가라면, 나는 어째서 여기 앉아서, 스타일리스트가 현란한 펠트 롤러를 만들던 당시 어떤 기분이었을까 하는 상상에 취해 있는 걸까? 내 책 전체가 에고를 이겨내는 일을 다루고 있다면, 나는 어째서 허영이 가득한 이 사진 촬영에 동의한 걸까? 내 에고는 여전히 여기 있었고, 그린 주스를 원했다. 내 에고는 온 세상의 그린 주스를 원했다. 내 에고는 겸손을 다룬 이 책이 베스트셀러에 오르고 그 자리를 지키기를 바랐다.

각종 호르몬과 그것들이 외쳐대는 모순되는 진실들이 몸속에 차올랐다. 나는 오랫동안 고통받아 온, 주스를 빼앗긴 성인聖人, 그게 아니라면 허영심에 지배당하는, 살아 있을 자격이 없는 거나 마찬가지인 괴물이었다. 내 내면의 독백은 모국어 화자가 아닌 사람에게 너무 큰 소리로 말하는 한심한 놈의 목소리처럼 들렸다. 어머니는 내가 영영 배울 수 없을 정도로 많은 외국어를 할 줄 알았다. 그런데도 출산을 끝낸 내 몸이 헝클어진 침대 위에 펼쳐진 명품 의상들로 인형처럼 차려 입혀지는 동안 어머니는 내 아기를 돌보고 있었다. 검은색 프라다 시가렛 팬츠의 허리 부분이 조이면서 제왕절개 흉터와 그 위로 늘어진 살이 쓸렸다. 속이 비쳐 보이는 베르사체 블라우스는 지난 몇 주간 작디작은 입술과 면이 다 해진 수유 브라 말고는 아무것도 닿은 적 없는 가슴 위를 감쌌다.

"정오에 수유해야 하니 잠시 쉬어야 해요." 나는 사진작가, 스타일리스트, 모든 어시스턴트를 향해 말했고, 그들은 고개를 끄덕였다. **그래요, 당연히 쉬어야죠.** 정오가 다가왔다가, 지나갔고, 쉬는 시간은 없었고, 나는 아무 말도 하지 않았다. 시키는 대로 하지 않으면 사랑받을 수 없다고 생각하는 내 안의 모범생 목소리가 내 안의 모범적 어머니 목소리보다 컸다.

12시 30분, 침실에 있던 내 딸이 울기 시작했고, 그 애의 작은 목소리를 듣는 순간 젖꼭지가 전기 콘센트에 스치기라도 한 것처럼 찌릿해졌다. 상처가 뿜어내는 정맥혈처럼, 젖꼭지에서 젖이 조금씩 뿜어져 나와 내 것이 아닌 베르사체 블라우스를 적셨다. 블라우스가 젖으며 두 개의 짙은 색 둥그런 자국이 생기는 걸 본 스타일리스트의 얼굴에 짧게 스쳐 간 역한 표정은, 내가 약속한 시각보다 30분 늦게 드디어 침실 문을 열고 들어가 울부짖는 딸을 받아 안았을 때 어머니의 얼굴에 비친 실망감에 비하면 아무것도 아니었다.

어머니는 일하는 엄마의 삶에 대해 잘 알았다. 내 딸이 태어나자마자 어머니는 내게 보랏빛 꽃송이가 정교하게 수놓인 조그만 흰 셔츠 여러 장을 주었다. 수십 년간 아껴 두었던 물건이다. 박사과정이던 어머니가 영아기 영양실조와 모성 건강을 주제로 현장 연구를 했던, 브라질 북동부 파카투바 마을의 여성들이 손으로 수놓은 셔츠였다.

너무 작고 약해서 단추조차 감히 채울 수 없는 섬세한 흰 셔츠들이 생기니, 대체 이런 것이 어디서 났느냐고 물어볼 지인들이 간절했다. 내가 음, 굳이 물으시니 하는 말인데……라고 대답할 수 있도록. 나는 문자 그대로 굶주린 아이들을 구제하려 노력했던 어머니를 늘 자랑하고 싶었다. 게다가 그뿐만이 아니었다! 어머니는 다섯 살, 여섯 살이던 오빠들을 브라질로 데려갔었다. 오빠들은 포르탈레자에 있는 작은 초등학교에 다녔다. 가끔 셋이 함께 파카투바에서 하루 묵으며 동네 한가운데 정자에 걸린 해먹에서 잠을 자기도 했다.

어머니가 오빠들을 브라질에 데려간 건, 그러지 않고서는 현장 연구를 마칠 방법이 없어서였다. 때로 내 어린 시절 중 절반은 어머니의 여러 연구실에서 색칠 놀이책 위로 고개를 푹 숙인 채 지나간 것 같기도 했다. 영양학 교수인 어머니가 절대로 사 먹게 해 주지 않을 딩동 초콜릿 케이크가 가득한 자판기를 애석한 눈으로 줄곧 바라보면서.

어머니가 가르치는 대학원생들은 우리 집 거실에서 열린 포틀럭 파티에 직접 만든 타불레와 캐서롤을 가져와 지도 교수의 제단에 제물처럼 바쳤다. 이 학생들이 내 돌보미가 되어 주었다. 학생들은 네 엄마는 정말 대단하신 분이야 같은 말을 했지만, 그래도 어머니가 부족 전통 무늬가 찍힌 기다란 튜닉 차림으로 나를 학교에 데리러 올 때 느끼는 창피함이 줄어드는 건 아니었다. 어머니는 맨 마지막에 도착하는 학부모일 때가 많았다. 어머니의 삶을 나보다 큰 것으로 만드는 것들—출장, 늦은 시각에 이루어지는 회의—로 인해 어머니가 내 곁에 있는 시간이 방해받고는 했으나, 그럼에도 당신이 중요하게 여기는 다른 모든 것들 덕분에 당신의 엄마 되기에는 짜릿한 활기가 돌았다. 아주 어릴 때부터 나는 세계가 근본적으로 불평등한 구조로 이루어져 있다고 여겼다. 대개 어머니가 일하던 서아프리카 마을의 동료들로부터 받은 선물이던 그 튜닉을 생각하면, 아직도 어머니 품에 안길 때 내 뺨에 비벼지던 거칠거칠한 천의 감촉이 느껴진다. 내가 더 꼭 안기고 싶을 때면, 어머니는 늘 나를 꼭 안아 주었다.

내가 생후 9개월일 때 어머니는 3주간 부르키나파소로 떠났다. 아마 어머니가 난산으로 고생하는 임신부를 태운 채 폭풍우를 뚫고 와가두구로 간 것이 이 출장 중이었던 것 같다. 아니면 그 일은 또 다른 출장 중 있었던 일 같기도 하다. 이 이야기를 듣자마자, 어머니의 모든 여행이 그 이야기 속에 담기고 말았다.

딸이 태어난 뒤, 나는 어머니가 나와 떨어져 있던 그 3주를 더욱 날카롭고 예리하게 떠올리게 되었다. 아기와 그토록 오래 떨어져 있던 어머니가 느꼈을 아픔은 물론, 그런 일이 허락되었다는 자비까지도. 아기를 해치지 않고도 아기와 떨어져서 살아가는 삶이 가능하다.

어머니에게 일하는 엄마의 모범적인 삶을 보여 주어서 고맙다고 하자, 당신은 그렇게 쉬운 일이 아니었다고 대답했다. 당연히 당신은 죄책감을 느꼈다. 브라질에서 보낸 몇 달이 오빠들, 그중에서도 수줍음 많은 성향을 타고난 둘째 오빠에게 미칠 영향을 걱정했으며, 3주 만에 아기(나)에게 돌아왔을 때는 너무나 마음이 아팠다고 했다. 아버지가 나를 데리고 공항으로 마중을 나갔다. 아버지는 나를 품에 안고 있었는데, 어머니가 팔을 뻗자 나는 울음을 터뜨렸다. 낯선 사람들로 부산한 곳에서, 낯선 팔 두 개, 아무리 내가 세상에서 가장 아는 팔일지라도, 몇 달간 느끼지 못한 그 팔들이 나를 향해 뻗어 왔을 때 내가 얼마나 무서웠을지 어머니는 상상했다.

이 이야기를 들었을 때, 어머니가 당신이 아닌 내 관점에서 그 이야기를 했다는 것에 놀랐다. 어머니는 내가 흘리는 눈물을 마치 비난처럼, 내게 낯선 존재가 되는 데 당신이 응했다는 증거로 받아들였다. 그러나 나는 내가 울었던 게 어머니가 낯설어서가 아니라, 여전히 낯익어서는 아니었을까 하는 생각이 든다. 어머니가 만난 뒤 나는 마침내 편안한 기분이었을 것이다. 그러니 무너져 내릴 수 있었던 것이다.

딸이 생후 2개월이 되자 어머니는 로스앤젤레스로 돌아갔다. 나는 어머니에게 거듭 이야기했다. "엄마 없이는 아무것도 못 했을 거야." 이 말은, 이제 엄마 없이 어떻게 해야 해?라는 뜻이기도 했다.

어머니가 떠나자 나는 이성을 잃고 걷잡을 수 없을 만큼 울었다. 꼭 어린아이처럼.

어머니가 떠나자, 종일 나와 아기 둘만 있는 날이 많았다. 일주일에 사흘, 나흘, 닷새는 브루클린 미술관에 갔다. 미술관에 가는 건 우리의 끝없이 많은 시간을 아름다움으로 적시는 일이었다. 게다가 얼어붙을 정도로 추운 한겨울에는 미술관에 있는 게 내내 공원을 돌아다니는 것보다 따뜻했다.

아기는 이제 유아차 안에서도 잠을 잤지만, 움직이고 있을 때만이었다. 그래서 우리는 멈추지 않았다. 속도를 늦추면 폭탄이 터지는 버스가 등장하는 영화가 떠올랐다. 또, 상어가 헤엄치기를 멈추면 숨을 쉴 수 없다는 사실도 떠올랐다. 나는 예술계의 상어였다. 수유할 때를 빼면 멈추지 않고 걸었다.

때로는 역사 속 여성들에게 한 자리씩을 헌정한 거대한 삼각형 테이블을 구현한 작품인 주디 시카고Judy Chicago의 「디너 파티」 주위를 빙빙 돌기도 했다. 내가 가장 좋아하는 건 천왕성을 발견한, 발진티푸스에 걸려 왜소한 체격을 가졌던 여성 천문학자에게 헌정된 자리였다. 접시 위로 푸른 파도가 휘돌아서, 마치 하늘을 빤히 들여다보고 있으면 언젠가는 하늘이 나를 끌어 올려 줄 것만 같았다.

나는 딸이 잠에서 깨어 이 작품을 보기를 바랐고, 동시에 딸이 잠에서 깨지 않아 내가 이 작품을 볼 수 있기를 바랐다. 어쩌면, 아기의 욕구로 방해받지 않고 이 작품을 볼 수 있기를 바란 건지도.

산만함은 집중을 흐트러뜨릴 뿐, 집중력을 전환하거나 심화하는 게 아니라는 관념을 배운 건 어디서였을까? 때로 어딘가 딴 데를 향했다 돌아온 정신의 인식력은 한층 더 예리해진다. 때로 산만함은 거친 표면에 성냥을 그어 불을 붙이듯 관찰력에 불꽃을 일게 한다. 내 딸은 세상의 다른 모든 것에 대한 내 집중력을 빼앗아 온 한편으로, 내가 그것에 더욱 굶주리도록 했다. 그 애는 세세한 것들까지도 내 마음 속에 모조리 저장하고 싶게 만들었다. 사포의 접시 위 꽃처럼 만개하는 보랏빛 질, 아니면 소저너 트루스Sojourner Truth의 접시 위 세 개의 얼굴들—하나는 울고, 하나는 화가 났고, 하나는 가면을 쓰고 있다. 세 번째 얼굴은 모든 이가 숨기고 있는 내면의 어떤 부분들을 표현한다.

주디 시카고는 말한 적 있다. "저는 또한 제게 아이가 있었다면 원하는 커리어를 결코 얻을 수 없을 것임을 알았습니다. 저는 무연고 상태이기를 원했습니다."

무연고. 기저귀와 물티슈가 잔뜩 들어 있고—내 컨디션이 정말 좋을 땐—여벌 유아복까지 넣은 숄더 백을 짊어지고 눈 쌓인 거리로 유아차를 밀 때만큼 그 단어가 생생한 실체로 느껴진 적은 없었다.

시카고는 자신이 아는 아이가 있는 여성 예술가들에 대해서는 이렇게 말했다. "성공한다 할지라도 늘 죄책감이 떠나지 않습니다. 작업실에 있는 매 순간 죄책감을 느껴요. 아이들과 함께 있을 때도 죄책감을 느낍니다."

마리나 아브라모비치Marina Abramovic는 이렇게 말한 적 있었다. "제가 세 번의 임신중단을 한 건, 아기가 생기는 일은 제 작업에 있어 재앙이 되리라 확신했기 때문입니다. 사람의 몸에 있는 에너지는 한정적이기에, 그걸 둘로 나누어야 했겠죠."

앞서, 의료진이 갓 태어난 내 아기를 신생아실로 데려갈 때 내가 울었다고 썼던 건 진실이다. 잠깐이라도 그 애가 내게서 떨어지길 바라지 않았던 것도 진실이다. 그러나 아기가 신생아실로 가자마자 내가 더플 백에서 노트북컴퓨터를 꺼낸 것 역시 진실이다.

혹시 누가 날 보고 있을세라 주변을 두리번거린 건 부질없는 짓이나 마찬가지였다. 보는 사람은 아무도 없었다. 새벽 3시였다. 마치 벌써부터 뭔가 잘못한 것만 같았다. 출산하러 병원에 오면서 노트북컴퓨터를 가져오는 사람이 있을까?

아기가 신생아실로 가자마자 나는 병원 와이파이에 연결하고 이메일을 불러와서 그 주에 마감하는 기사에 대한 사실 확인 질문들 몇 가지에 답변을 보냈다. 며칠 전 나는 편집자에게 수정고를 보내며 추신을 덧붙였다. "두 시간 전에 양수가 터졌어요." 나는 비몽사몽인 상태였고, 결의는 확고했고, 수치심과 자부심으로 눈앞이 흐렸다. 내가 병원에서 잡지 기사를 마감하고 있다니! 아기를 낳은 직후에! 그러면서, 복도 끝 신생아실에서 황달기 있는 몸에 조그만 기저귀를 차고 이상한 푸른 태양 아래 빛을 받으며 잠들어 있을 내 어린 딸을 상상했다.

나중에 이 이 이야기를 쓸 때, 내가 노트북을 펼치기 전 머뭇거렸다는 사실이 떠올랐다. 그들이 아기 요람을 밀고 떠나자, 나는 울었다. 어쩐지, 나는 아기가 떠날 때 울었던 버전의 나 자신이, 아기가 떠나자마자 노트북을 향해 손을 뻗었던 버전의 나보다 좋았다.

어쩐지. 마치 내가 바로 정확히 그 죄책감을 느끼도록 길들지 않았다는 듯이.

딸을 태운 유아차를 밀며 「디너 파티」 너머 갤러리를 돌아다니다가, 장식 없는 새하얀 갤러리에 놓인 요람을 향해 몸을 숙이고 있는 한 여자를 찍은 사진 몇 점을 발견했다. 예술가 레아 루블린Lea Lublin의 1968년 퍼포먼스 「몽피스Mon Fils」의 사진이었다. 루블린이 생후 7개월 아들 니콜라스를 파리 시립 근대미술관으로 데려와 갤러리 중 한 곳에 요람을 설치하고 그곳에서 아기를 돌본 퍼포먼스다. 한 인터뷰에서 루블린은 이 퍼포먼스에 대해 이렇게 설명했다. "지난해의 큰 기쁨은 아들을 낳은 일이었고, 저는 이렇게 생각했어요. 제가 할 수 있는 최고의 일은 제 일상의 순간을 예술적 공간, 바로 미술관으로 전치轉置하는 일이라고요."

때로 아름다움을 가장 강렬하게 이해할 수 있는 순간은 익숙한 것을 낯설게 하는 데서 솟아난다. 갤러리에 놓인 요람 같은 것이다. 루블린은 우리가 육아를 목도할 것이라 예상치 못한 공간으로 엄마 되기를 가져와서, 그것을 위반적인 것, 그리고 공공의 것으로 만들었다. 그녀는 자신의 일상 속 순간을 전치했다. 또, 퍼포먼스에 관해 설명할 때 그녀는 이론이 아닌 정서에 의지했고—**큰 기쁨은 아들을 낳은 일이었고**—이 역시 이론으로 단단히 무장한 지성인들의 냉정한 흰 벽에 날것의 감정을 가져왔다는 점에서 위반적으로 느껴졌다.

그러니까, 그렇다. 내 안의 비평가는 그녀의 말에서 결정적인 단어는 **전치**라고 생각했다.

그러나 내 안의 엄마는 결정적인 단어가 **기쁨**임을 알았다.

1968년 5월, 파리의 거리는 노동 조건 향상을 요구하는 시위자와 파업 노동자로 가득했다. 파리에서 피임약이 합법화된 것은 고작 6개월 전의 일이었다. 임신중단이 합법화되기까지는 이보다 6년이 더 걸렸다. 자기 신념을 밝히고자 했던 루블린은 아기를 미술관으로 데려갔다. 여성이 모든 곳에서 어머니로 존재해야 한다면, 미술관에서도 어머니로 존재할 수 있게 하라.

그러나 루블린의 사진 속에서 나는 교묘한 속임수 역시 느꼈다. 이 사진들은 지속적이며 끊임없는 것을 기분 좋게 멈춰 있는 프레임으로 바꾸었다. 실제 양육이란 깔끔하게 선별된 순간들로 존재하는 것이 아니라, 미쳐 버릴 같은 지속으로 존재한다. 사진 속에는 그것이 빠져 있다. 그렇기 때문에 루블린이 이렇게 행복해 보이는 것이다. 그렇기에 아기도 그렇게 행복해 보이는 것이다! 나는 우는 아기가 담긴 사진을 보고 싶었다. 루블린이 아들에게 고함을 지르고, 곧바로 사과하고, 그 애를 진정시키거나, 아니면 울게 내버려두는 장면이, 나를 미술관으로 이끈 양육의 그런 부분들이 보고 싶었다. 실패했다는 감각, 아무것도 알 수 없음, 좌절감 말이다.

기쁨은 결정적인 단어였다. 그러나 내게 필요한 유일한 단어는 아니었다.

내가 처음 브루클린 미술관에 갔던 때—내 딸이 태어나기 5년 전, C를 만나기 직전—나는 바닥에 영사되는 흑백 영상을 보느라 한참이나 쭈그리고 앉아 있었다. 흰 드레스를 입고, 아크릴 인조 손톱을 붙이고, 하이힐을 신은 여성이 3단 초콜릿케이크 앞에 무릎을 꿇고 있다. 그녀는 케이크를 손으로 크게 움켜쥐고 떼어내 입에 욱여넣기를 반복한다. 엉망으로 무너진 흙빛 케이크와 프로스팅의 잔해만 남을 때까지. 10센티미터 굽이 달린 하이힐이 망가진 케이크를 짓밟는다. 기억은 내가 몇 시간이나 쪼그려 앉아 있었다고 말하지만, 당연하게도 시간은 기억에 의해, 예술 앞에서의 황홀감에 의해, 쪼그려 앉기에 의해 증대된다. 아마 이 영상, 왕게치 무투Wangechi Mutu의 「케이크를 먹어라Eat Cake」의 길이인 12분쯤에 가까운 시간이었을 것이다.

영상 속 무투는 단정치 못하며, 아름답고, 허기져 보인다. 내가 허기진 것이 수치스러운 것과는 다른 것이라고 믿으려 애쓰던 시절이었다. 내가 느끼는 허기는 무엇을 향한 것인가? 온 세상 케이크를 원했다. 나는 이제 술을 마시지 않으니까. 술을 마시고 싶은 순간들이 여전히 있었다. 나는 아이를 원했다. 아이를 돌보려 시도하기 전 술을 끊은 게 다행이라 생각할 수 있도록. 또, 나 역시 돌봄 받길 원했다. 사람들에게 혼자인 게 즐겁다고 말하고 싶었지만, 사실은 파트너를 원했다. 그러나 혼자만으로 충분치 않다는 게 부끄러웠다.

내가 허기를 느끼는 대상이 무엇이건 간에, 나는 허기를 느끼는 내 자신이 신비스럽고 깊이 있어 보였으면 했다. 기다란 손톱 아래에 케이크가 끼고, 입에도 케이크가 잔뜩 묻힌 채 수양버들 아래 앉아 있는 이 여성처럼. 나를 강렬히 사로잡은 게 그녀의 허기가 아니라, 그녀가 허기를 채우고 있다는 사실이었음을 알기까지는 수년이 걸렸다.

어머니가 떠난 뒤, 나는 친구들을 어머니 삼았다. 이집트에서 돌아온 콜린이 호랑이 줄무늬 유아복을 입은 내 딸을 품에 안은 채 트레이더조에서 사 온 '고대 곡물'을 요리했다. 담뱃가게 위층 아파트에 함께 살던 시절 콜린과 나는 고대 곡물을 좋아해서 밤마다 먹었다. 우리가 함께 살기 시작한 건, 영원할 줄 알았던 각자의 연애가 끝난 뒤, 한밤중, 집으로 가는 브루클린행 열차를 기다리며 서로의 어깨에 기대선 채 보내게 될 길고 추운 겨울이 시작될 무렵이었다.

콜린과 나는 처음으로 작가를 꿈꾸던 젊은 시절 만나 15년째 친한 친구로 지내왔다. 글을 쓰면 상대에게 보냈고, 중서부의 널찍한 커피숍에서 얼굴만 한 쿠키를 먹으며 서로에게 피드백해 주었다. 그렇게 몇 년째 우리는 에세이를 쓸 때마다, 초고를 쓸 때마다 서로에게 보내주었고, 잡지에서 공식 문서가 아니라 손 글씨로 쓴 거절 편지가 날아올 때마다 들떠서 서로에게 전화를 걸었다. 연애가 끝날 때도, 수표가 거절될 때도, 글을 수정하다 돌파구를 찾았을 때도 서로에게 이야기했다. "드디어 제대로 된 도입부를 찾아냈어." 숨 가쁜 목소리로 서로에게 이야기했다.

아기와 보낸 외롭고, 버거운 첫 몇 달 동안 콜린의 존재 — 그녀의 익숙한 금발, 주근깨, 얼굴을 붉힐 때 달아오르는 뺨 — 덕분에 내 마음은 불법이 아닐까 싶을 정도로 강렬한 고마움으로 고동쳤다. 남편이 해 주어야 할 일을 친구로부터 필요로 하는 건 수치스러운 일 같았다.

때로 나는 늘 파트너보다 친구들로부터 더 전폭적인 보살핌을 받으며 살아 왔던 게 아닌가 하는 생각이 들었다. 친구들과의 사이에서는 쓰레기 버리기가 설거지보다 더 힘든가 아닌가를 놓고 한심한 싸움을 벌일 일이 없었다. 또, 친구들에게는 과도한 기대를 품지 않기에 실망하지 않기도 쉬웠다. 그러나 나는 여기엔 한층 더 원초적인 어떤 욕구가 깃든 것이 아닐까 하는 생각도 했다. 내게는 늘 아버지보다, 어머니에게 요구하는 것이 더욱 안전했다.

딸이 태어났을 때, 나는 콜린에게 아기의 대모가 되어달라고 부탁했다. 이집트보다 가까운 곳, 프로스펙트 파크 건너편 벽돌로 된 커다란 아파트 건물에 사는, 빨간 머리에 감성이 풍부한 다른 친구인 카일에게도 같은 부탁을 했다. 카일과 나는 10년 전, 그녀가 사는 다락방 아파트에서 열린 옷 교환 행사에서 만났다. 그때 카일의 집 벽 코르크보드 위에 온갖 방향으로 뻗어 나가는 장편소설을 세밀하게 구성한 인덱스카드가 배열되어 있는 모습을 본 나는 생각했다. 널 수십 년은 알고 지내고 싶어.

카일은 언제나 내게 자양분을 주었다. 카일이 만드는 끼니는 — 렌틸콩 수프, 버섯 리소토, 번들거리는 오일과 짙은 색 식초를 잼 병에 담아 섞은 것을 드레싱으로 뿌린 매콤한 샐러드 — 어린 시절 어머니가 해 준 음식들을 떠올리게 했다. 내게 상처를 주었던 일들을 이야기할 때마다 카일은 귀 기울여 듣고, 중간 중간 다정하게, 그러나 미안한 기색은 없이, 내가 타인의 입장에서 생각해 보거나 내가 품은 동기를 다시금 고려해 볼 수 있는 질문을 던졌다. 내가 임신했던 시기, 어느 날 밤 우리는 볼티모어에 있는 카일 부모님 집에서 알몸 수영을 했다. 바스락거리는 나무들 아래서 물을 가르며 나아갔다. 우리 둘의 몸과 달 사이에 있던 나뭇잎들이 속삭이고 팔락거렸다. 그 뒤로 그만큼 가뿐한 기분을 느껴본 적 없었다.

내가 가진 대모라는 개념은 대체로 동화 속에 등장하는, 선물을 주는 마술적 존재들에게서 비롯한 것이다. 나는 이 여성들이 내 딸에게 자신들이 세상을 살아가는 방식을 선물해 주었으면 했다. 카일의 예리함. 콜린의 활달함. 두 친구의 의리. 타인의 내적 삶을 받아들이는 두 친구의 진지함.

제왕절개 직후, C가 집으로 돌아간 어느 밤에 카일은 병원에 와서 밤새 내 곁을 지켜 주었다. 우리는 김을 내뿜는 진한 소스 덮인 파스타를 플라스틱 용기에 포장해 와 먹었다. 깜깜한 병실 안에서 혀에 닿는 간 고기는 뜨거웠다. 아기가 잠들도록 불은 꺼져 있었다.

그러나 아기가 잠잠할수록, 우리는 속싸개로 싸 놓은 아기의 조그만 몸을 더 자주 확인해야 했다. 숨은 쉬고 있나? 이틀 전만 해도—적어도 이런 식으로는—존재하지 않았던 어떤 생명이, 어떻게 이렇게 삽시간에 존재할 수 있나? 어떻게 매 순간 계속 존재할 수 있나? 도저히 있을 수 없는 일 같았다.

4월, 아기를 북 투어에 데려갔다. 아기가 생후 3개월이던 시점이었다. 어머니도 함께 갔다. 4주간, 열아홉 군데 도시를 찾았다. 우리는 보스턴, 라스베이거스, 시더래피즈, 샌프란시스코, 앨버커키의 짐 찾는 곳에 서서 슈트케이스, 큼지막한 카 시트, 여행용 요람이 우스꽝스러운 행렬을 이루며 줄줄이 도착하기를 기다렸다. 아기는 여행용 유아차에 태운 채였다. 버클을 푼 아기띠는 내 허리에 매달린 채 허물처럼 길게 늘어져 있었다. 어디를 가더라도 슈셔shusher라고 불리는 휴대용 백색소음 발생기를 가지고 다녔다. 오렌지색과 흰색으로 이루어진 이 물건은 아기를 진정시키는 데 내 목소리보다 효과가 있었다.

우리는 소리 없는 묵주 기도를 하며 비행시간을 버텼다. 아기가 비행 내내 자기를 기도하며. 승무원이 내가 아기를 아기띠로 안은 채 탑승하게 허락해 주기를 기도하며. 먹먹해졌던 귀가 뚫리도록, 착륙 시점에 아기가 젖을 먹고 있기를 기도하며. 우리가 슈셔 사용을 잊지 않기를 기도하며. 슈셔의 죽어 버린 배터리를 교체할 수 있는 특수 드라이버를 파는 철물점을 찾아낼 수 있기를 기도하며. 우리는 살기 위해 백색 소음이 필요했다. 새벽 4시, 디트로이트의 호텔 방에서 그날 밤 네 번째로 자다가 깬 아기가 옆에서 울기 시작하자, 나는 생후 4개월에 온다는 수면 퇴행기가 온 것임을 알았다. 수면 퇴행기는 우리가 얼마나 많은 주 경계선을 건넜건 신경 쓰지 않았다. 어떻게든 우리를 찾아냈다.

미국 전역의 식당에서, 나는 가슴팍에 아기띠로 안겨 자는 아기의 보송보송한 머리 위로 내 입에 음식을 욱여넣었다. 식사 비용은 출판사로 청구되는 것이었기에 나는 뭐든지 다 먹을 셈이었다. 후추 잼을 발라 번들거리는 느타리버섯, 곁들인 거칠거칠한 콘브레드 부스러기가 고개를 젖혀 내 가슴에 뒤통수를 기댄 채 자는 아기의 감은 눈 위로 떨어지던 끼니. 나는 마음이 급해 야수처럼 음식을 먹어치웠고, 이에 페스토가 끼고 설탕이 달라붙었다. 그다음에는 셔츠를 내리고 내가 먹은 끼니를 아기에게 전해주었다. 로스앤젤레스에서는 서점 로비 위 다락방 사무실에서 아기에게 젖을 주었다. 케임브리지에서는 공공도서관 지하 작은 주방에서 젖을 주었다.

아기를 북 투어에 데려가는 것은 나는 떠나버린 아버지이자 머무는 어머니가 될 수 있다는 선언이었다. 내가 둘 다 할 수 있었던 건 오로지 내 어머니 덕분이었다. 내가 아기를 안고 있지 않은 모든 순간 어머니가 아기를 안았다. 어머니 덕분에 나는 오래전부터 존경하던 당신 모습과 최대한 엇비슷한 버전의 내가 될 수 있었다. 일과 모성이 서로를 굶주리게 하는 것이 아니라 서로를 먹여 살리는 두 가지 힘이라 이해하는 자아를 구축하는 모습이었다.

젖을 먹이는 곳마다, 낭독하는 곳마다, 식사하는 곳마다, 나는 언젠가 이 나날들의 이야기를 내 딸에게 들려주는 상상을 했다. 창고 속, 내가 걸터앉아 모유 수유하던 종이 상자들 하나하나, 기저귀를 갈 때 사용한 호텔 로비의 의자 하나하나, 낭독회를 마치고 돌아와, 어둠 속에서 잠든 채 숨을 들이쉴 때마다 부풀던 그 애의 몸을 바라보던 밤 하나하나를. 나는 이 북 투어가 코트 밑단에 보석을 수놓듯 내가 그 애 안에 심어 두는 일련의 기억들이라 상상했다. 그러나 그건 고단한 일이었다. 때로는 일과 모성이 서로를 위한 공간을 내준다는 사실을 스스로에게 증명하기 위해 아기가 낯선 호텔 방을 전전하며 잠들게 만들며, 내가 그 애한테 너무 많은 것을 요구한 것 아닐까 생각했다.

어느 날 밤, 서점에서 낭독하다 눈을 들자 모여든 청중들 뒤, 아기를 품에 안은 어머니가 보였다. 어머니는 아기를 안은 채 몸을 앞뒤로 느릿느릿 흔들고 있었다. 서스캐처원 셔플이라고 불리는 동작 말이다. 그 순간, 잠깐이었지만 우리 세 몸 사이의 거리가 사라지고, 이곳에 오로지 우리뿐인 것만 같았다.

가끔 아기는 한밤에 깨어 자신이 누군가의 몸에 안겨 있지도, 누군가의 몸속에 있지도 않다는 사실을 깨닫고 놀라기라도 한 것처럼 울기 시작했다. 가끔 나는 한밤에 깨어 부리토처럼 속싸개로 둘둘 말린 아기의 몸에 핸드폰 플래시를 비추어 보면서 숨을 쉬고 있는지 확인했다. 가끔 나는 내 담당 편집자가 책 판매량 때문에 스트레스를 받는 사이 어느 항공사가 잠든 아기를 아기띠로 안은 채 탑승하는 걸 허용하는가 하는 문제로 스트레스를 받았다. 난 이제 엄마가 되었으니, 야망 같은 건 관심 없어요! 제 관심사는 오로지 아기띠뿐이라고요! 그러나 이 농담은 은근한 자랑일 뿐이었다. 당연히 나는 책 판매량에도 신경 썼다. 아기가 내 품에 기대 자고 있을 때면 가만히 앉아 판매량이 편집자를, 출판사를, 에이전트를 실망하게 한 건 아닌지, 독자를 실망하게 한 건 아닌지 생각했다. 그러니까, 충분히 괜찮았는지. 책 판매량이 내가 이 정도면 충분히 괜찮다고 말해줄 수 있을지. 내 품에서 꿈꾸는 이 아기가 언젠가 자신이 이 정도면 충분히 괜찮은지 걱정하며 대부분의 시간을 보내는 여성으로 자라날지.

책은 나의 단주를 다룬 이야기였고, 그건 내가 어머니가 되는 상상을, 취하는 것 말고 다른 무언가를 위해 살아가는 상상을 할 수 있는 여성이 된 이야기이기도 했다. 내 책에 등장하는 여성은 욕구만으로 이루어진 사람이었고, 지금 서점에서 모유 수유하고 있는 이 여성은 타인의 욕구, 자기의 허기에 시달리는 이 작은 생명체의 욕구를 채워 주는 사람이었다.

우리는 어머니가 내 딸을 보살피려고 함께 온 것이라고 말했다. 그러나 사실 어머니가 보살핀 대상은 나였다. 딸에게 젖을 주는 나 역시 딸이었다. 아직도, 이런 식으로 어머니를 필요로 했다.

북 투어 내내 나는 신경 말단으로 이루어진 구속복을 입고 있는 기분이었다. 제약과 동시에 과로로 넘치는 투어였다. 햇빛이 너무 찬란해서, 비라는 것이 사람들이 이 도시에 대해 즐겨 하는 거짓말처럼 느껴지는 시애틀의 공원에서 아기는 옹알이를 했다. 오래된 제분 공장 잔해투성이인 미니애폴리스의 공원에서 아기는 울었다.

네바다 사막의 한 원형극장에서, 아기를 아기띠로 품에 고정한 채 통로를 걸어 다니며 사암 절벽에 반사되는 석양빛을 바라보면서 내가 10대 시절 정말 좋아하던 곡을 감미롭게 흥얼거리는 가수의 목소리를 들었다. 당신은 / 원하는 걸 얻었어 / 이젠 그걸 도무지 견딜 수가 없지……. 건조한 바람, 불붙은 것처럼 빛나는 절벽, 가수의 섹시한 쉰 목소리, 그 모든 것이 내 안에 더 온전히 스밀 수 있었던 건, 내가 피곤했기 때문, 또 호르몬 포화 상태였기 때문, 그리고 내 딸의 몸이 내 몸에 딱 붙어 있다는 사실이, 추상적 의미가 아니라 말 그대로의 의미로, 두 배로 살아 있는 기분을 느끼게 했기 때문이었다. 내가 내 몸으로 경험하는 모든 감각이, 그 애의 몸을 통해 겪는 것 같다는 상상이 들었다. 나는 이 모든 아름다움이 성유聖油처럼 그 애의 땀구멍을 타고 스며들기를 바랐다. 또 그 애가 조용히, 아주 조용히 있기를 바랐다.

아기는 내 품에서 한참을 잤다. 아기가 울기 시작하자, 나는 아름다운 노래로부터, 사막의 밤으로부터 등을 돌린 뒤, 기저귀 갈이대, 그리고 아기의 몸과 내 몸 사이에 샌드위치처럼 짓눌린 똥 묻은 기저귀를 버릴 쓰레기통이 있기를 빌며 방문객 센터를 향했다.

서점에서 사인회를 할 때면, 낯선 이들이 내게 자기 비밀을 털어놓는 내내 내 딸의 조그만 얼굴이 내 마음의 눈앞을 둥둥 떠다녔다. 한 여자는 술을 줄이는 게 효과가 있다고 생각하느냐고 내게 물었다. 한 남자는 자신이 술 마시는 꿈을 꾸지 않는 날이 오겠느냐고 물었다. 나는 그에게 나도 아직 그런 꿈을 꾼다고, 그러나 그 밖에 다른 꿈도 여럿 꾼다고 대답했다. 이 낯선 사람들은 나로부터 무언가를—공감, 동류의식, 해법, 아니면 목격—원했고, 솔직해지자면, 나 역시 그들로부터 무언가를 원했다. 내가 그들에게 중요한 무슨 말이라도 했다는 기미를 느끼고 싶었다. 그러나 나는 내 아기에게 젖을 먹이고 싶기도 했다. 가슴에서 젖이 뚝뚝 새어 나왔다. 동네 저편에 있는 아기의 조그만 몸이 발휘하는 인력을 감지하기라도 한 것처럼.

미니애폴리스에서, 한 여자가 내 책 덕분에 아들과 조금 더 가까워진 것 같다고 말했다. 아들은 아직 헤로인을 사용하지만, 끊고 싶어 하고, 끊으려 시도했다고 한다. 그녀가 물었다, 어떻게 해야 하느냐고. 그건 수사적인 질문이 아니었다. 나 역시 뭐라도 그녀에게 도움이 될 만한 대답을 해 주고 싶은 마음이 간절했다. 그러나 동시에, 호텔 방에 있는 내 아기를 생각했다. 아기는 울고 있을까? 어머니가 아기띠를 맨 채, 내가 언제쯤 돌아와 아기에게 젖을 주려나 생각하며, 손목시계를 확인하며 호텔 주변을 돌아다니고 있으려나? 이 여자의 아들도 한때는 아기였을 것이다. 젖을 먹거나, 젖 먹기를 거부하는, 잠자거나, 잠자기를 거부하는 아기. 내가 무슨 말을 하건, 그 여자의 아들이 약을 끊게 만들기엔 충분하지 않았을 것이다. 내가 무슨 말을 하건, 내 아기는 여전히 허기질 것이다. 헤로인을 사용하는 아들을 둔 여자는 밤을 향해 걸어 나갈 것이고, 나 역시 밤을 향해 걸어 나갈 것이다. 그녀는 자기 아이를 계속 사랑할 것이고, 나 역시 내 아이를 계속 사랑할 것이다. 우리의 사랑은 그 누구에게도, 무엇도 약속할 수 없을 테지만, 우리 둘 다, 그 사랑에 끝이 없을 것임은 알았다.

로스앤젤레스에 오자 숨통이 트였다. 늘 그랬다. 고향은 그 어떤 지형보다도 나를 편안하게 해 주었다. 쇼핑몰, 클로버 형 입체교차로, 퍼시픽코스트 고속도로에 몰아치는 소금기 섞인 바람, 스모그 때문에 밝게 번진, 선명하기 그지없는 석양빛을 배경 삼은 종려나무의 검은 윤곽들. 열여섯 살이던, 더는 동정이 아니게 된 고등학생 시절, 남자친구와 함께 취해 캄캄한 시골길을 운전하며 끝없이 동정이 아니야 동정이 아니야 동정이 아니야 생각했던 곳이 여기였다. 이 길들은 친구들과 내가 처음으로 늦은 밤 차에 올라 라디오 볼륨을 쩌렁쩌렁할 정도로 높인 채 우리의 미래를 상상하며 달린 그 길이었다.

나는 수없이 많은 버전의 내가 등장하는 백일몽에 사로잡혔지만, 모든 버전에서 나는 글을 쓰고 있고, 어머니이거나 어머니가 될 사람이었으며, 어떤 강한 남자가 욕망하는 대상이었다. 나에 대한 사랑의 증표로 요트의 침실 중 하나를 집필실로 만들어 준 프로 테니스 선수의 하늘하늘한 예술가 여자친구건, 되는 대로 지어진 낡은 빅토리아 양식 주택에 틀어박힌 채, 수상할 정도로 8학년 시절 영어 선생님을 닮은 은발의 교수 남편과의 사이에서 낳은, 모두 약초나 탐험가 이름을 따서 이름 지은 다섯 또는 여섯 아이들이 아래층에서 웃는 소리를 들으며 다락방에 놓인 타자기로 글을 쓰는 여자건 말이다.

이제 와서 그 거리를 달리니 그 복수의 존재 상태가, 여러 개의 가능한 삶에 대한 상상에 향수가 느껴졌다. 지금 내가 가진 건 이 아기, 그리고 이 결혼으로 이루어진, 이 삶 하나가 전부였다.

10대 시절에는 실연에 대해 백일몽을 꾸는 것조차 기분 좋았는데, 실연이라는 것이 궁극적으로는 잠정적인 것이자, 지평선 저쪽에 보이는 더욱더 깊은 사랑에 다가가기 위해 꼭 넘어야 하는 문턱이리라 상상해서였다. 실연이 지속적이며, 희망 없으며, 일상적인 것이라는 상상은 한 번도 한 적이 없었다. 미국 반대편, 눈 오는 브루클린에 있는 계단을 올라가며, 남편에게 그날 하루를 어떻게 보냈느냐고 어떤 말투로 물어야 할지를 고민하는 내내 뱃속에 자리한 돌덩이 같은 것이라는 상상 말이다. 어떤 말투건, 우리 둘을 잇는 다리는 이미 사라져 버렸다.

20년 전에는 그 어떤 고통도 되돌릴 수 없는 것이라 느껴지지 않았다. 어떤 실수건, 교정할 수 있었다. 그런데 이제는 내가 또 틀렸다는 사실을 어렴풋이 알겠다. 어떤 것은 깨지고 나면 다시는 고칠 수 없다. 어떤 훼손은 절대 없던 일이 될 수 없다.

사람들이 "갓난아기를 데리고 북 투어를 다니려면 참 힘들겠어요."라고 말할 때, 그 사람들의 추측 앞에서 꼭 거짓말쟁이가 된 것 같은 기분이 들었다. 사실 집에 있는 게 더 힘들다는 진실을 누구에게 털어놓겠는가? 투어가 주는 비밀스러운 안도감이 자꾸만 신경 쓰였다. 내가 내 삶을 벗어나는 방법을 생각하느라 이토록 많은 시간을 쓴다는 것이, 추운 겨울 자꾸만 인도를 걸어 다니고, 자꾸만 비행기에 탄다는 것이, 내가 잘못된 삶을 선택했다는 징후처럼 느껴졌다. 미국 반대편으로 가는 비행기 안에서, 나는 아기를 안고 화장실 앞에 선 채 몇 시간을 보내고, 그러느라 작은 간식 보관 공간으로 들어가는 입구를 막고 있어서, 누군가가 우리의 머리 두 개 달린 몸 앞으로 손을 뻗어 작은 냉장고에서 콜라를 꺼내려 할 때마다 우리 둘을 최대한 작게 줄이려 애썼다. 그때마다 "죄송합니다, 정말 죄송합니다." 했다. 나는 누구에게 사과했던 걸까? 아마 멀리 있는 내 남편에게였을 것이다. 내가 떠난 것을 사과한 것이리라.

방문하는 도시마다 사소한 것들이 내 눈에 띄어서—낭독회에 함께 온, 어쩐지 망한 데이트를 하고 있는 것 같은 커플이라든지, 버려진 제분공장 앞에서 셀피를 찍는 사람들—C에게 문자 메시지를 보내 이야기해 주고 싶었지만, 하지 않았다. 나는 집을 떠나 벌어지는 삶을 온전히 소유하고 싶었고, 그것이 마치 내가 그에게서 훔쳐 온 것처럼 느껴져서 죄책감이 들었다. 그는 홀로 남겨진 기분이 들었다. 나는 버거운 기분이 들었다. 우리 둘 중 누구도 혼자가 아니었지만, 우리 둘 다 혼자라 느꼈다.

우리는 내가 그를 비극적 상실로부터 구원해 줄 수 있으리라는 거짓된 서사로 이루어진 천국으로부터 우리 일상의 지저분한 아기방으로 뚝 떨어졌고, 그가 뒷방에 혼자 있는 사이 나는 앞자리를 차지한 채 새어 나온 젖으로 베르사체 블라우스를 적시며 사진을 촬영하고, 그 뒤에는 그의 요구보다 훨씬 단순한 요구를 지닌 아기와 나만의 고립된 곳으로 들어간다. 아기의 요구는 거절하기 더 어렵다. 충족하기 더 쉽다.

다르게 말하는 사람들도 있겠지만, 많은 이들이 결혼이 끝나는 이유가 바람이라 생각한다. 그러니 나는 다르게 말하겠다. 내 결혼은 아니었다. 그저, 함께 삶을 만들어 갈 수 있을 것이라 믿었지만 사실 그럴 수 없었던 두 사람의 실수였다. 그 실수 자체가 배신이었다.

부모님의 결혼 생활 때문에 나는 헤어지는 것보다 바람에 더 알레르기 반응을 일으켰다. 그러나 다르게 생각하는 사람들도 있다는 것을 안다. 너무 빨리 포기하는 게 최악이라 믿는 사람들.

나 역시 충분히 바람을 피울 수 있는 사람이었고, 비록 이 이유로 아버지를 재단하기는 했어도, 아버지의 바람피우는 능력을 어떤 형태로건 물려받았다. 과거에 두 명의 남자친구를 속이고 바람을 피운 적도 있었다. 아직도 다른 남자들의 침대 위, 마치 내 몸을 도저히 벗겨지지 않는 구겨지고 냄새나는 옷가지처럼 입고 있는 기분으로 눈을 떴던 순간이 기억난다.

내게 바람이란 관계를 바로잡는 노력도, 끝내는 노력도 회피하려는 수단이었다. 이번에는, C와의 관계에서는, 그 노력을 회피하고 싶지 않았다. 그러나 나는 나 자신이 무서웠다. 나는 내가 순수하다는 환상은 전혀 품고 있지 않았다. 내가 속으로 그런 짓은 절대 하지 않을 거야라고 생각할 때마다, 나는 그것이 거짓 약속임을 안다. 우리는 수많은 일들을 자신이 절대 하지 않을 것이라 생각한다, 마침내 그 일을 저지를 때까지.

C는 언제나 내게 최고의 독자가 되어 주었다. 우리는 언제나 서로의 글을 믿었다. 술을 다룬 내 책을 처음 읽었을 때, 그는 이렇게 말했다. “당신은 진실 그 자체야.”

그러나 그해 봄, 책이 나왔을 때 나는 그가 고뇌하는 걸 느낄 수 있었다. 나를 지지하고 싶어 했지만, 모든 인터뷰에 가시가 돋쳐 있었다. 그보다 2년 전, 그의 두 번째 장편소설이 나왔다. 아내가 백혈병 진단을 받은 뒤 함께 그 사태를 헤쳐 나가는 젊은 부부 이야기를 다룬, 예리한 관찰과 진동하는 헌신을 담은 소설이었다. 이 책은 대부분 C 자신의 삶에 바탕을 두고 쓰였으며, 내가 그에게서 가장 사랑하는 면들을 무척 많이 담고 있었다. 위기 속에서 발휘되는 충실함, 물러설 줄 모르는 공감, 사람들은 각자의 최고의 순간과 최악의 순간으로만 구성된 것이 아니라는 인식.

그러나 막상 책이 나왔을 때는 C가 바라던 반응을 얻지 못했다. 그의 삶에서 일어난 가장 힘든 일을 예술로 만들고자 자기를 모두 쏟아부었는데, 세상은 마치 그저 어깨만 으쓱한 것 같았다.

처음에 나는 달리 생각해 보기를 권했다. 모두가 듣고, 또 좋아했던 멋진 라디오 인터뷰가 있잖아? 또, 질병에 대해 이토록 따뜻하게 쓴 책은 한 번도 읽어 본 적 없다는 어느 종양학과 간호사의 편지는?

결국 C는 그런 식의 응원은 그만두라고 했다. "힘들어." 그가 말했다. "힘들어하게 내버려 둬."

임신했다는 걸 알기 직전, C의 책이 나오고 1년 뒤, 그 학기 마지막 수업을 위해 학생들이 우리가 사는 아파트를 찾아왔다. 그것은 나만의 의식이었다. 학생들이 내 책꽂이를 살펴보고, 탄산수만 가득한 내 냉장고를 들여다보는 모습이 좋았다. 나는 학생들이 C와 대화를 나누고, 그의 재치와 예리한 정신에 매료되고, 그가 지어낸 고양이 농담을 듣고 웃는 모습을 상상했다. 그러나 C는 끼어들고 싶지 않다고 했다. 그날 오전에 어디 다른 곳에 가 있겠다고 했다.

나는 안에 감자칩을 부숴 넣은 초콜릿 칩 쿠키를 구웠다. 아이오와 스테이트 페어에서 슬쩍해 온 조리법이었다. 학생들은 집에서 만든 머핀이나 근사한 샐러드를 밀폐용기에 담아 왔다. 한 남학생은 그가 쓴, 어색한 스리섬을 주제로 쓴 에세이에 등장했던 것과 똑같은 조그만 핫도그를 가져왔다. 메타적인 순간이었다. 이제 모두 감상적이 되었다.

C는 집이 비어 있을 줄 알고 돌아왔지만, 그때까지 집 안은 학생들로 가득했다. 토론이 길어져서, 우리 열두 명 모두 무릎 위에 음식이 담긴 종이 접시를 놓은 채로 둥글게 배치한 의자에 모여 앉아 있었던 것이다. 나는 핸드폰으로 초조하게 시간을 확인했다. 수업을 늦게 끝내고 싶지는 않았지만, 학생들에게 할 말이 이렇게 많다는 사실이 사랑스럽기도 했다.

문을 연 C는 당황했다. 짜증 난 것도 같았다. 그는 안으로 들어오지조차 않고 "끼어들지 않을게." 하더니 그대로 돌아서서 문을 닫아 버렸다. 학생들은 당황해 서로의 얼굴을 쳐다보았다. 그러다 한 학생이 물었다. "저희 이만 갈까요?"

"아니, 아니야. 잠깐만 기다려." 나는 그렇게 말하고는 일어나서 C를 쫓아 달렸다. 그의 이름을 부르며 현관으로 달려 나갔을 때, 그가 바깥으로 이어지는 계단을 내려가는 모습이 보였다. 나는 계속 그의 이름을 불렀다. 그는 계속 걸어갔다.

며칠 뒤에 있었던 부부 상담에서, 우리는 이 일에서 내가 저지른 잘못—학생들이 언제까지 우리 집에 머무를지 미리 상의했지만, 내가 그 협의를 지키지 않았음—에 대한 이야기를 나누었지만, 내가 하고 싶은 이야기는 그 이야기가 아니었다. 나는 그가 그대로 집을 박차고 나간 이야기를 하고 싶었다. 왜 내가 하는 모든 일, 사랑하는 모든 것이 그에게는 공격처럼 느껴지는지 이야기하고 싶었다. 왜 내가 학생들을 집에 데려오는 것만으로도 그를 화나게 하는 건지. 그가 잠깐 머무르며 인사를 건넬 수는 없었는지.

나는 의분에 찬 나머지 그의 상처를 보지 못했다. 자기 집에서 외부인이 된 것처럼, 얼마나 투명 인간이 된 것처럼 느꼈는지. 아니면 그의 상처를 보았지만, 내 학생들이, 내가, 자기의 존재를 달가워하지 않으리라는 그의 의심을 풀어 주기에는 너무 피곤했던 건지도 모른다. 나는 그가 그곳에 있기를 원했으니까. 적어도, 내 안에 그런 마음이 일부나마 있었으니까. 내 안의 또 다른 마음은 우리 사이의 긴장을 학생들에게 들킬까 봐 두려워하고 있었다. 또 다른 마음은 내가 그에게 보여 주는 나보다, 학생들에게 보여 주는 나를 더 선호한다는 사실을 깨닫고 부끄러워하고 있었다.

그의 책이 나오고 2년 뒤 내 책이 나왔을 때, 내 책의 출간이 그의 고단했던 경험을 유령처럼 소환했음을 우리 둘 다 느꼈다. 그러나 나는 이런 인식을 마음 씀으로 번역하는 법을 몰랐다. 어떻게 보면, 늘 내가 마음 쓰는 일을 잘못하고 있는 것처럼 느껴졌다. 나는 내 작품의 중요성을 낮추지 않는 동시에 당신 작품은 중요해라고 말하는 법을 알고 싶었다. 그 비슷한 말을 하고, 또 했다. 그런데도 그 말이 충분치 않았다. 아니면, 그 말을 너무 많이 해서 그저 기계적인 반복으로 느껴지게 만들었거나.

뉴욕에서 행사가 열리자, 내가 무대에 올라가 있는 동안 C가 아기를 보기로 했다. 평소와는 다른 조합이었다. 나는 어머니와의 리듬에 익숙했다. C에게 의지하는 건 그만큼 편안하지 않았다. 몇 년 전, 파티에 가기 전에 C는 내게 "당신 핸드백을 들고 서 있느니 차라리 죽지." 말했었고 나는 그 말을 절대 잊지 않았다.

내가 아기에게 젖을 먹이는 동안 우리 모두 녹색 방에 앉았다. 벽이 사과와 주키니를 갈아 만든 이유식 색깔인, 말 그대로 녹색 방이었다. 나는 그 시절 입던 유일한 종류의 드레스, 그러니까 목깃을 끌어내려 가슴을 끄집어내기 쉬운 드레스를 입고 있었다.

무대에 올라 얼굴에 조명을 받으며 낭독하는 내내, 나는 아기가 울고 있지는 않을지 걱정했다. 그리고 낭독을 마치고 녹색 방으로 돌아오자, 아기는 예상대로 울고 있었다. C는 품에 울부짖는 식료품 봉지처럼 아기를 안은 채였다. 그는 거의 화가 난 것처럼 보이는 표정으로 눈을 들더니, 내 표정을 살폈다. 내 눈빛에 실망감이라든지 비난의 기색이 있는지 찾았다. 분명, 둘 다 있었을 것이다. 마치 나와 있을 때 아기가 이렇게 울어대는 일이 천 번쯤 일어나지 않았던 것처럼. 내 딸. 우리 딸. 나는 자꾸만 이 복수 대명사를 잊어버렸다. 우리의 유대 속에 그의 자리를 만들어 주지 않았다.

그날 밤을 생각하면, 아마 그의 얼굴에 떠오른 표정은 화보다는 외로움에 가까웠을 것 같다. 우리가 이 일을 함께 해내는 방법을 찾아

내지 못했다는 것을 깨닫고 느낀 외로움.

만난 지 4년이 되자, 우리 사이가 틀어진 와중에도 좋아하던 C의 모습을 내가 계속 좋아한다는 사실이 아팠다. 그러나 어떤 것들은 끈질기게 남았다. 그의 재치. 그의 충실함. 뱃속에서부터 터져 나오는 껄껄 웃음. 예리한 시선. C와 결혼해서 좋은 점 중 하나는 그의 시선과 함께할 수 있다는 점이었다. 그가 알아차리는 것들. 이 세상의 우스꽝스러운 인간들을 향한 그의 깊은 사랑. 셀피를 찍는 사람들이라든지 어색한 데이트 중이던 커플 이야기를 그에게 문자 메시지로 알리고 싶었던 것도 그래서였다. 또, 그의 거친 외면—많은 타투, 퉁명스러울 정도의 솔직함, 성마름—을 내심 좋아했던 건, 그래서 그의 내면이 오로지 나만을 위해 아껴 둔 부드러움처럼 느껴져서였다. 나, 그리고 시츄들만을 위해. 나, 그리고 그의 소설 속 인물들만을 위해. 우리 관계가 무너지고 있을 때조차, 나는 그와 함께 세상을 떠돌며 그가 알아차리는 것들을 듣고, 그가 보는 것들을 보는 느낌을 늘 갈망했다.

딸이 태어나기 1년 전, 우리는 샌디에이고로 휴가를 떠났다. 우리 사이는 잘 풀리고 있지 않았지만, 나는 나아질 거라는 진심 어린 희망을 여전히 품고 있었다. 어느 날 아침, 우리는 국경 너머 바하반도에 있는 푸에르토누에보라는 작은 마을로 갔다. 뉴포트 담배 광고판에서 유래한 이름이었다.* 바닷가재를 파는 작은 식당들이 아주 많았다. 우리

* 마을 이름이 뉴포트 담배의 이름이 쓰인 대형 광고판에서 유래했다는 설을 가리킨다. 푸에르토누에보(Puerto Nuevo)는 '새 항구'라는 뜻으로, 영어로 번역하면 뉴포트(new port)가 된다.

는 짭짤하고 축축한 게살을 손가락으로 뽑아 먹었다. 햇빛에 번들거리는 버터 바른 옥수수를 먹었다. 돌아오는 길, 보이지 않는 곳 저 너머까지 줄지어 이어진 차들의 행렬 끝에 섰다. 차로들 사이에 사람들이 서서 묵주, 항생제, 국경 심사를 기다리는 동안 먹을 부리토를 팔았다. C의 시선은 늘 바로 그곳을, 뜨거운 햇빛 속에 서 있는 사람들을, 그들의 불편함을, 그들이 진 짐을 향했다. 그는 남들이 그저 지나치거나 외면하는 사람들, 그 자리에 있는데도 보이지 않는 고된 하루하루를 살아가는 사람들에 대한 깊고, 솔직하고, 감상에 매몰되지 않은 부드러움을 느꼈다. 보이지 않는 사람들이 C에게는 보였으므로.

아기가 태어날 무렵, 우리는 만난 첫해만 제외하고 이미 3년째 부부 상담을 받고 있었다. 우리는 매주 한 번 지하에 있는 상담소를 찾아가서 둘이 앉기에는 늘 너무 좁게 느껴지는 2인용 소파에 앉았다. 결혼 생활이 힘들어질수록, 결혼 생활을 그만두고 싶은 마음 때문에 느끼는 죄책감은 더 커졌다. 그것은 저녁으로 짭짤한 크래커 여섯 개를 먹은 대가로 트레드밀에 올라 10킬로미터를 뛰며 절식하던 열아홉 살의 내가 가진 것과 똑같은, 고난에 대한 믿음이었다. 그때의 목소리가 다시금 솟아나서 말했다. 힘들게 느껴지는 일일수록 더 필요한 것임이 분명해.

부부 상담에서 교묘하게 폭로된 것 중 한 가지는 내가 결혼 생활이 힘들다고 생각한 모든 방식—나로서는 나만이 고통스러워하는 특수한 영역이라고 상상한—은 사실 잃어버린 쌍둥이처럼, 필연적인 귀결로서 그의 경험에 기대고 있다는 점이었다. 상담사는 말했다. "여러분 둘 다, 각자의 영역에서 힘겹게 노력하고 있어요. 둘 다, 자기가 모든 일을 다 한다고 생각하죠."

그 당시에는 그 말에 실망감을 느꼈다. 나는 내가 실제로 모든 걸 하는 사람이라는 내 믿음을 상담사한테서 확인받고 싶었다. 그러나 그때도 상담사 말이 맞다는 건 알았다. 우리 둘 다 많은 일을 하고 있었다. 그것이야말로 부부 상담의 미끼 상술이다. 내 입장의 이야기를 확인받으려 찾아갔는데, 그 대신 내 이야기가 강제로 몰려나게 되는 것 말이다.

우리 둘 다 수많은 똑같은 고통을 느낀다는 사실이 결혼을 지킬 수 있다는 믿음을 내게 심어 주지는 못했다. 처음의 행복한 몇 달이 그 이후 줄곧 이어진 균열보다 중요하다고, 나 자신을 설득하기조차 점점 더 힘들어졌다. 마치 우리가 돌아가려는 좋은 곳이, 과거의 우리가 가진 아주 작고 가느다란 한 조각에 불과한 것처럼.

북 투어 이후로는, 또다시 나와 아기 둘이 종일 미술관을 돌아다니는 나날이 반복됐다. 때로는 이집트 전시실에 들어가 눈에는 콜*을 칠하고 양팔은 가슴 앞에 팔짱을 낀 벤수이펫**의 마스크 앞에 멈춰 서고는 했다. 벤수이펫은 내세라는 요란한 겉치레에 진력이 난 듯했다. 그냥 죽어서 다 끝내면 안 돼?

그러나 그녀는 죽는 대신 환생이라는 길고도 골치 아픈 일을 마

* 과거 여러 문화권에서 눈화장을 위해 칠하던 휘안석 가루.

** 브루클린 미술관에 소장된 기원전 1292~1190년경 미라의 관에 쓰인 이름이다. 환생을 위해 남성과 여성 성별을 오가야 하며, 고대 이집트인의 믿음에 따라 남성과 여성을 모두 상징하는 색상과 대명사로 장식되었다.

주한다. 고대 이집트인들은 태아가 남성의 몸속에서 만들어져 섹스를 통해 여성의 몸으로 옮겨가는 것이라 믿었다. (당연히, 심지어 태아마저도 남성이 만든 것이라 보았다는 뜻이겠지?) 여성은 죽고 나서 잠시, 내세의 자기라는 태아를 만들 수 있을 시간만큼만 남성으로 변한다. 그다음에는 다시 여성으로 변해 그 태아를 품는다. 그렇게 해야 내세에 환생할 수 있다.

하나의 몸이 모든 것을 이루어낸다는 인식이 담긴 이 고대 의식에서, 나는 자율에 관한 나 자신의 기만이 왜곡된 버전을 본다. 태아를 만들 수 있는 남성이 되었다가, 태아를 품을 수 있는 여성이 되었다가, 결국에는 자기 자신을 낳는 것. 남성을 필요로 하는 것이 아니라, 남성이 되는 것. 필요한 모든 일을 하는 것.

딸이 태어나고 한동안 나는 환생 이야기에 강박적으로 이끌렸다. 환생은 이 작은 사람이 으스스할 정도로 완전한 상태로 세상에 도착했다는 사실을 조금 더 잘 이해할 수 있게 해 주었다. 내 딸은 출처를 알 수 없는 천의 한 조각이었다. 그 애는 세계를 견디는 일종의 참을성을 가진 것 같았다. 주변에 있는 사물들의 이름을 하나씩 알려 줄 때마다, 아기는 나를 부드러운 자제심을 담은 눈으로 바라보았다. 이건 미라야. 이건 사과야. 이건 문이야. 그래, 아기의 눈이 말했다. 나도 알아. 그래도 딸은 내가 말하게 내버려둔다.

어느 중국 신화에서는 명계로 내려가는 입구에 한 노파가 앉아 환생하려는 모든 영혼에게 망각의 탕을 한 그릇씩 떠 준다. 이 탕을 먹으면 과거의 일을 모두 잊고, 다음 생에서 알게 될 지식에 주의를 기울일 수 있게 된다. 이 면 담요에. 이 물렁물렁한 아보카도에. 이 엄마의 목소리에.

그건 그렇고 우리는 왜 미술관에서 이토록 많은 시간을 보냈던 걸까?

한 친구는 내가 내 삶에서의 존재감을 느끼기 위해서가 아닐까 하고 말했다. 어쩌면 아름다움이 내가 실제로 이곳에 존재한다고 느끼게 해 준 건지도 모른다고.

20대 초반, 처음 뉴욕에 왔을 때, 나는 미드타운의 한 오피스 빌딩에서 계약직으로 일하며 창문이 없는 층의 우울한 큐비클 사무실에 앉아 고액 자산가 고객들의 데이터베이스를 뒤져 이들에게 전과 기록이 없는지 확인하는 일을 하며 나날을 흘려보냈다. 연말 파티에서 싸구려 와인에 흠뻑 취해 버린 나는, 우리 회사에 창문이 없는 게 마이애미 출신 계약직 사원이 창문에서 뛰어내렸기 때문이라는 소문이 진실이냐고 모두에게 묻고 다녔다. 때로는 점심시간에 뉴욕 현대미술관을 찾아 딱 20분간, 그저 쇠라가 그린 해 질 녘 바다와 하늘 그림 앞에 서 있었다. 그 그림을 보면 세상이 어마어마하게 크다는 사실을 잊지 않을 수 있었다. 점묘화로 그린, 반짝이는 먼지들로 가득한 지평선. 아름다움으로 채워진 그 20분은 이를 둘러싼 다른 모든 시간보다 훨씬 중요하게 느껴졌지만, 동시에 도망치고 싶지 않은 시간들로 이루어진 삶을 갈망하게 했다. 그런 삶은 내가 당연하게 가질 수 있는 삶이 아니었다. 그저 내가 원한 무엇일 뿐이었다.

임신 초기, 임신 사실을 알기도 전, 알프스 지역의 고색창연한 마을에서 열리는 일렉트로니카 페스티벌에 연사로 초청받았다. 왜 나를 일렉트로니카 페스티벌에 초청한 걸까? 영문 모를 일이었다. 그래도 그곳에서 보낸 시간은 행복했다. 밤마다 인산인해를 이루는 창고 같은 공연장에 들어가서는, 후디를 덮어쓰고 큼직한 헤드폰을 낀 키 크고 깡마른 남자들이 노트북으로 도저히 참고 듣기 힘든 음악을 만들어 내는 모습을 지켜보았다.

그러던 어느 날 오후, 나도 무대에 올라 다른 작가와 함께 나르시시즘과 공감에 관해 이야기했다. 그날 밤, 그 작가와 나는 망치로 쪼갤 수 있는 낡은 가구들이 들어찬 화물용 컨테이너 옆에서 대화를 이어 갔다. 그녀는 담배를 피우면서 오픈 릴레이션십으로 이어진 기나긴 여정 이야기를 해 주었고, 나는 담배를 피우지 않으면서 임신하고 싶다는 이야기를 했다.

겉으로 보기에 우리는 여성으로 살아가는 너무나 다른 두 가지 방식—결혼해서 아기를 낳은 삶, 그리고 여러 명의 연인이 있고 아기가 없는 삶—에 대해 말하고 있었지만, 깊이 들어가면 우리 둘 다, 자기 자신에게 갇혀 살아가는 일에서 발견하는 안도감에 관해 이야기하고 있었다고 생각한다. 우리 둘 다, 통제를 내려놓아야 만날 수 있는, 저 너머에 있는 자유를 찾고 있었다.

20대의 나는 종종 글을 쓰느라 밤을 지새고는 했다. 주로 아이오와에 살던 시절이었고, 나는 80번 주간고속도로의 화물차 휴게소까지 차를 몰고 나가 밤새 운영하는 다이너에서 글을 썼다. 이 밤 시간에만 써서 완성한 단편소설이 하나 있는데, 선상 가옥에 모여 사는 한 무리

퇴역 군인들을 다룬 소설이었다. 속기사가 꿈을 베껴 쓴 것처럼 간결하고 난해한 소설이었다.

이 소설의 초고를 완성한 밤, 빈 커피잔 세 개, 반쯤 먹은 끈적거리는 프렌치토스트 접시를 앞에 둔 채, 나는 카페인, 그리고 만질 수는 있지만 가질 수는 없는 그 무언가를 붙잡고자 하는 과정에서 쏟아진 아드레날린 때문에 몸이 윙윙 울리는 기분을 느꼈다. 나는 낯선 사람들의 고독을, 그들의 발아래서 부드럽게 흔들리는 배를, 그들이 캠핑용 가스버너로 서로에게 만들어 주는 아침 식사를 상상하고 있었다. 이 소설이 내가 지금까지 쓴 최고의 작품일 거라고 나는 생각했다.

다음 주 워크숍에서 내 소설을 평할 차례가 되자, 강사는 그저 어깨만 으쓱했다. 확실히 기이하기는 하지만, 그래서 무슨 가치가 있죠?

레코드판에서 옮겨 온 것 같은 꿈으로부터 강사의 태평한 어깨 으쓱임으로 훌쩍 떨어지는 실망감은 아팠지만, 나는 더 완강해졌다. 계속해서 그 밤늦은 시간으로 돌아가, 비밀스럽고 중요한 무언가의 언저리를 헤집고 싶었다.

10년 뒤, 갓 태어난 아기를 품에 안았을 때, 나는 그 비밀스러운 시간이 어떤 모습이 될지 상상할 수가 없었다. 이제 모든 시간은 그 애의 육체적 욕구를 중심으로 배열되었다. 심지어 내 고독조차도 내가 애원하거나 값을 치러야 얻을 수 있는 것이 되었다.

글쓰기가 나의 위대한 사랑이라면—그리고 나는 글쓰기가 아마도 그 어떤 남자보다도 위대한 사랑이라 믿기 시작하던 차였다.—그것은 궁극적으로 자기애의 한 형태이자 일종의 독이 아닐까. 어쩌면 나를 타인의 욕구에 복종하게 만드는 것이야말로—아내 되기, 나아가 엄마 되기 — 내게 필요한 바로 그 해독제가 아닐까.

아기가 생후 4개월일 때, 처음으로 아기를 두고 글을 쓰러 나간 날은 꼭 쿠데타를 위한 군수물자 비축을 계획하는 것 같은 기분이었다. C에게 예비품의 예비품까지 마련해 놓기 위해 냉동실에는 비닐 파우치에 담아 얼린 모유를 넉넉히 쟁여 놓았고, 마지막으로 모유를 먹인 때가 언제인지, 낮잠을 자다 깬 시각이 언제인지 확인하라 단단히 일렀다. 기저귀도, 담요도 없는 가방이 어찌나 가벼운지, 꼭 동트기 전 침실 창문으로 슬쩍 기어나가려는 범죄라도 저지르는 기분이었다.

우리가 사는 아파트 근처 커피숍에 자리를 잡고 앉은 나는 C에게서 오는 전화를 놓칠 일 없도록 핸드폰 벨 소리를 최고 음량으로 올려놓았다. 말도 안 되게 비싼 햄 치즈 크루아상을 샀다. 먹기 힘들 정도로 굳은 빵이었지만, 아무튼 먹을 작정이었다.

아무것도 챙기지 않아도 된다는 기쁨이 큰 나머지, 나는 거의 아무것도 챙기지 않았다. 컴퓨터도, 종이도. 냅킨을 한 뭉치 가져와 테이블 위에 늘어놓았다. 그래, 4인용 테이블을 온전히 다 쓸 거야.

나는 15년 전부터 내 식이장애를 다룬 에세이를 쓰고자 애썼다. 그러나 어떻게 쓴들, 그 글이 심문해야 마땅한 것과 같은 오류에 갇힌 것처럼 느껴졌다. 바로 굶주린 몸은 건강한 몸으로서는 불가능한 유창함으로 말한다는 것이었다. 그런데 이제 나는 내 식이장애를 다룬 에세이는 한편으로는 임신에 대한 에세이이기도 해야 하는 것이 아닌가 생각하게 되었다. 기존의 앙상한 자아의 유령 같은 윤곽을 넘어 확장하는 몸. 나는 냅킨 위에 세부적인 요소들을 휘갈겨 썼다. 기숙사 방 벽장 안에 들어 있던 체중계, 내 아이의 갓 만들어진 피부가 내던 반지르르한 보랏빛 광채, 병원의 형광등 빛 때문에 질끈 감은 그 애의 눈. 그 뒤 나는 냅킨들을 퍼즐 조각처럼 이리저리 옮기며 제대로 된 접촉점을 찾으려 애썼다. 얇아빠진 티슈 위에 너무 빨리 글을 쓰느라 찢어진 티슈도 있었다. 한 블록 떨어진 우리 아파트에서 C가 아기를 안고 이 방 저 방을 돌아다니며 노래를 불러 주고, 안고 흔들어 주면서, 내가 여기 있단다, 내가 네 아빠야 하는 모습을 상상했다. 아기와 그를 단둘이 둔 건 그때가 처음이었다.

그건 마치 성서의 가르침에 등장하는 논리처럼 느껴졌다. 아기에 대해 글을 쓰려면, 그 애를 떠나야 한다는 것. 제가 할 수 있는 최고의 일은 제 일상의 순간을 예술적 공간으로 전치하는 일이라고요. 이 냅킨들은 요람을 갤러리로 가져오려 애썼다. 냅킨들은 아기가 태어난 직후 그 애의 얼굴을 보았던 기억을 향해 더듬더듬 다가가고 있었다. 그 연금술이 동력이 되었다. 내 식이장애와 임신이 맞물리는 직소 퍼즐. 퍼즐 조각 하나의 호선은 다른 하나를 더 예리하고 선명하게 했다. 기이하게도 처음으로 코카인을 흡입하고 할 말이 너무 많아. 생각했던 그때와 닮아 있었다.

유아차가 잔뜩 놓인 이 커피숍은 자정을 넘긴 시간의 화물차 휴게소 간이식당과는 닮은 곳이 없었지만, 그 굴복의 감각은 바로 이곳에서 나를 기다리고 있었다. 내가 할 일은 그것이 다른 모습으로 다가오리라는 사실을 받아들이는 것뿐이었다. 한 번에 몇 시간씩, 협상하거나 돈을 지불하고, 째깍째깍 가는 시간에 쫓기면서, 무자비한 태양빛에 흠뻑 젖은 채로.

그 당시 태어난 직후였던 내 딸은 베개 옆에 놓인 아기 침대에서 잤다. 아침에 눈을 뜨면 가장 처음 보이는 건 흰색 메시 천 너머 그 애의 잠든 얼굴이었다. 살짝 내민 입술, 익히지 않은 밀가루 반죽을 한 점 뜯어낸 것 같은 그 애의 굴곡진 코, 핏줄이 비쳐 보이는 눈꺼풀이 떨리는 모습. 때로 그 애의 살갗에 내 살갗을 힘껏 누르고 싶은 욕망은 허기만큼이나 강해서, 입에서 절로 괴상하고 낮게 으르렁거리는 소리를 토해 내기도 했다.

과거에는 아기를 먹어 버리고 싶다는 여자들의 말에 공감한 적이 한 번도 없었다. 그러나 내 딸, 그 애의 완벽한 몸 앞에서, 나 역시 이 원초적인 허기를 느꼈다. 그 애가 왔던 곳으로 돌아가게 하고픈 충동이었다.

어느 날 오후 심리치료사는 말했다. "아기가 집에서 당신의 쉴 곳인 것 같아요."

생후 5개월인 아기에게 바라기에 너무 큰 것은 아니겠지? 그 애를 이 집에서 내 쉴 곳으로 삼는 게?

딸이 태어나고 첫 여름, 우리는 메릴랜드의 틸먼섬에서 열리는 결혼식에 갔다. 친구들인 케이시와 캐스린이 체서피크만을 향해 불쑥 튀어나온 녹지에서 결혼식을 올리는 날이었다. 공기는 소금기와 모기로 가득했다. 젖은 잔디 위에는 더블 스쿱 레몬 아이스크림을 서빙하는 카트가 서 있었다. 결혼식에서 처음 낭독된 글은 마치 고발장 같았다. "'사랑에 빠진 상태'와는 구분되는 사랑은 감정을 넘어서는 그 무엇입니다.

사랑이란 의지로 지속되고, 습관으로 강해지는 깊은 결합입니다."

나는 낭만적인 사랑에 관한 이러한 비전, 즉 사랑은 압도적인 정서만큼이나 지속적이고 일상적인 것, 의지에 힘입어 의도적으로 만들어지는 것이라는 비전을 믿게 되었다. 그리고 그런 말을 귀로 들으니 감동적이기도 했다. 그러나 나는 그 밖에도 내 결혼의 핵심에는 이런 일을 뒷받침할 수 있는 양립 가능성이 존재하지 않았다는 것 역시도 믿게 되었다. 부부 상담을 받으며 보낸 오랜 시간, 결혼 생활을 유지할 동력을 얻고자 친구들과 울며 나눈 긴 대화들, 이런 것들이 더는 버틸 수 없는 중심을 향해 노력을 쏟아붓는 것처럼 느껴지기 시작했다.

이날 결혼한 두 여성은 내 결혼식이 있기 불과 며칠 전에 서로를 만난 사이였다. 냇가에서 보낸 그날의 아름다움을 생각하니 마음이 아팠다. 한들거리는 꽃, 그의 눈에 담겨 있던 믿음. 석양 속, 비로 촉촉한 잔디에 서 있자 발목께로 모기떼가 몰려왔고, 나는 아기의 귀에 대고 내 결혼식 이야기를 해 주었다. 작은 손가락들이 훑고 간 3단 케이크, 문자 메시지들로 이루어진 시, 주유소에서 산 젤리들.

나는 내 아기에게 그 파편을 전해 주고 싶었다. 그것들은 한때 새로운 삶의 시작처럼 느껴졌다.

나는 아기에게 말해 주었다. 전구가 주렁주렁 걸린 헛간이 있었단다. 다들 콘브레드를 맛있게 먹었어. 네 삼촌이 싱글몰트 위스키를 리셉션에 가져오는 바람에 출장 요리 업체 직원이 치우라고 했지. 네 아빠와 나는 그날 부대 하나를 통째로 먹여 살릴 만큼 어마어마한 양의 젤리빈을 싣고 밤의 드라이브를 했어. 우리는 서로 사랑했단다. 정말로 사랑했어.

아기가 태어난 뒤 내가 한 첫 강의는 덴버에서 열린 주말 워크숍이었다. 아기는 생후 6개월이었다. C가 근처 호텔에서 아기와 함께 남았다. 그가 이렇게 몇 시간이나 아기를 보는 건 여전히 우리에게 흔치 않은 일이었다. 아직 이유식을 시작하기 전이었고, 먼 곳이라 냉동해 둔 모유를 가져올 수도 없었다. 그래서 우리는 시간을 정확히 맞춰야 했다. 강의 중 15분간의 휴식 시간을 꼬박 지켜야 했다.

수업을 시작하며 나는 학생들에게 말했다. "아기를 바로 이 근처에 두고 왔어요." 마치 모두가 알고 있어야 마땅한 희귀한 건강 상태를 고백하는 것처럼 말이다. 학생들은 그저 고개를 끄덕이며 미소 지었다. 학생 중 다수가 아이가 있는 어머니였다. 그들은 상황을 이해했다.

수업을 시작하기 전, 나는 강의하는 내내 정신이 딴 데 있을지 모른다는 걱정을 했다. 정신이 내 몸을 빠져나와 근처에 있는 아기에게로 슬금슬금 돌아갈지도 모른다고. 하지만 실제로는 오히려 그 반대에 가까운 일이 일어났다. 나는 강렬하게, 거의 맹렬하게 지금 이 순간에 붙들려 있었다. 학생들이 수업에 너무나 전념했고, 너무나 열정적이었기에, 나 역시 바로 그곳에 그들과 함께 존재하지 않을 수가 없었다. 플로리다에서 온 한 해군은 군인들이 피 묻은 제복을 세탁하러 오는 아프가니스탄 기지의 세탁소에 관한 글을 썼다. 팔을 완전히 뒤덮는 타투를 한 여성은 일본인 연인에게 자신의 우울증을 설명하려 애쓰던 경험을 담은 글을 썼다. 그리고 오스트레일리아 출신의 아이 엄마는 자꾸만 자신의 산후우울증은 전혀 흥미로운 이야기가 아니라고 우겼지만, 다들 그녀가 쓴 두 단락을 가리키며 이 이야기를 더 많이 써 봐요라고 말했다.

이 학생들과 시간을 보내는 것만으로도 내가 더 커지며 겹겹이 늘어나는 것만 같았다. 어쩌면 이 거대함을 내 딸에게 전해 줄 수 있을지도. 이 모든 낯선 이들의 잔여물을 간직한 여성으로서 그 아이에게 엄마 노릇을 해 줄 수 있을지도. 술에 취하지 않은 지도 10년이 넘었는데, 마치 대학 시절 만취해 에피파니를 느끼던 때와 같은 기분이었다.

남편에게서 온 세 번째 문자 메시지의 진동이 울렸고, 지금 당장 젖 먹여야 해라는 메시지를 본 나는 예정보다 30분 일찍 휴식 시간을 알린 뒤 돌처럼 딱딱하고 무거운 가슴을 매단 채, 슬리퍼 바닥을 달아오른 아스팔트에 철썩철썩 부딪히며 호텔로 달려갔다. 여러 자아 사이를 휙휙 오가는 역할 바꾸기를 할 때 찾아오는, 배수구로 쓸려나가는 기분과 추진감을 동시에 느끼는 것 같은 아찔한 현기증이 느껴지기 시작했다. 나는 선생이다. 나는 젖꼭지다. 나는 선생이다. 나는 젖꼭지다. 나는 선생이다. 나는 젖꼭지다.

"때로 어머니로 산다는 것은 도저히 글로 쓸 수 없는 일처럼 느껴져요." 그날의 학생 중 한 명이 내게 말했다. "너무 따분한 일이잖아요."

"올바른 질문을 던지는 이상, 세상에 따분한 것은 아무것도 없어요." 내가 말했다. 모두가 그 말을 받아썼다.

집으로 가는 비행기 안, 활주로를 느릿느릿 달리던 중에 딸은 내 온몸을 똥 범벅으로 만들었다. 이륙 직후 난기류를 만났고, 기장이 안전벨트 표시등을 끈 것은 30분 뒤였다. 그래서 딸과 나는 둘 다 똥으로 뒤덮인 채 제자리에 앉아 있다가, 30분 뒤에야 일어나서 그 애의 기저귀를 갈고 깨끗한 옷으로 갈아입힐 수 있었다. 그 뒤 아기는 내 가슴에 기댄 채 잠들었고, 나는 그 애를 깨우지 않고 새콤한 복숭아 맛 젤리를 먹으려고 애썼다. 그 애의 따뜻한 똥으로 뒤범벅되어 있던 그 시간은 무언가 심오하게 느껴졌지만, 그때를 기록하려 하자, 대체 뭐가 심오한지 알 수 없었다. 아기가 엄청나게 큰 똥을 쌌다. 우리 둘 다 똥 범벅이 되었다. 나는 그렇게 썼다.

아기가 태어난 첫해, 나는 아기를 데리고 몇 번의 비행을 했을까? 서른 번? 마흔 번? 횟수를 정확히 알기 어려운 건, 내가 그 애의 존재를 끊임없이 갈구했기 때문에, 아니면 그 애가 애초 존재하지도 않는 것처럼 계속 살아가고 싶었기 때문에, 그 애를 모든 곳에 다 데리고 다녀서다. 낭독회, 행사, 대학 방문, 모든 업무상 출장은 학교에서 받는 외출증 같았다. 내 마음속 한구석은 늘 떠날 핑계를 찾고 있었다. 물결은 왜 밀려오고 밀려 나가는지 자기들 나름의 이야기를 주고받을지 모르지만, 궁극적으로 밀물과 썰물을 만드는 건 달의 몫이다.

토론토에서 열린 낭독회, 나는 무대에 올라 인터뷰했고, 바로 마주 보이는 방에서 캐나다인 홍보 담당자가 내 아기를 봐 주고 있었다. 벽이 유리로 된 방이었다. 소리는 들리지 않았지만, 안이 들여다보였다. 마치 다른 여자가 내 아기의 엄마인 무성영화를 보고 있는 기분이었다.

처음에 내 딸은 신이 나서 주먹으로 콘퍼런스용 목제 테이블을 콩콩 쳤지만, 곧 법석을 떨기 시작했다. 아기를 아기띠로 안아줘요라고 나는 생각했다. 홍보 담당자가 아기를 안아 들더니 위아래로 흔들며 방

안을 돌아다니기 시작했다. 안 돼요라고 나는 생각했다. 아기띠를 사용해야 한다니까요. 내 딸이 울음을 터뜨렸다. 하지만 유리 벽은 두꺼웠다! 아무 소리도 들리지 않았다. 마치 누가 내 딸을 향해 음 소거 버튼을 누른 것 같았다. 홍보 담당자가 아기띠를 들었지만, 사용법을 몰라 당황한 기색이 역력했다. 먼저 허리끈을 두른 뒤 버클로 잠그고 그 뒤에 어깨끈을 착용해야 해요. 나는 생각했다. 나를 인터뷰하던 여자가 나더러 지극히 평범한 것들로부터 어떻게 심오한 의미를 발굴해 내느냐고 물었다. 그거 말고요, 큰 버클이요. 홍보 담당자가 허리 버클을 제대로 잠그지 않은 채 아기를 아기띠에 넣으려는 모습을 보며 나는 생각했다. 애써 그쪽을 보지 않으려 시선을 돌려야 했다. 잠시 후, 다시 그쪽을 보니 딸은 아기띠에 잘 안겨 있었다. 평온해 보였다.

어느 쪽이 더 가슴 아픈 일인지 분간하기 어려웠다. 내 딸이 다른 엄마의 돌봄을 받으며 기분 나빠하는 무성영화를 보는 것인지, 아니면 그저 잘 지내는 모습을 보는 쪽인지.

그해 여름, 우리 집은 날개 달린 개미의 습격을 받았다. 감초 색을 띤 개미들이 창턱 주변에 떼로 모여 불쑥불쑥 튀어 오르고 날아다녔다. 인터넷에서 찾아보니 여왕개미와 일개미가 공중에서 짝짓기하려 날개가 생기는 매년 여름마다 일어나는 일이라고 했다. 그들은 특히나 아기방에 더 빽빽하게 밀집하는 것처럼 보였다. 마치 이곳을 장악하려는 음모라도 꾸미는 것처럼. 아기침대의 나무 난간, 흰색 서랍장, 기저귀 갈이대 패드에 이르기까지, 아기방의 모든 표면에 번들거리는 유충 같은 개미 날개가 들끓었다. 나는 내 딸이 낮잠 자는 사이 밀가루 반죽 같은 그 애의 완벽한 두 뺨에 개미들이 모여 앉는 모습을 상상했다. 설탕물로 덫을 놓고 제발 개미가 사라지기만을 기도했다.

당연하게도, 인터넷은 날개 달린 개미가 그저 매년 일어나는 현상이라고 말했다. 그러나 그들이 하늘을 날겠다고 그로테스크한 동작으로 몸부림치는 모습은 마치 달아나고 싶은 내 충동에 대한 정교한 메타포 같지 않나? 그들은 시커먼 분비액처럼 우리 집의 이음새와 틈새로부터 흘러나왔다. C와 내가 아무리 오랫동안 부부 상담을 받은들, 그들은 한도 끝도 없이, 꿈틀거리며, 이곳에 남아 우리 집은 무언가 잘못되었음을 상기하게 만들 터였다.

나는 딸에게 매기라는 어린 소녀가 나오는 그림책을 몇 번이나 읽어 주었다. 나만의 배를 가지고 싶다고 소원을 빌고 잠든 매기는 '매기 B'라는 이름이 붙은 작은 나무배 위에서 눈을 뜬다. 뱃머리에는 큰부리새 한 마리가 앉아 있고, 선미루 갑판에는 오렌지 나무 한 그루가 자라고 있으며, 등잔 빛으로 밝힌 선실도 있다. 매기는 아기인 남동생에게 숫자를 가르쳐 준다. 동생의 초상화를 그린다. 소풍을 즐긴다. 점심을 먹자마자 저녁으로 무엇을 먹을지 생각하기 시작한다. 오후 내내 생선 스튜가 뭉근하게 끓고 있다. 따뜻한 선실 바깥에서 폭풍우가 몰아칠 때, 매기는 오븐에서 김이 폴폴 나는 비스킷을 꺼낸다. 저녁을 먹은 뒤에는 복숭아에 꿀을 뿌리고, 세면대에서 동생을 씻겨 준다. 매기가 자장가를 불러 주는 사이 동생은 파도의 흐름에 잔잔하게 흔들리며 잠든다.

내가 그토록 그 책을 좋아한 이유는 조금도 수수께끼가 아니었다. 나는 내가 사는 집 — 공격에 완전히 무너지고, 분노로 입이 막힌 집, 얼어붙어 버린 희망과 마지못한 약속만이 가득한 집 — 이 아닌 다른 집을 원했다. 매기가 "나만의 배에 있는, 나만의 작은 선실이었기에 …… 신이 나 야단법석을 떨며" 갑판을 걸레질할 때, 나는 우리, 나와 내 딸만을 위한 집을 상상했다. 그 집이 내게는 더 맞게 느껴질 터였다. 그 집은 내가 이미 느끼는 고독을 표현할 터였다. 그리고 그 고독 속에는 아름다움을 위한 공간이 더 많을 것이다. 꿀을 뿌린 복숭아. 바깥에 몰아치는 폭풍우. 한밤의 노래.

밤잠에 든 아기는 한 시간에 한 번씩 깼다. 생후 4개월에 찾아온 수면 퇴행은 생후 5개월까지, 나아가 6개월까지 지속됐다. 인터넷을 아무리 뒤져도 해결책이 없었다. 아니, 너무 많았다고 해야 하려나. 그 시기가 곧 지나갈 거라고 거듭 생각했지만, 결국은 나도 포기했다. 수면 교육을 하기로 했다. 나를 위해서가 아니라, 그 애를 위해서라서 몇몇 친구들에게 말했지만, 그중 한 친구는 이렇게 말했다. "널 위한 거라 해도 뭐 어때."

내가 찾은 수면 교육법 중 하나는 우는 아기에게 5분에 한 번 찾아가 마음을 안심시켜 주는 똑같은 만트라를 되풀이하라고 권했다. 또, 자신을 위한 만트라도 만들라고 권했다. 그래서 나는 아기방을 오가는 사이 4분 30초의 간격 동안 내 침대에 앉아 눈을 질끈 감고 책에 쓰여 있던 구절을 되뇌었다. 아기는 지금 큰 변화에 저항하고 있는 것이다, 괜찮다. 때로는 그저, 난 괜찮다, 난 괜찮다, 난 괜찮다.

아기가 밤에 통잠을 자기 시작하자, C와 나는 아이를 재운 뒤 「아메리칸 닌자 워리어」를 보았다. 트레이닝복, 라이크라 소재 보디슈트, 번들거리는 망토 차림을 한 참가자들이 '댄싱 스톤스', '점핑 스파이더', '더블 새먼 래더' 같은 이름의 정교한 장애물 코스를 헤쳐 나갔다. 프로그램 자체가 우리의 일상과는 저만치 떨어진 다른 세계 같았다. 끝없이 누적되는 분노를 샅샅이 살펴볼 필요가 없는 장소. 자만심을 뽐내며 암벽을 등반하다가 일찍 탈락한 참가자들에게 해설자들이 "그만 빈둥거려요, 아직은 휴식 시간이 아니라고요!"라든지 "내려가서 젖산을 맞이할 셈인가요?"라고 고함치면 우리는 헉하고 놀라면서 재미있어 했다.

한 친구가 결혼 생활의 긴장감을 기름과 식초에 비유한 적이 있었다. 우리가 분노라는 기름을 녹일 수는 없지만, 무언가 다른 것, 공통의 즐거움이나 웃음이라는 식초로 분리할 수는 있다고. 이 장애물 코스를 함께 보며 느낀 기쁨은 식초 한 줄기였다. 나는 밤에 먹을 한 그릇의 아이스크림을 술을 마시길 기대하던 시절이 연상될 정도로 진지하게 기대했다.

우리는 긁힌 자국이 잔뜩 난 데다가 고양이가 단추를 뜯어낸 자리에 빈 눈구멍 같은 작은 구멍이 뚫린 빨간 소파에 앉아서 하와이에서 온 섬 닌자, 알래스카에서 온 에스키모 닌자, 성직자가 되려 훈련 중인 교황 닌자, 그리스도를 위해 참가했다는 왕국 닌자를 바라보았다.

참가하기 고작 몇 달 전 마지막 화학치료를 마쳤다는 교사를 보았다. C는 그녀가 오래 버티지는 못할 것임을 알았다. 그녀의 몸이 분명 망가져 있을 것임을 알았다. 그는 화학치료의 부담을, 핼쑥해질 정도의 체중 감소를 알았다. 제발 좀 먹으라고 누군가를 꼬드길 수 있을 만한 온갖 음식들을 냉장고에 채우는 일에 대해서도 알았다. 블록을 한 바퀴 도는 짧은 산책도 탁월한 승리처럼 느껴질 수 있다는 것을 알았다.

처음 C를 만났을 때, 나는 그가 견뎌냈던 그 일을 바꿀 수 없다는 사실에 아팠다. 그러나 시간이 지난 뒤에는 우리 둘 다 원했던 삶, 그 고통의 건너편에 찾아올 줄 알았던 그 삶을 결국은 그에게 줄 수 없었음에 아팠다. 고통으로부터의 구원이 아니라, 고통을 달랠 연고는 될 만한 삶.

그해 여름, 나는 국경에서 헤어지는 가족들에 대한 뉴스 보도에 귀를 기울였다. 트럼프 정권과 산후 호르몬이 결합한 결과랄까. 나는 모유 수유 중인 여성이 수갑을 찬 채 아기 이름을 부르짖고 있다는 기사를 읽으면서 딸에게 젖을 먹였다. 수용소를 묘사하는 뉴스를 들으면서 설거지했고, 기어다니는 아기의 통통한 손가락이 닿지 않도록 개미 덫을 치웠고, 머리에 조그만 회색 곰팡이 모자를 쓴 딸기와 물풍선처럼 질퍽거리는 오이를 쓰레기통에 집어넣었다. 얼마나 큰 선물인가, 이 집은. 난 내가 느끼는 불행을 느낄 자격이 없었다.

트럼프가 취임하고 일주일 뒤, 그가 최초로 입국 금지조치를 내린 뒤, C와 나는 시위에 참여하려 JFK 공항을 향했다. 4번 터미널, 국제선 입국장이었다. A 트레인 속에서 이리저리 흔들리며 드러그스토어에서 포스터 보드에다가 자유의 여신상 시의 구절을 옮겨 쓰느라 글씨가 이지러졌다. 네 지친 이들을 내게 다오…….* 지하철 안에서 서서히 시위대가 하나씩 모였다. 무성한 턱수염에 털모자를 쓰고, 각자의 손팻말을 든 사람들이었다. 여기 샌드위치 있어요!

에어트레인 정거장, 회전식 개찰구 너머에 경찰들이 한 줄로 도열해 있었다. "탑승권을 가진 승객만 출입할 수 있습니다." 그들이 말했다. C는 대답 대신 경찰을 향해 고함을 질렀고, 나는 그들에게 고함을 지를 수 있는 사람이 되고 싶었다. 그러나 나는 자의식이 너무 강했고, 너무 겁이 많았다.

결국 우리는 다른 시위자 몇과 함께 택시 뒷좌석에 끼어 앉은 채 터미널로 갔다. 도착하자마자 주차장까지 길게 이어진 시위대에 합류했다. 누군가 주차장의 콘크리트 벽에 "저항하라"라는 단어를 영사하고 있었다.

추운 밤 C와 함께, 드러그스토어에서 산 끈끈할 정도로 단 냄새가 풍기는 마커로 쓴 손팻말을 들고 나와 있으니, 기분이 좋았다. 그는 요지부동하게 구는 걸 두려워하지 않았다. 그에게는, 그의 열정은 물론 심지어 그의 분노에도, 깔끔하고 단호하게 느껴지는 명확성이 있었다. 마치 안개가 완전히 사그라진 뒤 드러나는 억센 바위투성이 풍경처럼.

아기가 맞은 첫 여름이 끝날 무렵, C와 나는 딸을 데리고 메릴랜드 서부를 찾았다. 레이싱카에 쓰는 이너 타이어를 튜브 삼아 탄 10대 아이들이 그득하고, 부교浮橋에서는 필 콜린스의 음악이 시끄럽게 울

* 자유의 여신상 받침대의 현판에 새겨진 에마 라자러스(Emma Lazarus)의 시 「새로운 거상(The New Colossus)」(1883)의 도입부.

려 퍼지는 호숫가에 내 이모의 오두막집이 있었다. 아기를 데리고 휴가를 간다는 건 장소가 호숫가일 뿐이지 그저 내가 평소 하던 모든 일을 한다는 뜻이었다. 아기의 집중한 얼굴 앞에 대고 고래 모양 딸랑이를 흔들어 주는 일, 아기가 자기 몸을 다치지 못하게 막아 주는 일을 햇빛이 쨍쨍한 곳에서 하는 것뿐이었다. 뻥 뚫린 푸른 하늘 아래서 낮잠 시간을 손꼽아 기다리는 것뿐이었다.

오두막집은 수많은 버전의 과거의 내가 남긴 그림자로 자욱했다. 길 건너 블랙베어살룬에서 대학 시절 가장 친하던 친구와 당구를 치던 나. 아니면 예전 남자친구가 나만큼 빠른 속도로 나와 사랑에 빠지지 않는다며 점심 무렵 미도리 사워에 흠뻑 취했던 나. 마지막으로 이 오두막집을 찾은 건, 웨스트버지니아 교도소에서 투옥된 울트라마라톤 선수를 인터뷰한 뒤 곧장 운전해 왔던 때였다. 처음으로 의뢰받은 잡지 기사를 위한 인터뷰였다. 무척이나 위로되는 의뢰였다. 누군가가 나를 원한다는 증거였으므로. 오두막집에 온 나는 탄산수와 짭짤한 크래커와 초콜릿 칩 쿠키 도우 아이스크림만으로 연명하면서, 일 속으로 완전히 사라져 버린다는 고단하면서도 제약 없는 감각을 한껏 즐겼다.

과거 이 오두막집을 찾아왔던 시절, 삶은 '큰 감정'과 '큰 프로젝트'로 이루어진 것이었다. 지금 내 삶은 온종일 매 순간이 끊임없이 째깍째깍 지나가는 '큰 시간'이었다. 습한 햇볕 아래, 부교에서 울려 퍼지는 소프트 록을 들으며 아기를 안고 호숫가에 앉아 있노라면, 과거의 나라는 유령들은 아주 멀게만 느껴졌다. 술에 취한 채 더없는 기쁨 또는 끝없는 절망에 젖어 있던 여자, 오전 5시에 잠에서 깨 인스턴트커피를 탄 뒤 일에 뛰어들어 시간도 잊던 여자. 그즈음 나는 시간 감각이 사라지는 일이 없었다. 하루 중 몇 시간이 지나갔고, 몇 시간이 남았는지를 늘 정확히 알았다.

그해 가을, 나는 다시 학교로 돌아갔다. 왠지 사람들에게 다시 직장으로 돌아가고 싶지 않다고 말해야 할 것 같은 압박을 느꼈지만, 사실 다시 강의를 시작하는 것이 건전하고 또 올바른 일처럼 느껴졌다. 몇 달째 입어 해진 제깅스에 수유를 위해 단추를 풀기 쉬운 체크무늬 플란넬 셔츠 말고 다른 옷을 입을 수 있다는 사실도 좋았다.

매일 아침 가방 두 개를 들고 지하철에 올랐다. 가방 하나에는 강의에 필요한 노트북과 '몸의 글쓰기'라는 제목의 세미나를 위한 인쇄물 자료를 넣었고, 다른 가방에는 유축을 위한 도구가 잔뜩 들어 있었다. 압착 깔때기, 튜브, 비닐 파우치, 플라스틱 젖병, 그리고 딱딱한 노란색 유축기 본체였다. 유축기는 최고 단계로 올릴 때까지 그르렁그르렁 소리를 내다가 조그만 노인처럼 쌕쌕 소리를 내며 플라스틱 깔때기 손으로 내 젖꼭지를 잡아당겼다.

수업에 들어가서 나는 학생들에게 우리가 자신과 타인에게 자기 삶을 이야기할 때 쓰는 일화들을 부수고 열어젖혀야 한다고 말했다. 그 이야기의 칵테일파티 버전을 몰아내야 한다고, 그래야 일화 속에 도사린 더 복잡한 버전의 이야기에 도달할 수 있다고. 향수 아래의 분노, 야망 아래의 공포. 나는 학생들이 이별 이야기를 간추리지 말고 상세하게 쓰기를 바랐다. 스트레스를 풀기 위해 먹어 치웠던 손바닥만 한 쿠키, 옛 연인 집의 화재 비상구에 기댄 뒤 쇳내가 풍기던 손가락.

쓰라린 가슴을 안고, 숨찬 독백처럼, 학생들에게 나는 이 삶에 존재하는 텅 빈 필스너 맥주 캔과 자위 후 뭉쳐서 버린 티슈들을 믿는다고 말했다. 목구멍에 남은 소독제처럼 찡한 정액의 맛을, 모닥불 위 은박지 그릇을 놓고 애플 크리스프를 만드는 어머니의 다정함을 믿는다고. 칵테일파티 버전의 이야기 아래를 파헤치는 건, 반질반질한 돌멩이를 뒤집어 그 아래 이끼와 흙에 다다르는 것과 같다. 아니면, 칵테일파티에서 겉치레로 한 질문에 20분에 걸쳐 대답하는 내 옆에 서 있는 것과 같다.

일터에 가서 학생들을 위해 더 나은 버전의 내가 되는 것은 마치 드래그 쇼 같았다. 너그럽고, 열정적이고, 언제나 그들에게 의심이라는 유익함을 주는 나. 나는 내가 더 이상 C에게 그런 것들을 주고 있지 않다는 것을, 떠나겠다는 결의를 불러일으키기 위해 스스로를 단단히 굳히고 있다는 것을 알고 있었다.

수업이 끝난 뒤에는 다른 강사와 함께 쓰는 연구실 책상에서 유축한 뒤 칸이 두 개 있는 공용 화장실의 조그만 세면대에서 유축기 부품들을 헹궜다. 내 뒤에는 늘 수업에 지각한 학생들이 길게 줄을 섰다. "정말 미안해요." 나는 그들에게 말했고, 때로는 그들이 내 젖이 묻은 유축기 부품들 속에서 손을 씻게 비켜 주기도 했다. 헹구기가 끝나면 온 사방에 자잘한 물방울을 튀기며 부품을 턴 뒤, 노르웨이의 작은 숲 하나를 없애 버릴 만큼의 종이 타월을 뜯어서는 축축한 장비들을 마치 열 조각으로 나누어진 말 안 듣는 아기처럼 품에 안고 돌아갔다. 사무실로 돌아간 뒤에는 책상에 종이 타월을 깔아 놓고, 플라스틱 부품들이 우리 사이에서 마르는 사이 학생들과 회의했다. 프로페셔널하다고 보기 어려웠지만, 딱히 떠오르는 대안이 없었다.

처음 아기에게 젖을 먹였을 때, 나는 성찬식에서 그리스도의 몸을 먹는 이유를 드디어 이해했다. 왜 살을 먹는 것이 성스러운 것인지를 이해했다. 유축은 그런 신성한 방식으로 이해하기가 더 어려운 일이었다. 유축은 내 딸의 몸이 존재한다기보다는 부재하는 일이었다. 유축은 젖이 군데군데 묻은, 손을 사용하지 않아도 되는 유축 브라에 뚫린 구멍으로 빠져나온 플라스틱 튜브와 압착 깔때기로 이루어진 일이었다. 갑작스럽고 날카로운 통증과 책상 위로 뚝뚝 떨어지는 젖이었다. 그러나 그것은 또한 내 몸에 그 애의 몸을 잊지 마라고 말하는 일이자, 그 애가 젖병을 물 때 그 애의 몸에 내 몸이 네 몸을 잊은 적 없다는 걸 잊지 마라고 말하는 일이기도 했다.

그 학기의 일정에 따르면 친절하기 짝이 없는 한 남성 교수가 내가 세 시간짜리 워크숍을 마치고 온 시간에 우리 연구실을 같이 쓰게 되었다. 내게 유축이 가장 필요한 시간이었다.

몇 주 동안은 다른 연구실에 가서 유축해 보려고 했지만, 내가 셔츠를 벗고 드러난 가슴에 유축 깔때기를 매달고 있는데 한 동료가 문을 벌컥 열고 들어오는 일이 생기자, 나는 그 남성 교수에게 한 시간 동안 다른 연구실을 쓸 수 있겠느냐고 부탁하기로 마음먹었다. 그에게 다가가며 나는 속으로 생각했다. 무슨 말을 하더라도, 사과는 하지 말자.

마침내 복도에서 그 교수를 마주치는 순간, 나는 정말 죄송해요라고 말문을 열었다. 그 뒤에는 우리 연구실에서 유축해도 되느냐고 물었다.

그는 살짝 얼굴을 찌푸렸는데, 다음 순간 그의 이목구비가 다시금 정돈되며 상냥하고 순응적인 미소를 띠었다. "쉽지 않은 일이죠?" 그가 말했다. "우린 다들 한배를 탔잖아요."

나는 잠시 아무 말도 할 수 없었다. 배라니, 무슨 소리지?

"우리 모두 연구실 부족에 시달리고 있잖습니까." 그가 말했다. "우리 모두, 연구실을 최대한 활용하려 애쓰고 있고요."

나는 이렇게 말하고 싶었다. 맞아요, 하지만 저야말로 유축기를 통해 이 연구실을 최대한 활용하려 애쓰고 있죠. 그러나 그 대신 나는 이렇게 말했다. "그렇게 해 주시면 저한텐 정말 큰 도움이 될 거예요." 마치 그게 개인적인 부탁이기라도 한 것처럼 말이다. 그게 내 잘못도, 그의 잘못도 아닌 걸 아는데 말이다. 여성들이 몸이 필요로 하는 가장 기본적인 것을 얻으려 애원하며 돌아다니게 만드는 학교 측 잘못인데도.

그는 상당히 너그럽게 내 부탁을 들어 주었고, 나도 고맙게 여겼다. 그러나 나는 내 고마움이 의심스러웠다. 아이가 있는 여성이 일하기 어렵게 만들고, 그 일이 아주 조금이라도 덜 어려워질 때마다 매번 고마워하게 만드는 시스템의 산물 같아서였다. 나는 학생이 유축할 공간을 찾아다녀야 하는 상황을, 시간강사가 공간을 비워달라는 요청을 받을까 봐 걱정하는 상황을 상상해 보았다. 아니면 학교의 정비 직원들의 경우를. 그러니까, 우리는 다들 한배를 탄 게 아니라는 거다.

그럼에도, 이 말도 안 되는 배의 모습을 상상해 보자니 미소가 나왔다. 남성들도, 여성들도, 전부 온종일 젖꼭지를 백일하에 드러내고 유축기를 가슴에 매단 채, 소금기 섞인 바람을 맞느라 눈을 찡그리고, 힘을 내려고 그래놀라 바를 씹어먹으며 유축하고 또 유축하는 모습.

내가 출근해 있는 동안 딸은 소라야와 하루를 보냈다. 소라야는 화려한 실크 스카프를 머리에 둘렀고, 열여섯 살짜리 딸이 있었다. 소라야 모녀는 크라운하이츠에 살았지만 고향은 트리니다드였다. 내 오빠들보다도 소라야의 정치 성향이 나와 더 비슷했다. 잘 웃고, 돌봄은 꼼꼼했다. 정밀한 비율로 오트밀을 만들었고, 아기 손톱 깎는 솜씨는 올림픽에 출전할 만했고, 겨울용품에 있어서는 싫다는 말은 받아들이지 않았다. 아기에게 늘 항복하고, 아기의 거부는 자주성을 뜻한다며 스스로를 설득하지만 사실은 그저 아이를 울리지 않으려 급급해하는 나와는 달리, 소라야는 그저 무지개색 손모아장갑을 조그만 손에 하나씩 씌웠고, 그렇게 끝, 끝이었다. 소라야는 내 딸을 다른 집에 데려가서 보살폈다. 그 집 딸은 내 딸보다 딱 일주일 어렸는데, 그렇게 하면 아기 돌봄 비용이 줄었다. 처음에는 일주일에 이틀, 그러다가 나흘이 됐다.

딸을 소라야에게 맡긴 첫 오후, 아직 분유를 시작하기 전이었다. 얼린 모유를 챙겼지만 모자랐다. 집에 돌아가는 길, 도착하려면 아직 45분이나 남았는데 미드타운의 지하철 승강장에서 소라야의 문자 메시지를 받았다. 우유가 모자라요. 애기가 배고파해요.

가는 중이에요! 나는 답장을 보냈다. 30분 뒤면 도착해요! 마치 15분을 과소평가하면 조금이라도 더 일찍 도착하기라도 할 것처럼 말이다.

문을 열어 주는 소라야는 다 안다는 듯 친절한 미소를 짓고 있었다. "울고 계실 줄 알았어요." 그러면서 소라야가 나를 안아 주었다. 내 딸을 향한 이 사랑, 이 수치심은 비록 가장 본능적이고, 가장 내 것같다고 느껴지는 감정일지라도, 다른 여성이 나보다 더 잘 아는 감정이었다. 이미 본 적 있는 감정이니까. 또 앞으로도 볼 테니까. 소라야가 제공하는 노동에 대한 내 죄책감을 누그러뜨려 주는 것까지가 내가 그녀에게 부탁하고 있는 노동이었다.

9월, 딸이 생후 9개월일 때, 그 애를 데리고 오슬로의 문학 페스티벌에 연사로 참가했다. 오슬로 여행은 그 이후 내가 스스로와 다른 사람들에게 자루걸레를 닮은 머리 스타일을 한 그뤼네를뢰카의 바리스타들을 찾아 떠난 저녁 순례길에서부터 시작하는 모험의 형태로 이야기해 주었던 아주 힘든 여행이었다. 그뤼네를뢰카는 오슬로의 윌리엄스버그라고 불리는 동네이지만, 호스트는 이곳이 이제는 진짜 힙한 동네가 아니라고, 그렇기에 정말로 윌리엄스버그와 똑같다고 말해 주었다. 바스락 소리를 내는 나무들 너머로 해가 지자, 나는 벨벳 같은 어스름 속에서 완벽한 싱글 카푸치노를 마셨고, 딸은 여행용 유아차 안에서 나뭇잎 그림자를 바라보며 손가락 두 개를 빨면서 옹알이했다. 그 애의 효율적인 자기진정을 보자 내가 운이 좋다는 생각, 그리고 필요 없다는 생각이 들었다. 그 애는 조그만 손가락 두 개로 세상을 헤쳐 나가고 있었으니까.

이런 판본의 오슬로 여행 이야기를 하는 건—해 질 녘의 카푸치노, 그뤼네를레카에 대한 뼈 있는 농담 등등—엄마 되기가 폐소공포가 아닌 확장이 될 수 있다는 어떤 비전을 넌지시 말하기 위해서였다. 내 딸의 제단에 내 일을 희생제물로 바치는 일도, 내 일의 제단에 내 딸을 희생제물로 바치는 일도 없는 판본이다. 나는 남성들이나, 아이를 돌보지 않고 전 세계를 돌아다니는 아이 없는 친구들에게 주로 이 버전으로 오슬로 여행 이야기를 한다. 즉, 나는 내 삶이 "협소해진" 게 아니라고 증명하고 싶은 상대들에게 그 이야기를 했다. 내 머릿속에 인용문으로 간직해 둔 표현이었지만, 누구의 말을 인용한 것인지는 기억나지 않았다.

그러나 우리의 오슬로 이야기에는 다른 버전도 있다. 그것은 대서양을 건너던 비행기 속, 딸이 도저히 잠들지 않아 내가 아기띠로 아기를 가슴에 안은 채 끝도 없이 통로를 걸어 다니던 장면에서 시작한다. 그 일은 호텔 방까지 이어졌고, 여기서도 어떻게 하면 아기를 재울 수 있을지, 아니면 그 애를 재울 권리가 있는지조차 알 수 없었다. 그 애의 조그만 몸이 혼란에 빠진 건 당연했다. 우리는 바다를 건넜고 몇 개인지 모를 시간대를 지나왔으니까. 생후 7개월에서 10개월 사이의 특정한 미기후微氣候 동안 입던 조그만 분홍색 우주복을 입은 그 애를 안고, 젖을 먹이고, 흔들어 주는 게 벌써부터 피곤했다. 그래서 나는 아이를 울게 둔 채 화장실에 들어가서 호텔에 오기 전에 들렀던 초대형 젤리 가게에서 산 젤리를 마구 먹었다. 그러면서 수면 훈련 책에서 본 만트라를 나지막이 되뇌었다. 아기는 저항하고 있고, 괜찮다.

그게 오슬로의 또 다른 버전이다. 화장실의 형광등 불빛 속, 변기 옆에 쭈그리고 앉아서, 설탕을 너무 많이 먹어 입안이 헐어 버린 걸 느끼며, 바깥 어두운 방에서 내 아기가 울고 또 우는 것을 듣고 있던 것.

그보다 4년 전, 나는 또 다른 문학 축제에 일군의 중년 남성들과 함께 초청된 서른 살 여성으로서 오슬로에 갔다. 그들은 주로 남의 글을 비판하는 것이 생업인 유명 평론가였다. 보수는 모두 봉투에 든 현금으로 받았다. 행사 횟수에 따라 보수가 정해졌기에 어떤 이들의 봉투는 눈에 띄게 두둑했다. 남성들은 대부분 서너 개 패널로 참여했지만 나는 단 하나였다. 단 하나뿐이던 다른 여성 참가자와의 대화였다. 우리 행사 제목은 "친절할 용기"였다. 무대 위에서, 이 행사 제목은 "돈을 덜 받지만 그럼에도 친절할 용기"로 바꿔야 하지 않느냐는 농담을 할까 생각했다.

그러나 나는 그 농담을 하지 않았고, 최대한 똑똑해 보이려 최선을 다했을 뿐이다. 그 모든 남성들에게 나 자신을 증명하기 위해서였다. 마치 내가 평생 내 아버지에게, 내 오빠들에게, 나아가 연상의 남자친구, 나중에는 연상의 남편에게 나를 증명하려 했던 것처럼.

회복 모임에서는 우리 모두의 내면에 신의 모습을 닮은 구멍이 뚫려 있다고 말한다. 그러나 그 끝없이 새어나가는 구멍을 가진 느낌은 신을 믿지 않더라도 알 수 있다. 내면에 무엇을, 얼마나 쏟아붓든, 결코 차지 않는 구멍이다.

나는 수십 년간 저녁 식탁에서 아버지에게 깊은 인상을 주려 애썼다. 처음에는 아버지가 출장 중이지 않을 때, 집을 떠나기 전, 실제 저녁 식탁에서 했던 노력이다. 그 뒤에는 이혼 후 아버지가 나를 데려갔던 꼬치구이 식당에서 했다.

그런 저녁 식사 자리마다, 나는 무슨 말을 해야 할지 알 수 없었다. 내 삶의 어떤 부분을 아버지가 흥미롭다고 생각할지 알 수 없었다. 내 외로움—내가 7학년에서 가장 말 없는 여학생이며, 교사 휴게실 앞 카펫 깔린 작은 공간에 앉아 혼자 점심을 먹는다는 사실—은 아버지로부터 숨겨야 하는 비밀처럼 느껴졌다. 아버지가 실망하리라는 건 분명했다. 이런 사람이 자기 딸인 게 좋은 사람이 누가 있을까?

그런 저녁 식사 중 한 번은, 아버지가 내가 상당히 냉소적인 사람이 되었다고 말했다. 내가 함께 있기 그리 유쾌한 상대가 아니라는 걸 아느냐고 물었다. 그때부터, 아마 우리가 자주 만나지 않는 건 내가 함께 있기 그리 유쾌한 상대가 아니어서이기도 하다고 생각했다. 그러나 그 말을 입 밖에 내지는 않았다. 그런 저녁 식사 동안 나는 거의 말을 하지 않았다. 그저, 그 시절에는 거의 말을 하지 않았다.

그 뒤로는, 오랫동안, 나는 아버지와 저녁 식사를 나누지 않을 때도 그에게 깊은 인상을 주려는 노력을 계속했다. 아버지 곁에 있을 때가 아니라도 마찬가지였다. 내 곁에 누가 있든, 나는 여전히 아버지가 가장 좋아하는 주제인 모기장과 말라리아에 대해 뭔가 정확한 말을 하거나, 아니면 대통령을 조사하는 숙제를 하다가 프랭클린 D. 루스벨트에 대해 새로이 알게 된 것을 나누고자 하는 일곱 살 아이에 지나지 않았다. 루스벨트가 휠체어 사용자였다는 사실을 아셨어요? 그렇다, 그는 알았다. 온 식구가 나보다 최소한 열 살 많았던 우리 가족은 모두가 루스벨트가 휠체어 사용자임을 이미 알고 있었다.

처음에는, 고등학생 시절 남자친구와 밤늦게 나누는 전화 통화였다. 꼬불꼬불한 플라스틱 전화선을 손가락에 둘둘 감고, 우리가 서로에게 할 말이 이만큼 많다면, 그가 내 말에 귀를 계속 기울이게 할 수 있다면, 그가 계속 나를 사랑할 것이라고 믿으며. 그러다가 대학생이 되었고, 학생 식당에서 와플을 앞에 두고 앉아 있을 때, 내가—분명 고통스러울 정도로 길게—포크너 소설 속 폐소공포를 유발하는 가족 친밀성을 다룬 내 학사 논문의 '지적 줄거리'를 설명하는 동안 남자친구의 눈이 게슴츠레해지자 울음을 터뜨린 일이 있었다. 남자친구가 지루해하는 게 나를 비난하는 것처럼 느껴졌다. 그게 내 존재 전체를 부정하는 일임을 그는 왜 모르나?

시간이 지난 지금은 애정 어린 마음으로 그를 떠올린다. 그는 와플을 하나 더 먹고 싶어서, 또는 낮잠을 자고 싶어서 근질거리면서도 내 끝없는 독백에 귀를 기울이는 의무를 다하고 있었는데, 빵! 하고 내가 울음을 터뜨린 것이다.

20대 초반, 바비큐 파티를 마치고 술에 취해 비틀거리며 집으로 돌아올 때, 시인이던 남자친구는—첫 시인 남자친구이기는 했지만, 마지막은 아니었다.—내 귀에 바짝 입을 가져와 속삭였다. "오늘 밤 네 입에서 나오는 말 한마디 한마디와 사랑에 빠졌어." 그가 나를 사랑한 것은 내가 제대로 된 말들을 하기 때문이었다. 그것은 내가 여태 달성하려 노력했던 위대한 승리였다. 그러나 마침내 충분히 괜찮아졌다는 일의 건너편에는 고집스러운 슬픔이 나를 기다리고 있었다. 알고 보니, 충분히 괜찮다는 것은 그 무엇도 보장해 주지 않았다. 가능한 한 흥미로운 사람이 되려고 평생을 바치더라도 ("네 아버지와 있으면 적어도 지루하지는 않았다.") 사랑이 지속되지 않을 수도 있었다. 그 사실이 내게 아찔한 현기증을 남겼다. 충분히 괜찮은 사람이 되는 게 답이 아니라면, 답은 뭘까?

아기와 함께 오슬로에서 보낸 시간에는 어딘가 조증을 닮은 부분이 있었고, 내 삶이 아기의 존재로 인해 차압되지도, 협소해지지도 않았음을 증명하고 싶다는 끈질긴 욕망이 그 조증에 불을 댕겼다. 어느 날 나는 고속도로 옆길을 따라 언덕 위로 유아차를 몇 킬로미터나 올라가 오슬로가 내려다보이는 조각공원을 찾았다. 안내 센터에 있던 초조한 인상의 예술학교 학생은 루이즈 부르주아Louise Bourgeois의 작품을 추천했다. “정말 좋아요.” 그렇게 말하자마자 그는 수치심에 사로잡힌 듯 눈길을 떨구었다. “정말 좋다고?” 그가 자기가 한 말을 앵무새처럼 되풀이했다. “애초에 그게 무슨 뜻일까요?”

그 예술학교 학생은 자신이 시처럼 읽히는 예술 비평을 쓰려 시도하는 중이라고 했다. 안내 센터에서는 달짝지근한 밀가루 반죽 냄새가 풍겼다. 알고 보니 그는 안내 센터 데스크 밑, 팸플릿 무더기 사이에 작은 철판을 숨겨 두고 와플을 굽고 있었다. 그것도 일종의 시처럼 보였다. 그는 김이 피어오르는 뜨거운 와플에 딸기 잼을 발라 내게 건넸고, 나는 루이즈 부르주아의 작품 아래서 와플을 먹었다. 작품은 정말로 아주 좋았다. 번들거리는 은빛의 두 연인이 커다란 나무에서 대롱대롱 늘어뜨려져 있었고, 소프트아이스크림처럼 빙글빙글 얽힌 두 연인의 몸에서 팔다리가 솟아 나와 있었다.

뒤엉켜 반짝이는 연인을 보고 있자니 C와 처음 저녁 식사를 하러 갔던 때가 떠올랐다. 브라운스톤 주택에 숨어 있는 이탈리안 레스토랑이었다. 식사가 끝난 뒤 C가 나를 지하철역까지 데려다주는 길에 비가 오기 시작했다. 인도 위에 검은 얼룩이 찍히기 시작했다.

C가 자기 재킷을 벗어 건넸다. 나는 겉옷을 챙기지 않은 건 내 탓이라며 그의 호의를 거절했다. 그러자 그는 놀랍다는 듯 고개를 설레

설레 저었다. “그러면 추워해도 마땅하다는 말인가요? 말도 안 돼요.”

그가 내 어깨를 재킷으로 감쌌다. “그냥 받아요.”

그는 어차피 우주가 받아 마땅한 것들을 내주지 않는다는 걸 알고 있었다. 그러니 할 수 있을 때까지는 비를 피하는 게 낫다는 것도.

아기가 유아차 속에서 잠들자, 나는 움직임이 멈추자마자 아기가 깰지도 모른다는 두려움 때문에 그 어느 작품 앞에도 걸음을 멈출 수 없었다. 가로등 모양 조각품 앞에 도착하자, 숨겨져 있던 스피커에서 목소리가 나왔다. “이제 당신은 지금까지는 들을 준비가 되어 있지 않았던 정보를 들을 준비를 마쳤습니다.” 그러나 나는 그 자리에서 머물러 정보를 들을 수 없었다. 그 소리에 아기가 깰지도 몰라서였다. 그래서 나는 내가 들을 준비를 마친 정보를 받아들이지 못했고, 어차피 5분 뒤 아기는 깨고 말았다.

오슬로에서 보낸 마지막 날, 아기와 나는 오슬로 변두리에 자리 잡은 무덤 건축물을 찾아갔다. 한때 엠마누엘 비겔란Emmanuel Vigeland이라는 화가의 작업실이던 땅딸막한 벽돌 건물이었다. 그는 이 건물을 자기 무덤으로 바꾸겠다는 마음을 먹고 벽에 탄생과 섹스와 죽음의 장면들을 그렸다. 사람들이 해골 무더기 위에서 사랑을 나누었다. 해골들이 사랑을 나누었다. 이곳의 음향은 민감했기에, 방문객들은 신발을 벗고 부드러운 특수 슬리퍼로 갈아신어야 했다. 음향이 이토록 민감한 곳에서 아기가 울음을 터뜨린다면 그 소리는 엄청, 엄청나게 클 것임을 알았다.

그리고 아기는 정말로 울었고, 그 소리는 정말로 컸다. 아니, 따지고 보면 아기는 그저 작게 칭얼거렸을 뿐이었지만, 이 공간이 그 애의 칭얼거림을 유리창을 깨부술 것 같은 쩌렁쩌렁한 소리로 바꾸어 버렸다. 나는 얼른 아기의 입에 공갈 젖꼭지를 물린 뒤 근처에 서 있던—이제는 아까보다 조금 더 떨어져 선—스무 살짜리 힙스터들한테 사과했다. 삶과 죽음의 방에서, 그 애의 울음소리가 나머지 우리의 조심스러운 침묵보다 더욱더 이 방에 속한 것임을 알면서도.

오슬로에서 돌아온 뒤, 우리 집에 학생들을 초대해 포틀럭 파티를 열었다. 수업에서 내가 구체적으로라는 말을 굉장히 자주 썼기에, 나는 초콜릿케이크 위에 빨간 프로스팅으로 그 말을 쓰기로 했다. 한 학생이 케이크를 보더니 학생들이 다들 한다는 술 게임 이야기를 해 주었다. 누군가가 '레슬리 단어'를 쓰면 다들 한 잔씩 들이켜야 하는 게임이었다. 내면성? 마셔. 세밀하다고? 마셔. 의식의 복잡성? 두 잔 마셔! 세 잔!

우리는 각자의 케이크 조각과 각자의 원고를 들고 우리 집 거실에 둥글게 모여 앉았다. 생후 11개월인 내 딸도 이 원의 일부가 되어, 점퍼루에 탄 채 방방 뛰다가 줄에 매달린 플라스틱 원숭이로 손을 뻗을 때마다 빨간 고무 밴드의 탄력으로 되돌아갔다. 학생들이 제출한 에세이에 내가 쓴 의견을 허둥지둥 읽으면서 아기에게 이앓이 과자를 먹였다. 수영에 대해, 나아가 헤로인에 관해 쓰면서, 몸을 완전히 망각한다는 환상을 탐구하는 걸까요? 그것은 아기 때문에 산만해지지 않았고, 과자 부스러기로 뒤덮이지 않은 다른 버전의 내게 한때 있었던 통찰력이었다.

나는 누군가가 모여 앉은 우리 모습을, 아기가 학생들 사이에서 방방 뛰고 있는 사진을 찍어 내 융통성 있는 워킹 맘 생활의 증거로 남겨 주는 상상을 했다. 그런 증거를 충분히 모은다면 내가 한때 행복으로 채우려 상상했던 내 안의 어떤 공간이건 채워질 것만 같았다. 꼭 지금까지 누군가에게 내 삶이 충분히 좋은 삶이라고 보여 주어야 한다는 생각을 가지고 모든 순간을 살아온 것 같은 기분이었다. 아마도 내 남편에게. 내가 딸에게 주고자 하는 그 삶을 보여 줄 수 있도록.

구체적으로 쓰라고? 좋다. 이앓이 과자는 바나나 맛이었다. 수업 중 딸이 안달을 내기 시작했고, 나는 아기가 부리는 안달에 답답해졌다. 왜 그날 오후를 위한 내 대본에 정해진 역할을 해 주지 않는 걸까? 나는 아기의 작은 점퍼루 옆에 앉아 조그만 손에 과자를 잔뜩 쥐여 주었다. 그 밖에 원하는 게 대체 뭐가 있겠는가? 내 관심?

사실은 그날이 담긴 사진이 있다. 내 딸은 행복하게 방방 뛰느라 흐릿하게 나왔고, 학생들은 내 말을 집중해 듣느라 앞으로 몸을 기울이고 있고, 나는 정말로 엄마이자 선생처럼 보인다. 그러나 나는 두 배가 된 기분을 느낀 적이 한 번도 없었다. 그보다는 반은 엄마, 반은 선생으로, 대롱대롱 매달린 장난감처럼 끊임없이 각 정체성에 손을 뻗는다. 엄마, 선생, 엄마, 선생, 그러다가 다른 자아의 고무 밴드가 다시 나를 홱 채 가고 만다.

그해 가을, 대학교에서 열리는 낭독회에 아기를 데려갔다. 이제는 교수가 된 옛 친구가 초청한 덕분이었다. 대학 시절 나는 이 친구를 좋아했었다. 그 시절, 어느 날 밤 우리는 키스했지만, 너무 취해 있었기에 정확히 기억나지는 않는다. 내가 기억하는 건 쩍쩍 달라붙는 나무 플로어 위에서 슬로우댄스를 추던 것, 드레스 어깨끈이 자꾸만 흘러내렸고 그가 부드러운 손길로 매번 어깨끈을 끌어 올려 주었던 것이다. 다음 날 아침 나는 다음에 무슨 일이 일어날지 궁금해하며 잠에서 깼다. 나는 몽상가였고, 내 백일몽 속에서는 이미 우리 둘 사이 많은 일이 일어났으므로. 그러나 다음에는 아무 일도 일어나지 않았다. 아니, 이런 일들이 일어났다고 해야 할 것이다. 우리는 20년간 친구로 지냈다. 우리는 한 번도 사귄 적 없었다. 나는 다른 사람과 결혼했다. 어른이 된다는 것은 자신의 수많은 가능한 버전들이 깎여 나가 하나가 되는 것을 바라본다는 뜻이다.

이번 여행에서는 친구가 우리, 그러니까 나와 아기를 우리가 묵던 언덕 위 복고풍 모텔로 데리러 와 주었다. 비가 내렸고 방에서는 젖은 기저귀가 가득 든 쓰레기통에서 풍기는 희미한 오줌 냄새가 났다. 헤어드라이어로 흠뻑 젖은 스니커즈를 말리느라 탄 냄새도 감돌았다. 친구는 우리를 미술관에 데려가 주었고, 이곳의 세련된 레스토랑에서, 내 딸이 조그만 손가락들로 빳빳한 흰색 냅킨을 파스타 소스 범벅으로 만드는 사이 모유 수유를 하고 있자니, 이 긴 세월 동안 그가 내 가슴을 본 건 내가 젖을 먹일 때나 취했을 때뿐이라는 것이, 마치 기회를 낭비해 버린 것같이 느껴졌다.

미술관 바깥 계단에서 어떤 여성이 우리를 불러세우더니 아들이 정말 예쁘다고, 참 아름다운 가족이라고 말했다. 그 당시에 우리 둘은 한 문장 안에 몇 가지 오류가 있는 것이냐고 웃어넘겼다. 그러나 그날 밤, 깜깜한 호텔 방으로 돌아왔을 때, 딸이 내 곁에서 잠들어 있을 때,

그 여성의 눈에 비친 대안적 현실을, 다른 삶의 가능성을, 아주 잠깐이지만 언뜻 보았다는 것에, 가슴이 아팠다.

그해 가을 나는 매일 같은 질문을 조금씩 다른 형태로 생각했다. 결혼 서약을 지킨다는 것이 C의 분노와 한 집에서 살아갈 방법을 찾아야 한다는 의미인가? 내가 C의 분노에 어떤 책임이 있나? 내 딸에게는 어떤 책임이 있나? 우리가 따로 살면 아이가 부모의 더 나은 면을 보게 될 거라는 내 생각은 어쩌면 이미 해 버린 결정을 합리화하기 위해 스스로에게 하는 거짓말은 아닐까?

임신 기간에—그리고 그 전, 임신을 시도하는 동안—나는 아이를 가지면 우리의 관계도 어쩔 수 없이 나아지기를 바랐다. 그러나 임신은 오히려 그 반대 역할을 했다. 이 가정이 내가 내 아이에게 알려 주고 싶은 가정이 아니라는 감각이 선명해졌다. 부부 상담에 가서 나는 이 이야기를 C에게 하기 시작했고, 내가 더는 이런 생각을 혼자 간직할 수 없을 정도로 그에게서 얼마나 멀어졌는지 그가 알기를 바랐다.

2년 전, 이미 이혼을 생각할 정도로 불행했을 때, 나는 내가 떠나면 그에게 상처를 줄까 봐 걱정된다고 해리엇에게 말했다. 해리엇은 그 걱정이 맞다고, 내가 상처를 줄 거라고 했다. 그러면서 누구에게도 해를 끼치지 않고 세상을 움직여 나아가는 사람은 없다고도 했다. 나는 해리엇이 이렇게 말해 주기를 바랐다. 말도 안 되는 소리 그만둬! 네가 무슨 상처를 준다고 그래! 아니면 적어도, 넌 너무 힘드니까 상처를 줄 자격이 있어.

그러나 해리엇은 그 두 가지 중 어떤 말도 하지 않았다. 그 대신 그녀가 한 말은 비난도, 면벌도 아니었다. 그저 이런 말이었다. 네가 끼친 해에 대해 책임져야 해. 그리고 그게 꼭 필요한 일이라고 믿어야 해.

그해 가을 오스틴에서 몇 년이나 동경하던 조언 칼럼니스트를 만났다. 우리는 푸드 트럭에서 타코를 사 먹었고, 나는 아기를 가슴에 안은 채로 아기 머리에 얇게 썬 래디시를 떨어뜨리지 않으려고 애썼다. 아기는 기침했다. 아기의 몸은 이 모든 비행이, 호텔 방이, 낯선 사람들이 너무 지나치다고 내게 말하려 했던 것일까? 기침할 때마다, 아기는 기침이 멎으면 꼭 다 괜찮다고 안심시켜 주려는 것처럼 나를 보며 살짝 웃었다. 그 애는 모든 게 괜찮다고 나를 안심시켜 주는 것이 어쩐지 자기가 할 일이라고 느꼈던 걸까? 그 애는 상담사가 그 애가 집에서의 내 쉴 곳이라고 말하는 걸 엿들었던 걸까?

나는 아기에게 안약 통에 들어 있는, 풍선껌 냄새가 나는 밝은 분홍색 기침약을 먹였고, 드러그스토어에서 가습기를 샀다. 종이가방에 넣은 가습기를 힘겹게 끌고 호텔로 돌아오는 길, 아기가 내 가슴에 대고 작게 기침할 때마다 가습기가 내 무릎에 부딪혔다.

칼럼니스트와 나는 잔뜩 들떠서 숨이 찰 정도로 대화를 나누었고, 고등학생 시절 한밤중에 친구와 몇 시간씩 전화 통화를 할 때처럼, 날것의 폭로와 함께 아드레날린이 쏟아져 들어왔다. 아기를 재울 시간이 되자, 나는 이제 내 새로운 절친이 된 칼럼니스트를 내 호텔 방으로 초대해 욕실 타일에 주저앉아 이야기를 이어 갔고, 문밖 어둠 속에서는 내 딸이 잠든 여행용 요람 옆에서 드러그스토어에서 산 싸구려 가습기가 윙 소리를 내며 습기를 토해 내고 있었다.

내가 생각하는 바람은 바로 이런 거였다. 섹스하려고 남자를 방에 들이는 것이 아니라, 폭로하려고 여자를 방에 들이는 것이었다.

그 호텔 화장실에서, 나는 이 조언 전문가가 내게 뭔가 조언해 주기를 바랐다. 솔직히 말하면, 그를 떠나는 것이 올바른 선택이라고 그녀가 말해 주기를 바랐다. 내가 신뢰하는 사람에게 내가 이 결혼을 지속해야 하느냐고 물을 때마다—그리고 여기서 신뢰란 아마 타코를 같이 먹은 사이라는 뜻이리라.—그건 마치 숲에서 우연히 마주친 수수께끼 같은 존재에게 길을 알려 달라고 부탁하는 기분이었다. 그리고 상대가, 버티세요라고 대답하면, 마치 이 이상 길에 가까워질 수는 없다는 말처럼 들렸다. 상황이 지금보다 더 나아지기를 기대해서는 안 된다는 말 같았다.

그해 가을, 나는 거듭되는 악몽을 꾸었다. 꿈속에서 입안이 끔찍하게 아팠고 잇몸을 뚫고 금속이 불룩 튀어나왔다. 말하려 할 때마다 발음이 흐려졌다. 그러다 마침내 거울을 보면, 내 입에는 꽃잎이 초록색인 꽃송이 같은 큼직한 에메랄드 브로치가 쑤셔 박혀 있었다. 브로치의 핀이 내 잇몸을 꿰뚫고 있었다. 너무나 아름다웠지만 죽겠다 싶을 만큼 아팠다. 그 브로치를 꽂아 넣은 건 나였기에, 그걸 빼낼 권리가 내게는 없는 것만 같았다.

그해 겨울, 나는 캐나다 로키산맥의 산장에서 열린 콜린의 결혼식 주례를 맡았다. C는 참석하지 않았는데, 달콤하고도 씁쓸한 안도감을 주는 일이었다. 그의 옆에 앉아 다른 사람들이 함께하는 삶을 믿는다고 선언하는 걸 도저히 들을 수 없었을 테니까.

결혼식을 앞두고 나와 콜린은 몇 달이나 결혼 서약에 대한 이야기를 나누었다. 전통적인 결혼 서약은 죽음이 우리를 갈라놓을 때까지라고 말하지만, 콜린은 그와는 다른, 다음과 비슷한 맹세를 하고 싶어 했다. 나는 이 결혼이 계속해서 작동하는 새로운 버전을 계속해서 만들어 낼 수 있도록 할 수 있는 모든 일을 하겠습니다.

결혼 서약에 관해 대화하는 건 헤어 셔츠*를 입는 것과 비슷했다. 내면의 목소리—어쩌면 그의 목소리였을까?—가 자꾸만, 반복해서, 내게 수치심을 안겼다. 진심이 아니면 결혼하지 마. 고작 일주일, 한 달, 한 해, 5년 갈 진심이라면 결혼하지 마.

콜린은 개울가에서 열린 우리 결혼식의 주례를 맡아 주었고, 콜린의 결혼 서약에 관해 이야기하다 보니 내 결혼 서약이 떠올랐다. 나는 자꾸만 자문했다. 무언가가 더는 구해 낼 가치가 없다는 걸, 어떻게 알 수 있을까?

산속에 머무르던 결혼식 전날, 파우치에 담긴 이유식이 다 떨어졌다. 그래서 나는 가지를 닮은 보라색 스노슈트에 꽁꽁 싸인 채 눈 덮인 나무들을 구경하느라 올빼미처럼 머리를 이리저리 돌리는 아기를 아기띠로 품에 안고 이유식을 사러 시내로 내려갔다. 돌아오는 길, 추위에 뺨이 빨갛게 달아올라 따끔거리는 바람에 아기는 울었다. 왜 난 이유식을 넉넉히 안 챙겨온 걸까? 뭔가 잘못될 때마다 모든 게 오로지 내 탓이었다. 나는 90퍼센트는 의식의 복잡성에 관해 생각하고, 오직 10퍼센트만 이유식 퓌레가 담긴 파우치를 생각하는 삶을 살고 싶었다.

* 종교적인 이유로 스스로를 벌하기 위해 입는 거칠고 불편한 옷.

그러나 그 삶은 내가 살기로 한 삶이 아니었다.

그날 밤, 나는 아기 돌보미를 부르고 친구와 함께 언덕에 있는 온천을 찾았다. 물에서 피어오른 김이 굵은 소용돌이를 그리며 깜깜한 밤공기 속으로 솟았다. 살 것 같은, 원초적인, 자궁 같은 물이었다. 우리 근처, 한 남자가 겨드랑이 아래를 손으로 받쳐 자기 딸을 지탱한 채 깊은 물에 담그고 있었다. 김이 나는 물과 시린 공기의 대조가 즐거웠는지 아기는 기분 좋은 소리를 냈다. 꼭 성경에 등장하는 우화 같았다. 아버지가 이토록 부드러운 동작으로 딸이 물을 가르며 움직이게 한다, 두 몸이 지나간 자리에 잔물결이 인다.

주례를 맡은 나는 하객들 앞에서 연설했다. 결혼은 지속이 아니라 재발명입니다. 언제나 무언가 새로운 것을 마주하게 됩니다. 이 헌사를 읊을 때 꼭 사기꾼이 된 기분이었다. 나는 재발명의 끝에 도달했으니까.

그러나 친구의 결혼을 믿는 것과 내 결혼을 끝내기로 다짐하는 것 사이에는 고통스러운 일관성이 존재했다. 두 확신 모두 결혼이 어떤 모습이 될 수 있을까에 대한 고집스러운 믿음에서 태어난 것이므로. 일주일 뒤 나는 C에게 말하게 된다. 난 할 만큼 했다고.

산에서 열린 그 결혼식에서 내가 한 말은 설교로 가장한 엘레지였다.

내 안의 목소리가 말했다. 넌 거짓말쟁이야. 할 만큼 하지 않았잖아.

SMOKE

연기

왜 전갈자리 달* 아래 태어난 사람은 아무것도 놓지 못하나? 당신이 붙든 모든 것이 당신 손에서 죽음을 맞이할 것이라고 누가 말했나? 보호명령은 접근금지명령과 다른 것인가? 어째서 지렁이 달**이 순결한 달이라고 불리나? 하지에 태어난 사람들은 왜 늘 사랑에 빠져 있나? 성병 중 어떤 것이 모유를 매개로 전염되나? 철갑상어 달***의 짝짓기. 철갑상어 달의 추수. 철갑상어 달의 광기. 카디프의 시간대. 토리노의 시간대. 바르셀로나의 시간대. 보통 머리카락보다 더 곱슬곱슬한 흰머리. 수정점은 수점水占과 같은 것일까? 타로카드 앱은 더 나은 패를 계속 뽑게 만들려고 부정적인 카드부터 보여주는 걸까? 왜 매달린 남자****는 거꾸로 매달린 채 웃고 있나?

* 태어났을 때 태양의 위치에 따라 정해지는 별자리가 아니라 달의 위치에 따라 정해지는 별자리로 보았을 때, 황도대에서 달이 전갈자리 위치에 있을 때 태어났음을 뜻한다.

** 3월의 보름달.

*** 8월의 보름달.

**** 타로카드에서 주로 희생, 손실을 뜻하는 카드.

딸을 C의 집으로 보낸 첫 밤, 찬 바람이 휘파람 소리를 내며 소방서 옆 서블렛 아파트의 벽돌 벽을 쓸고 지나갔다. 딸은 생후 13개월이었다. 우리가 떨어져 보내는 첫 밤이었다. 한 친구는 말했다. "적어도 아기 때문에 아침 6시에 잠에서 깰 일은 없잖아." 그래도 나는 6시에 잠에서 깼다. 그 전에는 4시, 그 전에는 2시에도.

아기 울음소리에 잠에서 깬 일이 하도 많았던 탓에, 내게는 일종의 환상지幻想肢*를 닮은 특별한 청력이 생겨났다. 이제는 침묵 속에서도 아기 울음소리가 들렸다. 그러나 한밤중에 잠에서 깨 내 옆에 놓인 요람 안을 확인하면 어둠 속에서 바스락대는 아기의 조그만 몸은 없었다. 아기의 플리스 잠옷이 일으키는 정전기도 없었다. 그래도 나는 잠옷을 얼굴에 대고 갓 구운 빵 냄새, 희미하게 톡 쏘는 오줌 냄새, 그 애

* 신체의 일부가 절단된 뒤에도 여전히 그 자리에 있는 것처럼 감각과 고통을 느끼는 증상.

의 완벽한 살결이라는 유령의 냄새를 들이마셨다.

딸은 일주일에 이틀, 매주 수요일과 일요일마다 C의 집에서 하루를 보내게 되었다. 첫 수요일이 다가오자, 겁이 났다. 텅 빈 여행용 요람과 더불어 홀로 보내는 깜깜한 시간이, 일련의 부재들이, 그러니까 오렌지를 한 조각 더 먹으라고 아기를 어르지 않는 일이, 조그만 잠옷 소매로 그 애의 조그만 팔을 빼내지 않는 일이, 너무 작은 개수대에서 아기 의자에 달린 쟁반을 씻지 않는 일이.

나는 앞으로 다가올 모든 수요일과 일요일을 위한 계획을 세우기 시작했다. 그날들은 채워야 할 구멍, 나라는 벽에 생긴 틈이었기에, 나는 그 시간을 저녁 식사, 일 관련 행사 등으로 닥치는 대로 메웠다.

"공짜로 아기 돌보미를 쓸 수 있는 날이라고 생각하면 되지." 한 친구가 그렇게 말했는데, 말이 되는 소리기는 했지만, 도저히 그런 생각은 들지 않았다.

내 딸이 없는 첫 밤, 모든 것이 너무나 고요했다. 시간이 갈수록, 우리가 떨어져 보내는 밤들이 많아질수록 이 고요가 점점 더 커지리라는 생각을 도저히 멈출 수 없었다.

독감에 걸린 건 서블렛 아파트로 이사하고 몇 주 뒤였다. 나는 입안에 들쩍지근한 침이 그득 고인 채로 이 방 저 방을 기어다니는 딸을 쫓아다녔다. 수시로 핸드폰을 집어 들어 어머니가 보낸 똑같은 문자 메시지를 빤히 보았다. 누가 좀 도와줘야 해. 메시지를 이대로 계속 들여다보고 있으면 어머니가 화면 속에서 튀어나올 것만 같았다.

마침내 몇몇 친구들한테 시간을 내줄 수 있느냐는 메시지를 보낸 다음에는 핸드폰을 엎어 내려놓았다. 내게 이토록 간절히 도움이 필요하다는 사실에 반발감이 너무 큰 나머지 핸드폰을 쳐다볼 수조차 없었던 것이다. 그 사실이 불러온 수치심은 당혹감을 안겼고, 열에 들뜬 내 뺨을 붉혔다. 가족이나 배우자를 상대로 무엇을 요구하는 건 합당한 일인 반면, 이를 넘어서는 요구는 꼴사나운 것이라 믿어서였다. 가정이라는 선을 넘어야 할 만큼 너무 많은 걸 필요로 하는 건, 마치 내가 받아 마땅한 몫 이상을 요구하는 것처럼 느껴졌다.

내가 헤어지자고 말한 뒤, 그다음 주에 있었던 부부 상담 마지막 회기에서 나는 집에 있는 걸 모두 가져도 좋다고 C에게 말했다. 내가 원하는 건 아기방 가구들 뿐이라고.

상담사는 고개를 끄덕이더니 말했다. "하지만 아기가 아빠와 지낼 때도 잘 곳이 필요할 거예요."

앞으로 딸이 어른이 될 때까지 매주 이틀 밤을 떨어져 보내야 한다니, 도저히 생각할 수조차 없는 일이었다. 내 안의 뚜껑 문이 벌컥 열리고, 어느 작은 사람이 몸부림치면서, 허공을 할퀴며 자유낙하하고 있는데, 나는 그 사람의 얼굴이 그 애의 것인지 내 것인지조차 알 수 없었다.

나와 떨어져 있는 밤, 딸이 잠에서 깨 나를 찾는 일이 있기는 할지 종종 궁금했다.

심리치료사는 이런 궁금증에 대한 해답을 내놓았다. "이런 생각들이 꼬리에 꼬리를 물고 이어지는 출발점을 발견한다고 해서 꼭 그 생각을 쫓아갈 필요는 없어요."

그녀는 이런 말도 했다. "이 모든 일은 아기에게 영향을 미칠 겁니다. 그 사실을 받아들여야 해요."

나는 가만히 앉아 그러나라는 말이 나오기를, 그 말이 줄 위안을 기다렸다.

"영향은 있을 겁니다." 그녀는 다시 한번 말했다. "그리고 레슬리가 보이는 반응 역시 그 영향에 동반될 것이고요."

심리치료사가 내어준 위안은 그러나가 아니라 그리고였다. 그녀는 사람들이 어떤 사건이 즉각적으로 미치는 영향에 너무 큰 무게를 두는 반면, 이에 대한 우리의 반응은 가볍게 생각한다고 생각했다. 나는 영향과 반응이 전깃줄에 앉은 새들처럼 나란히 자리 잡고 앉아 있는 모습을 상상했다.

"아버지와의 관계는 아이에게 도움이 될 거예요. 아시잖아요." 그녀가 말했다.

그렇다, 나는 안다. 내 안의 논리적인 부분은 그 사실을 안다. 그러나 그 논리적인 나는 저 멀리, 고요한 방에 외따로 떨어져 존재한다. 내 안의 짐승은 복부에 남은 흉터를 어루만지며 말한다. 그 애는 여기 있었어. 그 애는 내 거야.

단 한 번, 그에게 무릎을 꿇고 애원한 적 있었다. 우리 집 거실이었고, 나는 목제 테이블 옆에 무릎을 꿇고 앉은 채로 매주 이틀 밤 아기를 데려가지 말아 달라고 빌었다.

딸을 향한 나의 욕망은 비이성적인 데다가 뻔뻔했다. 윤리적 수칙 같은 것은 없었다. 그 욕망은 우리 사이 빈틈이 아예 존재하지 않았던 9개월로 이루어진 것이다. 젖내 나는 숨결과 얇게 썬 고구마, 내 살갗에 밀착한 그 애의 살갗으로 가득했던 첫 나날들로 이루어진 것이다. 신생아용 잠옷조차 맞지 않아 잠옷의 발 부분이 대롱거리던 기억으로 이루어진 것이다.

애원하던 기억은 선명히 존재한다. 카펫에 무릎이 쓸리던 감각, 양손을 부여잡았을 때 손바닥에 배어나던 땀, 그리고 그의 얼굴에 떠올랐던, 혐오감을 닮았지만 분명—분명 그랬으리라는 걸 지금은 알겠다.—고통이 주를 이루었을 그 표정.

며칠 뒤, 그는 딸을 처음 안아 든 것은 자기라는 사실을 들먹였다. 병원에서, 그 애가 태어난 직후, 배가 활짝 열려 있는 채로 내가 온몸을 덜덜 떨며 들것에 누워 있었던 때 말이다. 내가 그 자리에 있었어, 그는 말했다. 그는 자기가 나만큼이나 그 애의 일부이고, 그 애도 나만큼이나 자기의 일부라고 말하고 싶었던 것이다.

내 부모님이 이혼했을 때에 양육권 문제는 없었다. 아버지도 나름대로 우리에게 사랑을 표현했지만, 양육권을 원하는 건 그 사랑에 속해 있지 않았다. 그 뒤 6년간, 내가 아버지 집에서 잔 날은 몇 번 없었다. 그 집에서는 저녁 시간을 어떻게 보내야 할지, 나아가 어디에 있어야 할지, 아침에 내 몫의 도시락으로 무엇을 챙겨 가야 할지 늘 알 수 없었다. 파르메산 치즈 한 덩이? 며칠이나 지나 밥이 딱딱하게 굳어버린 스시 롤? 바닥을 보이는 샤르도네 한 병?

심리치료사는 파트너 없이 육아를 하게 되리라는 전망 앞에서 내가 내심 안도감을 느끼느냐고 물었다. 당연히, 그건 외로운 일이었고, 고단한 일이었고, 죄책감이 묻은 일이었다. 그러나 뭐랄까…… 익숙하달까?

우리는 내가 어머니와 친한 것이 무의식적으로 아버지의 부재와 관련 있는 것 같다는 이야기를 시작했다. 어쩌면 나는 그 부재를 다시금 만들어 내고 싶었던 걸까, 내게 내 어머니의 존재가 그랬듯, 내 딸이 내 존재를 전부라 느끼게 만들 유일한 방법이라서? 나는 숨 가쁜 말투로 나의 통찰을 친구들에게 주워섬겼다.

"맞아." 친구들이 고개를 주억거렸다. "바로 그걸 위해 심리치료를 받는 거지."

마치 잃어버린 열쇠가 부엌 식탁 한가운데에 놓여 있다는 사실을 알아차리는 것 같은 기분이었다. 그것이 내내, 내 앞에 고스란히 놓여 있었다는 사실을.

별거를 시작하기 전 어느 밤, 나는 C가 아기를 목욕시키게 두는 것을 연습했다. 부엌에서 설거지하면서, 아기가 벽 너머에서 우는 소리를 듣는 연습이었다. 푹신한 목욕 책에 나오는 동물을 빠짐없이 손으로 가리키게 놔둬. 나는 생각했다. 플라스틱 배 장난감 하나하나가 전부 다른 폭포를 만든다는 걸 보여 줘.

나는 설거지를 계속했다. 아기는 울음을 그쳤다. C가 푹신한 목욕 책 속 동물들을 전부 손으로 가리키게 놔뒀거나, 둘이 새로운 놀이를 찾아냈을 테지.

그 애한테 오로지 나만 필요한 건 아니야. 나는 거듭 되뇌었다. 때로는 그 말을 믿기까지 했다. 그 애를 사랑한다는 건, 그 애가 내 어린 시절과는 다른 경험을 하기를, 그 애가 이혼한 부모의 집 두 군데 모두에서 살아가는 삶을 원해야 한다는 뜻이었다. 그리고 내가 원하는 것, 즉 그 애의 전부, 그리고 완전한 양육권과는 다른 것을 원해야 한다는 뜻이었다.

C와 함께 살던 집을 나올 때는 극히 적은 물건만 챙겼다. 내 옷가지, 아기 옷가지, 아기방 가구. 물려받은 옷들은 벽장 깊은 곳에 집어넣었다. 큰 치수 옷을 입을 정도로 그 애가 자라는 건 여기 아닌 다른 곳에서의 일일 것이다.

성마른 오렌지색 고양이가 단추를 뜯어냈던, 발톱 자국이 난 빨간 소파는 두고 왔다. 내 양수가 터졌던 검은 이케아 침대도 두고 왔다.

내가 챙긴 다른 물건들은 두고 올 방법이 없는 것들이었다. 예를 들면 첫 데이트의 기억. 봄비, 내가 그의 재킷을 사양했을 때 그가 보였던 재미있다는 듯한 다정함, 다음 순간 어깨에 내려앉던 재킷의 무게. 말도 안 돼요. 그냥 걸쳐요.

내가 고용한 로펌은 자체 지하철역까지 있을 정도로 커다란 고층 건물의 두 개 층을 차지하고 있었다. 로펌에 가는 길에 킹스카운티 가정법원을 지나치던 중, 인도에서 젊은 부부가 유아차를 세워 둔 채로 싸워대고 있는 모습을 보며 생각했다. 내 딸한테 저런 짓은 못하겠어. 그 다음에는 이런 생각이 들었다. 우리가 정말 준비된 게 맞을까?

대기실에 앉아 있는 동안, 보라색 은박지에 싸인 초콜릿을 쉬지 않고 먹어댔다. 안내데스크 위 큼직한 크리스털 그릇에 담겨 있던 초콜릿이었다. 단맛이 적은 싸구려 초콜릿을 아무리 많이 먹고, 은박지를 작고 반짝이는 덩어리로 뭉쳐 주머니에 집어넣어도 계속 먹고 싶었다. 초콜릿을 먹고 또 먹으면, 수천 개를 먹으면, 내가 지불한 막대한 의뢰비에 근접한 무언가를 벌어들이는 셈인지도 몰랐다. 20대 때, 치과에서 한참 동안 신경치료를 받고 나서, 방금 나한테 있지도 않은 수천 달러를 내고 전혀 원치 않는 경험을 얻었다고 생각했던 것과 비슷한 심정이었다.

몇 년 뒤, 나는 응급 신경치료를 받은 직후 세미나를 강의했다. 입안은 무감각하고 묵직하게 느껴졌고, 학생들은 내가 신경치료를 받은 게 안됐다고 했다. 나는 내가 신경치료를 받게 해 달라고 빌어서 받은 거나 마찬가지라고 말하고 싶었다. 힘든 건 치료를 받기 전에 일어난 일이었다고.

때로 나는 변호사에게서 불가능한 것을 원했다. 결혼 생활을 끝내는 것이 합당한 일이라고 인정해 주는 일 말이다. 변호사는 자신이 어떻게 생각하는지는 물론이고, 내 결혼에 대해 그 어떤 특정한 감정을 느끼는 것이 자기 할 일이라 여긴다는 기색조차 전혀 내비치지 않았다.

그럼에도, 그녀가 내 사건을 담당하는 동안 영화 속 변호사처럼 내가 결백하다 주장하며 싸워 줄지도 모른다고 믿고 싶었다. 마치 이혼이 합리적 선택임을 증명해야 내게 행복할 자격이 생기는 것처럼.

내심 결백 같은 것은 없다는 걸 알았다. 있는 건 오로지 내가 한 선택, 그리고 그 선택의 그림자 속에서 만든 삶뿐이라는 것을.

소방서 옆 아파트로 이사한 뒤에는 불을 켜고 싶지 않았다. 그래서 대신 촛불을 밝혔다. 나는 회반죽으로 이은 색유리 조각이 벽에 사파이어색, 진홍색, 귤색으로 보석 같은 빛깔을 비추는 모자이크 램프를 샀다. 그러다 어느 날 딸이 코드를 잡아당기는 바람에 램프가 엎어져서, 만화경 빛깔을 닮은 파편들로 쪼개져 하드우드 마루에 흩어졌다. 소파 쿠션 위, 깨진 유리로부터 안전한 곳에 선 아기는 자신이 저지른 일 때문에 겁에 질린 동시에 기뻐 어쩔 줄 몰랐다.

어느 친구한테서 선불교의 스승이 등장하는 일화를 들은 적 있었다. 스승은 제자들 앞에 물잔을 들고 서서 말했다. 내게 이 잔은 이미 깨진 것이다.

그 스승은 또 이런 말을 했다. 심각하게 받아들이지 말라. 나 또한 아는 사실이었다.

아기가 물잔을 엎었을 때, 나는 잔이 깨질까 봐 겁에 질려 얼른 손을 뻗었다. 그러나 아기는 그저 잔을 집어 머리에 얹은 다음 심술궂게 웃었다. 이거 봐, 모자야.

아기가 잠든 뒤, 나는 잔뜩 켜놓은 향초에 둘러싸여 목욕했다. 허니 바닐라. 애플파이. 발삼 파인. 나는 걸어 다니는 펀치 라인이었다. 한 여자가 이혼을 향해 걸어 들어간다……. 엡솜 솔트 한 컵을 넣은 물이 기분 좋다면, 한 봉지를 다 넣으면 기분이 더 좋지 않을까? 그게 단주한 알코올중독자의 논리다. 내 근육이 국수처럼 흐물흐물하게 풀어졌다. 이 목욕물 속에서 내가 녹아 버리면, 꿀 향이 나는 불꽃이 샤워 커튼을 날름날름 타고 올라간다면. 소방서 사람들이 구해 주겠지. 코드 바닐라. 또 한 건의 이혼녀 촛불 화재 발생.

내가 발견한 또 하나의 펀치 라인은 달의 이름을 찾아보는 것이었다. 늑대 달. 지렁이 달. 수사슴 달.* 철갑상어 달. 애도하는 달이라는 이름으로도 알려진 차가운 달. 12월의 보름달.

향유 달은 사라지기 직전 이우는 초승달을 가리키는 이름이라는 것을 알게 되었다. 향유 달이 절망의 시간이라 생각할지 모르겠지만, 하! 그것은 회복과 보충의 시간이다.

달이 전갈자리에 위치할 때 태어난 나는 다음과 같은 별자리 운세에서 위안을 얻었다. "전갈자리의 달 사람들은 정서적 격변을 이끌어 내며, 이들의 삶은 드라마틱한 상승과 하강으로 이루어져 있곤 합니다. 그러나 재탄생과 변화는 정서적 요구로서 수용될 때 반드시 드라마틱하고 압도적일 필요는 없습니다." 그러나 나는 그 뒤를 계속 읽었다. 이에 더해 만약 내 상승궁** 역시 전갈자리라면, 나는 완전히 망했다는 뜻이었다.

내 별자리의 좀 더 낙관적인 풀이를 찾으려 검색하다 보니, 영화

* 7월의 보름달.

** 점성술에서 상승궁이란 특정 시간과 장소의 동쪽 지평선에서 떠오르고 있던 황도대의 별자리를 가리키며, 유년기의 환경과 조건이 어떠했는가로 풀이된다.

관 개봉 없이 곧장 TV로 방영된 1987년 호러 영화 「전갈자리의 달 Moon in Scorpio」이 나왔다. 영화 속 세 부부는 아카풀코 해안에서 출발한 요트에서 벌어진 대학살극에 휘말려 피범벅으로 죽는다. 함께 죽은 부부에 대한 글을 읽을 때마다 나는 생각했다. 뭐, 적어도 끝까지 함께했네.

친구가 내 컴퓨터로 뭔가를 검색할 때마다 내 겨드랑이에서는 땀이 배어났다. 자동완성기능이라는 고해성사실에서 무엇이 등장할 것일까? 밤늦은 시각 유튜브에서 모르몬 태버내클 합창단 동영상을 보며 흘려보낸 시간일지도. 함께 황홀을 나누려 사무실에 소집된 주택담보대출 브로커들처럼 슈트를 차려입고 「어메이징 그레이스」를 부르는 백인 남성들. 때로 나는 심리치료사가 내게 차라리 다시 술을 마시는 건 어때요?라고 말하는 상상을 했다.

하지만 영상 보기를 멈출 수가 없었다. 그들의 합창은 내 안에 있는 작은 문을 열어 주었다. 그들의 턱, 빗어넘긴 머리, 똑같은 회색 넥타이, 신을 향해 고조되는 그들의 목소리는…… 일종의 생경한 은총이었다. 그들은 더 큰 아름다움 앞에 자신들을 내려놓았다.

별거하고 첫 몇 주간, 내가 우호적으로 — 이혼이라는 맥락에서가 아니면 들을 일이 없는 단어다. — 말을 거는 일이 C에게는 일종의 잔혹한 예의로 다가왔다. 마치 내가 그를 칼로 찌른 뒤 접시에 담긴 쿠키를 권하는 것처럼 말이다. 그의 눈에 담긴 질문은 빈틈없었다. 내 친절함 중 얼마만큼이 연기인가? 예의를 갖추고자 하는 내 욕망 중 얼마만큼이 죄책감을 누그러뜨리려는 욕망에서 나온 것인가?

밤이면 나는 그가 예전에 했던 말을 끊임없이 되뇌었다. 사람들이 나더러 친절하다고 하는 건, 내가 오로지 고분고분한 사람들만 옆에 두어서라고. 어쩌면 내가 내 본성 중 '선하다'고 이해하는 모든 것은 그저 타인으로부터 칭찬과 애정을 받기 위해 고안한 정교한 내적 설계의 일부일지도 몰랐다.

결국 그는 서로 대화하지 않는 게 최선이라고 했다. 그래서 우리는 몇 년간 아무 말도 하지 않았다.

때로는 아직도 그를 향한 애틋한 감정이 차오르지만, 이제는 그 감정은 아무 의미 없다. 댐으로 막아 둔 강물일 뿐이다. 빠져나가지 못한 그 감정은 결국 사소한 다툼들의 일람이 되고, 나는 그런 이야기를 비행기 연착이 있었을 때의 지루하기 짝이 없는 사연들처럼 친구들에게 늘어놓으면서도 나 자신의 목소리가 싫었다. 사실 내가 정말 하고 싶은 건 이 궁지에 몰린 각본을, 이 밀고 당기기를 털어놓고 싶은 것뿐이었다. 언젠가는, 우리 사이에 다시금 어느 정도의 배려가 생겨날 수 있는 방법.

일요일 오후, 나는 C의 집에 아기를 데려다준 뒤 곧바로 널찍한 공동묘지 맞은편 거리, 외장재가 플라스틱인 클럽 회관에서 열리는 12단계 회복 모임에 갔다. 여성 중독자들만의 모임이었다. 벽에 걸린 나무로 된 고래에는 슬로건이 쓰여 있었다. 느낌은 사실이 아닙니다. 한 번에 하루씩. 이미 들어 본 말들이었다. 한밤에 깨어나, 지혜를 필요로 하는 한 여자가 아니라 그저 물을 마시고 싶다는 간절한 갈증에 시달리는 사람이 되어 그것들을 필요로 하게 될 때까지는 내게 도움이 되지 않았던 말들이었다.

회복 모임에서 남편의 분노에 관해 이야기하고 있다 보면 내 목소리는 조개껍데기처럼 단단하고 매끈해졌다. 딸을 남편의 집에 보내둔 밤들을 이야기하다 보면, 목소리는 둘로 갈라졌다. 한 조각은 말했다. 견딜 수가 없어요. 다른 한 조각은 말했다. 괜찮아요. 두 조각 다 거짓말을 하고 있었다. 괜찮은 건 아무것도 없었고, 견딜 수 없는 것도 아무것도 없었다.

회복 모임에 앉아 있는 여성들은 고통을 품고 있되 흡수하지는 않는 성긴 그물이었다. 그들은 이미 더 최악인 이야기들을 들었다. 그들이 느끼는 은총은 원하는 모든 걸 얻는 것과는 아무런 관계가 없었다. 그건 도저히 살아남으리라 믿지 못했던 일들로부터 살아남았다는 은총이었다. 한 번에 하루씩이 가져다주는 은총. 얼룩진 커피 주전자를 세척하는, 힘든 시기에 나쁜 농담을 하는, 한 발을 다른 발 앞에 차례차례 가져다 놓는 은총.

어떤 이들은 이 은총을 회복이라 불렀다. 어떤 이들은 낯선 이들의 사랑이라 불렀다. 어떤 이들은 그저 신이라 불렀다.

처음 단주했을 때는 기도하는 게 싫었다. 기도하면 내가 믿음이 아닌 탐욕으로 그득한 거짓말쟁이 같았다. 무릎을 꿇은 채 내가 믿지도 않는 존재에게 이런저런 것을 부탁했으니까.

두 번째 단주했을 때는 기도하면서 용서받은 기분이 들었다. 기도에는 믿음이 필요치 않았다. 그저 무릎을 꿇기만 하면 되었다. 기도는 어디서든 할 수 있었다. 욕조 매트를 신도석 삼아 샴푸 통을 쳐다보며 내 능력으로는 상상할 수 없는 힘을 그려 보려 애썼다. '신'이라는 말을 들을 때마다, 텅 비어가는 컨디셔너 통을 흘겨보는 상상을 하며 생각했다. 어디 계시나요?

기도에는 확신이 필요치 않았다. 이 모든 의문이 기도의 뿌리일 수 있었다. 무언가를 솔직하게 원하는 것이 뿌리일 수 있었다. 시간이 흐른 뒤, 내 후원자는 신에게 올바른 부탁을 해야 한다는 걱정 때문에 경솔하거나 이기적으로 느껴지는 요청을 모조리 걸러 내려 애쓰지 않아도 된다고 했다. 어차피 누굴 속이겠는가? 내 모든 갈망을 전부 불러내는 쪽이 나으리라.

별거를 시작한 초기, C를 떠난 선택이 정당했다고 입증해야 한다는 생각을 내려놓기 힘들었다. 20세기 대부분, 미국 대부분의 주는 상대의 과실을 입증해야 이혼할 수 있었다. 뉴욕에서는 여성들이 남편의 정부 행세를 하도록 여성 배우를 고용했다. 일리노이에서는 뺨에 남은 손자국으로도 이혼 사유로는 충분했다. '클린핸즈원칙clean hands doctrine'* 은 원고 측이 완벽하게 무결해야 한다고 규정했다. 결혼을 종결하는 건 과실이 없는 이들만의 특권이었다. 캘리포니아가 일명 '무과실no-fault' 이혼을 법제화한 건 1969년이 되어서였다.

무과실 이혼? 차라리 '모두의 과실'이라 해야 맞겠지. 이로부터 50년 뒤, 내 이혼 합의문에 쓰인 문구는 "화해할 수 없는 차이"가 아니라 "돌이킬 수 없는 차이"였다. 마치 우리의 사랑이 빗물 배수관에 떨어졌는데, 손을 아무리 뻗어도 꺼낼 수가 없는 것처럼. 누구의 손도 깨끗하

* 특정 대상과 관련해 불법한 행위를 저지른 자가 이에 관련된 법적 권리를 주장하는 것은 부당하다는 법원칙이다.

지 않으니까.

무과실 이혼의 부상은 더욱 행복해지려는 욕망 외에 다른 합리적 이유 없이도 결혼을 종결할 수 있음을 시사했다. 이 말을, 그러니까 내가 더 행복해지고 싶었던 게 이혼의 이유라고 대놓고 말할 때는 여전히 한 줄기 수치심이 피어올랐다. 그보다는 C의 분노가 더욱 알기 쉬운 이유였다.

엄마가 된다는 건 마치 내 모든 선택이 '무엇이 내 딸에게 최선인가?'라는 틀 속에서 이루어져야만 한다고 느끼게 만들었다. 그래서 내 행복을 딸에게 쓸 수 있는 자원인 양 생각하기 시작했다. 내가 더 행복해진다면, 자원이 더 많아지고, 줄 수 있는 게 더 많아질 거라고.

때로 나는 이혼이 내 딸에게 더 나은 삶을 줄 수 있는 이유를 무심결에 열거하고는 했다. 궁극적으로는 증명할 수 없는 주장임에도 말이다. 그걸 증명하려면 사과를 실제 존재하지 않는 오렌지와 비교해야 한다. 이런 주장을 하려는 충동은 수면 교육이 내가 아닌 딸을 위해서라 말하고 싶은 내 안의 어떤 부분, 나를 위해서가 아니라 딸을 위해서라는 이유로 임신 중에 자유롭게, 게걸스럽게 먹어대던 부분과 같은 데에서 나왔다.

그러나 루이빌에서 입가에 슈거 파우더를 묻히고, 손가락은 시럽으로 끈끈해지고, 점점 더 커지는 배의 피부가 팽팽해진 채 그날의 세 번째 아침 식사인 레몬 팬케이크 무더기를 먹고 있었을 때, 나는 진실을 알았다. 그건 나를 위해서이기도 했다.

나 역시 엄마가 되고 난 뒤, 어머니는 이혼할 때쯤 내 아버지와 했던 싸움 이야기를 해 주었다. "당신은 날 하나도 몰라." 어머니가 아버지에게 말했다고 한다. "내가 성직자가 되고 싶었다는 것도 당신은 모르잖아."

그때는 어머니가 20년 가까이 공중보건 분야에 종사해 오던 시점이었다. 이 싸움은 처음으로 어머니가 다른 누구는 물론이고 당신 자신에게조차 또 한 가지 소명을 느꼈음을 분명히 표현했던 때였다. 그로부터 10년 뒤, 어머니는 사제 서품을 받았다.

누군가에게 당신은 날 하나도 몰라라고 말함으로써 자신 안에 묻혀 있던 어떤 부분을 더욱 선명히 바라보거나, 아니면 처음으로 깨닫게 된다는 사실이 매혹적으로 다가왔다.

아버지의 두 번째 결혼식 날, 잘못된 장소에서 잘못된 감정들을 느꼈던 기억이 난다. 공항에서 어머니와 작별 포옹을 할 때, 어머니의 몸은 슬픔으로 딱딱히 굳어 있었다. 내 눈물이 어머니에게 일종의 연대감이나 공통의 슬픔을 느끼게 해 주려나 하는 생각은 들었지만, 울지는 않았다.

그러나 결혼식에서는 도저히 울음을 멈출 수가 없었다. 그 울음이 오로지 불편하고, 모두에게 마음의 짐이 되는 그곳에서.

이로부터 15년 뒤, 내가 스물여덟 살 때 있었던 아버지의 세 번째 결혼식의 주례는 어머니였다. 어머니는 이제 성공회 부제였기에 타인을 결혼시킬 권한이 있었으며 어머니와 아버지는—모두가, 심지어는 당신들도 놀랄 일이었지만—다시 가까운 사이로 지내고 있었다.

이 이야기를 듣고 "어머니가 아버지의 세 번째 결혼식 주례를 맡았다고?"라며 놀라워하는 사람들이 종종 있다. 그럴 때마다 나는 그들이 놀라는 게 좋았다. 나는 우정이라 불러도 족할, 예측 불가능한 친밀감을 이루어 낸 부모님이 늘 자랑스러웠다. 그러나 그 관계는 우정 이상이었다. 그 안에는 세 아이와 50년간의 공동 양육권의 기억이, 모순되는 감정들을 품을 줄 아는 공통의 능력이, 화내는 것은 에너지 낭비라는 공통의 조바심이 담겨 있었다. 그 관계는 두 분의 결혼 생활의 흐릿한 시뮬라크르가 아니라 그다음 챕터였다. 한때 결혼했던 적이 있다는 유대감은 결혼 그 자체보다 두 분에게 더 편안하게 맞았다.

그래서 아버지가 태평양이 내려다 보이는 절벽에서 세 번째로 결혼했을 때, 그는 어머니에게 주례를 부탁했다.

그러나 몇 년 뒤, 어머니는 내게 이렇게 말했다. "아마 그 제안에 응한 건 좀 과했던 것 같구나."

예전에, 우리가 헤어질 가능성에 대해 이야기했을 때, C는 내게 말했다. "만약 우리가 이혼한 뒤에도 당신 부모님 같은 관계로 지낼 수 있을 거라 생각하는 거라면, 다시 생각해."

어떤 사람들이 부모의 결혼을 낭만화하듯이, 나는 부모의 이혼을 낭만화하기 시작했다. 두 분의 결혼이 끝났다고 해서 그 결혼이 실패라고 생각한 적은 없었다. 그저 다른 무언가, 익숙한 각본 속에는 좀처럼 깃들기 힘든 여파에 자리를 내준 것뿐이라고.

오랫동안 나는 부모님의 이혼에 대한 한 가지 진실—두 분이 다시 가까워졌다는 — 에 매달리느라 다른 진실들은 지워 버렸다. 그곳에 이르기까지 걸어야 했던 험난한 길을 무시했다. 내가 때로 부모님의 결혼식 날 찍은 오래된 사진을 부적처럼 꺼내 보면서, 뒷마당 햇살에 빛나는 아버지의 곱슬머리, 회색 양복, 소용돌이무늬 넥타이를, 길고 풍성한 소매가 달린 어머니의 흰 면 드레스, 마녀 같은 검은 머리, 우뚝 솟은 광대뼈를, 어머니의 희망을 곰곰이 뜯어본다는 사실을 무시했다. 내가 이 사진 속에 살아 있는 한 쌍 때문에 얼마나 마음이 미어지는가를 무시했다. 곧 다가올, 두 분이 아직은 까맣게 모르는 고통 때문에, 그리고 끝까지 함께했을지도 모르는 다른 버전의 두 분 때문에.

어린 시절 내가 제일 좋아했던 노래는 크로스비, 스틸스, 내시 & 영의 「아워 하우스Our House」였다. 우리는 거실에 레코드를 틀어 놓고, 고르지 못한 반음정으로 가사를 따라 불렀다. "우리 집은 정말, 정말, 정말 멋진 집 / 마당에는 고양이가 두 마리 있고……" 아버지는 고양이 알레르기가 있었고, 내가 뒷마당에서 가장 좋아하는 일은 레몬 나무에 대고 BB탄 총을 쏘는 일이었지만, 이 노래에는 내가 우리 가족을 사랑하는 이유가 그대로 담겨 있었다. 우리, 부모님과 오빠들과 내가 진정으로 서로를 좋아한다는 것, 좋은 날이면 목제 패널을 댄 벽에 웃음소리가 크게 울린다는 것. 「아워 하우스」는 사랑에 빠지거나 헤어지는 폭풍 같은 감정이 담긴 곡이 아니었다. 가정의 리듬, 그리고 파트너와 함께 가정을 꾸리는 조용한 기쁨을 다룬 노래였다. "내게 와서 / 딱 5분만 고개를 기대요."

부모님이 헤어진 뒤 이 노래는 우리 가족의 또 다른 버전을 담게 되었다. 부모님이 여전히 함께 살고, 여전히 서로의 어깨에 고개를 기대는 가족.

어린 시절 엄마와 나는 한 사람이 여섯 개의 단어를 주면 상대방이 그 단어들로 이야기를 엮는 게임을 했다. 예를 들어서 내가 '트리하우스, 공주, 물 미끄럼틀, 피넛버터, 아이스크림, 플라밍고'라고 말한다. 그러면 엄마는 트리하우스에 사는 공주 이야기를 지어냈다. 공주의 믿음직한 반려동물인 플라밍고가 분홍색을 잃자, 둘은 가장 간절한 소원을 들어준다는 마법의 피넛버터 아이스크림 숲을 찾아 떠난다. 그러나 숲에 다다르자마자, 플라밍고는 가장 간절한 소원이 분홍색을 되찾는 것이 아니라 다른 플라밍고들, 그중에서도 더 이상 하늘을 바라볼 수 없는 눈먼 플라밍고를 행복하게 해 주는 것임을 깨닫게 되고…….

"눈먼 플라밍고라니!" 나는 이렇게 말하곤 했다. "난 눈먼 플라밍고라는 말은 안 했어!"

그러면 어머니는 내가 단어를 내주면 이야기는 어머니의 몫이라고 일러 주었다. 그리고 어머니의 이야기 속에서, 공주와 플라밍고는 트리하우스에 엄청나게 큰 물 미끄럼틀을 만들고, 눈먼 플라밍고들은 모두 모여 신나게 미끄럼틀을 탄다.

이 게임은 나 혼자서는 이야기를 만들 수 없다는 깨달음의 어린 시절 버전이었다.

서블렛 아파트에서의 내 삶은 소방서, 라면, 추운 밤들, 체리 맛 젤리, 변호사 청구서, 아기였다. 사실은 주로 아기, 아기, 아기, 아기, 아기, 아기였다.

이 이야기의 교훈은 무엇이었을까? 이 이야기의 물 미끄럼틀은 어디 있었을까?

딸이 잠들기 전에 동화를 읽어 주다 보면, 우리가 가진 그림책은 사실은 전부 이혼에 관한 이야기라는 게 분명해졌다. 겉으로는 멸종 위기 동물들이 소풍을 즐기는 이야기, 병든 사람이 세상을 꽃으로 가득 채우는 이야기, 두 어린 소녀가 자전거를 타고 숲속에서 열리는 비밀 콘서트를 찾아가는 이야기다. 그러나 핵심을 살펴보면, 모든 이야기는 떠나기 아니면 머무르기에 대한 이야기다.

우리가 읽은 어떤 이야기는 나를 꾸짖었고, 어떤 이야기는 나를 칭찬했다. 그러나 그 이야기들은 모두 알았다.

하늘의 별이 되고 싶다고 바라는 마음이 간절한 나머지 제 주변 바다 생물들의 존재를 고마워할 줄 모르는 어린 불가사리 이야기? 그 이야기는 알고 있었다. 골디락스와 세 마리 공룡 이야기? 그 이야기 속에서 골디락스는 잘못된 이야기를 찾아왔다는 사실을 깨닫고 살아서 도망쳤다. 이 이야기는 분명히 알았다. 이 책의 마지막 페이지에 등장하는 교훈이 너무나 분명한 면죄부를 주고 있었기에, 내가 잘못 읽은 건 아닌가 생각했다. "잘못된 이야기 속에 들어간다면, 떠나야 돼." 남겨진 이에 관한 이야기는 한마디도 없었다.

엄마로 산다는 건, 내가 늘 누군가를 돌보고 있다는 점 때문에 도덕적인 사람이 되었다고 착각하게 만들기도 했다. 그러나 엄마로 산다고 해서 내가 도덕적인 사람이 된 건 아니었다. 오히려 흉포하고 무자비한 사람이 된 것 같은 기분이었다. 해야 할 일을 하고자 단단히 마음

먹는 사람.

아무리 잔뜩 계획을 세운들, 매주 일요일과 수요일 밤이 너무 고요한 건 달라질 게 없었다. 저녁 시간에 직소 퍼즐처럼 일정들을 채워 넣지 않으면, 그 애의 텅 빈 수면 잠옷만 바라보는 기나긴 밤, 어둠이 날 삼켜 버릴 것 같았다. 물론, 한편으로는 새벽에 수시로 깨는 일이며 배가 고프다는 칭얼거림으로부터, 엉망진창과 난장판으로부터, 끝없는 요구로부터, 그런 것들이 잇따르는 매 순간으로부터 잠시라도 벗어나고 싶은 마음이 간절했다. 그러나 집이 조용해지자 내 몸은 아기의 몸을 간절히 그리워했다.

바쁘게 지내는 건 일주일에 닷새만 함께 있으면 그 애의 온전한 엄마가 아닌 거야라고 속삭이는 내 안의 목소리를 잠재우기 위한 하나의 수단이었다. 친구들은 말도 안 되는 소리라고 했다. 그럼에도 친구들의 말은 내가 건드려 본 적조차 없는 요람 속에서 부스럭거리며 뒤채는 아기의 작은 몸을 상상하는 내 안의 어떤 부분을 설득하기에는 충분하지 않았다.

아직도 생후 6개월의 그 애를 품에 안고 있던 순간이 기억난다. 간호사가 내가 여태까지 본 그 어떤 바늘보다 작은 나비침으로 그 애의 피를 뽑았던, 딸과 나 둘 다 내 눈물과 콧물로 범벅이 되었던 순간. 그리고 그런 순간마다 우리가 다시금 한 몸이 된 기분을 느꼈던 것도.

그 애가 없는 아침이면 나는 오로지 동트기 전 고요를 누리기 위해 5시 30분에 눈을 떴다. 누구의 방해도 없이 커피를 세 잔 마시고, 노트북을 닫아 버리려 드는 조그만 손 없이 부엌에 노트북을 펼칠 기회였다.

그 애가 태어난 뒤 혼자 있을 수만 있다면 무슨 짓이든 하겠어라는 생각을 얼마나 많이 했던가. 별거를 시작한 뒤 그 애 없는 삶은 도저히 못 견디겠어라는 생각을 얼마나 많이 했던가. 지금까지 살면서, 우주로부터 서로 모순되는 것들을 바라고, 이름을 붙임으로써 그 모순을 풀어낼 수 있다고 스스로를 설득한 적은 또 얼마나 많았나.

내 삶은 그 애의 부재가 주는 아픔, 그리고 아무 도움 없이 그 애의 존재를 감당해야 한다는 압도감 사이를 왕복하며 흔들렸다. 그 애 없이 시간을 보내는 건 1990년대 초반에 유행하던 몸 바뀌는 영화들 속 한 장면 같았다. 어깨 패드가 달린 슈트를 입은 기업 고위직 여성이 전업주부인 언니와 몸이 바뀐다. 언니는 단 하루라도 점심 도시락을 싸지 않았으면 좋겠다고 생각하지만, 바뀐 뒤에는 샌드위치에 들어가는 햄 한 조각 한 조각까지 그립다. 원하던 걸 얻고 나니, 원하던 게 아니었다. 집이 텅 비기를 바랐는데, 별안간 정말로 텅 비어 버렸다.

태어난 뒤 첫 6개월 동안 내 아기가 눈 똥은 오로지 내 모유만으로 만들어진 것이었다. 내가 벗어 낸 자아의 허물이 내 아이가 되었다. 그러나 결국 내 아기는 나 외에도 수없이 많은 것들로 이루어진 존재가 되었고, 그중 하나가 그 애 아빠의 집이었다. 그가 불러 준 노래를 딸이 불렀을 때, 아이의 토막 난 노래에서 그 다른 세계가 불현듯 번득였다. 'C'는 '쿠키'의 첫 글자, 난 그거면 충분해……. 내 딸의 목소리에 새겨진 그의 억양을 듣는 건 마치 복도에 나타난 유령이 설핏 일으키는 바람을 느끼는 것 같았다. 그 오싹함.

지하철로 출퇴근할 때, 변호사의 대기실에서, 나는 루이스 하이드Lewis Hyde의 『선물』을 읽기 시작했다. 이 책의 중심 생각은 예술은 우리의 손이 닿지 않는 힘에 이끌린 선물의 형태로 예술가에게 찾아오는 것이고, 또 선물처럼 타인에게 순환되어야 한다는 것이었다.

그러나 변호사 대기실에 앉아 있을 때 나는 예술보다는 재산에 대해 더 많이 생각했다. 하이드는 "선물의 정신은 계속되는 기부로 인해 살아 숨 쉰다."라고 했다. 콰키우틀 부족의 존경받는 연장자들은 자신이 준 선물의 이름을 갖게 된다. '걸을 때 늘 담요를 주는 이'라든지 '가진 것을 축제에 내준 이' 같은 이름이었다.

나는 이혼을 준비하기 시작하던 때에 『선물』을 읽었을지 몰라도, 내 변호사는 아니었다. 변호사 사무실의 영혼은 다른 방식으로 살아 숨 쉬었다.

하이드는 "우리의 선물이 소비되는 동시에 우리의 허기가 사라지는 품위 있는 소멸"을 이야기했다. 그 말은 이혼 변호사의 대기실에 앉아 싸구려 초콜릿을 먹어대던, 허기를 누그러뜨리는 덴 그다지 도움이 되지 않았던 그 일보다 더 품위 있는 소멸처럼 들렸다.

모든 것을 내주라는 하이드의 말은 무리한 요구였다. 내게 그 말은 예언으로 들렸다. 손에 꽉 쥔 모든 것은 손안에서 죽어 버릴 것이다. 그런 감상성은 해방감을 주는 동시에 고통스러웠다. 꽉 붙들어도 괜찮은 것들이 존재하지 않나? 예를 들면 아장아장 걷는 나이의 아기? 누군가를 사랑한다는 건 상대를 소유한다는 뜻이 아니다. 나도 알았다.

정말이다. 그럼에도 아기에게 젖을 줄 때—그 애가 나와 함께인 아침마다, 또 밤마다—그 애는 여전히 내 몸의 일부처럼 느껴졌다.

혹독하게 시린 어느 겨울밤, 친구 애나와 함께 10번 스트리트에 있는 러시아·튀르키예식 목욕탕에 갔다. 이스트빌리지 중심부의 오래된 공동주택 지하에 있는 곳이었다. 가는 길에 사골 국물을 먹었고, 지하 계단을 내려갈 때 우리는 새로 태어날 준비를 마친 상태였다. 고무 슬리퍼가 크고 헐렁했다. 뱃속은 녹아내린 뼈로 그득했다.

애나는 마법 같은 사람이었다. 은제 골동품을 거래하기도 하며, 주문을 거는 사람이자, 아름다움을 먹거리처럼 필요로 하는 사람이었고, 내 딸보다 몇 달 어린 아들을 키우고 있었다. 애나는 사랑하는 남자와 결혼했다. 그 어느 순간이건, 나는 우리 둘의 삶 사이에 존재하는 유사점과 차이점을 예리하게 느꼈다. 그날 밤에는, 우리 둘 다 아기를 다른 어딘가에 두고 왔다. 아기가 우리의 젖을 먹고 있지 않은 모든 순간, 우리의 가슴에는 다음번 수유를 위한 젖이 차오르고 있었다.

지하 목욕탕은 가운데에 있는 푸른 타일로 된 냉탕을 둘러싸고 여러 사우나와 찜질방이 빼곡히 자리 잡은 형태였다. 복도 끝에 있는 묵직한 나무문을 열면 복사열 방이라는 이름의 컴컴한 동굴이 있었는데, 100년이 넘는 세월 동안 낯선 이들의 땀을 흡수한 나무 벤치들이 놓여 있었다. 이제 그 벤치는 우리의 땀, 그리고 침묵으로 우리 옆에 함께하는 동반자들의 땀을 함께 흡수하고 있었다. 양 끝이 위로 치켜 올라간 콧수염을 기른 타투 많은 힙스터는 중간중간 일어나 거만한 태연함을 가장하며 냉탕에 몸을 담갔다. 한때 발레리나, 아니면 약물 중독자였던 것 같은, 말도 안 되게 깡마른 노년의 여성은 여신이 신화를 필요로 하듯 뜨거운 사우나를 필요로 하는 것 같았고, 그녀의 존재가 그 논리를 완성했다. 가장 높은 벤치 위에 길게 누운, 백발이 성성한 거무스름한 피부의 러시아 할아버지는 떡갈나무 가지가 등에 눌려 흔들리고 쪼개질 때마다 신음했다.

2월의 추위로부터 몸을 숨긴 우리는 모두 온기와 어둠을 나누는, 똑같은 묵직한 공기 속을 향해 땀을 흘리고 숨을 내쉬는, 몸을 움츠리고 한숨을 쉬는, 발가락을 구부리고 이마에 땀방울이 송골송골 맺힌 낯선 이들이었다. 아무도 말할 필요를 느끼지 못했다. 우리는 다 같이 크고, 고요하고, 머리가 여럿 달린 무언가의 일부였다. 그 무언가가 우리 모두를 감싸안았다.

복사열 방 한가운데에는 찬물이 담긴 수반과 나무 동이가 놓여 있었다. 뜨거워서 도저히 참을 수 없을 때마다 동이로 물을 퍼서 머리에 부었다. 무언가를 이토록 간절히 원하다가 손에 넣는 기분은 어쩌면 이렇게 좋을까.

떡갈나무 가지와 젖은 타일과 덜커덩거리는 파이프, 그 모든 것이 기분 좋은 강도로 떨리고 울렸다. 그럼에도, 그 무엇도 내 딸의 작고 동그란 배, 웃음을 터뜨리기 직전 나지막이 터져 나오는 숨결에는 비할 바가 아니었다.

별거를 시작한 지 얼마 안 되었던 이 시절에는 친구들이 내 가족이 되어 주었다. 어쩌면, 처음부터 그랬다고 말하는 게 더 진실한지도 모르겠다. 나는 사랑에 빠진다는 중독성 있는 일을 가리키는 나침반 바늘처럼 획 돌아서는 생물이었다. 술을 끊었을 때조차. 특히 술을 끊었을 때. 그러나 내 일상을 엮어 낸 것은 언제나 여자들이었다. 어머니가 끓인 콩 스튜, 함께 하던 고속도로 통학. 주차장에 세워 둔 자기네들의 SUV 차량에 기대고 서서 기분 나쁘게 킬킬 웃어대던 경박한 남학생들에게는 투명인간에 가까운 존재이던 고등학교 시절, 나와 늘 몰려다니던 여자친구 무리. 밤새 다이어트 콜라를 마시며 신에 대한 논쟁을 펼치던 대학 시절의 가장 친한 친구.

나는 늘 로맨스에 가장 깊이 몰입했지만, 내가 더 신뢰한 것은 여성들과 맺는 관계였다. 여자들은 내 내면의 구조를 세우고 재건했다. 친구들과의 대화가 있었기에 가능해진 버전의 나는 내가 가장 선뜻 알아보는 나, 왜곡이 가장 덜 필요한 나였다.

친한 친구들이 모두 내 어머니의 다른 버전들인 건 아니었다. 각각은 그저 자기 자신이었다. 그러나 그 모두에게서, 나는 내 어머니가 처음 내게 알려 준 안전의 한 버전을 찾았다. 나를 얻으려고 노력할 필요는 없어. 난 여기 있잖아.

어느 겨울밤 나는 내 딸의 빨간 머리 대모인 카일과 함께 소방서 옆 서블렛 아파트에 앉아 무릎을 꿇고 감초 차를 마셨다. 아기는 문 닫힌 침실 속 놀이침대 안에서 여우 인형의 윤기 나는 캐러멜색 털에 얼굴을 파묻은 채 잠들어 있었다. 우리 집 앞쪽 창문은 때때로 근처 병원으로 달려가는 앰뷸런스의 불빛으로 물들고는 했다.

카일은 10년 가까이 나와 가장 친한 친구였다. 벽에 소설 개요를 붙여 두던 시절부터, 내가 딸을 낳은 뒤 병원에서 함께 보낸 밤에 이르기까지. 그러나 내가 별거하게 된 뒤로, 겨울철 창문을 열어 두었을 때

방 안에서 느끼는 것 같은 미묘한 냉기를 우리 사이에서 감지했다.

그날 밤, 나는 카일에게 대놓고 묻기로 했다. 카일은 거리를 둘 필요를 느꼈다고 했다. 내 이혼이 속상한 것도 있었지만—내 딸이 걱정됐고, 내가 떠난 이유를 알지만 그럼에도 C가 걱정됐고—그뿐만은 아니었다고.

그녀는 조심스레 설명을 이었다. 어떤 면에서, 카일은 우리의 우정에 피로감을 느꼈다고 했다. 나는 언제나 드라마틱한 변화의 한가운데에 있었다. 술을 끊고, 다시 술을 마시고, 그러다 완전히 단주했다. 데이브와 헤어지고, 다시 데이브를 만나고, 그러다 완전히 헤어졌다. C와 사랑에 빠지고, 결혼하고, 엄마가 됐다. 그런데 이제는 이혼을 한다. 나는 언제나 어떤 중대한 변화의 문턱에 아슬아슬하게 서 있거나, 아니면 그 변화의 여파를 끌어들이고 있었다. 카일은 말했다. "점점 지쳐."

그녀의 말을 들으며 나는 고개를 끄덕였다. 상처를 받았지만, 동시에 무슨 말인지 알 수 있었다.

카일은 내게 너그러웠다. 나 역시 자신이 소설 초고를 쓸 때, 헤어졌을 때, 외로울 때 곁에 있어 주었다고 했다. 그러나 카일이 말을 이을수록, 오로지 그녀가 내 곁에 있어 주었던 순간들만 생각났다. 캄캄한 아파트에서 길고 긴 대화를 나누며, 엉망진창인 나 자신을 그녀의 사려 깊은 질문들, 다정하고 단단한 지성 앞에 늘어놓았었다. 그녀가 언제든 단단할 것이라고 기대하면서. C를 만나기 1년 전, 데이브와 마지막으로 헤어졌을 때, 나는 브루클린에 있는 카일의 원룸 아파트에서 지냈고, 그녀가 우스운 뮤직비디오를 틀어 준 바람에 우리 둘은 배를 잡고 웃었다. 리애나가 아무리 마음이 아파도 그렇지 담배 여덟 개비를 한 번에 피울 것까진 있나?

카일의 지쳤다는 고백 속에서 내 위기가 울려대는 사이렌 소리를 듣기는 어렵지 않았다. 급변하기를 거듭하는 내 삶은 다른 주파수를 모조리 지워 버리는 소음이었다.

그해 겨울, 수전 손택의 전기를 읽다가 손택의 일기에서 따온 인용문 옆에 느낌표를 세 개 써넣었다. "나는 오로지 자기 변혁이라는 프로젝트에 참여하는 사람들에게만 흥미를 느낀다." 카일이 이야기한 패턴을 떠올리게 만드는 말이었다. 하지만 이 패턴은 무슨 뜻일까? 왜 나는 자꾸만, 심지어 내가 다른 것을 원한다고 스스로에게 말할 때조차 이런 변화를 추구하는 걸까? 어쩌면 모든 균열은 그 위기가 지나간 뒤 내가 조금은 달라진 다른 사람이 되어 나타날 기회를 주었던 건지도 모른다.

아니면, 나는 문턱 너머에 있는 무언가를 찾는 것이 아니라, 문턱을 넘는 경험 자체를 추구한 건지도 모른다. 어쩌면 안정성을 지평선 끝에서 빛나는, 영영 닿을 수 없는 환상으로 바라보는 쪽이, 안정성이라는 경험 속에서, 그 성가심과 폐소공포, 영구성 속에서 살아가는 것보다 쉬운 건지도 모른다.

그 학기, 나는 학생들에게 원고 수정의 중요성을 끊임없이 이야기했다. 나는 이렇게 말했다. "수정은 열기구 바깥으로 모래주머니를 집어 던지는 것과 같아요!" 나는 학생들이 수정을 수선이라 생각하길 그만두고 비행이라 생각하기를 바랐다.

내 침대 협탁에 부적처럼 놓여 있는 엘리자베스 하드윅Elizabeth Hardwick의 『잠 못 드는 밤』에서 한 인물은 다른 인물에게 묻는다. "수정이 새로운 사랑처럼 심장 속에 들어서는 걸 모르겠어?"

수정을 극도로 싫어하는 작가들도 있지만, 나는 수정이 주는 명료한 아드레날린이 언제나 좋았다. 그건 마치 차가운 호수나 지하의 냉탕에 몸을 담그는 기분이다. 도전이다. 정련이다. 불편하지만, 희열감을 준다.

원고에서 불필요한 문장을 삭제하면 내장 깊숙한 곳이 지잉 울리는 기분이다. 그 문장이 없으면 다른 모든 문장이 더 산뜻하고, 뚜렷하고, 더 생생해진다.

글쓰기에서 이런 삭제는 엄격함의 한 형태다. 그러나 삶에서, 삭제는 잔혹 행위처럼 느껴진다.

매일 아침 출근하기 전 나는 다른 부부의 집에 있는 소라야에게 딸을 맡겼다. 이 부부는 따뜻하고 현실적인 두 여성이었는데, 나는 두 사람의 결혼 생활을 말없이, 덧없이, 주접스레 훔쳐보며 우러러보게 되었다. 물론, 두 사람이 아기의 장난—책꽂이의 책을 끄집어낸다거나, 화분 위에 곰 인형을 앉힌다거나—을 보며 애정이 담긴 화난 눈빛을 주고받는다거나, 상대가 해 놓은 자잘한 집안일을 알아차리고는 "썰매 타러 갔을 때 사진을 우리 엄마한테 보내 줘서 고마워."라든지 "거북이 모양 수유 등 배터리를 갈아 줘서 고마워."라고 말하는 모습을 관찰하고 있을 때, 내 자기연민 때문에 그들의 결혼 생활이 실제보다 더 완벽해 보인다는 건 잘 알았다.

어떤 아침에는 얇게 썬 아보카도가 담긴 밀폐용기와 골드피시 크래커 한 봉지를 간식으로 꺼내다가, 이번 주 일정에 변화가 생겼다고 설명하다가, 잠깐이지만, 소라야 앞에서 눈물을 보이기도 했다. 어쩌다 나는 이런 설명이 필요한 삶에 이르게 된 걸까? 파트너와 애정이 담긴 지친 눈빛을 주고받을 수 없는 그런 삶에?

수동적으로 도착하게 된 게 아니었다. 이 삶을 만든 모든 선택에 나는 참여했다.

내가 화장실에 들어가 찬물로 세수하고 나오는 모습을 처음 본 날, 소라야는 말했다. "당신이 우는 모습을 보니 마음이 아파요. 당신은 착한 사람이에요." 그 말은 내게 당신은 고분고분한 사람들만 옆에 두잖아라고 들렸다. 두 번째로 그런 모습을 본 날에 그녀는 이렇게 말했다. "울지 말아요. 당신은 강한 사람이에요."

소라야 앞에서 눈물을 보인 데 대한 수치심은 약점을 들켜서뿐 아니라 그것이 특권이기 때문에 느낀 것이기도 했다. 다른 여성에게 돈을 주고 아기를 맡기는 나 자신을 가여워한다는 수치심. 이 여성이 나를 돌봐 주기를 기대한다는 수치심.

어느 날 오후 지하철에서 내려 집으로 걸어가다가, 과일가게에서 여주를 파는 것을 보고 내 몫으로 한 봉지, 그리고 여주로 종종 요리하곤 하던 소라야를 위해 한 봉지 샀다. 그날 밤, 소라야는 걸쭉한 커리 속에서 황새치와 잘게 자른 여주 조각들이 뭉근히 끓고 있는 영상을 찍어 내게 보여 주었다. 그리고 다음 날 내가 여주를 동그랗게 잘라 구운 것을 보여 주자 웃음을 터뜨렸다. 내가 중요한 부분을 버리고, 버려야 할 부분을 요리했다고 했다.

어느 날 아침 지하철로 출근하는데, 미어터지는 열차 안에서 한 남자가 기타로 커버 곡을 연주하기 시작하더니, 고음 부분에 이르자 눈을 반짝이며 가성으로 노래했다. "그리고 난 네가 기대 울 어깨가 되어 줄게." 옆에 서 있던, 빨간색과 검은색이 어우러진 위풍당당한 에어조던을 신은 10대 청소년이 그 남자를 곁눈질한 뒤 고개를 설레설레 젓고는 큼지막한 헤드폰을 꼈다.

잠깐이지만 나는 C가 내 옆에 있는 상상을 했다. 그는 이 모든 것을 좋아했을 것이다. 청소년의 치켜든 눈썹, 근사한 운동화, 차마 들어줄 수 없는 감상적인 노래로부터 귀를 막기 위해 헤드폰을 끼는 순간 나직하게 내쉰 한숨까지도.

당연히, C에게 이런 이야기는 한마디도 하지 않을 것이다. 우리에게 이런 일은 더는 없었다. 그러나 그 순간, 또 한 번 그의 공모자가 되고 싶은 마음이 간절했다.

아기가 태어나기 전, 그리고 이름을 지어주기 전, 우리는 그 애를 아기 TK라는 태명으로 불렀다. 아직 도착하지 않은 내용을 표시하는 출판 용어 TK* 말이다. 그 애는 존재하기 전부터 우리 둘 사이의 등장인물이었다.

그리고 이혼한 뒤, 때로 나는 우리가 여전히 함께인 평행우주에

* 인쇄, 출판에서 나중에 추가될 부분을 표시하는 기호인 TK는 'to come'의 약자를 원고의 내용과 혼동의 여지가 없도록 머리글자로 표기한 것이다.

서 살아가는 아기 TK를 상상해 본다. 우리가 우리의 최고의 순간들만 꼽아 내 합쳐진 사람인 우주에서.

시그프리드와 로이 사진으로 가득한 모텔 방에 들어가던 순간 그가 씩 웃던 표정이 여전히 눈에 선하다. 우리는 모르는 사이나 다름없는데도 로드트립을 떠났다, 왜냐하면 우리는 알았으니까. 우리는 서로에게 느끼는 감정이 우리 삶을 바꿀 것임을 알았다.

시간이 흐른 뒤 나는 생각했다, 이제 그 사실을 어떻게 하면 좋지?

딸과 내가 소방서 옆 서블렛 아파트에서 산 건 단 한 달이었다. 우리에게는 집이 필요했다.

3월 초, 나는 작은 카페가 있는 건물 3층에 있는 아파트를 발견했다. 창밖으로 거대한 아메리카느릅나무 한 그루가 보였다. 집 전체가 트리하우스 같았다. 집 아래 인도에는 로맨틱 코미디 세트장처럼 여기저기 비스트로의 야외 테이블이 놓여 있었다.

처음 이 집을 본 날, 집 안에는 캣타워가 잔뜩 있었고 너덜너덜한 회색 깔개에서 풀려나온 실이 늘어져 있었다. 쪽모이세공 마루는 호텔 복도에나 깔릴 법한 러그로 덮여 있었다. 바닥이 어찌나 기울어졌는지 냉장고며 식기세척기는 균형을 맞추려 나무쐐기를 받쳐 놓았다. 그러나 이 모든 요소 때문에 이 집이 더더욱 마음에 들었다. 이 트리하우스를 캣타워로부터 구해야겠다는 생각이 들었다. 이 러그로부터 쪽모이세공 마루를 구해야겠다고. 구원자가 된 기분이었다.

이 집이 우리 집이 되자마자 나는 딸을 텅 빈 집 안으로 데려가 마음껏 기어다니게 했다. 벽에 등을 기댄 채 창밖, 초록빛 움이 그득그득 돋아난 느릅나무 가지들을 보며 재생의 계절인 봄에 새집으로 이사한 게 맞는 선택이라는 생각을 했다. 그때, 딸에게서 꾸르륵 소리가 들렸다. 그 애가 입을 다문 채 무언가를 씹고 있었다. 나는 아기의 작은 이를 억지로 벌려 입안을 손으로 더듬었다. 그러자 아기는 비난하는 눈길로 나를 쳐다보더니 내 손가락을 물었다, 그것도 꽉.

아기의 입에서 피가 배어 나오는 조그만 잇자국이 난 손가락을 빼자, 아기의 입이 또다시 거의 원형을 그리듯 기묘하게, 기계처럼 움직이기 시작했다. 무언가 입안에 있었다. 또 한 번 아기 입에 손가락을 집어넣고 입안을 훑자 금속이 잡혔다. 꺼냈다. 2.5센티미터 길이의 나사였다.

이 이야기의 교훈은 다음과 같다. 이야기 같은 건 잊어버리고, 딸이나 잘 돌봐라.

그해 봄, 틸먼섬에서 결혼한 친구들인 케이시와 캐스린이 메릴랜드에서부터 공구 세트를 싣고 와서는 새 가구 조립을 도와주었다. 둘은 칼꽂이, 식기 건조대, 저렴한 물잔을 비롯해 내가 두고 온 모든 걸 대신할 모든 걸 살 수 있게 타깃에 데려갔다.

결혼식 선물 목록이 다 무슨 소용이야, 우리는 그렇게 농담했다. 이혼 선물 목록을 만들어야 하는 거 아니야?

트리하우스로 돌아온 나는 아기방 유리문에 암막 블라인드와 검은 종이를 붙였고, 삐걱거리는 경첩에는 WD-40 윤활제를 뿌렸다. 아기가 잠들 수 있도록 방을 어둡게 만들어야 했다. 나는 딸의 수면에 집착했다. 그 애의 잠이 내 자유이므로.

아기가 잠든 뒤, 우리 셋은 줄무늬 갈색 소파 위에 다리를 접고 웅크린 채 서로의 목소리를 이해하기 힘들 만큼 하품이 나올 때까지 대화했다. 새집을 친구들로 채우는 것이, 텐트를 바닥에 고정하는 말뚝처럼, 친구들의 몸이 닻이 되어 이 새집을 붙들게 만드는 게 중요하게 느껴졌다.

내 수면을 위해서는 길고 가느다란 목재를 사선으로 배열해 줄무늬를 만든 아름다운 헤드보드가 달린 새 침대를 샀다. 이케아가 아닌 다른 곳에서 침대를 산 건 처음이었다. 짙은 녹색 종려나무 잎사귀가 그려진 보랏빛 이불도 샀다. 이 무늬의 이름은 '보카'였다. 이 이불을 본 결혼한 친구들은 거의 모두가 "내 남편이라면 절대로 저 이불 덮고는 안 잘 걸." 했는데, 그들의 목소리에는 부러움이 묻어났고, 그 부러움 아래에는 또 다른 어떤 감정이 있었다. 그들이 내 삶이 아닌 자기 삶을 산다는 안도감.

한 친구가 불을 붙일 세이지를 가져와서, 우리는 새집을 위한 소원을 빌었다. 나는 이타적인 소원을 빌어야 마땅하다는 생각이 들었다. 내 딸이 발달 단계를 빠짐없이 차근차근 밟아 가기를, 그게 아니라면 적어도 변기에 똥 누는 법을 배우기를. 그러나 친구는 불을 붙인 스머지 스틱을 위풍당당하게 들고 침실로 들어가더니 "이곳에서 위대한 섹스가 벌어질지어다." 했다.

수년 전, 나는 와이오밍의 보름달 아래서 친구들과 비슷한 의식을 치렀다. 다 함께 원을 그리고 서서 빈 지갑과 핸드백을 들고 우주에게 원하는 것을 요구했다. 나는 성숙하게 느껴지는 소원을 빌었다. 외적인 성공의 지표가 아니라 창조적 성취를 빌었다. 그 비슷했다. 그러자 내 옆자리 남자는 모터사이클을 달라고 빌었다.

다시 말해, 원해야 한다고 느끼는 걸 원해서는 안 된다. 원하는 것을 원해라.

그해 봄, 아기를 데리고 브루클린 미술관에서 열린 개리 위노그랜드Garry Winogrand의 컬러 사진전을 찾았다. 검은 벨벳 커튼을 열고, 양쪽 벽에 컬러 슬라이드가 영사되고 있는 극장처럼 깜깜한 길쭉한 갤러리로 들어갔다. 새파란 하늘을 배경으로 서 있는 흰 수영복을 입은 검은 머리 10대 소녀의 실루엣. 조그만 반바지를 입은 조그만 소년이 콜라를 사려고 자판기에 동전을 넣는 사진. 모래밭에 접이식 의자를 놓고 앉아 카드놀이를 하는 할머니들. 팔꿈치로 상체를 지탱한 채 비치타월에 엎드린, 팔에는 수작업으로 새긴 흐릿한 미키 마우스 타투가 있고, 캐츠아이 선글라스를 쓰고 있어서 어떤 기분인지 알 수 없는 한 여자.

이 갤러리는 평범한 삶의 교회이고, 슬라이드는 스테인드글라스로 장식된 창문이었다. 성인이나 성경 속 장면이라든지 십자가의 길* 대신, 이 사진들은 매일의 존재, 고독, 불가해함, 고요한 기쁨의 순간들을 보여 주었다. 위노그랜드의 초기 작업 중에는 이혼 후 아이들과 보낸 주말에 뉴욕아쿠아리움이나 코니아일랜드를 찾았던 나날의 사진도 있었다.

* 예수가 십자가형을 받기 위해 이동한 예루살렘의 경로.

위노그랜드는 이런 질문을 던졌다. “어떻게 하면 사진이 포착하는 실제보다 더욱 아름다운 사진을 만들어 낼 수 있을까?” 그러나 나는 그가 세상을 더 아름답게 만든 게 아니라고 생각한다. 그는 이미 존재하는 아름다움을 발굴한 것이다.

어린 시절 교회에 갈 때면 이곳의 아름다움은 언제나 다른 이들의 것처럼만 느껴졌다. 믿음을 가진 이들 말이다. 그들과 내가 보는 스테인드글라스는 똑같았지만, 색유리를 통과한 가장자리가 들쭉날쭉한 빛이 그들의 살갗을 물들일 때, 그들은 나로서는 도저히 불가능한 방식으로 그 빛과 하나가 되었다. 그들은 꼭 깡통 전화기로 하느님과 직통 연결이라도 된 것처럼 찬송가의 리듬과 고조를 느낄 수 있었다.

오랜 세월이 흐른 뒤 이 사진들을 보면서, 교회에 다니던 어린 시절의 내가—데님 오버올이 깡총하게 느껴질 정도로 너무 긴 다리, 손바닥을 뒤덮은 초승달 모양 손톱자국—소환되어 또 다른 종류의 황홀을 느꼈다. 이것이 자신이 속한 아름다움이라고 믿는 버전의 나.

단주한 직후 첫 몇 주, 일주일에 몇 번씩 저녁마다 주로 교회 지하에서 열리던 회복 모임에 참여하던 시절, 나는 G. K. 체스터턴G. K. Chesterton의 이 말에 사로잡혔다. “삶 속에서 자아의 자리가 작아질수록 삶은 훨씬 더 커진다. 더 자유로운 하늘 아래, 근사한 낯선 이들로 가득한 거리에 서 있는 자신을 발견하게 된다.”

깜깜한 갤러리 안에서 나는 그런 거리에 서 있는 자신을 발견했다. 한쪽 벽에는 댈러스 최고의 햄버거를 광고하는 간판 아래 광대들이 모여 있었다. 반대편 벽에는 하늘색 제복 차림으로 도로 안전섬에 모여 있는 승무원들이 있었다. 이 평범한 사람들이 문자 그대로 빛을 뿜어냈다. 그 빛은 슬라이드를 보는 평범한 이들의 얼굴에 반사되어 빛났다.

위노그랜드의 사진이 보여주는, 다른 세상 같지만 이 세상에서 있는 그대로 포착해 낸 아름다움은 추하며 만신창이인 내 삶을 누그러뜨려 주는 것 같았다. 아기를 C의 집에 데려다줄 때마다 여전히 불안했다. 러시안룰렛을 하는 것 같았다. 우리 집 초인종이 고장 나 있었기에, C는 아기를 데려올 때마다 건물 현관에서 문자 메시지를 보내 도착을 알렸다. 어느 날 그가 보낸 첫 번째 메시지가 내게 전송되지 않는 바람에, 나는 10분 뒤 두 번째 메시지를 받고서야 그가 도착한 걸 알았다.

밑에서 10분이나 기다렸어.

1층으로 내려가 아이 앞에 무릎을 꿇고 앉자마자 그는 그 자리를 벗어나더니, 불쑥 돌아서서 침을 탁 뱉었다. 내 바로 옆 붉은 벽돌 계단 위에 떨어진 침이 번들거렸다.

침을 바라보고 있자니 말도 안 되는 예식장에서 한밤중에 치렀던 우리의 결혼 서약이 떠올랐다. 실크로 도배한 벽, 금칠한 아기천사들. 어떻게 그 믿음이 이토록 부식될 수 있을까.

C의 분노가 슬픔으로부터 자신을 보호하기 위한 것임은 분명했다. 편두통을 잊기 위해 손가락을 망치로 내리치는 것과 마찬가지 일이었다.

그의 분노가 나 역시 보호하고 있는 건 아닐까 하는 데 생각이 미친 건 더 오랜 시간이 지난 뒤의 일이었다. 물론 드러내 놓고는 아니었다. 말없이, 눈을 부라리고, 손마디가 하얗게 변할 정도로 주먹을 꽉 쥔 그의 분노의 대상이 되는 일은 나를 늘 경계하도록, 어깨를 움츠리도록 만들었다. 그러나 그의 분노는 그의 고통을 직시하는 일로부터 나를 구해 주었다. 그 고통을 똑바로 바라보는 건 태양을 노려보는 것과 마찬가지 일이었으리라.

무엇보다도, 그의 분노는 나를 의심으로부터 보호해 주었다. 그의 분노가 커질수록, 이 결혼을 지속하는, 또 다른 버전의 내 삶을 상상하기 더 어려워졌으므로.

그는 화를 내고, 나는 슬퍼한다는 이분법에서 위안을 구하는 일은 일종의 정서적 동면이었다. 아니다, 그건 거짓말이었다. 지렁이 달 아래서 내 분노는 사방에 피어났다.

샤워할 때면, 워크숍에서 다른 학생들을 소외시키는 한 학생을 떠올리며 고함쳤다. 네가 상처받은 건 알아! 나는 그를 향해 말하면서 엉킨 내 머리를 잡아당겼다. 하지만 네 고통이 다른 사람들 모두에게도 상처를 준다는 걸 모르겠니? 딸이 먹을 방울토마토를 썰면서는 내 문장을 모조리 바꿔 놓고 런던 시각으로 다음 날 아침까지 수정본을 달라는 신문 편집자를 향해 성을 냈다. 일을 하려고 새벽 4시에 일어났을 때, 전기 스토브가 내는 탁탁 소리 때문에 요람에서 자던 아기가 깼다. 아침 먹을 준비가 됐다. 아기용 의자 너머, 창밖 검은 하늘에는 초승달이 떠 있었다.

"빕(턱받이)." 아기가 참을성 있게 말하며 내게 다음 단계를 알려 주었다. "부-베리. 나나랑 핀버터. 주세요."

이런 일을 내가 어떻게 혼자 해내나? 뭐라도 흔들고 싶고, 던지고 싫고, 부수고 싶었다. 더 큰 걸 부수고 싶었던 것 같다. 내가 진짜 원하는 건 뭐였을까? 도움.

내 딸은 두 손가락을 차분하게 입에 넣었다 뺐다 하며 빨았다.

나는 식탁에 있던 사과를 집어 들어 벽에 힘껏 던졌다. 으깨지는 쿵 소리가 났다.

딸은 신이 나서 웃으며 손짓했다. "사과."

아기는 나를 닮았다기보다는 완전히 다른 생명체 같았다. 더 튼튼하고, 더 친절했다. 농담을 받아들일 준비도 더 잘되어 있었다. 물론 그 애는 아장아장 걷는 아기였지만, 이타적인 아기였다. 내 아이라기보다는 스승 같았다. 당연히 이런 이야기를 남들에게 하지는 않았다.

엄마에게는 이렇게 말했다. "걘 나보다 훨씬 더 금욕적인 것 같아." 엄마는 잠깐 침묵하더니 말했다. "아마 맞는 말일 거다."

무슨 대답을 기대한 걸까? 아마 조금은 반박할 거라 생각했던 것 같다.

그 학기, 학생 중 한 명에게 보내는 평가서에 나는 이렇게 썼다. 딸이 내 선생이에요. 무슨 헛소리람? 심지어 여기서 끝이 아니었다. 때로 그 애는 강물 같아요. 그리고 나는 그 애가 쓸고 흘러가며 모양을 빚어내는 바위죠.

이혼 초기의 내게 선 지키는 게 특기는 아니었다.

위노그랜드. 나는 이 전시회에 서른 번은 갔을 것이다. 대부분 아기를 데려갔다. 하지만 같이 가겠다는 그 누구든 데려가곤 했다. 친구들을, 친구의 아기들을, 엄마를, 이모를, 몇 년간 소식이 끊긴 전 연인들을 데려가고 싶었다. 돌아가신 두 할머니를 살려 내고 싶었다, 이 전시회에 함께 갈 수 있게.

보통 나는 "여성"이라는 제목이 붙은 섹션에 있는 벤치에 앉았다. C와 헤어지고 첫 몇 달간, 나는 내 삶에 존재하는 모든 이들에게 내가 '여성들의 행성'에 산다고 말했다. 위노그랜드의 사진 속 여성들은 쉼터이고, 위안이고, 자궁이었다. 내게는 없었던 어머니들의 무리였다. 한 여성은 너저분한 다이너 테이블에 혼자 앉아 구부정한 자세로 접시에 담긴 달걀과 토스트를 먹고 있었다. 또 다른 여성은 슬롯머신과 잭앤드 코크 사이에 놓인 바 스툴에 앉아 있었다. 또 다른 여성은 지는 해를 배경으로 바람에 머리카락을 온통 날리면서 오픈카에 탄 채 담배를 피웠다. 다른 사진들 속 여성들이 홀로인 게 고된 일처럼 보이는 것과는 달리, 오픈카를 탄 여자의 고독은 자유로워 보였다. 모두가 아는 진실을 나도 알았다. 고독은 둘 모두라는 것을.

사람들에게 내가 여성들의 행성에 살고 있다고 말할 때, 그건 그저 시간을 온통 여성들과 보낸다는 뜻만은 아니었다. 나는 동시에 친구들에게, 또 나에게, 사랑에 빠지고 싶지 않다고 설득하려 애쓰고 있었다. 적어도 한동안은.

그러나 사실 내 안의 어떤 부분은 언제나 사랑에 빠지기를 원했다. 나는 사랑에 빠지고, 거듭해서 빠지도록 설계된 생물이었다. 매일 사랑에 빠지는 게 가능하다면 나는 그렇게 할 것이다. 어째서 다른 사람들은 나처럼 느끼지 않는지 이해할 수 없었다. 어째서 다른 사람들은 매일 밤 취하고 싶어 하지 않는지 이해하지 못했던 것처럼.

그러나 내가 또 다른 삶의 방식을 믿고 싶었던 것 역시 진실이다.

로맨스에 그토록 완강하게, 그토록 고집스럽게 의존하지 않는 삶.

결혼하기 전 나는 사람들에게 마치 수치스러운 병적인 증상을, 연애를 끝까지 이어갈 능력이 없음을 고백하듯 "난 한 번 빼고 모든 연애를 내가 끝냈어."라고 말하곤 했다. 그것은 내가 실제로 그 말이 없애고자 하는 폐소공포를 유발하는 논리, 즉 남겨지기 전 먼저 떠나는 일에는 권력이, 또는 안전이 존재한다는 믿음에 여전히 사로잡혀 있다는 고백이었다.

그렇게 떠나고 또 떠나도, 내 안에는 마트료시카 인형처럼 과거의 내 자신들이 차곡차곡 쌓여 있었다. 삑삑 소리가 나는 마커로 화이트보드 일정표에 출장 일정을 써넣는 아버지를 바라보던 소녀. 아버지가 낯선 사람과 결혼하는 모습을 보며 우는 게 수치스럽던, 부루퉁한 10대 청소년.

때로 나는 과거의 남자들을 묵주 구슬처럼 세어 보았다. 그는 날 사랑했다. 나와 자고 싶어 했다. 그는 날 바라보았다. 그러면 잠깐이라도 나는 실존했다. 내가 그의 눈에 보였으니까. 그 남자들이 나를 원하게 한 것만으로 마치 내가 승리한 것 같았다. 하지만 무슨 시합에서 승리했단 말인가? 승리의 대가로 무슨 상을 받았다는 것인가?

결혼 생활을 끝낸 뒤 나는 사람들에게 결혼을 끝낸 것이 나라는 말을 할 때마다—처음으로—깊은 수치심을 느꼈다. 떠난 쪽이 되었지만 안전함이나 힘은 전혀 느끼지 못했다. 몇 달이나 나는 들판 한가운데 얼어붙은 듯 꼼짝 않고 서 있는 것 같은 기분이었다. 그러다가 겁에 질린 동물 같은 상태에서 벗어나 주위를 둘러보면 그저 텅 빈 겨울의

들판 말고는 아무것도 보이지 않았다. 우리가 만든 고통으로 가득한, 삭막하고 시들시들한 들판이었다.

확신이 다른 모든 것을 태워 없애 버렸더라면 더 간단했을 것이다. 그러나 그 결과는 여전했다. 그저 억지로 그 결과를 바라볼 때 등줄기를 꼿꼿이 펼 수 있다는 게 다였다. 시간이 흐르면서 나는 어쩌면 내 수치심은 위장된 슬픔이 아닐지 생각하게 되었다. 이혼은 슬픔이 반드시 죄책감으로 위장할 필요가 없음을 서서히 내게 알려 주고 있었다.

고등학교를 졸업할 무렵, 나는 아버지와 우리 사이가 어째서 이렇게 멀게만 느껴지는지에 대해 여러 번 대화를 나누었다. 아버지는 말했다. "어느 시점이 되자 너를 대하기가 참 어려워져서, 그냥 이렇게 말했지. 집어치우련다."

아버지의 입으로 그 말을 들으니 좋았다. 쉬운 일은 아니었지만, 좋았다. 마치 차가운 물이 주는 상쾌한 충격처럼. 적어도 우리는 같은 현실을 공유했다. 그리고 그 현실을 공유한 이상, 다음에 무슨 일이 일어날지 알 수 있었다. 사람들은 부모가 자식에게 줄 수 있는 특별한 선물인, 나는 이런 짓을 했다고 솔직히 말하는 일에 관해 충분히 이야기하지 않는다. 아버지의 솔직함이 우리 둘에게 산소를 공급해 주었다. 앞으로 나갈 방법을, 우리 사이의 거리를 뛰어넘을 기회를 주었다.

우리 앞에는 수많은 것들이 놓여 있었다. 열여덟 살 때, 내가 턱 재건 수술을 받을 때 아버지는 그 자리에 있었다. 내가 질소 산화물의 응원에 어찔어찔한 안개 속에 있는 상태로 들것에 실려 수술실로 들어갈 때 아버지는 울었다. 대학 시절 내가 식이장애에 시달릴 때에도 아버지는 내 상황을 이해하기 위해 과학 논문을 잔뜩 인쇄하며 내 곁에 있어 주었다. 오랜 시간이 지난 뒤 내가 심장 수술을 받을 때도 아버지는 그 자리에 있었고, 불쾌한 기분으로 마취에서 깨자 아버지가 내 병실 침대 옆에 앉아 있었다.

어린 시절을 지나오자 내게도 아버지가 있었다. 똑똑하고, 재미있고, 솔직하고, 흠결이 있고, 사랑이 많고, 세상에 대한, 별에 대한, 비비 꼬인 몸통이라는 뜻을 가진 말뫼의 어느 탑을 비롯한 공학의 놀라운 성취에 대한 호기심으로 무장한 아버지가. 그는 내가 생각해 본 적조차 없는 세상의 일부분을 궁금해했다. 언제나 은퇴하겠다고 이야기하면서도 절대 은퇴하지 않았다. 제2의 홍보 담당자라도 된 듯 동료들에게 내 글을 읽으라고 강권했다.

곧, 나는 우리 둘 사이가 힘들었던 몇 해가 그리 대단치 않았음을 깨닫게 됐다. 몇 년. 그보다 많지도 적지도 않았다. 그 몇 년이 전부가 아니었다. 우리가 계속 살아가야 할 더 긴 이야기의 일부일 뿐이었다.

이혼한다고 말했을 때 아버지는 말했다. "필요한 게 있니?"

아기와 내가 새 아파트로 이사하자, 아버지로부터 몇 주 내내 끊임없이 소포가 도착했다. 주방용품들이었다. 아버지는 평생 제대로 된 요리를 해본 적이 없지만, 그럼에도 내가 예전 주방에 쓰던 것들을 전부 두고 왔다는 걸 알았다. 그래서 그는 내게 무지개색 칼 세트, 무지개색 스푼 세트, 착착 쌓인 무지개색 믹싱 볼 세트를 보냈다. 딸은 신나서 어쩔 줄 몰랐다. 그 애가 제일 좋아하는 색, 즉 동시에 온갖 색으로 된, 그 애한테는 최고의 장난감이었다.

그러니까 신은 존재했다. 그 애도 이제는 그 사실을 분명 안다.

그해 4월, 헤어진 지 4개월 뒤, 나는 딸을 데리고 친구인 제이미와 주말을 보내러 서배너에 갔다. 제이미는 작가이자, 엄마이고, 한 남자와 28년간 결혼 생활을 했음에도 여전히 그를 사랑하는 여성이었다. 내게 제이미의 결혼 생활은 이국의 보석이나 마찬가지였다. 모든 각도에서 샅샅이 살펴보고 싶었다. 28년이라니. 서로 무슨 이야기를 나눌까? 섹스는 얼마 만에 한 번씩 할까? 아니, 애초에 섹스를 하기는 할까! 제이미와 그녀의 남편은 내게는 신 같았다. 지상으로 내려와 걸어 다니는 신. 그토록 오랫동안 결혼 생활을 하고서도 여전히 행복하다니. 그런 행복은 순수한 것이 아니라는 걸 나는 알았다. 그건 순수한 것보다 더 좋은 것이었다. 그 안에는 과거의 싸움에서 남은 가시들이 담겨 있었다.

두 사람은 룩아웃산에 살았다. 꼭 신화에나 등장할 것 같은 곳이었다.

공항 가는 길, 우리가 탄 택시는 애틀랜틱 애비뉴에 있는 모든 정지신호에 걸렸다. 창문 없는 한 시간짜리 모텔 위로 회색 하늘이 부슬비를 온통 흩뿌렸다. 택시기사의 이름은 린다였다. 출발한 지 몇 분 뒤, 린다가 말했다. "슬퍼 보여요."

"전 괜찮아요." 나는 그렇게 대답한 뒤 내가 얼마나 괜찮은지 보여주려는 생각만으로 아기의 작은 발을 장난스럽게 잡아당겼다. 그러자 카시트에 앉아 있던 아기는 마치 이 발은 내 발이야라고 말하고 싶은 것처럼 혼란스러운 표정으로 나를 바라보았다.

나는 린다에게 물었다. "기사님은요?"

하지만 린다는 내 말에 대답할 생각이 없었다. "괜찮은 것 확실해요?" 그녀가 말을 이었다. "정말 말이 없어 보이는데요." 마치 내가 그녀로부터 무언가를 숨기기라도 한다는 듯이.

옆에서 딸이 두 손가락을 빨아댔다. 눈으로는 창을 타고 진주처럼 흐르는 빗방울을 좇았다. 내가 너무 말이 없나? 보통 엄마들은 택시에 탄 내내 아기에게 말을 거나?

나는 말했다. "그냥 생각 좀 하는 중이었어요."

"맞네요." 린다가 확신했다는 듯 말했다. "너무 우울해 보여요."

택시에 타기 직전, 나는 엄마와 통화하며 "오늘은 기분이 좋아요." 했는데, 린다는 순식간에 그 기분을 꺼뜨려 버렸다.

"아기 아빠랑 헤어지는 중이거든요." 내가 말했다. 나는 왜 이딴 식으로 말한 걸까?

"저도 제 아들 아빠와 헤어졌어요." 린다는 금세 대답했다. "임신 중에 날 때렸거든요."

"정말 안타까워요." 내가 말했다. "올바른 선택을 하신 거예요."

그러자 린다가 백미러를 통해 내게 눈길을 주었다. "그 남자도 당신을 때렸어요?"

"아니요."

"감옥 갔어요?"

"아니요."

"술 마셔요?"

"안 마신 지 몇 년 됐어요."

린다는 입을 다물었다. 나도 입을 다물었다.

한참 만에야 나는 말했다. "그냥, 그 사람은 화가 정말 많아요."

서배너에서 빌려 지낸 파란 오두막집에서, 제이미는 내 딸이 엉성하게 걸음마를 시도하는 모습을 핸드폰 영상으로 남겼다. 장성한 아이가 넷이나 있는 제이미는 육아 전문가였고, 아기와 관련된 모든 일에 너무나 능숙해서 입이 딱 벌어졌다. 내 딸을 대하는 그녀의 본능, 내 딸 곁에 있으며 보여 주는 깊은 기쁨을 바라보고 있으면, 삼투압으로 그녀의 양육 방식을 흡수하고 싶었다. 어쩌면, 그녀의 결혼 생활까지도, 성찬식의 전병처럼 혀 위에 받아들고 싶었다.

긴 결혼 생활, 특히 사랑뿐 아니라 순수한 즐거움까지 여전히 함께하는 결혼을 나는 거의 종교적일 정도로 숭배한다. 제이미가 자신의 아이들에게 준 것들—서로 사랑하며 가족을 키워내는 부모—을 보면, 내가 C에게도, 우리 딸에게도 그것을 영영 줄 수 없다는 사실에 가슴이 아팠다.

아직도 우리라는 말이 입에 잘 붙지 않았다. 그 말은 마치 녹지도 않고 목구멍 속에 달라붙어 그 자리에 머무는 것만 같았다.

집으로 돌아오자 날씨가 풀렸기에 딸을 데리고 프로스펙트 파크로 긴 산책을 나가 다른 사람들의 바비큐가 피워 올리는 석탄 연기와 지글지글 익어가는 햄버거를 지나쳤다. 아기는 내 마음처럼 때 묻고 낡아가는 유아차를 왕족처럼 탔다. 아기는 무거워지고 있었다. 곧 아장아장 걸을 나이였다. 집으로 돌아와 아이를 유아차에서 끄집어냈을 때, 아기의 축축해진 등과 내 축축해진 가슴이 똑같이 생긴 땀의 지도를 그렸다. 우리 몸이 이토록 근접해 있었음의 흔적은 우리 둘의 몸을 구분하는 살갗이 아예 없던 그 시절의 흔적이었다.

지하철에서, 나는 핸드폰으로 캔디크러시를 하면서 자기 아이들이 떨어뜨린 막대사탕을 집어 주는, 반대편에 앉은 알 수 없는 낯선 이들에 대한 부드러움이 줄줄 새어 나오는 걸 느꼈다. 교회 지하실에서 만난 누군가는 플라톤의 말을 인용했다. "친절하라. 당신이 만나는 모든 이들이 힘든 싸움을 하고 있으므로." 이 말은 정확히는 플라톤이 한 말이 아니라 19세기 스코틀랜드의 한 목사가 한 말이다. 그러나 출처가 틀리게 알려졌다는 점에서 나는 그 말이 더 좋았다. 마치 이 인용문이 고급스러운 옷을 차려입으려 노력했던 것 같아서다. 혼잡 시간대의 Q 트레인에 탄 모든 이들에게 말하고 싶었다. 당신이 힘겨운 싸움을 하고 있단 걸 알아요! 당신도요! 또 당신도요!

내가 끊임없는 내적 논쟁—절대로 이길 수 없는 걸 알면서도 결코 그만둘 수 없는 다툼—에 갇혀 버린 느낌이 드는 날마다 딸을 데리고 다시 위노그랜드를 보러 갔다. 그의 사진들은 내 분노를 둘러싼 세상을 더 크게 만들어 주었다. 그건 분노를 "놓아 버리는" 것보다 더 할 만하게 느껴졌고, 해소하는 것보다는 당연히 훨씬 할 만한 일 같았다. 그저 낯선 사람들이 가득한 복도에 나타나, 사람들이 내 분노를 둘러싸게 하면 된다.

중독에서 회복하는 사람들이 즐겨 하는 말이 있다. "때로 풀이는 문제와 아무 관련이 없을 때가 있습니다." 그리고 위노그랜드의 사진은 내 문제와는 아무 관련이 없었다. 이 사진들은 그저 내게 평범하고 무한한 세계를, 그 세계가 여전히 그 자리에서 기다리고 있다는 사실을 떠올리게 만들었다. 어스름한 갤러리에서 나는 내 딸이 탄 유아차 옆에 무릎을 꿇고 앉아 아기의 기분을 좋게 해 줄 치리오스를 먹여 주었고, 그 어두운 공간, 낯선 사람들 한가운데에 무릎을 꿇고 있는 건 너무나 맞는 일인 것 같았다. 이곳에 있는 모두가 힘겨운 싸움을 하고 있었으니까.

아기 없이 혼자 위노그랜드 전시를 보러 간 건 어머니의 날이었다. 일요일 오후였기에, 그 애는 자기 아빠의 집으로 갔다. 그 애의 조개껍데기 같은 발가락이, 목 뒤의 성긴 갈색 곱슬머리가, 치리오스 시리얼 냄새가 풍기는 숨결이 그리웠다. 미술관 입구에서 나는 반사적으로 유아차 전용 입구를 향했다. 미술관 로비는 아이를 데려온 어머니들로 가득했다. 내 아기가 다른 곳에 있을 때마다 세상은 늘 아기들로 가득했다.

위노그랜드의 사진에도 아기들이 가득했다. 타투를 한 손이 페리윙클색 코트를 입은 아기를 안고 있는 사진. 2인용 유아차 속에 똑같은 흰 모자를 쓰고 똑같은 흰 담요에 감싸인 채 누워서는, 똑같은 파란 눈을 크게 뜨고 나를 바라보고 있는 쌍둥이 사진. 공원에서 아기 인형을 꼭 쥐고 있는 아기. 심지어 아기조차도 자기 아기를 떼 놓지 않는다! 다른 사진들에는 내 딸이 언젠가 자라서 될 소녀가 등장했다. 도심 퍼레이드를 보려고 몸을 한껏 추어올린, 망아지 같은 긴 다리에 버클 두 개짜리 메리제인 슈즈를 신은 소녀. 아니면 수영장의 얕은 쪽에 서서 콜라를 마시는 소녀.

미술관 벽에 걸린 얼굴들은 내가 영영 알 수 없을 얼굴들이었지만—이제 그들은 늙었거나, 죽었을 테니까—그날 나는 이 얼굴들이 필요했다. 때로 풀이는 문제와 아무런 관련이 없을 때가 있고, 내 딸이 보고 싶다는 건 풀어야 할 문제가 아니었다. 그건 그저 눈부시며 일상적인 아름다움을 마주하고, 온전한 상태로 그 자리를 떠나야 하는 일일 뿐이었다. 빛 아래에서 살아가는 고통, 그 어둠과 그 가시까지 함께.

아기를 데려다주는 날이면 C는 대개 건물 현관으로 나와 기다리고 있었다. 그의 집이 있는 블록에 도착하면 딸은 조그만 발로 인도를 타닥타닥 달려 웃으며 제 아빠에게로 달려갔다. C는 몸을 숙여 딸을 번쩍 안아 올린 다음 높이 들어 빙글빙글 돌렸다. 그는 딸을 만나 반가워했다. 딸도 아빠를 만나 반가워했다.

그 기쁨, 그들의 기쁨도 내 딸의 일부였다. 이 또한 우리 이야기의 일부였다.

어느 날, 잠잘 시간이 되자 딸은 내게 짐짓 엄숙하게 말했다. "이제 나 노래할래." 그 애는 분홍색 잠옷을 입은 채 요람의 난간 창살을 붙잡더니 폴짝폴짝 뛰기 시작했다. "엄마아아아는 일해! 엄마아아아는 일해!"

대체 이 노래를 어디서 배운 걸까? 아마 나한테서겠지.

딸의 말대로다. 아기가 잠들면 나는 컴퓨터를 꺼냈다. 주로 학생들의 에세이를 읽었다. 때로는 너무 피곤해서 골 안에서 맥박이 두근두근 뛰는 걸 느꼈지만, 학생들의 정신, 지성과 유머, 일상다반사, 무언가를 붙들어 내려 애쓰는 목소리는 좋은 동반자였다. 충만한 세상 속에 웅크리고 앉아 있는 것처럼 그 모든 게 호사스럽게 느껴졌다.

교통사고 이후 만성 통증과 더불어 사는 삶을 글로 쓴 여성에게 나는 이렇게 썼다. "고통에서, 지속이라는 일상의 드라마(삶은 계속 일어나는 것이라는 점)에서, 그리고 성숙 자체가 가진 손에 잡힐 듯 잡히지 않는, 미칠 것 같은, 부조리한 속성에서 의미를 찾아내겠다는 도전이야말로 가장 매력적인 딜레마로 보입니다. 특히 마지막, 어른이 된다는 것, 자족한다는 것, 자신을 돌본다는 것이 무슨 의미인가가 매력적이었어요."

맥락에서 떼어 놓고 보면, 이 말은 그대로 내 일기장에 등장해도 이상하지 않을 것이다.

아기가 잠들고 난 뒤 그저 이메일에 답장하는 데만 두 시간쯤 쓰는 밤도 있었다. 답장을 전부 쓸 수 있는 날은 영영 오지 않을 것 같았다. 메모를 써 주시겠어요? 독립 연구를 지도해 주시겠어요? 갈등을 중재해 주시겠어요? 업무 거부를 막아 주시겠어요? 아기방 문을 열어 둔 채 어두운 바깥에서 키보드를 두들기고 있노라면 언제나 내가 완전히 충족할 수 없는 정당한 요구가, 내가 실망시키는 누군가가 존재했다. 아기는 이제 문을 닫아 두는 걸 좋아하지 않았다. 거실의 불빛이 자기 방으로 새어 들어오는 걸 좋아했다. 따지고 보면 방 세 개짜리 아파트에서 아이와 분리된 공간은 없는 거나 마찬가지였다. 때로는 노트북 컴퓨터를 침대로 가져가는 날도 있었다.

M. F. K. 피셔M. F. K. Fisher의 딸은 어린 시절의 가장 강력한 기억 중 하나가 자신이 잠자리에 든 뒤 따각따각 울리던 어머니의 타자기 소리

라고 했다. 그 이후 평생, 타자기 두드리는 소리야말로 다른 무엇보다 평화롭고, 평온하게, 잠으로 인도하는 소리였다고.

아이를 돌봐야 할 시간에 형편없는 문장만 쓰고 있노라면, 그 애한테 써야 하는 시간을 낭비한 것 같아 늘 아이를 실망시키는 기분, 나아가 그 애한테 잘못을 저지른 느낌이었다. 그 시간을 딸과 함께 보냈더라면, 적어도 딱 한 번이라도, 내 몸에서 나 자신의 영혼이 둥실 떠오르는 것처럼 느껴질 만큼 아기가 깔깔 웃는 순간이 있었을 텐데.

내 딸의 엄마가 되는 일에 담긴 선함은 절대적인 것이었다. 예술하는 일에 담긴 선함은 보다 알쏭달쏭한 것, 유사처럼 흐르는, 허영과 뒤섞인 것이었고.

아기와 떨어져 보내는 모든 순간이 보상해야 할 순간처럼, 돈을 벌거나 아름다운 것을 창조함으로써 합리화해야 하는 순간처럼 느껴졌다. 때로 내게는 오로지 그 준엄한 논리밖에는 들리지 않았다. 그럼에도 때로는 다른 무엇이, 라디오 방송국 사이에서 나는 지직거리는 음으로 덮인 음악 같은 것이 들리기도 했다. 다른 엄마들이 부르는 노래. 그들의 예술은 좀 더 믿기 쉬웠다.

어느 일요일 오후, 나는 뉴어크에서 열린 웬디 레드 스타Wendy Red Star의 전시회에 갔다. 레드 스타의 작품에서 내가 가장 좋아하는 점은 그녀의 딸 비가 계속 작품에 등장한다는 점이었다. 둘은 생활상을 재현한 디오라마* 속에서 함께 포즈를 취했고, 퍼포먼스의 일환으로 갤

* 특정한 장면을 재현한 축소 모형.

러리 투어에 협력했다. 직접 디자인하고 어머니가 바느질한 도슨트 의상을 입은 비. 일고여덟 살쯤으로 보이는 비가 크로족 모카신을 만지작거리고, 그 애 어머니는 사무적이기 그지없는 목소리로 "작업 중인 아티스트의 모습입니다."라고 말하는 영상.

레드 스타와 딸의 초기 협력 작품 중 일부는 그저 비가 어머니를 따라 작업실로 왔다는 단순한 사실에서 출발한 것이었다. 레드 스타는 어느 전시회를 준비하던 중 기록 사진 한 무더기에 비가 색칠해 놓은 것을 발견했다. "그 사진들을 보는 순간, 이게 제가 늘 염두에 두고 작업해 왔던 역사적 개념의 다음 단계라고 생각했습니다." 그것이 레드 스타의 대표작인, 풍자적인 주석을 잔뜩 휘갈겨 쓴 기록 사진들이다. 이건 붙임머리를 고정하는 끈입니다. 난 백인 남성을 그리 좋아하지 않아요.

상상해 보라. 딸이 내 작업물에 낙서를 했는데, 망했다라고 생각하는 대신, 만약에?라고 생각한다니. 거의 초인적인 일이지만, 영감을 주는 일이기도 하다.

회복 모임에서 만난 한 친구는 앰뷸런스 사이렌이 끊임없이 울려대는 다운타운의 아파트에서 명상하려 시도하다가 좌절감을 느꼈다는 이야기를 해주었다. 그러다 어느 시점에선가, 그는 자신이 거리를 누비고 다니며 빙빙 도는 사이렌이라고 상상하기로 했다.

소음으로 인해 교란되는 대신 그는 그 소음을 향해 다가갔다.

레드 스타의 전시를 본 뒤 지하철에 몸을 싣고 돌아오는 길, 이리저리 뻗은 뉴저지의 공장지대를 덜컹덜컹 흔들리며 지나오던 길에, 친구와 나는 우리가 20대 시절 강렬함에 얼마나 집착했던가 하는 이야기를 나누었다. 그 시절 강렬함이란 뜨거운 연애, 서사시 같은 장거리 자동차 여행, 새벽 맥도널드 주차장에서 레드불을 단숨에 들이켜고, 남자친구는 먼지 낀 대시보드 위에 방귀 뀐 횟수를 기록하는 일이었다. 30대가 되었을 때 강렬함은 다른 의미를 띠었다. 소라야가 병가를 냈고 내 딸이 내 몸 구석구석을 원할 때 세미나에서 강의하는 법을 찾아내는 것. 아니면 매주 부부 상담에서, 찢어지는 종소리만 들어도 파블로프의 개처럼 불안감이 느껴지는 것을 참고 자꾸만 버저를 울리는 법을 찾아내는 것.

친구와 나 둘 다, 20대 시절의 강렬함이 더 영화 같기는 했지만, 30대의 강렬함은 훨씬 더 다층적이고, 더욱 깊고, 훨씬 더…… 강렬하다는 데 서로 동의했다. 그러면서 스스로 확신을 얻고자 점점 더 힘주어 맞장구를 쳐댔다.

그러나 사실, 내 안의 어떤 부분은 대시보드에 기록하던 방귀 횟수가 그리웠다. 새벽녘의 고속도로가, 라디오에서 나오는 팝송이 모두 교회 예배처럼 느껴지게 만들던 짜릿한 사랑이 그리웠다.

나중에 알았지만, 웬디 레드 스타의 딸이 가진 본명은 비어트리스 레드 스타 '플레처'였다. 그렇겠지. 그 애한테도 아버지가 있었구나.

알고 보니, 비는 세 살 때부터 아버지와 협력하기 시작했다. 그 애의 아티스트 웹사이트에서 찾은 프로필에 그렇게 쓰여 있었다. (웹사이트가 있다니! 열한 살인데.) 아버지와 한 비의 첫 번째 협력 작업은 인터뷰 시리즈였다. 비는 아버지에게 꿈 이야기를 해 주었다. "잠을 자면 뇌가 사라지지 않아. 누가 곰팡이 핀 당근을 먹었어. 엄마는 작업실에서 예술하는 중이야arting."

엄마는 작업실에서 예술하는 중이다. 아기는 꿈으로 예술하는 중이다. 아빠는 인터뷰로 예술하는 중이다.

처음에 비의 아버지는 내가 가졌던 어머니와 딸 둘뿐이라는 환상을 방해하는 훼방꾼처럼 느껴졌다. 내 안 어딘가에서 오래된 착각이 다시금 깨어나기 시작했다. 부모 중 한쪽에게 더 많이 사랑받을수록, 나머지 한 부모의 사랑이 자리할 공간은 적어진다는 것.

그러나 궁극적으로, 그 애의 아버지라는 존재가 나타나 내가 내 환상조차도 제대로 이해하지 못하고 있음을 알려 주었다. 내 마음 가장 깊은 곳에 있는 환상은 언제나 가족이었으니까. 가장 깊은 곳에 있는 환상은, 모두가 살아가고, 모두가 무언가를 만들고, 모두가 예술하는 집이었으므로. 다만 그런 집은 그저 상상하기 더 힘들 뿐이었다. 내가 살아 본 적 없는 공간이었으니까.

내 안의 일부분은 언제나 온전한 가족을 원했다. 마당에는 고양이 두 마리를 키우고, 벽난로에는 불이 타고, 서로의 어깨에 고개를 기대는 가족. 그러나 그런 환상은 늘 손 닿지 않는 곳에 존재했다. 그렇기에 나는 그 대신 엄마와 아이로 이루어진 한 쌍이라는 다른 환상에 매달렸다. 그것이 내가 아는 것이었으니까. 어떻게 보면, 그것은 내가 가능하다고 믿는 환상이었다.

그해 5월, 내가 가르치던 학생들의 졸업 기념 파티가 있던 밤, 아이 돌보미를 구하지 못했던 나는 딸을 데리고 업타운으로 향했다. 우리는 지하철을 타고 할렘으로 갔고, 아기는 내내 아기띠 속에 들어가 내 가슴에 안겨 있었다. 덜컹거리는 지하철 속에서도, 졸업 기념 파티에서 잡담이 오가는 동안에도, 심지어는 내가 무대에 올라 연설하는 동안에도. 행사 장소에 도착하자, 아기는 내 가슴에 매달린 채 아무 곳에도 가고 싶지 않아 했다.

둥근 대리석 돔형 천장 아래 놓인 나무 무대에 올라간 나는 밝은 조명 때문에 눈을 깜빡였다. 딸은 호기심으로 초롱초롱해져 있었다. 아기띠 속 아기의 몸이 바르르 떨렸다. 눈길이 행사 장소 이곳저곳을 떠돌며 우리를 바라보는 모든 사람을 흡수했다. 연설이 끝나기 직전, 아기는 자기 쪽으로 마이크를 끌어당기더니 마치 이제 연설을 마무리 지을 때가 되었다는 듯, 다 알고 있다는 듯 느린 손뼉을 쳤다.

연설을 마친 뒤, 딸을 여전히 턱밑에 매단 채로, 나는 학생들과 서서 주의를 기울이는 일에 관한 이야기를 했다. 엄마가 되면서 내 시야는 예리해졌다고, 하루하루, 평범한 일상에 대한 감사가 깊어지고, 가장 사소한 것에 주의를 기울이게 된다고……. “레슬리,” 그때 학생 한 명이 끼어들었다. “아기 목에 포도가 걸린 것 같은데요.”

그해 여름, 문득 한 뮤지션이 등장했다. 이런 식으로 말하자니 좀 터무니없는 소리처럼 들리지만, 그는 실제로 그렇게 등장했다. 어느 날 콜린이 자기 친구 중에 내 작품의 팬이 있다고 했다. 이 동네에 온 김에 나와 커피를 한 잔 마시고 싶다고 했다. 나는 콜린에게 그 남자와 커피 마실 시간은 없다고 답했다. 나는 한부모인 데다가 이혼 전문 변호사에게 줄 수임료를 버느라 이런저런 행사를 해야 하고, 시간이 늘 모자라고, 기타 등등. 그러자 콜린이 나더러 구글에서 그 남자를 검색해 보라고 했다. 나는 그 남자를 검색했다. 그다음에는 이번 주 일요일 저녁에 시간이 된다는 답장을 보냈다.

이스트빌리지에 있는 피에로기 식당인 베셀카에 도착했을 때 그 남자는 슈트케이스 두 개를 세워 놓고 바깥에서 기다리고 있었다. 그날 밤 비행기로 런던에 간다고 했다. 키는 195센티미터, 셔츠 속 가슴은 타투로 뒤덮여 있었다. 체커보드 무늬 낡은 반스 운동화를 신고 있었다. 목소리는 자갈 깔린 포장도로 같았다. 섹스 같았다. 그는 자기가 텀블위드* 같은 사람이라고 소개했다. 전 세계를 돌아다니며 싸구려 바에서 감상적인 노래를 한단다. 세계를 돌아다니지 않을 때는 피닉스에 산다고 했다.

6월이었다. 날씨가 그 정도로 덥진 않았는데도 나는 아주 오랜만에 컷오프 드레스를 입고 있었다. 야심 찬 제스처였다.

텀블위드는 자우어크라우트를 먹으면서 앞으로 6주간 유럽을 투어한다고, 잘 곳은 팬들이 내준다고 했다. 스코틀랜드 외딴섬에 사는 여관 주인. 자기 집 소파를 내주겠다는 바르셀로나의 젊은 열성팬. 텀블위드는 하릴없는 불안에 시달리는 싱글 남자의 이야기를 곡으로 썼다. 슈트케이스 하나에는 분해한 기타가 들어 있으며 필요할 때마다 조립해서 쓴다고 했다. 팔에는 칼로 그은 흉터가 하얗게 남았고 인어 타투가 그 위를 덮었다. 쇄골에는 어느 유부녀 이름이, 반지 끼는 손가락에는 호보 심벌** 같은 것이 새겨져 있었다. 절대 안 돼라는 기운을

* 특정한 식물종이 아니라 둥글게 뭉쳐 굴러다니는 풀을 통칭하는 표현으로 회전초라고도 한다. 미국 서부 영화에 자주 등장한다.

** 떠돌이 노동자(hobo)들이 주요한 지형지물에 이후 올 이들을 위해 중요한 정보를 담아 남기는 기호.

뿜어내는 것 같은 남자였다. 그는 퀼트처럼 이어 놓은 빨간 깃발*들 그 자체였다. 그는 거의 병적일 정도로 솔직해 보였다. 투어할 때마다 결국 온갖 낯선 여자들의 침대에서 깨어난다고 했다. 그는 내가 지금까지 만난 사람 중 그 누구보다 '투어하다'를 동사처럼 사용하는 사람이었다. 예를 들면 "당신은 투어할 때 어때요?" 묻는 식으로.

"당신이 투어할 때보다 섹스는 덜 하고 이유식이 더 많죠." 나는 대답했다.

그는 내 대답을 따분하게 느끼지 않았고, 무시하지도 않았고, 흥미로워했다. 내가 호텔 화장실 변기 뚜껑에 앉아 플라스틱 용기에 달린 샐러드를 먹으며 아기의 백색소음 발생기에서 쏟아져 나오는 귀에 거슬리는 소리를 듣는 밤들에 대해 알고 싶어 했다. 이유식 파우치 뚜껑을 깜빡하고 닫지 않은 바람에 초록색 페이스트 범벅이 된 핸드백에 대해 알고 싶어 했다. 내가 양육과 여행을 어떻게 동시에 하는지 알고 싶어 했다. 그가 나를 신경 쓴다는 사실이 놀라웠다. 그가 나를 신경 쓴다는 사실이—놀랍게도!—신경 쓰였다. 그는 자신이 초조하다고 털어놓았다. 좋은 인상을 남기고 싶다고 했다. 그는 자기가 주워다가 건강을 되찾을 때까지 돌본 길고양이들, 그가 발견해서 입양한 아주 작은 쥐(쥐라고?) 이야기를 했다. 이쑤시개 끝으로 우유를 똑똑 흘려 주자, 쥐는 젖을 빠는 것처럼 아주 조그만 나무 이쑤시개 끝을 빨았다고 이야기해 주었다.

그의 말을 들으면서 얼마나 크게 웃었던지, 마지막으로 이렇게

* 연애 관계에서 상대가 정서적으로 건강하지 않거나, 유해한 관계로 이어질 수 있다는 단서가 되는 경고 신호 노릇을 하는 행동들을 뜻한다.

크게 웃었던 게 언제였나 하는 생각이 들었다. 그는 자기가 좋은 아빠가 되지 못할 걸 알기에 아이를 가질 생각이 없다고 했다. 나는 생각했다. 그걸 어떻게 알아요? 그건 그저 당신이 자기 자신에게 들려주는 이야기일 뿐이에요. 그러면서도 삼촌 노릇은 좋아했다. 지난여름에는 조카 네 명을 캠핑카에 태워 서스캐처원에서 열리는 대가족 모임에 갔다고 했다.

신기한 우연으로, 우리 둘 다 조상 중에 서스캐처원의 농부가 있었다. 그 탄탄한 농부의 DNA는 이어져 내려와 '투어하다'를 동사로 쓰고 이스트빌리지에서 피에로기를 먹는 우리 둘의 홀쭉한 몸이라는 껍데기 속으로 들어온 것이다.

저녁 식사를 마친 뒤, 우리는 퍼스트 애비뉴의 자전거도로에서 오랫동안 포옹했다. 내 등의 옴폭한 부분에 놓인 그의 손은 거의 음란하게 느껴지기까지 했다.

그가 슈트케이스들을 택시에 싣고 떠나는 모습을 보는 사이, 내가 알고자 했던 모든 것들이 다 그곳에 있었다. 한 줄로 배열된 코카인 같은 화학작용, 그가 곧 떠나리라는 사실을 알리는 슈트케이스들. 얼마나 오래 자전거도로에 가만히 서 있었던지, 어떤 남자가 자전거를 탄 채 내 옆을 휙 지나치며 고함쳤다. "비켜요! 그러다가 치겠어요!"

택시 안에서 그가 내게 문자 메시지를 보내왔다. 음, 굉장했어요. 이륙 직전 비행기 안에서도 메시지를 보냈다. 아직도 당신 생각하고 있어요. 메시지 하나하나가 내 등의 옴폭한 부분에 얹히는 손 같았다. 자기 뮤직비디오를 보내기도 했다. 혹시 궁금할까 봐요.

며칠 뒤, 카일이 나와 함께 뮤직비디오를 보다가 미소를 지었다. "그 남자가 웃통 벗은 채로 동물들한테 잘해 주는 영상 모음집이네!"

나는 방어적인 기분이 되어서 항의했다. 차를 몰고 사막을 달리는 장면도 있다. 세탁소에서 긴박한 전화 통화도 하지 않느냐! 그는 다층적인 사람일 거라고 나는 확신했다. 그에게는 다양한 자아가 있다고. 그 전부를 알고 싶다고.

그러나 카일의 말은 맞았다. 그가 키웠다는 길고양이를, 우유를 먹였다는 아기 쥐를 떠올렸다.

때로 세상은 이토록 가혹하다. 정면으로 날아오는 섹스와 슈트케이스, 왼쪽 넷째 손가락에 새긴 호보 타투, "비켜요!"라고 소리 지르는 모르는 사람. 상영하는 영화를 쩌렁쩌렁 알리는 영화관의 차양 간판.

물론 이것은 손쉬운 내러티브다. 진실은 훨씬 더 복잡하다. 나는 그의 정신이, 목소리가, 웃음이 좋았다. 그는 내 안에 아직 살아 있는, 녹을 준비가 된 무언가를 일깨웠다.

텀블위드는 투어 도중에도 계속 문자 메시지를 보냈다. 스코틀랜드의 어느 섬, 귀신 들린 호텔의 체크무늬 소파에 앉아 담배를 피우는 중년들이 가득한 거실에서 공연했던 밤, 수염을 기른 건장하고 우람한 남자를 울린 밤, 신용카드로 반으로 가른 아보카도 한 알로 저녁을 때운 밤에 대한 소식들을 보내 왔다. 길 위는 순수한 고독이에요. 그는 썼다. 아니, 고독으로 죽어 가고 & 죽도록 혼자 있고 싶다고 해야 할까요. 오로지 기쁨과 공포만 느낀다는 점에서, 단주한 알코올중독자에게 완벽하죠. 그는 자신이 창조하는 드라마를 잘 알고 있는, 스스로를 드라마틱하게 만드는 사람이었다. 그의 선제적 자기 인식 속에서 나 자신의 모습이 보였다.

우리는 매일, 매시간 메시지를 주고받기 시작했다. 문자 메시지,

왓츠앱, 지메일에서 동시다발적으로 메시지 타래를 이어갔다. 우리는 끝없이 갈라지는 길들이 있는 정원 깊숙이 들어와 있어요. 당신이 한 가지 이야기를 할 때마다 세 가지 다른 이야기를 보내고 싶어져요. 당신 때문에 난 과거에 우리가 쌍둥이이기라도 했던 것 같은 초현실적인 기분을 느껴요.

매일 아침, 그에게서 온 메시지를 확인하기 전 가장 먼저 하는 일은 아기에게 젖을 먹이는 일이었다. 벌써 18개월이 다 되었는데도 아기가 눈을 떴을 때, 그리고 자기 전에는 모유 수유를 했다. 그렇게 아기와 하루를 시작한 뒤에야 나는 그의 메시지를 읽었다.

바다 건너에 사는 남자와 플러팅을 하느라 아이와의 시간에 절반밖에 집중하지 못하는 것이 수치스러웠다. 나잇값을 못 하는 기분이 들었다. 때로는 핸드폰을 다른 방에 갖다 두고 몇 시간 동안 확인하지 않을 때도 있었다. 그러나 핸드폰을 다른 방에 두는 것 역시 마치 마시멜로를 앞에 두고 참아 낸 아이들이 마시멜로 두 개를 얻는 실험처럼, 그 일을 미루는 기쁨을 더 크게 만들었다. 확인을 미루면 미룰수록, 마시멜로가 꽉꽉 찰 테니까.

술을 마시던 시절, 술 자체보다 술을 마신다는 기대감이 훨씬 더 클 때가 많았다. 근무가 끝나면, 또는 해가 지면, 아니면 해가 지기 전에는, 또는 집에 혼자가 되면 술을 마시게 될 것임을 알았기 때문이다. 안도감의 지평선이 있다는 게 좋았다. 그건 보상이었다.

텀블위드 역시 단주한 사람이었다. 그러나 그의 단주에는 환각버섯, 애시드, 엑스터시, 그리고 때로는 DMT가 끼어들었다. 어느 시점이 되자 나는 이렇게 말했다. "차라리 당신이 안 하는 게 뭔지 알려줘요." 그러나 나는 그를 판단하지 않았다. 나 역시 모든 물질이 모두에게 다르게 작용한다는 걸 알 정도로는 의존한 경험이 충분히 있었다. 모두가 각자의 방식대로 살아남았다.

게다가, 나는 나 역시도 여전히 중독에 빠져 있다고 생각했다. 10대 청소년처럼 이모emo* 곡들을 들으며 텀블위드와 내가 결코 함께 살아갈 수 없을 불가능한 삶에 관한 백일몽에 빠졌으니까. 그 삶에서 그는 오래전부터 원하던 정관수술을 받는 대신 아장아장 걷는 아기를 키우는 싱글 맘과 결혼하고, 어쩌면 그녀와의 사이에서 아이를 하나 더 낳을지도 몰랐다. 나는 여전히 파트너를 만나고, 함께 아이를 키운다는 판타지를 밀항자처럼 품고 다녔다. 그러나 그 판타지를 마음껏 원하는 건 위험한 일 같았다. 그런 삶을 얻을 수 있을 것 같지 않아서였다. 내심 그런 삶을 얻을 자격이 없다는 생각도 들었다.

그럼에도, 나는 텀블위드가 기타로 우리 아이들에게 곡을 연주해 주고, 우리가 처음 만난 밤 이야기를 해 주기를 꿈꿨다. 백일몽조차도 오래지 않아 벽에 부딪혔다. 그가 아이의 요구를 충족해 준다는 지루한 일을 싫어하는 모습을 생각하면 자꾸만 움츠러들었다. 다시 길을 떠나기를, 낯선 이들의 침대로 들어가기를 갈망하는 그의 모습을 상상하며 움츠러들었다.

스물두 살의 나였더라면, 그가 한 번도 원한 적 없던 온갖 일들을 어떻게든 원하게 만들려고 매달렸을 것이다. 서른다섯 살의 나는 내가 다른 사람을 바꿀 수 없다는 사실을 배운 뒤였다. 어쨌든, 심리치료사에게는 그렇게 말했다. 그러나 속으로는 이렇게 생각했다. **할 수 있을지**

* 펑크록에서 영향을 받은, 개인적이고 극도로 감성적인 가사를 가진 음악 장르.

도? 일단 해 보자.

내 생일날, 힘겹게 아기를 떼어 놓고 오는 길에 핸드폰 진동이 울리자, 분명 C에게서 온 짜증 담긴 메시지일 거라고 생각했다. 하지만 핸드폰에 뜬 것은 사각형 속 텀블위드의 작은 얼굴, 그리고 재생 버튼이었다. 도저히 기다릴 수 없었던 나는 인도에 서서 금속 울타리에 몸을 기댄 채 영상을 곧바로 재생했다. 그는 푸른 플란넬 셔츠를 입고 있었다. 목소리는 느긋하고 따뜻했다. 머리카락에 군데군데 섞인 흰머리가 보였다. "여태까지 그 어떤 때보다 나이가 더 많아졌네요. 나도 그래요." 그렇게 말한 그가 기타를 꺼내더니 나를 위한 곡을 연주했다. 기본적인 멜로디로만 진행한 커버 곡이었다. "공항에서 늘 당신이 보여요 / 셔틀 열차의 창문에서도……."

그의 목소리는 미어질 것처럼 부드러웠다. 누군가가 아직도 나의 좋은 점만을 생각할 수 있다는 사실에 기분이 정말 좋았다. 아직 내가 실망시키지 않은 사람의 눈빛을 바라보는 일이.

그해 6월, 콜린과 나는 아기를 데리고 캐츠킬산맥의 산장에 갔다. 금요일 저녁, 차를 몰고 산을 오르는데, 시골길 가장자리를 따라 걷던 근본주의 유대인 남성 한 무리가 우리를 불러세웠다. 그날은 안식일이었고, 그들은 불을 켜는 데 도움이 필요했다. 나더러 자신들과 함께 갈 수 있느냐며 숲속으로 사라지는 좁다란 오솔길을 가리켰다. 나는 뒷좌석에 앉아 손가락을 막대사탕처럼 빨고 있는 아기를 슬쩍 돌아보았다.

우리는 동화의 논리 속에 갇혀 버렸다. 숲속에서 두 개의 갈라진

길을 만난다. 하나의 길을 따라가면 미츠바*가 나오고 나머지 하나의 길은 집단 강간으로 이어진다. 그러나 나는 우주가 박애적인 의도를 품고 있다고 믿고 싶었다. 그것이 콜린과 내 공통점 중 하나였다. 사람들에 대한 본능적인, 때로는 어리석은 믿음. 세상이 우리에게 대체로 친절했다는 사실 때문에 가능한 믿음. 그래서 나는 핸드폰으로 길을 밝혀 주며 그 남자들을 따라갔다. 뱃속이 조여들었다. 손은 땀으로 축축해졌다. 그냥 싫다고 하지 못한 내가 싫었다. 거절하지 않는 대가로, 처음 보는 남자들과 함께 캄캄한 숲속으로 들어가려 아기를 뒤에 남겨두었다.

나무들 속에 파묻힌 캄캄한 헛간으로 가자 한 남자가 방 한가운데 천장에서 늘어져 있는 전깃줄을 가리켰다. 줄을 당기자 헛간 안이 환하게 밝아졌다.

산장에서 보내던 나날, 콜린은 글을 썼고, 나는 온종일 돌아다니며 세면도구 가방에서 탐폰을 끄집어내는 딸을 따라다녔다. "내 작은 막대기!" 딸은 소리를 지르며 탐폰을 바닥에 온통 흩어 놓았다. 나는 초록빛 물이 보일 듯 말 듯한 배경 앞, 아기가 여행용 요람 안에 서 있는 사진을 친구들에게 보냈다. 오늘은 이토록 근사한 호숫가에서 낮잠을 안 자네. 데크에서 글을 쓰는 콜린을 보면서 생각했다. 나도 저랬었는데.

어느 날 아침, 아기를 데리고 폭포로 이어진다는 등산로에 올랐다. '하이킹을 가는 거야.' 머리 위 떡갈나무 잎사귀가 바람결에 바스락

* '선행'을 뜻하는 히브리어로 유대교 율법에 정해진 의무와 계명을 따르는 행위를 뜻한다.

거리며 레이스처럼 드리워진 그림자를 떨어댔다. 출발한 지 5분도 지나지 않아 아기는 울기 시작했다. 아기띠에서 나오고 싶어 했다. 특히, 등산로 출발점 근처 농구 코트로 돌아가고 싶어 했다. 녹슨 철조망 울타리 옆, 무자비한 태양 속에서 아스팔트 위를 끝없이 달려갔다가 또 달려 돌아오고 싶어 했다.

아기는 똑바로 걸을 수 있는지 시험하는 술주정뱅이처럼 온몸을 흔들며 흰 페인트로 그린 흐려진 선을 따라 아장아장 걸었다. "나 발 있어!" 아기가 말했다. "나 발 두 개!" 정오의 뜨거운 태양에 녹아내린 타르에 아기의 조그만 운동화 바닥이 쩍쩍 달라붙었다.

엄마에게 초록빛 언덕 사진과 함께 하이킹 왔어요라는 메시지를 보낼까 생각해 봤다. 실제로 하이킹했으니까, 고작 몇 분이었지만. 사진을 첨부해 메시지를 보내는 건 온 세상에 내가 또 하루 내 아기를 살려 놓는 데 성공했다는 증거를, 내가 그 애를 무언가 아름다운 것 가까이 데려오려 애썼다는 증거를 내보이는 방법이었다. 아기의 살아 있는 몸 역시 증거였다. 그리고 이 몸은 살아남아 또 하루, 그다음에 또 하루를 버텨 낼 것이다.

그 주 중반쯤 나는 브루클린으로 가서 아기를 C의 집에 데려다주었다. 그리고는 뒤돌아 산장으로 돌아왔다. 다음 날 아침, 동트기 전에 일어나서 커피를 만들고 노트북컴퓨터 화면에 띄워 놓은 문서를 빤히 쳐다보았다. 스코틀랜드에 있는 텀블위드에게 메시지를 보낼까 생각했다. 그러다가 핸드폰을 다른 방에 가져다 두고, 다시 화면을 조금 더 쳐다보았다. 하드우드 마루에 널브러진 탐폰 스무 개를 주워야 하는 게 아니잖아. 나는 되뇌었다. 똥이 담겨 묵직한 기저귀를 버릴 쓰레기통을 찾는 것도 아니고. 지금은 맹렬한 야생의 창조력을 발휘할 때였다.

결국 다른 방에 두었던 핸드폰을 가져왔을 때는 텀블위드에게 메시지를 보내지는 않았다. 그 대신 아기가 얼굴 앞으로 샤워 커튼을 끌어당기는 영상을 틀었다. 아기 어디 있나? 아기 여기 있지. 아기 어디 있나? 아기 여기 있지.

브루클린에 간 내 딸은 나에게 한 것처럼 제 아빠에게도 자기 삶을 삼인칭으로 이야기할까? 아기는 작은 아보카도 먹어. 아기 작은 방귀 뀌어. 그 애는 어린 시절 내내 내 집이 아닌 다른 집을 가지고 살아갈 것이다.

그때 심리치료사의 목소리가 들리는 것 같았다. 이 생각들의 출발점이 보인다고 해서, 그 생각들을 따라갈 필요는 없어요. 나는 그 목소리를 잘 들으려고, 마치 심리치료사가 호수 저편에서 나를 향해 외치고 있기라도 한 것처럼 고개를 한쪽으로 기울이기까지 했다. 출발점이라는 말을 들으니 다시 푸른 언덕이, 그 열기 속에서 느껴지던 폐소공포가, 아스팔트 위 다 벗겨진 흰 선을 따라 흔들거리며 걷는 아기의 조그만 몸을 좇아 이리저리 뛰어다니던 때가 떠올랐다. 지금 이 순간에는 더 이상 일어나지 않는 그 모든 일들이 말로 표현할 수 없을 만큼 아름답게 느껴졌다.

나는 보상 심리 때문에 더 열렬하게 노트북 화면에 매달렸다. 이 시간을 내 아이와 함께 보낼 수 없다면 그만한 값어치 있는 일을 해야 했다. 탄산수를 끝도 없이 꿀꺽꿀꺽 마시면서 중간중간 단어 수를 확인했다. 이런 고독이 가능한 건 순전히 C가 있었던 덕분이었는데, 낮선 감각이었다. 그에게 고마움을 느끼는 것, 이토록 망가진 방식으로도, 우리가 이 아이를 함께 기른다는 사실을 아는 것이.

몇 년 만에 처음으로 나는 소설을 쓰고 있었다. 예술가인 아버지, 그리고 소원해진 10대 딸이 등장하는 장면들이었다. 딸은 텍사스 사막에 있는 아버지의 낡은 집에 머무르고 있다. 딸이 냉장고를 여는 장면에서, 나는 아버지 집에 있던 텅 빈 냉장고를 그려 보았다. 과거의 나라면 소설 속 소녀의 관점, 그녀의 분노와 욕망에 완전히 삼켜졌을지도 모르지만, 지금의 나는 두 인물 모두에게 호기심을 느꼈다. 홀아버지의 집에서 잠에서 깰 때 딸이 느끼는 불편함—아침으로 먹을 만한 게 있는지 조심스레 찬장을 전부 열어 보는—그리고 아버지의 불안한 불확실성. 딸을 기쁘게 해 주려면 아버지는 얼마나 노력해야 할까? 딸에게 탐폰도 사 주어야 하나?

그날 오후만이라도 시간을 잊는 것, 나 자신을 잊는 것, 좁은 궤도를 빙빙 맴도는 생각들을 잊는 것은 한때 내가 술에서 원했던 일들이었다. 그러나 가장 순수한 형태의 굴복을 내주는 건 언제나 글쓰기였다.

그러나, 결국, 나는 텀블위드에게 시도 때도 없이 메시지를 보냈다.

목소리를 듣고 싶어요. 그는 메시지를 보냈다. 그렇게 그가 전화를 걸었다. 그의 진동하는 저음 목소리가 내 몸을 온통 훑고 내려가는 동안 나는 바람이 잔물결을 일으키는 호숫물에 두 발을 담그고 있었다. 그는 감기에 걸려 있었는데, 그의 충혈이 마치 습기처럼 말도 안 될 정도로 가까이 있는 것처럼 느껴졌다. 나는 그를 돌봐 주는 상상, 딸에게 조그만 숟가락으로 요구르트를 떠먹일 때처럼 김 나는 사골 국물을 숟가락으로 떠먹이는 상상을 했다. 그러면서 중간중간 내 딸이 언덕에서 굴러 내려오고 있는 게 아닌지 확인하려고 어깨 너머를 돌아보았다. 마치 내가 안 보는 사이 무릎을 긁힐 목적으로만 브루클린에서 세 시간이나 차를 타고 돌아올 수 있기라도 한 것처럼.

투어 중인 텀블위드를 돌보는 상상은 부드럽고, 거의 중독성 있었다. 타투로 뒤덮인 가슴의 식은땀을 닦아 주고, 목소리가 회복될 때까지 감상적인 노래는 조금만 하라고 부드럽게 설득하고, 치킨 누들 수프와 환각제를 쟁반에 담아 가져다주는 상상. 내 결혼에 깃들고 만 분노 때문에, 나는 서로를 돌보는 것, 도움을 받을 줄 알고 또 줄 줄 아는 나 자신에 가 닿을 수 있는 그런 파트너 관계를 갈망하게 되었다.

통화를 하는 동안 비가 내리기 시작해서 나는 비를 피하려고 산장의 차양 아래로 달려가 젖은 머리로 가만히 서 있었고, 비는 흙, 잔디, 나무 냄새를 싣고 세계의 비밀스러운 흙투성이 악취를 가져왔다.

텀블위드는 자신이 나에게 이렇게 푹 빠진 게, 그리고 내가 그에게 수없이 이야기한 이혼의 상처가 아직도 생생함에도 내가 그에게 푹 빠진 것이 믿기지 않는다고 누차 말했다.

"당신의 열린 마음이 정말 대단해요." 그는 말했다.

하지만 칭찬인지 아닌지 알 수 없는 그 말을 듣자, 수치심이 찌르르 밀려왔다. 다소 초연하거나 몸을 사리는 게 고통에 대한 좀 더 우아한 반응처럼 느껴져서다. 그런데 나는 뜨거운 스토브에 덴 다음에도 아무 교훈을 얻지 못한 어린아이 같았다. 자꾸만 스토브로 손을 가져갔다.

나중에 나는 그에게 이런 메시지를 보냈다. 내 이혼이 남긴 체르노빌의 폐허로 당신을 끌어들여 미안해요.

체르노빌 정도는 아니죠. 그의 답이었다. 누구한테나 상처는 있어요.

부두에서 찍은 셀피를 보내자, 그는 곧바로 답장했다. 언제 한 번 그 호수에서 손가락으로 당신한테 해 줘야겠어요. 메시지 알림이 잠금화면 속 내 딸의 눈을 일시적으로 가리는 순간 나는 내 딸 몫의 모욕감을 느끼고 알림을 옆으로 밀어 없애 버렸지만, 동시에 그에게 또다시 문자가 오기를, 그가 내게 할 다른 일들을 말해 주기를 바랐다. 그는 수시로 문자를 보냈다. 늘 빨리 답장했다. 그것이 텀블위드가 잘하는 존재의 방식이었다. 나머지는 훗날 알게 될 터였다.

어스름 녘이 되자 나는 콜린과 함께 앉아 호수 위 하늘이 어둑어둑해지는 모습을 바라보았다. 15년 전 클립으로 묶은 에세이를 서로 봐 주었던 것처럼 그날 쓴 서로의 글을 읽어 주었다. 그 시절 우리는 20대 초반 어린애였고, 술과 담배에 절어 며칠 밤을 보낸 끝에 다락방 아파트에서 인스턴트커피를 마셨지만, 그러면서도 빵 부스러기로 뒤덮인 카페 테이블에 마주 앉아 서로에게 원고를 넘겨주며 어쩌면 이건, 잘 모르겠지만, 좀 대단한 것 같은데? 하기도 했다.

콜린과 함께 있으면 나를 구성하는 것이 이혼의 지루하고 적나라한 상세 항목들뿐은 아니라는 기분이 들었다. 콜린 옆에서는 과거의 내 자아들이 모두 이곳에 있는 것 같았다. 담배를 피워 텁텁한 입안에 스크램블드에그를 포크에 듬뿍 꽂아 집어넣는 스물두 살의 나, 담배 가게 위층에 살면서 데이팅 앱과 시간 강사 월급으로 근근이 살아가던, 늦은 밤 부엌에서 아이스크림을 먹으며 그녀와 대화하던 결혼 전의 나. 콜린과 함께 있으면 과거의 자아들도 함께 존재하며, 내가 빵 조각처럼 탐폰을 주우며 걸어가는 엄마, 또는 빙빙 돌며 반복되는 슬픔만으로 가득한 이혼한 여자뿐만은 아니라는 사실을 일깨워 주었다.

그날 밤 콜린이 쓴 글은 이집트에서 새로운 결혼 생활에 적응하는 이야기였다. 그곳에서 사진작가로 일하는 남편에게서 아랍어를 배우는 이야기, 겨울 산에서 치른 결혼식 이후 평범한 일상의 리듬을 찾아가는 이야기. 그 글을 읽으며 마치 유령들의 디너파티처럼 그녀의 과거 자아들도 우리를 둘러싸고 모이는 걸 느꼈다. 갓 실연하고 수척해져 청사과만 먹고 연명하다시피 하던 서른두 살의 콜린, 로스앤젤레스가 아닌 버펄로에서 자랐기에 내 것보다 따뜻한 겨울 부츠를 가지고 있던 기운 넘치던 스물네 살의 콜린.

나의 거의 모든 부분이 그녀와 함께 존재하며 그녀 목소리의 리듬을 따라가고 있었지만, 단 하나, 내 안의 아주 작은 부분은 여전히 정오의 무자비한 뙤약볕 속 농구 코트에 서서 흐린 페인트 선을 따라 걷는 내 어린 딸을 지켜보면서 그 모든 걸 이토록 당연하게 받아들이지 말 걸 하고 생각하고 있었다. 양쪽으로 땋은 윤기 나는 머리, 술 취한 사람처럼 비틀거리는 걸음걸이, 희망에 차서 자기 그림자를 쫓는 헛수고를 할 때 찍찍이 달린 조그만 운동화가 내던 성스러운 삑삑 소리.

그해 여름, 나는 세상을 게걸스레 탐닉했다. 더운 밤마다 현관 계단에 앉아 대화를 나누고, 열린 창문 옆 부엌 식탁에 앉아 탄산수를 끝없이 마시며 건물 바깥 인도에서 낯선 이들이 펼치는 익명의 드라마에 귀를 기울였다. 이 도시에 이토록 매혹된 것도, 감사한 것도 처음이었다. 나는 이혼을 삶의 일시 정지가 아니라 삶이 일어나는 일로 받아들이기로 마음먹었다. 모든 감정이 끝내주는 기적이었다. 나는 모성애가 내가 갈망하는 다른 모든 것—친구들, 일, 섹스, 세상—에 응답하지 않을 의지로 측정되는 것이 아니라, 나의 갈망에 의해 더욱 강해질 수 있다고 믿고 싶었다.

매주 수요일과 일요일도 내가 온전한 엄마가 아니라는 증거보다는 자유처럼 느껴졌다. 어쩌면 내가 원하는 걸 원해도 괜찮을 것 같았다. 친구들과 보내는 긴 밤, 홀로 일에 몰두하기, 부엌에서 커피를 마시며, 펜 뚜껑을 물어뜯으며 1층 카페 테이블에서 솟아오르는 낯선 이들의 목소리를 들으며 보내는 고요한 목요일 아침, 카페에서는 20대들이 식당 근무 시간이 오기를 기다리는 사이 코르타도를 마시며 니체를 읽었다. 누군가가 말했다. "식민주의가 끝났다고 다 끝난 게 아니야." 그러자 다른 누군가가 응수했다. "식민주의가 끝났다고 누가 그러든?"

때로는 다른 누군가의 아기가 내는 날카로운 울음소리를 들으며 내 아기가 다른 집에서 잠에서 깼다는 사실을 떠올리기도 했다. 물론, 정말로 잊은 적은 없었지만.

우리의 양육 일정은 꼭 내 부모의 유령 같은 몸 사이를 이리저리 오가는 것처럼 느껴졌다. 대체로 나는 내 아기의 삶의 기반이 되는 내 어머니였다. 그러나 일주일에 이틀은 내 아버지, 또는 내가 상상하게 된 내 아버지였다. 내 시간, 에너지, 주의를 타인의 끝없는 요구에 따라 신중하게 배치하는 대신, 그 무엇에도 매이지 않고, 늦은 시간까지 외출하거나 일에 몰두해도 되는 사람. 꼭 사기꾼이 된 기분이었다. 한편으로는 기분 좋기도 했다. 더 커진 기분이었다. 중독된 기분. 자유.

어느 일요일 밤, 한 친구에게 이끌려 아스토리아에서 하는 드래그 쇼를 보러 갔다. 땀과 활기로 진동하며 인산인해를 이루는 클럽에 도착했다. 우리는 검은 레이스 코르셋을 입은 건장한 체격의 드래그 퀸이 기다란 빨간 풍선에 구강성교하는 흉내를 내는 모습을 보았다. 18세기 프랑스 귀족처럼 곱슬곱슬한 민트 그린 색 가발을 쓴 또 다른 드래그 퀸이 모조 진주 목걸이를 하고 찻주전자를 든 채 거드름을 피우며 걷는 모습도 보았다. 가슴이 풍만하고 검은 아이라인을 그린 펨이 지방흡입 수술에 대해 질문 받아요라는 손팻말을 들어 올리자, 나는 정말로 수없이 많은 질문을 던지고 싶었다. 온 세상에, 이 다음에는 무슨 일이 일어나죠?!!!!라고 묻고 싶었다. 나는 내 질문을 이모지가 잔뜩 붙어 있는 문자 메시지의 형태로 상상했다. 혜성, 한 쌍의 댄서, 폭발하는 뇌.

술 달린 드레스와 수조로 써도 될 정도로 커다란 플라스틱 하이힐을 신은 드래그 퀸들이 무대 위에 우뚝 서서 표범 무늬 스커트에 핑크색 망토를 두른 채 땀을 흘리며 춤을 추자, 모든 것이 허락이자 권고처럼 느껴졌다. 넌 살아 있어. 살아 있어야 돼.

그해 여름, 아기가 잠든 뒤 친구들이 저녁을 먹으러 오는 밤들이 잦았다. 아기가 캄캄한 자기 방에서 웅얼거리다가 말코손바닥사슴 인형을 안고 웅크려 잠들고 나면, 나는 창가에 붙여 두었던 식탁을 끌어내고 아기용 의자는 침실에 가져다 두었다. 빠르고 조용히 만들 수 있는 요리면 뭐든 상관없이 만들었다. 코코넛 피시 스튜라든지, 온 집 안에 오븐의 열기가 진동하게 되는 채소 구이. 창문을 살짝 열고 건물 아래 길에서 10대 청소년들이 수다 떠는 소리며 쓰레기 수거 트럭들이 내는 끽 소리를 들었다. 건너편 중국 음식점 바깥에서 코스 요리사들이 담배 피우는 모습을 보았다.

친구들은 늦게까지 머물렀고, 많이 먹었고, 탄산수를 마셨고, 몬트리올의 목욕탕에서 실수로 화재경보기를 울렸다든지 솔트워터 카우보이들이 조랑말 떼를 만 건너편으로 이동시켰다든지 잼을 너무 많이 가져가는 바람에 세관 직원에게 걸렸다든지 하는 긴 이야기를 했다. 잼을 너무 많이 가지고 다니는 게 범죄인가? 그렇게 생각하면 짜릿했다.

친구들이 모두 떠나고 나면 나는 눈앞이 흐리고 어질어질한 상태로 설거지를 하며 손등에 뜨거운 비누 거품을 흘려보내고 나무 식기 건조대에 물이 뚝뚝 떨어지는 그릇들을 직소 퍼즐처럼 이리저리 균형 잡아 두었다. 나만의 배에 있는, 나만의 작은 선실이었기에…… 신이 나 야단법석을 떨며 청소했어요. 그다음에는 아기방 문을 열고—WD-40 윤활제를 아무리 뿌려도 여전히 삐걱거렸다.—잠든 아기의 몸이 코끼리 무늬 잠옷을 입은 통통한 쉼표처럼 웅크리고 있는 모습을, 숨결에 따라 가슴이 오르락내리락하다가, 보이지 않는 꿈속에서 몸을 바르르 떠는 모습을 바라보았다.

그 사이, 텀블위드와 나는 계속해서 아이스크림 막대기로 만든 우리만의 성을 지었다. 두어 시간 연락이 되지 않으면 우리 둘 다 곧장 불안해졌다. 대상영속성 개념을 모르는 두 아기나 마찬가지였다. 아니면 그저, 술을 끊은 두 명의 알코올중독자였을 뿐일지도. 술이나 약물이 없다면, 사랑에 빠지는 것 말고 달리 취할 수 있는 방법이 있나? 매시간, 매분마다 애착이 도파민을 새로이 분출시키지 않는다면, 어떻게 계속 존재할 수 있을까? 텀블위드는 내게 이런 메시지를 보냈다. 잠에서 깨자마자 미친 듯이 핸드폰을 찾지 않으면 우리 둘 다 아무것도 못 할 것 같아요. 우리는 벽난로에 장작을 집어넣듯이 왓츠앱 메시지를 이어갔다.

텀블위드에게 C의 분노—욕설, 침 뱉기—를 이야기하자, 그 말을 들은 그는 화를 냈다. "너무 화가 나서 주먹으로 뭘 쳐 버리고 싶어요. 깊고도 펄펄 끓는 분노를 느껴요."

맞아. 나는 생각했다. 더 해 줬으면 좋겠어. 나 대신 화내 줄 사람이 있었으면 했다.

전화를 끊고 나자, 나는 마치 정크 푸드를 잔뜩 먹은 뒤에도 여전히 허기진 것 같은 기분이 들었다. 분노를 뻗칠 수는 있지만 영영 닿을 수는 없는 그 무엇을 향한 허기였다.

텀블위드가 섹스 문자를 보낼 때마다 1997년 삼각법 수업에서 내 앞자리에 앉던 섹시한 3학년 남학생에게서 메시지를 받는 기분이었다. 마치 그 남학생이 투명인간 같은 소녀가 영영 투명인간 취급을 받지는 않을 거라는 말을 전해 주려고 내 청소년기 깊숙한 곳을 통과해 시간여행을 한 것 같았다. 텀블위드가 내게 "섹시한 캣 대디들"라는 제목의 기사를 보내주었다. 장애가 있는 치즈 고양이 한 마리를 타투한 가슴에 꽉 끌어안은 그의 클로즈업 사진이 실린 기사였다. ㅋㅋㅋ라고 썼지만, 그 역시 이 제목을 마음에 들어 했다. 그는 자신만의 신화에 헌신하는 사람으로, 특정한 자아 관념의 낡은 청바지를 입고 살아가고 있었고, 나는 그 자아 관념을 믿기가 어려웠다.

텀블위드는 마이클 크라이튼의 책을 각색한 유치한 영화도 함께 봐 줄 수 있을 정도로 나를 좋아한다고 농담했다. 심해 연구기지 과학자들이 걸쭉한 액체 속에서 호흡한다거나, 호박에 갇힌 모기의 피에서 공룡을 되살린다거나 하는 유치하고 말도 안 되는 영화에 매력을 느끼는 나를 놀렸다. 우리 언제 영화 보러 가요? 우리 언제쯤 같은 도시에 있게 되는 거예요? 우리는 이제 그 질문을 수시로 묻게 되었다. 물론 그 질문에 답하기보다는 하루에 마흔 개씩 문자를 주고받는 게 더 쉽게 느껴졌다. 그는 7월 말, 바르셀로나에서 돌아오는 길에 뉴욕에 올 생각이 있다고 했다.

그와 대화를 나누는 건 조수석에 앉아 긴 로드트립을 떠나는 것처럼, 주유소에서 산 주전부리가 차에 그득하고, 창밖으로는 너른 초원이 펼쳐지고, 눈앞의 모든 것이 씽씽 뒤로 달려 나가는 것처럼 편안하고 명쾌하게 느껴졌다. 때로 나는 C와 만난 지 얼마 안 되었을 때 함께 했던 로드트립을 회상했다. 길가 다이너에서 짠 베이컨을 먹고, 화장실에 갔다가도 할 말이 너무 많아서 테이블로 얼른 달려왔던 때. 라스베이거스에서 보낸 C의 어린 시절 이야기를 계속 듣고 싶었으니까. 자동차 라디오로 복싱 경기 중계를 들으며 아버지와 함께 시저스팰리스 뒤편을 달렸던 이야기라든지, 부모님 집 뒷마당에 직접 자신만의 복싱 경기장을 얼기설기 만들었던 이야기. 비쩍 마른 몽상가였던 그 어린 소년을 상상할 때마다 숨이 턱 막히는 기분이 들었다. 나는 그를 지켜 주고 싶었는데, 결국 그에게 더 큰 고통만 안겨 준 것이다.

그 길가 다이너에서 느꼈던 영원함이 그때는 약속 같았다. 그러나 이제 나는 과거보다 더 잘 안다. 거의 모든 영원함의 감각에는 끝이 존재한다는 사실을.

쏟아지는 왓츠앱 메시지, 숨 쉴 틈 없이 이어가는 전화 통화 외에도 텀블위드와 나 사이에는 이메일 타래가 이어졌고, 그것은 우리의 정서적 수퍼에고 노릇을 톡톡히 했다. 당신이 어린 아기를 키우는 싱글 맘이라는 사실을 잘 알아요. 그는 썼다. 또, 나는 홈리스에 가까운, 투어를 다니는 뮤지션이고, 당신이 감당하는 그런 책임을 회피하려고 평생을 노력해 온 사람이라는 걸요. 우리 둘 다, 각자의 불안이 만들어 낸 드라마가 재앙을 피하게 해 줄 부적이라 여겼다. 그는 또 이렇게 썼다. 꼭 보르헤스 소설에 나오는 남자처럼요. 그는 처형을 피하고 싶었기에, 처형을 당해 죽는 것으로 끝나는 온갖 시나리오를 상상해요. 세상일은 절대 우리의 상상대로 일어나지 않는다는 걸 아니까요.

그러나 누굴 속이겠는가? 우리의 전제 속에 깃들어 있는 파멸은 연료이기도 하다. 우리 둘 다, 우리 자신을 이야기로 바꾸는 걸 좋아했다. 심지어 우리의 불가능한 미래마저도 우리 둘이 함께 쓰는 이야기였다. 난 자고 일어난 당신의 입냄새를, 당신의 셀 수 없이 많은 흉터를 원해요. 나는 썼다. 당신을 아프게 한 모든 것들의 대가로 당신이 갖게 된 싸구려 농담들 아래에 숨겨진, 다섯 시간짜리 엉망진창 진실을 원해요.

친구들에게 텀블위드 이야기를 할 때면 나는 늘 아, 우리가 망한 건 알고 있어라고 말했지만, 그건 등장인물이 우린 망했어라고 말하지만 결국 망하지 않았다는 뜻인 영화 속에 있는 우리 둘을 상상해서였다.

·

그해 여름, 카프리에서 열리는 문학 축제에 초대받았다. 이모지를 잔뜩 붙인 이 다음에는 무슨 일이 일어나죠?!!!! 라는 내 메시지에 우주가 응답한 것 같았다. 어머니가 브루클린에서 내 딸을 봐 주기로 했다. 이번에도 어머니가 있었기에 가능했다.

7월 초, 카프리섬은 헛웃음이 날 정도로 아름다웠다. 케이블카 철도 옆 레몬 나무들, 소금기 섞인 바람에 흔들리는 하얀 빨래, 떨어진 부겐빌레아 꽃으로 뒤덮인 흙길, 바다로 내려가는 돌계단. 밤이면 작은 뼈를 가진 부드러운 생선을 잔뜩 먹은 다음, 햇볕에 탄 피부를 벗어던지고 서늘한 흰 시트 위에 누웠다. 호텔의 아침 뷔페에서는 진짜 벌집 조각에서 꿀을 퍼냈다. 서른여섯 살의 내가 원하는 건 끼니마다 디저트를 먹는 게 다였다.

중앙 광장 근처, 자갈 깔린 골목길에는 카프리에 하나뿐인 담배 가게가 있었다. 해 질 녘이면 발코니에서 담배를 피우며 항구의 요트를 셌다. 가장 큰 요트는 밤이면 파랗게 빛났는데, 내가 듣기로는 러시아에서 가장 부유한 철강 귀족의 소유라고 했다.

나는 다시 담배를 피우기 시작한 참이었다. 한 달에 몇 개비, 딸과 떨어져 있는 밤에만 피웠다. 담배를 피우는 내 안의 한 부분—이 마지막, 작은 악행을 여전히 필요로 하는—은 딸을 돌보는 나와는 아주 멀리 떨어진 존재 같았다.

매일 해 질 녘이면 비키니 위에 프라다 커버업을 입고 리프팅 시술을 한 것이 티가 나는 관광객들이 광장을 가득 채웠다. 젊은 신혼부부는 똑같은 노을 사진을 각자의 인스타그램 피드에 올렸다. 과거의 나는 그들이 각자 다른 스크린을 보고 있다는 데 집착하며 그 부부를 재단했겠지만, 이혼의 끄트머리에 있는 나는 그 어떤 기능하는 로맨스 앞에서도 겸손해졌다. 나는 그냥 이렇게 생각했다. 효과가 있다면 상관없지. 나는 그들이 소셜미디어와 맺는 관계도, 서로와 맺는 관계도 잘되기를 빌었다. 나는 생각했다. 살아남는 방법은 가지각색이니까.

텀블위드는 우리가 서로에게 이토록 빠른 속도로 빠져든 것을 성스러운 두려움이라 불렀다. 다시 뉴욕에서, 나는 심리치료사에게 내 감정 과잉은 혼자 남겨지는 것에 대한 완충재라고 말했다. 그 뒤 상담실을 나오면 텀블위드에게 우리가 다른 생에서 이미 알던 사이였던 것 같다고 말했다. 그것이 성스러운 두려움이라면, 나는 그 정도로 겁에 질리지 않았던 모양이다.

이혼 과정의 한복판에 놓여 있을 때, 카프리섬을 찾은 신혼부부들 사이에서 나는 사랑에 빠지는 것이 얼마나 많은 방식으로 잘못된 결과를 낳을 수 있는지를 선택적으로 잊고 있었다. 내 심장은 낙원에서 난파해 모든 것을 잊어버린 선원이었다. 내 손가락에서는 연기 냄새가 났다. 내 입안에는 늘 작은 생선 뼈가 들어 있는 것만 같았다. 내 몸에는 텀블위드가 나를 타투로 뒤덮인 가슴에 끌어안았을 때의 감각이 계속 남아 있었다.

어느 밤, 그는 전화 통화를 하다가 내게 솔직해지고 싶다고 했다. 몇 년간 모노가미를 시도하려 노력했고 이제는 포기했다고 했다. 나는 그 말을 들으면서도 듣지 않았다. 아니면, 어쩌면 내가 예외일 수도 있다고 생각했던 건지도 모르겠다. 패턴을 깨는 사람이 되겠다는 고집스러운 욕망은 마치 1막에서 벽에 걸려 있는 체호프의 총과 같다. 뒤의 장면에서 결국 그 욕망이 누군가를 다치게 할 것임을 알기 때문이다.

내가 좋아하는 아미하이Yehuda Amichai의 시에는 사과 속에 갇힌 두 연인이 등장한다. 한 사람이 말한다. "나는 당신의 목소리를 믿습니다 / 그 안에 단단한 고통 덩어리가 있으니까요 / 마치 진짜 꿀에는 / 벌집에서 나온 밀랍 덩어리가 들어 있는 것처럼." 내가 그 가수를 믿었던 것은 팔에 자신이 직접 낸 상처가 그득했기 때문이다. 아침에 벌집 꿀을 먹으면 밀랍이 이 사이에 끼었다. 바다를 내려다보며 발코니에서 담배를 피울 때면, 그 가수가 뉴욕에 도착하는 순간 이런저런 일을 하겠다고 말했던 목소리가 잊히지 않았다. "당신 몸을 당신이 견딜 수 있는 극한까지 밀어붙일 겁니다." 그는 말했다. 여태 그 어떤 남자에게서도 들은 적 없는 말이었으나, 분명 그는 수많은 다른 여자들에게 이미 같은 말을 했을 것이다.

웨일스 어딘가에서 그는 엑스터시를 잔뜩 복용하고 밤새도록 내게 하트 이모지를 보내 왔다. 내가 해 지는 풍경을 인스타그램에 올리던 카프리의 신혼부부들에게 허락한 것을 나 자신에게도 허락하려 노력했다. 살아남는 방법은 가지각색이니까.

텀블위드는 '히라이스hiraeth'라는 웨일스어 단어를 좋아한다고 했다. 멋진 단어들이 대개 그렇듯 정확히 번역할 수 없는 단어였다. 그러나 그 의미를 느슨하게 살펴보면, 히라이스란 더는 존재하지 않는, 어쩌면 처음부터 존재한 적 없었던 집을 그리는 마음이었다. 텀블위드가 나를 향해 느끼는 감정이 바로 그것이라고 했다. 나는 그가 자신에게 있는지조차 몰랐던, 오래전 잃어버린 집이라고. 나는 그의 목소리에서 불가능함보다는 귀환의 감정을 읽었다.

그러나 사실 히라이스는 그와 나의 관계보다는 내가 내 결혼을 애도하는 방식을 묘사하기에 더 적절한 단어다. 결혼 생활에 있었던 일이 아니라, 없었던 일, 우리 둘 다 있으리라 바랐던 그 일을 그리워하는 것.

카프리에서, 아기 때문에 가슴이 아파 왔다. 가슴은 아기가 먹어야 할 젖으로 부풀어 올랐다. 아기 곁에 없을 때 느끼는 모든 자유는 한편으로 비난처럼 느껴지기도 했다. 내가 그 애 없이 즐거운 시간을 보낸다면 그 애를 기를 자격이 없는 것처럼. 하지만 나는 카프리가 즐거웠다. 혼자서, 중력에서 놓여난 내 몸은 쓸쓸한 푸른 바다 위를 둥둥 떠갔다. 그다음에는 뜨겁게 달아오른 납작한 돌 위에 누워서 소금 뿌린 파스타처럼 끈끈하게 뭉쳐진 머리카락을 말렸다. 도처에서 지중해가 부끄러움 한 점 없이 푸른 빛을 뽐내고 있었다. 바다는 누구에게도 미안해하지 않았다. 왜 햇빛을 흡수하는지, 반사하는지 합리화하지 않았다.

타인에게 상처를 주었다는 악취는 아무리 오래 헤엄쳐도 씻겨나가지 않는 체취 같았다. 그것은 내 생존의 냄새였다.

내가 내 아기를 안고 현관에 서 있을 때 그가 내게 뱉어낸 욕설로 귀가 울렸다. 우리 아기. 그 소유격 대명사 자체, 내 잘못이라는 진실.

차라리 이모지를 많이 쓰는 남자를 생각하는 게 쉬웠다. 우리의 성스러운 두려움을 생각하는 게 쉬웠다. 이 표현 속 두 단어는 어둠 속에서 겁에 질려 서로를 꼭 붙든 두 아이 같았다. 그에 대해 내가 느낀 감정은 두려움에도 불구하고 느끼는 성스러움이 아니라, 이 두려움 때문에 가능한 성스러움이었다. 기쁨은 고통이 끝날 때까지 기다려 주지 않고, 벌집은 영영 남아 있는 것이 아니다. 할 수 있을 때 움켜쥐어야 했다.

카프리에서 보낸 마지막 밤, 어쩌다 보니 나이 든 이탈리아 여자 세 명과 함께 기다란 테이블 끝에 함께 앉아 있었다. 그들이 입은 화사한 실크 블라우스—진홍색, 산호색, 남색—는 요란한 몸짓을 할 때마다 버석버석 소리를 내며 스쳤다. 셋 모두 담배를 피웠다. 셋 모두 이혼했다. 자정 가까운 시각이었고 식탁 위에는 우리가 벌인 만찬의 잔해가 고스란히 남아 있었다. 해삼이 들어간 버미셀리, 주키니꽃을 채운 라비올리, 뭉근히 익힌 방울토마토를 곁들인 도미.

그중 화가인 한 여자가 내가 이혼 중이라는 사실을 알고 이렇게 말했다. "언젠가는 헤쳐나가게 될 테고, 이혼하길 잘했다고 생각하게 될 거예요." 이미 백 번쯤 들은 말이었지만, 바닷가에서 이탈리아 예술가에게, 바람 속에서 중얼거리는 실크 블라우스를 입은 문득 나타난 대모에게 들은 건 처음이었다. 내가 마치 비밀스럽고 성스러운 이혼녀 기사단에 들어간 기분이었다. 우리는 끝도 없이 담배를 피우고 빵가루를 입혀 튀긴 조그만 해산물을 먹었다. 바위에 파도가 부딪치고 부서지는 소리를 들었다.

화가는 단테의 『신곡』에 등장하는 여성들을 그리고 있다고 했다. 자신이 아닌 신의 일임에도, 목을 뒤틀어 영원을 되돌아봄으로써 미래를 예지하는 바람에 형벌을 받은 점쟁이 만토의 초상화를 그린 이야기도 했다. 초상화 속 상반신은 벌거벗었고, 얼굴이 있어야 할 자리에 커튼 같은, 짐승의 털 같은 머리카락만 그려져 있다.

화가의 이야기를 듣고, 내가 C를 저버린 온갖 방식에 대해 생각했다. 아무리 수년간 부부 상담에 성실한 학생처럼 출석했고, 거실의 너저분한 것들을 치웠고, 눈보라가 몰아치는 가운데 출산했더라도. 그러나 일상을 꼬박꼬박 수행하는 이 여자 뒤에는 우리 집에 늘 도사리던 유령이 있었다. 그 유령은 여자의 뒤통수에, 길고 곧은 머리카락 속에 있는 것으로, 그 시선은 자신의 눈으로는 보이지 않는 다른 삶을 찾고 있다.

텀블위드는 유럽에서 공연을 마치자마자 뉴욕으로 오기로 했다. 6주 전 베셀카에서 나눈 저녁 식사 이후 처음 만나게 될 터였다. 그가 뉴어크 공항에 도착하는 건 딸이 C와 보내는 밤이었기에, 나는 지하철을 세 번 갈아타고 그를 만나러 갔다. 어둠을 헤치며, 이어폰에서 울려 퍼지던, 그해 여름 내가 사랑했던, 섬세함이라고는 없는 새드코어 드림 팝을 들으면서. 내 삶은 이제 내 것이라고 하기 어려웠다. 나는 내 모든 감정들의 양육권을 스포티파이와 나누고 있었으니까.

국제선 도착장 라운지에서, 가족을 마중 나온 사람들을 보며 눈물이 고였다. 긴 포옹, 떨어져 있던 시간 때문에 굶주린 몸. 텀블위드가 비행기에서 내리고 출입국 관리소와 세관을 통과하는 내내 우리는 끊임없이 문자 메시지를 주고받았다. 다시 이토록 어리고 어리석은 감정을 느낄 수 있을 줄은 꿈에도 몰랐다. 그건 선물이었다. 아무리 사소한 방식이라 해도 그를 돌보는 게 기분 좋았다. 예를 들면 공항 기념품 가게에서 산 생수를 챙겨다 준다거나.

마침내 그가 나를 품에 안았을 때, 그 감정은 히라이스보다는 내가 내 삶의 벽에 문을 그려서 그 속으로 들어간 것에 더 가까운 기분이었다. 문밖에 무엇이 있는가는 크게 상관없었다. 그저 벽 너머에 더 많은 것이 있다는 사실이, 문을 그릴 수 있다는 사실이 중요했다.

뉴욕에서 함께 보낸 이틀 동안, 낯선 텀블위드가 익숙한 장소에 있는 모습을 보고 있자니 짜릿했다. 그가 플란넬 잠옷 바지 차림으로 내 트리하우스 창가에 앉아 있는 모습이라거나, 플랫부시의 보데가에서 산 탄산수를 가득 안고 나를 향해 걸어오는 모습. 그는 우리 집 부엌 식탁에 앉은 사람 중 가장 거대한 인간이 분명했다. 스시를 포장 주문할 때 그는 말했다. "저는 럼버잭 스페셜로 하죠." 뭐라고? 롤의 개수가 제일 많은 모듬 스시를 말하는 거였다. 그는—헤이즐색 눈을 하고, 팔에는 긴 흉터를 가진 채로—내 옆에 앉았고, 다른 쪽 옆에는 내 아기가 **하늘색 의자**에 앉아 있었다. 그 애가 피넛버터 병에 숟가락을 꽂아 넣으며 전부 대문자인 게 분명한 목소리로 말하는 그 하늘색 의자였다.

그가 피닉스로 돌아가는 비행기를 타기까지 우리에게 있는 시간은 48시간이 전부였다. 그 나날은 열기로 끈적끈적했다. 밤은 늦게 찾아와 오래 지속되었다. 불붙인 세이지 스틱이 내게 섹스를 가져다 달라고 우주를 향해 빌자, 섹스가 찾아왔다. 여기, 내 모터사이클이 있었다.

첫날 밤, 우리는 서랍 속 포크처럼 길고 가늘게 딱 붙어 누워서 잤다. 다음 날 밤, 그는 잠결에 내게서 살짝 돌아누웠고, 나는 곧바로 그것을 어떤 징조로 받아들였다. 나는 모든 순간을 징조로 받아들였다. 우리 농담의 소재이던 크라이튼의 영화 「스피어」를 보았을 땐, 내 기억보다 더 심각했다. 해저 과학자들이 액체로 숨을 쉴 수 있게 훈련하던 장면은 어디 있지? 알고 보니 그건 완전히 다른 영화에 등장하는 장면이었지만, 그래도 나는 그 장면을 생생하게 떠올릴 수 있었다. 폐에 액체가 차는 느낌에 공황에 사로잡히다가, 곧 새로운 호흡 방식에, 또 다른 생존 방식에 굴복하는 과학자들.

아마 모노가미를 포기하는 것은 그런 일일 것이다. 도저히 액체로는 숨을 쉬지 못할 거라 생각하다가도, 하게 된다—그렇게, 한 번도 가본 적 없는 곳에 갈 수 있게 된다.

몇 주 뒤, 나는 피닉스에 가서 36시간 동안 머물렀다. 딸은 내 어머니와 로스앤젤레스에 있었다. 텀블위드는 슈퍼마켓에서 산 장미 다발을 들고 공항—스카이하버Sky Harbor라는 말도 안 되는 이름을 가진—에서 기다렸고, 그 뒤에는 스테이트페어그라운즈에서 길을 건너면 있는 빌라베르드라는 동네에 위치한 그의 작은 초록색 집에 틀어박혔다. 아침 8시에 기온이 37도가 넘었다. 거실에는 빈티지 기타와 기울어진 탑처럼 쌓인 앰프로 거실이 꽉 차 있었다. 부엌 조리대 위에는 커다란 병에 담긴 매콤한 콜리플라워 피클이, 냉장고 안에는 싸구려 브랜드에서 나온 자몽 맛 탄산수가, 냉동실에는 환각버섯이 있었다.

부엌 식탁에 내가 도착하기 전에 마칠 일들을 써 놓은 할 일 목록이 보였다. 벽에 이것저것 걸기라고 쓰여 있었다. 그는 어머니가 차고 위층에 살 수 있도록 같은 블록에 있는 오래된 집을 고치는 중이었기에,

식탁에 집 개조 가이드도 놓여 있었다. 펼쳐 보자 "네스터*들은 조심하세요"라고 쓰인 꼭지가 보였다. 그곳에서 일어날 수 있는 가능한 기억들을 상상하며 스스로를 속여 허접한 집을 사 버리라는 듯이.

텀블위드는 내가 뉴어크 공항에서 사 주었던 플라스틱 생수병을 보여 주었다. 그는 몇 주째 그 병을 간직했고, 병은 백팩 안에 쑤셔 박혀 있느라 우글우글해져 있었다. 또, 그의 마당 누렇게 변해 간 잔디 위에서 죽은 그의 고양이를 위한 전당을 보여 주었다. 어쩌면 유품은 관계보다 쉬운지도 모르겠다. 고양이가 연애보다 쉽다. 어떻게 보면 죽은 고양이야말로 최고다. 사랑하기 가장 쉬운 존재니까.

그는 그의 집 진입로 양편에 자리한 나무에서 설익은 대추를 땄고, 우리는 달콤한 갈색 대추를 가장자리부터 갉아 먹었다. 밤에는 10대 커플처럼 쇼핑몰에 있는 멀티플렉스 영화관에 갔다. 술을 안 마시는 사람들처럼 너무 많은 캔디를 먹었다. 우리는 무서운 이야기책이 현실이 되는 내용의 무서운 영화를 보았다. "이야기는 상처를 줘." 너드 여자 주인공이 말했다. "이야기는 치유해." 아, 우리도 알지.

돌아온 뒤에 우리는 그의 소파에 앉아 어린 시절 사진이 담긴 앨범을 보았다. 어린 시절, 그가 195센티미터가 되기 전, 타투로 온몸이 뒤덮이기 전의 깡마른 소년이었던 시절. 한 사진에서 그는 아버지에게 몸을 기대고 있었다. 아버지들만의 방식으로 신화가 된, 콧수염 난 평범한 남자였다. 텀블위드는 어렸을 때—아버지가 가족을 떠나기도 전에—아버지가 자신 옆에 있는 걸 싫어한다는 느낌을 늘 받았다고 했다. 나는 처음 만났을 때 내가 그에게 몸을 기댔던 일을 떠올리고는, 기

* 장성한 자녀가 집을 떠난 뒤 빈 둥지에 남은 부모.

대는 것은 어쩌면 내 무게를 견뎌 내라고 말하는 한 방식이 아닌가 생각했다.

텀블위드는 늘 아이를 갖고 싶었지만, 갖지 않기로 했다고 말했다. 자신이 그랬던 것처럼, 아이가 스스로를 원치 않는 존재로 느끼는 것이 싫어서.

우리는 피망이 가득 담긴 아이스박스를 뒷좌석에 실은 채 10번 주간고속도로를 달려 서쪽, 로스앤젤레스에 있는 내 딸에게로 돌아갔다. 지금까지 한 거의 모든 연애에서 그가 바람을 피운 이유가 무엇인가를 놓고 몇 시간이나 이야기했다. 내 안의 어떤 부분은 내가 그의 상처를 꿰뚫어 볼 통찰력만 있다면 그를 상처로부터 자유롭게 만들어 줄 수 있을 거라고 믿었다. 내가 나 자신에게 적용하는 것과 똑같은 오류였다. 내 안의 어떤 부분은 그가 나를 충분히 사랑하기만 한다면 그를 다시 충실한 연인으로 만들 수 있다고 믿었다.

그는 자신을 태우고 영국 전역을 데리고 다녀 주었던 팬과 섹스함으로써 지난번 여자친구를 처음 배신했을 때 이야기를 해 주었다. 그가 의도한 것은 아니었지만, 그 팬은 천둥과 번개 속 북해에서 헤엄치다가, 마치 빛을 발하는 님프처럼 폭풍우 치는 바다에서 맨몸으로 몸을 일으켰다고 했다. 그의 구문론은 그의 배신이 그에게 일어난 일이라고 넌지시 전제했다. 내 아버지도 그와 같은 피동태를 썼다.

텀블위드는 내게 거짓말하고 싶지 않다고 했다. 벌써부터 내가 심리치료사와 나눌 대화를 상상할 수 있었다. 티슈 상자, 던킨 도넛에서 산 커피에서 느껴지는 내 눈물의 짭짤한 맛, 아버지의 잔해. 그 사람이 저에게 충실할 정도로 제가 괜찮은 사람이 아니었던 걸까요?

텀블위드는 자신보다 훨씬 어린 여자를 사귀었던 이야기를 하면서 이렇게 말한 적 있었다. "난 그 애한테 세금 신고하는 법을 알려 줬고, 그 애는 저에게 이모지 쓰는 법을 알려 줬죠."

나는 그 어린 여자를 늘 생각했다. 지금은 더 나이를 먹었을 것이다. 그녀가 매년 소득세 신고를 끝내주게 해내길 바랐다. 텀블위드와 함께한 시간을 좋게 기억하기를 바랐다. 때로 나는 그가 만났던 다른 여자들, 그가 아꼈고 또 상처를 준 여자들에 대한 거의 모성애에 가까운 애정을 나도 모르게 느끼곤 했다. 그녀들을 돌보고 싶었다. 모두를 돌보고 싶었다.

그날의 드라이브 도중 우리는 평생 한자리에서 먹은 것보다 더 많은 피망을 먹었다. 모하비 사막은 아주 오랫동안 펼쳐졌다. 모노가미에 대한 대화도 오랫동안 이어졌다. 텀블위드는 그리…… 확신을 얻은 것 같진 않았다.

사실은, 그의 명쾌함이 질투 났다. 그는 자신이 줄 수 있는 것이 무엇인지 정확히 말할 수 있었다. 나는 그럴 수 없었다. 내가 원하는 게 무엇인지조차 정확히 말해 줄 수 없었다. 내 머릿속 백일몽이 내가 원하는 것인지조차 확신할 수 없었다. 그것들은 그저 갈망하기 쉬운 것이었다. 불가능하리라는 걸 어느 정도 알았으니까.

캘리포니아주 경계선에 가까워졌을 때, 텀블위드가 자기가 가장 좋아하는 코미디언의 클립을 틀어 줬다. 농담의 주제는 기적이었다. "빨랫감이 타 버렸을 때 기적을 경험했어요. 가장 좋아했던 티셔츠가

혜성이 되어 버렸거든요. 그런 일이 일어날 수 있다는 것조차 몰랐어요. 기적이란 그저…… 세상이 아직도 당신을 놀라게 할 수 있다는 걸 알게 되는 데 지나지 않아요."

그날의 여정은 예정보다 오래 걸렸고, 언제 도착할지 묻는 어머니의 메시지가 갈수록 짜증을 더해 가며 내 핸드폰에 진동을 울렸다. 내가 찢어진 반바지처럼 모성을 벗어던진 동안, 어머니는 동글납작하게 썬 초록 오이를 내 딸에게 먹였다. 단 하루만. 이틀만. 메시지가 자꾸 오는 바람에 핸드폰을 치워 버렸다.

고속도로는 도시의 앞마당 잔디밭처럼 펼쳐진 햇볕에 잘 익은 쇼핑몰들 사이를 통과했다. 내 안의 어떤 부분은 딸을 얼른 만나고 싶었다. 그러나 내 안의 또 다른 부분은 그저 뻥 뚫린 고속도로 위의 여자이고 싶었다. 대시보드에 발을 올리고, 허벅지에는 남자의 손을 얹은 채, 앞유리창 너머로 사막의 드넓은 푸른 하늘이, 눈앞에는 끝없는 길이 펼쳐진 채로.

로스앤젤레스 외곽으로 접어들었을 때 텀블위드가 나를 보더니 말했다. "난 그냥 당신을 영원히 사랑할게요, 그걸로 괜찮다면요." 그걸로 괜찮냐고? 괜찮았다. 한 사람이 다른 사람에게 줄 수 있는 모든 사랑을 세상이 나에게 준다면 괜찮았다. 나는 전부를 원했다. C의 눈으로 본 나에게는 그 사랑을 받을 자격이 없었다. 내 눈을 통해 본 나에게는 그 사랑의 아주 작은 조각 하나는 받을 자격이 있었다. 아마도.

10년 가까운 회복 과정을 거쳤는데도, 여전히 흑과 백이라는 양극단이 아닌 곳, 회색 영역에 깃들어 살아가기가 힘들었다. 멜로드라마가 일으키는 정신없는 진동은 보다 더 칙칙한 현실로부터 쉴 곳이 되어 주었다. 머릿속을 가득 메운 C의 비난과 싸우는 편이, 그 비난을 촉발한 고통을 견디는 것보다 나았다.

텀블위드가 사랑에 관해 이야기할 때마다 내 귀에 들리는 건 오직 그의 목소리만은 아니었다. 내가 완전히 집을 나가기 전에 C가 나직한 목소리로 했던 말이 들렸다. "세상엔 영영 용서할 수 없는 일도 있어."

로스앤젤레스로 돌아온 나는 병원 진료대에 깔린 쪼글쪼글한 종이 위에 엎드려 엉덩이에 클라미디아 주사를 맞았다. 기적이란 세상이 아직도 당신을 놀라게 할 수 있다는 걸 알게 되는 데 지나지 않는다지.

의사를 옆에 두고 진료대 위에 마지막으로 이렇게 엎드려 본 건 진통이 심해졌을 때 병원에서였다. 진통의 아픔을 참을 수 있는 유일한 자세였다.

나뭇잎 그림자 사이로 어룽더룽한 햇빛이 쏟아지던 우리의 결혼식에서 훗날 모유수유로 클라미디아가 전염되나요라고 검색하는 내 모습을 상상하지 못한 건 당연하다.

두 손가락을 빠는 아기, 엉덩이로 들어가는 항생제 주사. 두 가지 이미지를 한눈에 담으려면 눈을 가늘게 떠야 했다. 아기 그리고 텀블위드와 동시에 한 공간에 있는 건 힘들었다. 둘 중 하나는 끊임없는 경계를 필요로 했고, 다른 한쪽은 굴복을 필요로 했으니까.

텀블위드는 로스앤젤레스에 머물렀다. 내 어머니 집에서 멀지 않은, 개조한 차고를 빌려서 지냈다. 처음 우리 집에 들렀을 때, 그는 우리에게 오래된 아파트의 쥐를 쫓아내느라 밤을 지새우며 카를로 로시를 마시고 코카인을 끝없이 흡입하며 재사용할 수 있는 쥐덫을 비우고 또 비웠던 이야기를 해 주었다.

왜 우리한테 그 이야기를 하는 거지? 나 역시 궁금했다.

그건 아마 그가 내내 「타이타닉」을 보고 있었다는 사실과 관계가 있을 것 같다. 비디오테이프로 가지고 있는 영화가 「타이타닉」뿐이었기에, 그 영화를 계속해서 돌려 보고, 와인을 한 궤짝 마신 사람이 흘리는 눈물을 흘렸다. 그것이 그가 자신을 위해 쓴 신화다. 코카인에 취해 정신을 잃은, 감상적인 마음을 가진 쥐 킬러. 내가 열세 살 때 믿었던 예술가의 삶이 바로 그것이었다. 아마, 지금도 그렇게 믿는 것 같다.

내 어머니의 집은 부스스한 종려나무와 튼튼한 월계수 그늘 속 아늑한 스터코 방갈로였다. 어머니는 월계수 잎을 따서 렌틸 수프와 캐슈 칠리를 만들 때 썼다. 어머니가 내어놓은 새 모이통 근처에는 단것을 원하지만 그 갈망을 영영 채울 수 없는 벌새들이 미친 듯 날개를 치며 맴돌았다. 어머니 집 욕실 거울에는 필기체로 불교 만트라를 써놓은 엽서가 끼워져 있었다. 얻는 것이 곧 잃는 것이고, 칭찬이 곧 비난이다.

내 마음은 그 만트라와는 달랐다. 나는 성취와 칭찬 쪽이 좋았다. 나는 늘 단것에 굶주려 있었다. 어쩌면 이 역시 어머니가 내준 온갖 선물을 받아들이지 못했다는 뜻인지도 모르겠다. 어머니는 디저트를 좋아하지 않았고, 나는 디저트를 아무리 먹어도 성에 차지 않았다. 타인의 안녕을 위해 자신을 헌신하는 어머니의 능력이 더 온전하고 또 구조적이었다.

때로 나는 내가 가진 모든 좋은 것이 어머니에게서 받은 것이라는, 그러나 나는 영영 어머니만큼 좋은 사람이 될 수 없을 거라는 생각이 든다. 나는 늘 빚진 존재, 영원히 불완전한 모방물이다.

로스앤젤레스에서 보낸 그 주, 나는 꼭 투잡 하는 기분이었다. 어머니, 아기와 함께하는 낮 근무, 그리고 텀블위드와의 밤 근무였다. 두 개의 직업에는 나의 두 가지 다른 버전이 필요했다. 그들은 한 공간에 있기 힘들었다. 그들이 한 공간에 있을 때면 죽은 쥐나 코카인에 취해 흘리는 눈물을 소재로 한 묘한 이야기들이 등장했다.

수많은 자아들에—엄마인 자아, 딸로서의 자아, 10대의 사랑 놀음을 즐기는 자아—동시에 깃들어 살아가는 건 마치 디너파티에서 X는 Y 옆에 앉고 싶어 하지 않고 Y는 Z 옆에 앉혀서는 안 된다는 식의 로스쿨 입학시험 언어 문제를 푸는 기분이었다.

텀블위드가 딸과 시간을 보낼 때면 그 애가 얌전하고 명랑한 모습을 보여 주길 바라는 마음이 들었다. 아이를 갖는 것이 기쁘고 놀라운 일이라는 걸 그에게 보여 줄 수 있도록. 일종의 영업 사원처럼 그에게 육아를 팔아 보려고 전화 영업을 하는 기분이었다. 육아가 수면 부족과 되살아난 어린 시절 상처로만 이루어진 건 아니랍니다! 이 애가 곤충에 얼마나 호기심을 보이는지 보시라고요!

그러고 나면 언제나 내 딸이 텀블위드의 마음에 들기를 바란다는 데 죄책감이 들어 토할 것 같았다. 그것이 내가 늘 해 왔던, 남자가 내게 원하는 모습에 나 자신을 억지로 끼워 맞추는 일임을 깨달았다. 그런데 이제 그 일을 내 딸에게 하고 있었다.

어머니는 텀블위드를 마음에 들어 했다. 텀블위드를 싫어하는 사람이 누가 있을까? 어머니는 그가 캐나다인이라는 점을 마음에 들어 했다. 어머니도 캐나다인이었으니까.

"정말 매력적인 사람이구나." 어머니는 말했다. 그러나. 이 말은 굳이 덧붙일 필요도 없었다.

어머니 집 뒷마당에서 내 딸은 먼지투성이 빨간 보석처럼 숨어 있는 토마토를 찾는 걸 좋아했다. 그 애가 덩굴에서 토마토를 따서 입안에 넣고 으깨면, 흘러내린 즙이 아기의 뺨에 씨앗 자국을 남겼다. 엄마가 된다는 것에 관해 많은 상상을 했지만, 이렇게 구체적인 것은 상상해 본 적 없었다. 내 딸이 입안에서 토마토가 짓이겨지는 단순한 기쁨으로 웃는 모습을 바라보는 기분이 얼마나 좋은지를.

어느 따뜻한 밤, 친구와 밀크셰이크를 마시러 쇼핑몰에 갔다. 밀레니엄으로의 전환점이던 고등학생 시절, 1987년식 토요타 캠리를 몰고 PJ 하비의 음악을 크게 틀고 달리던 그 길을 걸었다. 열일곱 살, 천 가지는 되는 가능한 미래로 가득했던 시절이다.

인도 위, 10대 초반 딸과 팔짱을 낀 한 엄마의 앞에서 걸으며, 클라미디아 모유라고 구글에 검색했던 이야기를 친구에게 하고 있었다. 그때 그 엄마가 딸에게 "저 여자가 다 지나갈 때까지 기다리자." 하는 목소리가 들렸다.

어느 밤, 텀블위드와 나는 차를 몰고 해변으로 갔다. 잉크 같은 검은 하늘을 배경으로 항구의 대관람차가 빛나고 있었다. 우리 뒤에는 말 없는 보호자처럼 등대가 우뚝 서 있었다. 나는 긴 드레스를 무릎까지 걷어 올린 뒤 태평양으로 들어갔다. 그래도 파도는 옷을 적셨다. 다시 주차장에 돌아왔을 때, 바닷물에 젖어 묵직해진 내 드레스 자락이 자전거도로를 따라 지저분한 모래를 끌고 왔다. 노란 불빛 속에 서 있던 누군가가 우리를 보고는 말했다. "나도 저렇게 사랑에 빠질 수 있으면 좋겠다."

텀블위드의 작은 은색 차에 탔을 때, 그는 우리 관계가 어떻게 되었으면 좋겠느냐고 물었다. 나는 그가 무엇을 원하는지를 알아내려 애쓰느라 너무 오랜 시간을 쓴 바람에 정말로 내가 원하는 것이 무엇인지 알 수 없었다. 몇 년이나 술을 마시지 않았는데도—아마도 몇 년이나 술을 마시지 않아서겠지만—나는 내가 모든 것을 원하는 내 안의 어떤 부분과 완전히 결별한 게 아니라는 사실을 알았다.

우리는 세 갈래 길을 그려 보았다. 우리 사이를 이대로 끝낼 수 있다. 우리 둘 모두의 삶을 극적으로 바꿀 수 있다. 아니면, 확신 없는 강렬함으로 가득한 이 어중간한 공간에서 계속 나아갈 수도 있었다. 세 가지 길 모두—끝내기, 변화하기, 이어가기—상상하기 힘들었다. 그래도 우리는 오락가락하는 게 좋았다. 나는 희망에 매달리기를, 그는 파멸에 매달리기를 좋아했다. 그는 강아지를 보면 언젠가 그 개가 어떻게 죽을 것인가를 생각하게 된다고 했다.

그거참 이상한 말이라고 나는 대답했다. 강아지가 죽지 않는다는 게 아니라, 그가 자기 자신에 대한 특정한 개념에 노골적으로 얽매여 있는 것 같아서였다. 그것은 그가 결국 '불가피하게 망쳐 버릴' 관계의 끝으로 빨리감기 하는, 편안한 불편함이나 다름없었다. 마치 모든 것이 미리 정해진 것처럼. 그 예비적인 불안조차 그에게는 아침에 먹는 치리오스 시리얼에 우유를 붓는 것처럼 익숙한 루틴이었다.

내게 그의 냉소주의는 점점 더 회피로 보이기 시작했다. 길 위의 삶에 대해 들려주는 일화들—낯선 사람들과 자고, 철딱서니 없는 어른들인 그의 무리와 갈등을 빚는—역시 실패한 상상력이자, 한정된 삶의 굴곡 속에 스스로를 가두는 방식 같았다.

그는 자기 변혁이 불가능한 일이라고 생각한 반면 나는 그것이 중독성 있다고 생각했다. 어느 쪽이 더 마음 아플지 선택하라. 감옥에 갇히거나, 아니면 영영 도망치거나.

텀블위드가 지내는 개조한 차고의 벽 하나는 전체가 거대한 거울이었다. 우리가 섹스할 때 그의 몸은 내 몸 위에서 움직였고 거울 속 그의 몸은 거울 속 내 몸 위에서 움직였다. 어쩌면 그의 거울에 비친 자아가 다른 여자들과 섹스하고 자몽 맛 탄산수로 가득한 냉장고, 버섯이 가득한 냉동고, 탑처럼 쌓인 앰프와 함께 홀로 살아가는 동안, 나는 하나의 그만 간직할 수 있지 않을까.

내가 텀블위드로부터 '내가 원하는 것'을—모노가미, 가정, 치킨누들 수프 등등—얻는 판타지를 실현한다고 해도, 그것들은 나에 대한 똑같은 일련의 질문들만을 가져올 뿐이었다. 원하는 것을 얻고도 살아남을 수 있는 때가 올까? 내가 불안과 초조함에 시달리지 않는 그런 파트너십 속에서 살아갈 수 있을까? 때로 나는 그의 염세주의가 가진 온전함이 부러웠다. 비록 기만이라 할지라도 아무한테도 해를 끼치지 않으니까.

다음 날, 그가 점심을 먹으러 내 어머니 집에 왔을 때, 내 딸은 낮잠을 빼먹고 식탁 앞 아기 의자에 앉아 울었다. 그는 아기를 즐겁게 해 줄 놀이를 만들었다. 손바닥에 크래커 조각을 올려놓은 뒤 주먹을 쥐었다. 아기는 그의 거대한 손가락을 꽃잎처럼 하나씩 열어 크래커 조각을 빼먹었다. 아무리 놀아도 지치지 않았다.

그날 밤 텀블위드는 말했다. "내가 아기랑 함께 있는 모습이 보기 좋았죠?"

그가 한 모든 말 중 아마도 그 말이 가장 잔인한 말이었으리라. 그는 잔인하게 굴려는 의도도 없었고, 그 말이 얼마나 아픈지 몰랐을 것이다. 하지만 그랬다. 그가 내 아기와 함께 있는 모습은 잠들어 있을 때 더 참기 쉬운 갈망을 깨웠으니까.

처음 해 보는 방식으로 텀블위드가 나와 섹스할 때면, 마치 내가 한 번도 만나 본 적 없는 나 자신의 모습을 만나는 것 같았다. 아직도 안 해 본 일을 하는 것이, 아직도 한 번도 되어 본 적 없는 내 모습이 되는 게 가능하구나. 어머니가 아버지와 이혼하기 전에 외쳤던 말이 떠올랐다. "내가 성직자가 되고 싶은 것도 모르면서." 어떤 사람은 이혼하고 사제가 된다. 어떤 사람은 이혼하고 클라미디아에 걸린다.

해리엇은 전화 통화로 이렇게 물었다. "네가 아직 모르는 네 일부는 뭐야?"

그때는 그 질문을 이런 농담으로 받았다. "나한테 아직 성병이 있는지 아닌지?"

하지만 그 질문은 더 큰 질문이었다. 아마 물을 가치가 있는 유일한 질문이었을 것이다. 그것이 이혼해야 할 이유일 수도 있다. 그것이 결혼 생활을 유지해야 할 이유일 수도 있다.

딸을 데리고 뉴욕으로 돌아가던 날, 나는 아기가 잠에서 깨기 전에 돌아가려고 동트기 전 텀블위드가 지내던 거울 달린 차고를 나섰다. 실수로 그의 침대 옆 협탁에 귀걸이를 두고 온 바람에 내가 비행기를 타기 전 그가 내게 가져다 주었다. 그저 내 얼굴을 한 번 더 보고 싶었다고 했다. 어쩌면 그의 얼굴을 한 번 더 보고 싶어서 내가 귀걸이를 두고 온 건지도 모르겠다.

우리의 이유가 무엇이건 간에, 내 비행기가 정오에 출발한 건 달라지지 않았다.

피닉스로 돌아간 그는 슈퍼마켓에서 산 장미가 그의 집 벽난로 위 하얗게 바랜 사슴뿔 속에 꽂혀 있는 사진을 보내 왔다. 곧 바스러질 것 같은 꽃은 마른 피처럼 갈색이었다. 꼭 모든 것에는 유효 기간이 있음을 상기하게 만드는 바니타스화* 같았다. 그러나 이 사진은 그 앎의 실천이자, 끝의 예감이기도 했다. 그는 자기가 사물을 파괴하는 방식과 사랑에 빠진 남자였다.

긴 이메일에서 그는 내 딸이 점심을 먹다가 울음을 터뜨린 이야기를 썼다. 그 순간엔 그 애가 존재하지 않았으면 했어요. 그는 이렇게 썼다. 어린 시절 내내, 내 아버지는 내가 존재하지 않기만을 바랐죠.

* 죽음을 연상시키는 상징물들을 등장시킨 정물화 양식.

그가 내게 이런 말을 한 것도 여러 번이었다. "당신한텐 아이가 있죠. 나는 아이인데 말이에요." 하지만 그때는 들리지 않았다. 나는 그의 위트가 수상했다. 마치 자기 자신을 리트윗하는 것 같았다.

그러나 나는 서서히, 어쩌면 그를 믿어야 하는 것 같다고 생각했다. 칵테일파티에서 주고받는 일화나 마찬가지인 그 말의 내용을 믿는 것이 아니라, 그 말을 하려는 충동, 그 말을 계속하려는 충동을. 그는 말했다. "내가 이런 사람이라고 말할 때 내 말을 믿어요." 나이가 들수록, 나는 타인이 자신의 삶에 관해 쓰는 이야기에 대한 내 통제권이 얼마나 적은지를 깨닫는다.

그해 가을학기 개강일, 나는 캠퍼스로 가던 길에 또다시 항생제를 타러 갔다. 알약일 줄 알았는데 물에 녹여 먹는 가루약을 주었다. 업타운으로 가는 지하철 안에서는 먹을 수가 없었다. 그래서 출근한 뒤, 2시에 신입생 오리엔테이션을 진행하기 전 화장실에 들어가 약을 물에 타야 했다.

빈 커피잔을 들고 화장실에 들어가는데 60대의 카리스마 있고 명랑한 여성인 학장이 나를 불러세웠다. 나는 학장을 정말 좋아했다. 매년 내가 월급 인상을 요구하고 매년 거절당하는데도 좋았다. 우리는 여전히 학장실에서 차를 마시며 강의, 로맨스, 예술 창작, 때로 학생들은 우리에게 엄마 노릇을 요구한다는 것에 대해, 아직도 선을 긋는 것이 폭력처럼 느껴지지만 학장은 그런 일에 익숙해진 지 오래라는 이야기를 나누니까.

처음 학장을 만났던 채용 면접에서, 학장은 내 이력서를 훑어보더니 "많은 걸 이루셨네요." 했다. 그 말에 나는 곧장 반박을 시작했다. "운이 좋았어요. 기회가 많았죠. 도움도 많이 받았고요." 그러자 학장이 내 눈을 똑바로 쳐다보았다. "무슨 뜻인지 알아요. 나도 그랬으니까. 피하려 들지 말아요. 그냥 받아들여요."

오리엔테이션을 시작하기 10분 전, 내 손에는 백색 포일로 포장된 항생제가 들려 있었지만, 클라미디아 약을 먹어야 하므로 대화할 시간이 없다고 말할 수는 없었다.

어떻게 지내냐는 그녀의 물음에 나는 모호하지만 완전히 거짓은 아닌 대답을 했다. "아, 좀 버겁네요."

그러자 학장은 내 눈을 똑바로 쳐다보더니—그녀의 눈에 담긴 선명함을, 그 눈이 뿜어내던 부드러운 엑스레이 광선을 잊을 수는 없을 것이다.—내가 남자 이야기는 한마디도 하지 않았는데도, 자신이 과거에 자기 인생에 혼돈을 가져오는 남자들을 만난 적 있다고 했다.

그녀는 내게 말했다. "할 일을 하기 위해 그 남자들을 떠날 수밖에 없었죠."

우리의—그걸 정확히 뭐라고 해야 하나? 우리의 관계? 우리의 상호 도취? 우리의 '그 일'? 우리의 사랑 놀음?—을 설명할 때마다 나는 우리 둘 사이가 말이 안 된다는 이야기를 먼저 꺼냈다. 싱글 맘, 그리고 영원한 독신남. 당연히 끝날 수밖에 없는 관계라고. 그러나 모든 당연히란 그저 그 안에 숨겨진 부드러운 살을, 내 부끄러운 희망을 보호하는 단단한 껍질일 뿐이었다.

나는 그의 패턴 속 예외가, 그가 궁극적으로 헌신하기로 결심하는 그 여자가 되고 싶었다. 내 안의 어떤 부분은 아직도 자신을 과거와 다른 존재로 얼마나 바꾸게 하는가가 궁극적인 사랑의 척도라고 믿었다. 내 안의 스물두 살 자아는 사랑이 멈출 수 없는 변화의 엔진이며, 사랑을 통해 불타 버린 과거의 이야기들이 남긴 재 속에서 새로운 자아를 발굴해 낼 수 있다고 믿었다. 서른여섯 살의 나는 또 한 번 항생제를 타 오고 싶지 않았다. 서른여섯 살의 나는 피넛버터와 아기용 물티슈를 더 많이 사야 했다.

어머니 집에서 보낸 점심시간을, 내 딸이 울었을 때 텀블위드가 짓던 경직되고 초조한 미소를 잊지 않은 채였다. 내가 딸이 울음을 그치기를 바랐던 것, 울음을 그치기를 바라는 나 자신이 싫었던 것, 내가 늘 내게 요구하는 것, '그가 원하는 모습을 보여, 그래야 그가 떠나지 않을 테니까.'를 내 딸에게 요구하고 있다는 사실이 싫었다.

때로 한밤중에, 그가 잠들었던 침대에 누운 채 눈을 떠서 그 끝없던 고속도로를, 열린 창으로 들어오던 사막의 바람을 떠올렸다. 어쩌면 중요한 건 그 남자 자체가 아니라 그 판타지였던 건지도 모르겠다. 속도와 바람, 일상이라는 칙칙한 아스팔트 위에 붕 떠 있는 영혼이 될 수 있는, 영화 같은 버전의 내 존재. 어쩌면 내 판타지는 텀블위드를 가정적인 남자로 만드는 게 아니라, 텀블위드가 되는 것이었던 건지도 몰랐다.

그해 가을 나는 에세이를 책으로 펴냈다. 자녀의 전생에 집착하는 가족들, 온라인 아바타 속으로 사라지는 사람들에 관한 글들이었다. 매혹과 실연이라는 변화무쌍한 문턱을 등지고 양육과 파트너십이라는 일상의 리듬 속으로 휙 돌아선 일에 관한 에세이였다. 이 책은 더는 내 삶이 아닌 내 삶의 한 버전으로 끝났다.

서점에서 낭독회를 할 때, 내 귀에 들리는 건 곁에 온전히 함께한다 showing up라는 말을 끝없이 되풀이하는 내 목소리뿐이었다. 이 에세이들을 쓴 화자는 이 결혼 생활에 머물러 있으라고 스스로를 절박하게 설득하고 있었다.

나는 또 북 투어를 떠났다. 투어의 절반은 딸을 데리고서였다. 딸은 옛날에 살던 대학교 기숙사 아래 생울타리 뒤에 숨고, 학생 식당에서 소금 통을 어설프게 훔치면서 의기양양해했다. 예전에 다니던 대학교의 문예지 편집부 학생들과 어울리면서, 내가 4년간 탄산수가 아닌 것을 아주 많이 마시던 삐걱거리는 목조 주택에서 탄산수를 마시는 동안 딸은 호텔 방에서 내 어머니와 함께 잠들었다. 학생들은 내게 말도 안 되는 진지한 질문들을 던졌다. 진정성이 기존의 형태나 구조를 부숴야 한다고 생각하나요? 나는 너무 큰 목소리로 “그래요!” 하고 대답했다. 하이브리드 에세이에 관해 이야기하면서 내 이혼을 생각했다.

피츠버그에서, 딸은 서점의 사인 테이블에 앉은 내 옆에 앉아 파란색 빨대 컵을 참을성 있게 빨아대며 다정한 눈으로 내게 자기 이야기를 늘어놓는 독자들을 바라보았다. 사이가 소원해진 형제라든지, 어머니의 중독이라든지, 오랜 시간 이어지는 수술 회복이라든지. 내가 친구들에게 보낸 사진 속에는 똑같이 고개를 기울이고, 똑같이 집중한 눈빛으로 나란히 사인 테이블에 앉아 있는 우리 둘의 모습이 나와 있었다. 아기도 공감 연습 중 ㅋㅋ 나는 그렇게 썼지만, 직업과 모성이 하나로

엮여 모든 것이 잘 흘러가고 있는 것처럼 보이는 사진을 보내는 내가 사기꾼처럼 느껴졌다. 실제로는 그 애가 이동하느라 얼마나 많은 낮잠을 걸렀는지를 알고, 호텔 방에 아기 돌보미와 남겨질 때 점점 언짢아한다는 사실을 알기에.

피츠버그의 서점에서 오후 내내 보낸 그날 밤, 내가 그 애를 두고 떠나려 하자 딸은 호텔 카펫에 몸을 던지며 울부짖기 시작했다. 그 애가 조그만 팔로 내 다리를 부둥켜안던 순간의 사진은 없다. 문간으로 가는 나를 내 딸이 아장아장 따라오고, 내가 그 애를 안아 올려서 뜨겁게 달아오른 조그만 귀에 속삭이면서, 새빨개진 뺨에 묻은 눈물의 감촉을 느꼈던 순간의 사진도.

딸 없이 여행할 때, 부재하는 장비들은 마치 환상지처럼 느껴졌다. 유아차, 놀이 침대, 카시트. 부자연스러울 정도로 가뿐해서 편리하다는 게 꼭 비난처럼 느껴졌다. 기하학적 형태로 카펫이 깔린 공항 터미널에서 그 애의 조그만 몸을 좇아 달리지 않아도 된다는 것. 아침 식사로 부리토 하나를 다 먹는 동안 누구의 방해도 받지 않으니, 꼭 경범죄를 저지르고 빠져나가는 기분이었다.

그러나 세인트폴 시내의 크롬 색 다이너 바깥에 쌓인 녹슨 갈색의 바삭바삭한 낙엽 무더기를 보면 가슴이 아파 왔다. 낙엽 속에서 뛰어놀면 참 좋아했을 텐데. 경사진 주차장을 볼 때도 그랬다. 하얀 페인트로 그려진 선을 따라 뛰어다니는 걸 정말 좋아했을 텐데. 때로 나는 아이를 데리고 나온 다른 엄마들과 눈을 맞추려고, 다 안다는 눈빛을 나누려고 애썼다. 나도 엄마예요. 보통 그들은 당황스럽다는 듯 눈길을 돌리며 자기 아이가 손모아장갑 한 짝을 떨어뜨리지 않았는지를 살폈다.

그러나 나는 그들에게 ― 심지어 낯선 이들이라 할지라도 ― 내 전부가 이 자리에 있는 게 아니라는 사실을 알려야만 했다.

텀블위드와 휴스턴의 호텔에서 만나기로 했다. 호텔 자자라는 곳이었다. 기름처럼 석양이 번져가는 휴스턴에 내 비행기는 착륙했다. 호텔 수영장 물속에는 내 피부를 분홍색과 보라색으로 물들이는 조명이 설치되어 있었다. 그 조명 때문에 나는 괴물처럼 보였다. 염소로 소독된 물 위로 따스한 담요처럼 습한 밤이 덮였다.

텀블위드는 그날 밤 오스틴에서 열린 공연이 끝난 뒤 곧바로 차를 몰고 호텔로 오기로 했다. 나는 그가 도착할 때까지 깨어 있으려고 애썼지만 실패했다. 그날 아침, 아기와 함께 보스턴에서 일찍 일어난 뒤, 아기를 다시 뉴욕에 데려다주고, 다음 행사를 위해 텍사스로 왔으니까. 담배, 그리고 다리를 면도할 일회용 면도기를 사러 드러그스토어로 걸어갔다. 카드 키를 프론트 데스크에 맡겨 두었고, 자정이 조금 넘은 시각, 문이 열리는 소리에 깼다. 문간에 텀블위드가 기타 케이스를 양손에 들고 서 있었다. 그가 이불 속으로 기어들어 와 나를 안았다. 그것은 내 삶의 나머지와는 전혀 다른 어떤 삶이 가져온 환각이었다.

아침이 되자 이불에 가느다랗게 흐른 월경혈 자국이 보였다.

"범죄 현장 같네요." 텀블위드가 말했다. 무슨 말을 할 수 있었을까? 나는 맞장구쳤다.

이틀 전, 하버드대학교의 무대 위에서, 내 아버지뻘 되는, 몹시도 존경받는 문예 평론가가 내게 이렇게 말했다. "당신의 작품은 수치심을 뚫고 수치심 모르는 상태로 들어가고자 하는 것 같습니다."

다음 날 아침, 우리는 룸서비스로 아침 식사를 3인분 주문했고, 숯덩이가 된 베이컨, 윤기 내는 시럽이 작은 웅덩이를 이루며 고여 있는 네모난 와플, 삼각형으로 잘라 달걀노른자에 찍은 토스트를 배불리 먹었다. 그는 내 안의 허기를 열어젖혔다. 먹어도 먹어도 멈출 수 없었다. *뭐라도 좀 먹으라고, 거식증 걸린 년아.* C의 목소리도 거기에 있었다. C와 내가 만난 지 얼마 안 되었을 때 함께 한 로드트립이 선명히 기억난다. 입술이 따가울 정도로 짠 베이컨. 화장실에 갔다가도 어서 대화를 이어 가고 싶어서 마음이 앞서 달려왔던 것, 세상이 우리가 약탈할 수 있는 무언가로 느껴지던 그때.

침대 위, 텀블위드 옆에 누워 있다가 그의 가슴에 처음 보는 세 글자가 타투로 새겨진 것을 알아차렸다. 아주 잠깐이지만 나는 지난번 우리가 만난 이후에 그가 실제로 다른 여자의 이니셜을 타투로 새긴 거라고 생각했다. 조카의 이니셜이라는 사실을 듣고는 안도감이 밀려왔다. 하지만, 그가 다른 여자의 이니셜을 가슴에 새긴다 해도 나와의 약속을 어기는 것이 아니란 사실에 모욕감도 느꼈다. 그가 내게 딱히 약속한 건 아무것도 없었으니까.

그는 완전히 떠난 것도 아닌 동시에, 완전히 내 곁에 있는 것도 아니었다. 아니, 애정을 느끼고 사랑의 열병에 흠뻑 취한 채로 온전히 내 곁에 있되, 아주 잠깐만 있는 것에 가까웠다. 그가 온전히 곁에 있는 게 어떤 모습일지 언뜻 일별할 만큼의 짧은 시간을 내게 주었다. 개에게 매일 간식을 주는 것보다 간헐적 강화가 강력한 힘을 발휘한다는 건

파블로프의 실험에서 익히 밝혀진 사실이다.

그가 "내가 아기랑 함께 있는 모습이 보기 좋았죠."라고 말한 건 이 말이나 다름없었다. 당신이 홀로 아이를 키우고 싶지 않다는 건 알아요. 하지만 그렇게 될 겁니다.

그해 가을, 나는 뉴욕 현대미술관 지하에서 전시하는 아마추어 홈 무비에 중독됐다. 지하 전시장의 백 개쯤 되는 스크린들은 모두 평범한 삶들을 보여 주고 있었다. 썰매를 서로 밀어 주는 아이들, 잔디밭에서 열린 파티에서 다른 여자에게 장난삼아 프러포즈하는 여자, 누군가의 바 미츠바*에 가서 마니슈위츠**를 몰래 홀짝이는 소년들, 그들의 잔이 연회장의 조명을 받아 반짝이는 모습. 보통 저명한 작가의 이름이 쓰이는 명판에는 교외에 사는 가족 느낌이 물씬 풍기는 성들이 쓰여 있었다. 레비트 가족. 톰슨 가족.

이 지하 전시장으로 내려가는 건 마치 낯선 사람들, 백 명이나 되는 낯선 사람의 속삭임에 내 귀를 맡기는 기분이었다. 집단 무의식 속으로 뚝 떨어지는 기분이었다. 예술의 공간이 아니라, 예술이 탄생하는 공간이었다. 이스트리버 건너편에 있는 위노그랜드의 사진들처럼, 이 홈 무비들 또한 작가가 유명하지 않다는 점만 빼면 마찬가지로 평범한 이들의 교회였다. 모두가 예술가였다. 뉴버그의 카펫 깔린 지하실에서 너석을 멈출 수 있을까??라고 쓴 줄 노트 한 장을 서툴게 자른 타이틀 카드처럼 들고 플라스틱 공룡 영상을 찍는 소년이 예술가였다.

* 유대교 성인식.

** 코셔 방식으로 제조한 와인의 상표명.

기차로 전국을 여행하면서, 하루에 한 갑씩 20년간 담배를 피운 뒤의 개구리 커밋에게서 날 법한 허스키한 목소리로 풍경을 해설하는 남자가 예술가였다. 흡연 개구리 커밋은 보이는 모든 것 앞에서 경탄을 아끼지 않았다. "너무 아름다워요." 세인트루이스 아치를 보면서 그 말을 거듭했다. "정말 근사하네요."

이 홈 무비들에 대한 집착은 보잘것없는 것들에 대한 내 고집스러운 열정의 새 장처럼 느껴졌다. 눈밭에서 노는 아기가 아름답다면, 달짝지근한 와인을 홀짝이는 서툰 소년도, 지루한 기색을 한 전업주부 엄마도 — 그 모두가 아름답다면, 여기 어떤 의미가 있는 게 아닐까? 이런 형태의 심오함에는 끝이 없었다. 모서리가 없었다.

홈 무비에는 내 딸과 같은 부류들이 잔뜩 나왔는데도 나는 한 번도 아이를 데려가지 않았다. 갓난아기며 기저귀를 차고 아장아장 걸음마 하는 아기들이 우유갑을 집어 드는 모습 같은 것. 그 아이들을 바라보는 동안, 나는 내 아이를 봐주는 대가로 타인에게 돈을 냈다. 걸음마를 할 정도로 자란 내 딸은 더는 미술관에 왔을 때 유아차 안에서 잠들어 내게 가정생활과 심오함의 관계에 대해 평온한 마음으로 고찰할 시간을 주지 않는다. 이제 그 애는 사물을 타고 올라가 그것을 부수고 싶어 하고, 대담하고 기발한 방식으로 다치고 싶어 하며, 로비 길이만큼 이어진 난방용 환풍구를 따라 무모하게 뛰어다니고 싶어 했다. 물론 그 애의 기쁨은 내 스승이기도 하다. 그 돌연함, 그 어설픈 우아함.

다른 아기들이 나오는 영상을 보려고 내 아기를 집에 두고 오는 건 마치 내 삶을 망원경의 잘못된 방향에서 바라보는 것 같았다. 내 삶에 담긴 평범성이 놀랍고도 가슴 저린 것으로 변했다. 백일몽인 동시에 귀환이었다. 아기에게 오트밀을 먹이기 위해 매일 아침 잠에서 깨는, 변기를 솔로 닦고 라디에이터 뒤에서 화석이 된 스파게티를 발굴해 내는 시민적인 자아 아래에는 또 다른 자아가 있었다. 숭고함을 표출하고자 목말라 무모한 욕망으로 울부짖는 자아였다.

휴스턴에 다녀온 뒤, 텀블위드와 나는 같은 대화를 여러 판본으로 거듭 이어갔다. 그는 모노가미 관계를 맺을 수 있나. 나는 모노가미가 아닌 다른 관계를 맺을 수 있나. 그가 아이 있는 삶을 상상할 수 있나. 이 질문들은 서서히 실제 질문보다는 수사학적인 것이 되었다. 질문들은 물음표를 잃었다.

한번은 그가 이렇게 말했다. "내가 성장해야 한다면 분명 당신이 그 이유일 거예요."

그러나, 그러나, 그러나. 그의 입에서 나오는 말이 모두 그러나의 전조처럼 느껴졌다. 나는 그가 나를 위해 다른 여자들을 포기하기를 바랐다. 나는 내 아버지가 어머니를 위해 다른 여자들을 포기했던 대안적 세계를 원했다.

그는 말했다. "우리가 함께할 수 없는 이유를 천 가지나 생각했어요. 그러다 당신 목소리를 듣는 순간 모든 게 불타 사라져 버려요."

어느 저녁, 분노 발작을 터뜨리던 딸이 손가락으로 눈을 쑤시기 시작했다.

"그만해!" 내가 날카롭게 말했다.

“하지만 하고 싶어!” 딸은 대답했다. “해야 돼!”

“이제 그만하기로 해요.” 마침내 말한 사람은 나였다. 그러나 이별을 선택한 건 그인 것처럼 느껴졌다. 우리 사이에 일어난 일이 정확히 그가 우리 사이에 일어날 것이라 예상한 일이라는 사실에 나는 수치심을, 거의 지워져 버린 것만 같은 기분을 느꼈다.

GPS 지도 속 목적지에 차가 도착하는 것만큼이나 예정된 끝에 다다르자, 죽도록 아팠다. 놀라운 건 그 점이었다. 헤어진 게 놀라운 게 아니라, 이토록 예견된 일이 그토록 아플 수 있다는 사실이. 기적이란 아직도 놀랄 만한 일이 있음을 세상이 알려주는 일이라고 했지. 고개가 뒤로 돌아간 여자가 절벽 끝으로 똑바로 걸어가는 것처럼.

나를 이해하는 건 내 핸드폰 속 택시 앱뿐이었다. 시내에 갈 때마다 앱은 내 출발 지점을 자동으로 베셀카로 지정했다. 마치 내 안의 어떤 부분은 여전히 그의 택시가 떠나는 모습을 지켜보고 있는 것처럼. 앱이 나에게 자전거 도로에서 비켜요라고 말하는 것처럼.

텀블위드와 끝내고 나자 나는 추억이라는 바늘을 품은 바늘꽂이가 된 기분이었다. 그가 벽난로 위 사슴뿔 사이에 끼워둔 시든 장미, 사진 속 어린 소년의 얼굴, 그의 침대 옆 협탁에 놓인 내 귀걸이, 그의 손바닥 속 부서진 크래커 조각들.

나는 결혼 생활의 기억을 아련하게 들쑤시지는 않았다. 어쩌면 이쪽이, 남자가 자신에게 바라는 것보다 상대에게 더 많은 걸 원하는 여자라는 낡고 익숙한 틀 속에 깃들어 아픈 쪽이 더 쉬웠다. 내가 무력하고 상처받은 쪽이라고 느낄 수 있는 역동에 놓인 쪽이, 내게 과실이 있고 내가 상처를 주었다고 느끼는 쪽보다 더 쉬웠다.

텀블위드에게서 받은 상처는 이혼이라는 노지에 파 놓은 참호처럼 억제된 고통이었다. 근처에 다른 쉼터는 없었다. 오로지 광대하게 펼쳐진 되돌릴 수 없는 것들뿐.

심장은 감염된 것처럼 아팠다. 예전의 나였다면 끝없이 담배를 피워대고, 욕실에서 며칠이나 울고, 섹스할 다른 사람을 찾아 그 사람의 욕실에서 울었을지도 모르겠다. 지금의 나는 매일 아침 자리에서 일어나 딸이 태어난 뒤로 수유할 때마다 사용한 회색 벨벳 수유의자에서 아기에게 젖을 주었다. 지금의 나는 교직원 회의에 가고, 소아과에 가고, 보험사에 전화하고, 딸을 데리고 긴 산책을 한 다음, 비스트로 테이블에 앉아 하이데거를 읽는, 계단 위로 유아차를 옮겨 주겠다고 나선 적이 단 한 번도 없는 힙스티들 옆을 지나쳐 우리 집 건물 현관으로 돌아왔다.

지금의 나는 그의 인스타그램을 확인하지 않았다. 지금의 나는 그의 인스타그램을 확인하지 않는 데에—확인하면 안 돼, 확인하면 안 돼, 확인하면 안 돼—온종일을 썼다. 대학 시절 내 안에 허기보다 더 큰 힘이 있다는 증거인 양 굶던 나의 자기부정과 마찬가지로. 어쩌면 그것을 존엄이라 불러도 좋으리라.

나는 자격이 있다는 생각이 들 때까지 한참이나 그의 인스타그램을 확인하지 않았다…… 무슨 자격? 그의 인스타그램을 확인할 자격. 나는 그가 새로 데려온 새끼 고양이를 보았다. 그의 가슴에 기댄 금발 여자를 보았다.

어느 일요일 오후 현관 계단에 앉아 담배를 피우는데, 내 외로움이 함께 유아차를 미는 엄마와 아빠라는 형태를 띠고 모퉁이를 돌아 내게 다가왔다. 아기에게 연기가 가는 게 싫어서 고개를 돌려 버렸다.

겨울로 조금씩 접어들면서, 우리 집 라디에이터에서 쉭쉭, 털털 소리가 나기 시작했다. 성난 소리였다. 라디에이터는 엄청난 열기를 토해냈다. 우리 집은 사우나가 되고 말았다. 나는 속옷만 입고 지냈다. 밤에 파이프가 덜커덩거리기만 하면 딸은 자꾸만 깨어 울었다. 어느 날 새벽 3시 30분, 나는 관리인에게 간절한 문자 메시지를 보냈다. 이건 진짜 너무하네요. 제발 좀 도와주세요. 관리인이 발송 시간을 보길 바랐다. 내 메시지가 미친 사람의 말처럼 보일 거라는 것도 알았다. 그러고 싶었다.

그 긴 밤들이 지난 뒤 흐린 아침마다, 나는 죽도록 피곤해진 채 부스스한 머리를 하고 아기를 유아차에 태워 공원을 향했고, 머릿속에는 텀블위드의 목소리가 울려 퍼졌다. 나를 위해 자신의 삶을 바꾸고 싶었지만 결국은 그럴 수 없었다는 말. 나는 그럴 수 없었다는 게 무슨 뜻인지 알았다. 그 정도로 원하지 않았다는 뜻이었다. 때로 모든 걸 너무 많이 원하는 게 내 문제인 것처럼 느껴졌다.

내 안의 어떤 부분은 이런 예리한 바람으로부터 예술이 탄생할 수도 있다고 믿었다. 그러나 이 믿음은 점점 더 내가 오래전 어딘가의 바에서 들은 노래처럼 느껴지기 시작했다. 그 가락은 이미 잊어버린 지 오래다.

그해 가을, 더 많은 출장이, 딸의 카시트에 지저분한 빨간 아기띠를 집어넣으며 씨름한 더 많은 아침이 있었다. 미시간 호수의 차가운 바람을 맞으며 여행용 유아차를 미는 것만큼 자기연민에 날카로운 못을 박는 일은 없다. 나는 이 일을 혼자 하는 거야 나는 이 일을 혼자 하는 거야 나는 이 일을 혼자 하는 거야. 그래서 나는 찬바람 속에서 씩 웃으며 아기와 함께—등 뒤 영원처럼 펼쳐진 회색 호수를 배경으로—셀피를 찍어 열한 명에게 보냈다. 다들 자기 아이 사진을 남에게 끝도 없이 전송하지만, 내게 그 일은 탐욕스럽고도 절박한 일이었다. 내 아이를 아무와도 함께 기르고 있지 않은 이상, 모두와 함께 기르고 싶었으니까.

아이오와시티에서 20대의 기억이 가득한 거리로 유아차를 몰았다. 조그만 키라임 파이가 잔뜩 들어 있는 분홍색 상자를 들고 가던 내가 차에 치였던 교차로. 딱지를 너무 많이 끊은 탓에 내 작은 검은색 토요타 차량이 견인 당한 뒤 범칙금을 내기 위해 찾아간 시청. 그 시절 나는 무엇을 잃어버리더라도 다시 찾을 수 있을 것이라 확신했다.

한참 만에야 찾아낸 놀이터는 알고 보니 내가 2년간 살았던 아파트 건너편에 있었다. 그 시절엔 거기 놀이터가 있는지조차 몰랐다. 내 눈에 들어온 건 근처에 있는 흰색 가제보였고, 어느 날 밤 나는 위스키를 따른 커다란 빨간 플라스틱 컵을 들고 그곳에 앉아 술에 취한 채 어머니에게 문자 메시지를 보냈다. 집에서 열린 파티 파티에서 집에 못 가겠어. 그때의 술 취한 어린 여성에게는 충분히 사랑받으면 더는 위스키가 필요하지 않은 그런 인생 계획이 있었다. 지금 내 딸에게는 파란색 찍찍이 운동화 아래 정글짐의 흔들다리와 관련된 계획이 있었다.

아기가 흔들다리 위에서 몸을 까딱거리는 동안 나는 어머니에게 전화를 걸었다. "10년 전에 내가 상상한 삶은 이런 게 아니야."

어머니는 말했다. "10년 뒤의 네가 어떻게 될지 모르는 것도 마찬가지 아니니."

처음은 아니었지만, 나는 어머니의 목소리를 듣는 동시에 딸의 얼굴을 보며 이렇게 생각했다. 이 사랑에는 끝이 없단다. 나는 네가 죽을 때까지 네 소매를 잡아당겨 여며 줄 거야.

딸과 함께 있을 때 내 입에서 만트라처럼 되풀이되는 말은 날 사랑하니?가 아니라, 내가 널 얼마나 사랑하는지 아니?였다. 그 애의 가슴에, 줄무늬 면 파자마에 귀를 바짝 댈 때, 나에게는 물음표 반대편에 있는 것이, 그 애의 작은 심장이 파닥파닥 뛰는 불가능한 소리가 연료처럼 필요했다.

그해 겨울, 나는 엄마였고, 또 소송 원고였다. 우리는 이혼합의서를 네 번째로 수정했다. 예전에 작성한 문서는 뒷면에 내 할 일 목록이 쓰이는 이면지가 됐다.

검은 라이더 재킷 속에 화사한 실크 스카프를 두른 변호사는 로펌 한쪽 모퉁이를 차지한 큼직한 사무실에 앉아 있다가, 내가 단주했다고 말하자 눈썹을 치켜올렸다. "알코올중독자예요? 혹시 남편이 그 사실을 불리하게 이용할까 두려우세요?"

나는 두려워해야 한다는 생각조차 해 본 적 없었다. 맞다, 나는 알코올중독자였다. 하지만 나는 단주했다. 그러니까, 매우 멀쩡한 정신이었다는 뜻이다. 나는 변호사에게 내가 '의심의 여지 없이 기능한다는'

점을 입증할 사례를 줄줄 읊을 준비를 마쳤다. 아버지가 왜 '세계 문화' 수업에서 비 마이너스를 받았느냐고 물은 뒤 완벽한 성적표를 그에게 보내고 싶었던 것과 마찬가지로.

그 대신, 나는 이렇게 말했다. "걱정해야 하나요?"

"재발하지만 않으면 상관없어요." 변호사는 말했다. "그냥 다시 알코올중독에 빠지지만 마세요."

다시 술을 마시고 싶어진 지는 몇 년이나 됐다. 그리고 그건 술을 원하는 것과는 달랐다. 그저, 알아차리는 거였다. 낡은 동네 술집이라든가 벽돌 벽에 촛대가 달린 태번의 존재를. 창에 초록 클로버와 버드와이저 간판이 잔뜩 붙은 스포츠 바를. 샤르도네가 담긴 나무 궤짝, 새 것 그대로인 진 여러 병을 창가에 내놓고 인도에는 "징징거리지whine 마세요! 와인wine 한잔할래요?"라는 말장난을 쓴 칠판을 내어놓은 고급 주류 판매점을 알아차리는 것.

그건 원하는 것이 아니었다. 그저 호기심을 느끼는 것이다. 이렇게 오랜 시간이 흐른 뒤, 또다시 울컥 솟구치는 안도감을 느낀다면 어떤 기분일까?

어느 토요일 아침, 딸의 새끼손톱을 너무 바짝 깎아 버리는 바람에 사방이 피투성이가 되고 말았다. 아기를 품에 꼭 안자, 양수가 터질 때 입고 있었던 바로 그 보라색 파자마에 피 얼룩이 졌다. 아기의 동그란 볼을 타고 굵은 눈물방울이 뚝뚝 떨어졌다. 자꾸 자기 손을 들어 올리며 "햄," "햄," "햄." 했다.

이유는 모르겠지만 약장에 일회용 반창고가 하나도 없었다. 아마도 내가 사 놓지 않아서 없었던 거겠지. 사람들이 파트너와 함께 아이를 키우는 게 바로 이런 일 때문일 거라는 생각이 들었다. 집에 일회용 반창고가 있는지 없는지 두 사람이 같이 기억해 두거나, 한 명이 아기를 데리고 집에 있는 사이 다른 한 명이 보데가로 달려가서 반창고를 사 올 수 있으니까.

하지만 이 집엔 나뿐이었기에, 춥고 환한 아침 나는 우리 둘 모두를 따뜻한 옷으로 꽁꽁 싸맨 다음 그 애의 작은 햄에 붙일 반창고를 사러 나갔다. 사태가 수습된 뒤 고개를 돌려 방금 아기가 "햄"이라고 하는 거 너무 사랑스럽지 않았어? 태어나서 들은 말 중 제일 귀여운 말 아니야? 말할 상대는 아무도 없었다.

텀블위드라는 긴 백일몽에서 깨어난 나는 다시 싱글 맘이 되었다. 문득 불어온 돌풍처럼, 나를 축축한 물티슈, 축축한 과일, 축축한 콧물로 이루어진 일상에서 들어 올려 줄 정신적 집착은 이제 없었다. 딸에 대한 참을성이 떨어질 때마다 나는 내 딸에게 실연이 남긴 상처를 억지로 감당하게 만드는 게 아닐까 생각했다. 한부모로서 아이를 키우는 것이, 더 나은 파트너 관계를 맺었더라면 내가 될 수 있었을 부모의 열등한 버전을 딸에게 주는 것이 아닐까, 그 애한테 더 성마르고, 참을성 없고, 스트레스에 시달리며, 정신없는 엄마를 주는 게 아닐까. 만약에의 자아란 무한한 미덕을 갖추었을 뿐 아니라 영영 확인할 수 없는 자아다.

겨울이 다가오고 있었고, 별거 1주년도 함께 다가왔다. 우주는 내게 이혼의 대가로 아무것도 약속한 적 없었다. 결혼 서사에서의 두 번째 기회를 약속한 적은 결코 없다. 종려나무 잎이 그려진 내 이불 위로 피어오른 세이지 연기를 맡은 우주는 이제 이렇게 말하고 있었다. 침대를 정리했으니, 이제 누워! 세상 모든 세이지를 가져와도 거기서 구제될 수는 없을 거다!

아마 우주의 목소리는 나처럼 불필요한 느낌표를 사용하지는 않을 테지. 그러나 내 짐작은 그 반대였다.

텀블위드를 만나러 피닉스로 갔을 때 그는 공연 머천다이즈 티셔츠를 내게 주었다. 하이에나 그림 위에 날 믿어라고 쓰인 티셔츠였다. 몇 달 뒤, 나는 그에게 티셔츠 뒷면에 그가 내게 준 건 이 바보 같은 티셔츠랑 클라미디아가 다였다라고 쓰는 게 좋겠다고 말했다.

하지만 그건 사실이 아니리라. 그는 내게 많은 걸 주었으니까. 그는 스카이하버에서, 슈퍼마켓에서 사 온 장미 다발을 주었다. 얽매일 곳 없는 뻥 뚫린 하늘을 주었다. 내가 아직도 상처 입을 수 있다는 사실을 안다는 것이 가져오는 달콤하고도 씁쓸한 희망을 주었다. 나는 아직 고갈된 게 아니었다.

C는 우리 딸에게 그 애 몸의 절반만 한 미니마우스 인형을 주었고, 아이는 그 인형을 맹렬하게 사랑했다. 미니는 그 애한테 사랑하는 아이이자 못된 또 하나의 자아였다. 식탁 위로 올라가지 말라고 하면 아이는 말했다. "미니가 올라가자고 해." 녹인 버터와 백설탕과 달걀노른자를 섞어서 알갱이 있는 달달하고 노란 쿠키 반죽을 만들고 싶어 하는 것도, 이 반죽을 천장에 던지고 싶어 하는 것도 미니였다. 치과에

가면 원치 않더라도 먼저 양치질을 하는 것도 미니였다. 동물원에서 햇볕에 뜨뜻해진 바위 위에서 짖어대는 바다사자들을 향해 짖고 싶어 하는 것도 미니였다.

내 딸에게 미니의 기쁨은 자신의 기쁨만큼이나 진짜였다. 미니를 데려가서 허공에 던진 뒤 빙글빙글 돌며 노란 다리를 펼치고 바닥에 떨어지는 모습을 보기 전까지는 그 어떤 장소에도 도착하지 않은 것이나 마찬가지였다.

일주일에 네 번—아이를 C의 집에 데려다주고 데려올 때마다—미니는 갈색 종이가방에 담겨 두 군데 집들을 오갔다. 집들이라는 복수형은 여전히 칼날처럼 예리하게 느껴진다.

때로 나는 내가 본 적 없는 다른 집에서 미니가 펼치는 난리법석을 상상해 보았다. C가 미니를 소파 뒤에 숨기거나, 딸이 제 나름대로 목욕시킨 미니를 증기 라디에이터 위에 눕혀 말리는 모습을.

우리 딸이 "미니가 갈색 가방에 들어가!" 말할 때, 그 애는 자기에게 필요한 걸 우리에게 말하는 거였다. 두 개의 집, 두 개의 사랑의 기슭을 잇는 다리.

때로 우리의 양육은 두 명이 돌아가며 환상 속 생물의 일부분을 그리는 게임처럼 느껴졌다. 한 사람이 머리를 그린 다음, 종이를 접어 돌려준다. 다른 한 명이 몸통을 그린 다음, 종이를 접어 돌려준다. 둘 다 상대가 그린 그림을 볼 수 없다. 도넛 모양 초록색 머리통에 크레용으로 그린 곱슬곱슬한 파란 머리카락. 종이 가장자리까지 꽉 차는 커다란 보라색 배. 거미처럼 가느다란 오렌지색 다리. 발 대신 달린 분홍색 바퀴. 상대가 볼 수 있는 건 앞 사람이 그린 선 끝이 전부다. 때로는 그조차 보이지 않는다.

이제는 딸을 데려다주는 길에 고함이나 욕설도 오가지 않았다. 이제 우리는 말을 섞지 않았다. 그는 우리가 대화하는 게 생산적이지 않다고 생각했다. 친구들은 말했다. 그래도 네가 말을 걸면 되잖아. 결정은 그 사람 몫이 아니야. 하지만 1년, 2년이 지나자, 말을 거는 법을 잊었다. 우리는 눈조차 잘 마주치지 않았다. 우리는 함께 아이를 낳았을 뿐 한 번도 만난 적 없는 사이나 마찬가지였다.

나는 방글라데시 병원과 베이글 가게 사이에 샌드위치처럼 낀 그의 집 문간에 무릎을 꿇고 딸의 웃옷에서 여기까지 오는 버스 안에서 먹고 있던 김의 흔적인 녹색 부스러기를 털어내곤 했다. 아이는 계단을 내려오는 제 아빠의 운동화를 보려고 우편물 구멍을 열심히 들여다보았다.

어느 일요일 나는 길 건너편, 바깥에 과일 무더기를 쌓아 둔 식료품 가게에 들어갔다. 여섯 종류나 되는 망고, 조그만 꽃사과, 차양에 걸린 그물망 속 하미 멜론. 여기서는 다른 데서 찾기 어려운 과일을 팔았다. 번여지, 털이 부숭부숭한 람부탄, 엄지만큼 두꺼운 껍질을 가진 포멜로, 아직 가지에 매달려 있는 노란 대추, 프랑스어로 피게 드 바르바리figue de barbarie,* 잔혹한 무화과라는 딱지가 붙어 있는 뾰족한 배.

아이를 데려다주고 난 뒤 나에게 주는 보상처럼 낯선 과일을 사

* 프랑스에서 흔한 과일로, 무화과와 닮은 외형에 착안해 붙은 이름이지만 실제로는 선인장의 열매다.

서 어떻게 먹는지 찾아보기 시작했다. 마르멜로는 달콤한 분홍색으로 익을 때까지 끓인다. 용과는 파충류를 연상시키는 분홍색 껍질째 반으로 잘라서 숟가락으로 떠먹는다. 패션프루트는 쭈글쭈글하게 작아질 때까지 내버려 두었다가 과육이 굴처럼, 하나의 생물처럼 주르르 흘러나오게 만든다. 설탕을 뿌린다. 시큼한 과육을 한입에 꿀꺽 삼킨다.

C의 집에 딸을 데려다줄 때마다—딸이 그에게 달려가는 모습을 볼 때마다, 그가 딸을 품에 번쩍 안아 드는 모습을 볼 때마다—나는 가슴을 저릿하게 만드는 슬픔과 고마움을 동시에 느꼈다. 내가 그에게서 사랑했던 면들은—그의 의리, 그의 엉뚱함, 그의 상상력, 그의 공감 능력, 기쁨을 느낄 줄 아는 힘—모두 딸에게 주는 선물임을 알았다. 그의 그런 면들을 애도하기보다는 잊는 것이 쉽다. 그러나 그런 면들은 여전히 존재했다. 내 딸을 위해서.

이혼 합의에서 우리는 딸이 추수감사절을 C와 함께 보내는 데 동의했다. 추수감사절을 생각하는 것만으로도 혹한의 날씨에 날카롭게 숨을 들이쉬는 것처럼 아팠다. 내가 얼마나 힘들지 알았던 카일이 자기 가족과 함께 명절을 보내자며 나를 볼티모어로 초대했다. 그 괴로운 겨울이 지난 뒤, 우리는 다시 가까운 친구 사이로 돌아왔고, 나는 우리의 귀환이, 그녀의 초대가 고마웠다.

브루클린의 인도 위로 슈트케이스를 끌며 기차를 타러 가던 길, 아기띠 속에서 입을 헤벌리고 자는 아기를 안은 엄마를 지나쳤다. 그 다음에는 지하철 안, 더러운 바닥에 물병을 집어 던지는 아이를 데리고 있는 또 다른 엄마가 보였다. 그다음에는 볼티모어 기차역에서 풀려나온 실처럼 가느다란 소리로 우는 갓난아기의 기저귀를 가는 또 다른 엄마를 보았다.

그날 밤 카일의 집에서 나는 소파베드에 누워 굵직한 술이 달린 체크 무늬 담요를 덮고 잤다. 아침 일찍 어둑어둑한 불빛 속에서 깨어났을 때, 털실로 된 통통한 술이 꼭 내 아기의 손가락처럼 보였다. 꿈에서 완전히 깨어나지 못한 나는 생각했다. 내 아기의 손가락이 볼티모어까지 나를 따라왔구나.

추수감사절 아침, 우리는 지역에서 열리는 터키 트롯*에 참가해서 교외의 거리를 달렸다. 「굿모닝, 볼티모어!」가 나무에 걸린 스피커를 통해 울려 퍼졌다. 이른 아침의 추위 때문에 손에 감각이 없었다. 유아차를 미는 부모들 사이를 이리저리 헤치고 달리자니 얼음처럼 차가운 공기가 드나드는 폐가 화닥화닥 타들어 갔다. 크로스컨트리팀에서 뛰며 말도 안 되게 거친 언덕을 오르던 내 10대 시절 자아의 유령이, 딸을 전남편 집에 보낸 밤마다 현관 계단에 걸터앉아 담배를 피우는 서른여섯 살 여자의 몸과 전투를 벌이고 있었다. 결승선에 들어서는 순간 기분이 좋았다. 완주는 케케묵은 논리를 떠올리게 하기도 했다. 고통스럽다면, 해내길 잘한 게 틀림없다고.

추수감사절 만찬에서 나는 모든 음식을 듬뿍 담아다 먹었다. 바싹 구운 껍질에 싸인, 두껍게 썰어낸 칠면조 가슴살, 마라스키노 체리

* 추수감사절을 전후해서 미국 전역에서 열리는 장거리 달리기 경주. 추수감사절에 주요리로 칠면조를 내놓는 전통에서 유래한 이름이다.

를 곁들인 크랜베리 소스, 브로콜리 수프의 크림과 빠삭하게 튀긴 양파가 들어간 끈끈하고 맛 좋은 캐서롤. 어린 딸 이야기를 하는 순간 목구멍에서 시큼한 수치심이 피어올랐다. 추수감사절에 아이와 함께 있는 대신, 추수감사절에 아이 이야기를 늘어놓는 나를 다들 뭐라고 생각할까? 나이 든 이모가 너그럽게도 아이가 요즘 어떤 말을 하느냐고 물었다. 아이가 말할 줄 아는 몇 마디 안 되는 단어들을 늘어놓는 내 목소리가 갈라지기 시작했다. 유아차는 쇼비, 꽃은 파파, 할머니는 곱곱. 잠시 후, 대화가 완전히 다른 주제로 옮겨 간 뒤에, 나는 말했다. "햄도 있어요! 손을 햄이라고 하거든요."

크랜베리 소스를 한입 가득 먹다가, 수많은 신경치료 흔적을 메꾼 도자기 크라운 중 하나가 빠져 버리는 바람에 슬쩍 복도 화장실로 들어가 목구멍에서 크라운을 끄집어냈다. 여기 있는 동안엔 어쩔 수 없지. 그렇게 생각하면서 핸드폰에 저장된 아기 동영상을 열었다. 아기가 나무로 만든 조그만 장난감 자동차를 스토브 옆으로 굴리는 모습이었다. 처음에는 굉장히 만족스러워했지만, 그다음에는 어째서 자동차가 더 이상 나아가지 않는지 혼란스러워했고, 그다음에는 재미있어하는 그 애의 웃음이 흩날리는 색종이 조각처럼 분출했다. 화장실 안에서 나는 동영상을 한없이 보고 또 보았다.

딱 한 번만 더 보자, 그렇게 생각했다. 그다음에는 또 한 번 더 보았다.

그날 밤 늦은 시간, 카일과 나는 차를 타고 쇼핑몰의 드러그스토어에 가서 어금니를 다시 메꿀 수 있는 치아용 퍼티를 샀다. 떨어진 크라운은 티슈에 싸서 다운재킷 주머니에 넣어두었다. 치아용 퍼티를 다루는 일이 묘한 만족감을 주었다. 작은 완두콩만 한, 냄새 나는 회색 덩어리를 치아에 올리고, 이를 악물고, 그대로 한참 턱을 다물고 있으면, 짠! 전부 끝났다.

집으로 돌아오는 길에는 라디오에서 나오는 우리가 10대 시절 듣던 팝송을 크게 틀었다. 1990년대 팝을 들으며 친구와 함께 달빛에 물든 도로를 달리며 어둠 속에서 우리 감정의 형체를 더듬는 일만큼 내 정신의 윤곽과 딱 들어맞는 기쁨은 온 세상에 존재하지 않았다. 카일은 딸 없이 보내는 명절에 부재가 아닌 존재의 경험을 선물했다. 우리의 우정은 줄곧 내게 꾸준한 이어짐을 가르쳐 주었다. 친밀한 관계가 지속과 함께 균열을 지닐 수 있다는 사실을, 똑같은 솔직함으로부터 고통과 가까워짐 둘 다 발생할 수 있음을.

그해 크리스마스, 나는 오빠 가족과 명절을 보내러 딸을 데리고 영국으로 갔다. 부모님도 왔다. 그저 명절을 함께 보내는 데 그치지 않고, 즐길 수도 있을 터였다. 딸은 밤새 비행하는 내내 잠들지 않고 코팅된 기내 안전 카드를 손가락으로 만지작거리며 작은 아기를 찾았다. 만화로 그려진 여자 중 누가 이 아기의 엄마일까?

오빠의 집은 주택이 되기 전에는 펍이었고, 그전에는 성매매업소였고, 그전에는 19세기 콜레라가 유행하던 기간에 시체보관소 노릇을 했다. 오빠의 집은 우리가 하는 모든 일이 우리의 이야기보다 훨씬 더 긴 이야기 속에서는 그저 아주 짧은 순간일 뿐이라고 말해 주는 것만 같았다.

영국에서 보낸 사흘째 밤, 우리는 다 함께 해리스라는 펍에 저녁을 먹으러 갔다. 나는 아버지와 내 딸 사이에 앉아 아기가 아기 의자에서 기어 나오지 못하도록 핑크 페퍼콘 살라미와 버터에 구운 아스파라거스를 먹였다. 예전에 아스파라거스를 먹으면 오줌에서 웃긴 냄새가 난다고 알려준 적 있기에, 딸은 자꾸만 "오줌 냄새 웃겨!" 하고 떠들어 대고 있었다. 그 사이, 아버지는 러시아의 GDP와 사망률 사이의 관계를 설명하고 있었다. 그러나 딸이 법석을 떨고 있었기에 나는 식당에 들어올 때부터 눈여겨보던 브레드푸딩을 먹기도 전에 이곳을 나가야 할 거라는 사실을 알고 있었다.

아버지는 알코올중독률이 감소하고 있다는 이야기를, 그리고 때로는 건강을 증진하는 요소가 실제로 경제의 특정 부문(예를 들면 보드카 업계)에는 큰 피해를 줄 수 있다는 이야기를 늘어놓았고, 나는 어느 정도는 그 이야기를 전부 알아들었다. 내가 딸의 뺨에서 번들거리며 흘러내리는 버터를 닦아 주고, 그 애가 떨어뜨려 옷의 접힌 곳 어딘가에 들어가 버린, 그래서 그 애가 찾아 줘, 찾아 줘, 찾아 줘 요구하는 축축하고 물컹거리는 동그란 살라미를 찾아 아이의 무릎 위를 손으로 더듬어대는 동시에, 기저귀를 갈 때가 됐는지 확인하려고 코를 가까이 가져가며 킁킁거리는 내내, "기대수명은 물론 삶의 질을 설명해 주는" 같은 말을 중간중간 포착하며, 아버지가 무슨 말을 하는지 따라가려고 온 힘을 다하고, 내가 그 이야기를 이해했음을 알릴 만한 후속 질문을 온 힘을 다해 생각하는 동안에 말이다.

때로 딸을 돌보는 일은 세상의 발밑에 꿇어앉아 제발 — 누군가, 누구라도, 내 아버지가 — 이해해 달라고 비는 것처럼 느껴졌다. 제가 이 모든 걸 혼자 다 할 수 있을 거라고 기대하지 말아요.

마침내 나는 한데 뭉친 아기용 물티슈를 잔뜩 쥔 채 아버지를 바라보며 여태까지 단 한 번도 한 적 없는 말을 했다. "무슨 말을 하는 건지 못 알아듣겠어요." 나는 자기 자리에서 몸을 꼼지락대면서 음식 부스러기와 구겨진 냅킨들로 엉망이 된 식탁보에 버터 묻은 손가락을 문질러 닦고 있는 내 딸을 가리켰다. "도저히 못 하겠다고요."

지금까지 나는 갈피조차 못 잡겠어요라는 말을 아버지에게 대놓고 할 엄두조차 낸 적 없었다. 그 대신, 아버지가 내게서 바랄 거라 생각한 존재가 되려 애썼다.

아버지는 다정한 눈빛으로 나를 바라보았다. 내가 어쩔 줄 모르는 상태라는 걸 확인했다. 그러더니 마치, 그가 할 줄 아는 것이 오로지 그것뿐이기라도 한 것처럼, 러시아의 GDP 이야기를 이어갔다.

아버지에게 깊은 인상을 남기고 싶다는 욕망 아래에는 언제나 또 다른 욕망이 도사리고 있었다. 그에게 어떤 인상도 남기지 않아도 되고 싶다는 욕망이었다. 아버지 앞에서 무너져 버리고 싶다는 욕망. 어째서 일주일에 이틀도 나를 보고 싶지 않았냐고 묻고 싶은 욕망. 분노 발작을 일으키고, 그래도 아무 일 없고 싶은 욕망.

그때 내 딸이 울기 시작했기에 나는 짐을 챙겼다. 음식이 나오기도 전에 나는 아이를 데리고 먼저 집에 돌아갔다. 몇 시간 뒤 다른 가족들이 돌아왔을 때, 아버지는 브레드푸딩이 담긴 테이크아웃 상자를 꺼냈다.

우리는 자신이 선택한 방식대로 사랑받는 게 아니다. 우리는 우리가 사랑받는 방식대로 사랑받는다.

그해 크리스마스, 내 딸이 가장 좋아한 그림책은 한밤중 북극으로 가는 기차가 등장하는 『폴라 익스프레스』였다. 아늑한 기차 안, 아이들은 푹신한 빨간 의자에 앉아 핫 코코아를 마시고 누가 캔디를 먹는다. 어린 시절 내가 이 동화에서 가장 좋아했던 게 바로 이 부분, 북극을 향하는 여정이었다. 도착한 뒤에는 북극이 그 마법을 잃어버리기 때문이다.

동화의 시작은 기대감으로 가득하다. "나는 소리를 들으려 귀를 기울이고 있었어. 어느 친구가 나는 한 번도 못 들어 봤을 거라고 했던, 산타의 썰매 방울이 울리는 소리 말야. 그날 밤늦게, 정말로 소리가 들렸지만, 방울 소리는 아니었어. 바깥에서는 김이 쉭쉭 뿜어져 나오는 소리와 쇠가 삐걱거리는 소리가 났어."

나는 그 소리를 듣고 싶었다. 우리는 방울 소리를 기대하지만 그 대신 기차를 얻는다. 우리가 상상하는 은총이 내게 도착하는 은총인 경우는 거의 없다.

책을 읽는 동안 아기는 내 무릎에 앉아 여기, 여기, 여기 하고 페이지를 하나씩 손으로 가리켰다. 그러지 않으면 내가 다음 페이지를 도통 모르기라도 할 것처럼.

기관사가 "당연히 북극으로 가지요!" 외치는 페이지에서 나는 늘 손가락으로 천장을 가리키면서 최대한 바보 같은 목소리로 기관사를 흉내 냈다. 딸도 늘 같은 순간에 한 팔을 번쩍 들고, 나처럼 손가락으로 천장을 가리키면서, 미친 듯이 웃어대고는, 내가 자기 모습을 봤는지 올려다본다. 이 순간 느껴지는 기분을 표현할 수 있는 단어는 영원히 없으리라는 걸 나는 알았다.

크리스마스, 조카는 아기 도마뱀을 선물받았다. 수염 난 용처럼 생긴 도마뱀에게 그 애는 타코라는 이름을 지어 주었다. 내 딸이 낮잠을 자고 있고, 내가 소파에 앉아 노트북컴퓨터로 이혼 합의서의 다섯 번째 초안을 읽고 있을 때 그들이 반려동물 가게에서 도마뱀을 데리고 돌아왔다.

"얘는 타코예요." 조카는 내 변호사가 함께 일하는 주니어 변호사를 소개했던 때가 떠오르는, 사무적이지만 애정이 담긴 말투로 말했다. "아침으로는 귀뚜라미를 먹고 저녁으로는 귀뚜라미를 먹어요."

이혼 합의서 창 구석의 노란색 최소화 버튼을 누르자 조항 3B는 아주 작아졌지만, 완전히 사라지지는 않았다. 나는 물었다. "점심은?"

"용은 점심 안 먹어요." 조카는 뻔한 말에 대답할 때를 위해 남겨둔 참을성 넘치는 목소리로 대답했다. 그 애가 무지개 맛 아이스크림을 제일 좋아한다는 말에 내가 그 아이스크림에서는 무슨 맛이 나느냐고 물었을 때, 그가 "음…… 무지개 맛이겠죠?" 대답했던 때가 떠올랐다.

타코는 모래처럼 베이지색에 거칠거칠했고 크기는 내 가운뎃손가락보다 조금 큰 정도였다. 반짝이는 검은 눈을 이리저리 굴렸다. 타코는 델리 테이크아웃 용기처럼 생긴 우리에 담겨 집으로 왔고, 우리는 타코가 따뜻하도록 부엌 라디에이터 근처에 도마뱀 우리를 두었다. 조카는 타코는 사막 출신이니 따뜻하게 지내야 한다고 설명했다. 우리 둘은 부엌의 타일 바닥에 주저앉아 도마뱀을 고향과 비슷한 곳으로 돌려놓아 주었다.

어떤 존재에게 무엇이 필요한지 정확히 아는 것은 위로가 됐다.

하지만 타코는 더 많은 걸 필요로 했던 것 같다. 녀석은 수시로 물갈퀴 달린 발로 우리의 플라스틱 벽을 박박 긁으며 미친 듯이 발버둥쳤다. 속임수는 이제 끝이었다. 타코는 겁에 질려 있었다.

크리스마스 당일에는 2차 세계대전의 폭격에서 살아남은, 우뚝 솟은 지붕 달린 거대한 석조 교회에서 열린 예배에 참석했다. 예배 도중 딸이 꼼지락거리기 시작해서 나는 그 애를 데리고 맨 뒤로 가서 앉았다. 궁둥이에 닿는 돌바닥이 차가웠다. 무릎 위 내 아이의 몸은 따뜻했고. 조카가 교회 뒤편에 전시된 레고 모형을 보라며 내 귀에 대고 다급히 속삭였다. 나는 교회 뒤편에 레고로 만든 작은 이혼녀가 쭈그리고 앉아 있는 모습을, 그녀의 핸드백 속에 밀수품처럼 숨겨진 레고로 만든 작은 담뱃갑을 상상했다.

알쏭달쏭하고도 헤아리기 어려운 자애를 베푸는, 내 샴푸 통에 깃든 신이 문득 그곳, 우리 곁, 내 딸의 몸이 뿜어내는 열기, 그리고 레고로 만든 교회 속에서 자신에게 필요한 바로 그 성스러운 방을 찾아낸 내 조카의 숨 가쁜 속삭임 속에서 존재를 드러냈다.

내 딸이 영국에서 가장 좋아했던 곳은 교외의 한 식료품 마트였다. 도시의 보데가만 알며 자란 내 딸은 이렇게 거대한 마트를 본 적이 없었다. 그 애가 은색 쇼핑 카트에 타서 밀가루 반죽 같은 다리를 달랑달랑 흔드는 채로, 우리는 카트를 밀고 신선해 보이지 않는 과일들이 그득한 통로를 드나들었다. 색이 옅은 데다가 움푹 흠이 파인 오렌지.

갈색 점이 잔뜩 생긴 바나나. 딸기코처럼 빨간 색깔의 멍든 사과. 그러다가 우리는 요구르트 판매대에서 해탈에 이르렀다. 헤이즐넛 맛, 루바브 맛, 솔티 캐러멜 맛, 바나나 토피 맛. 명사와 명사가 이해할 수 없는 방식으로 결합했다. 쌀 사과, 구즈베리 바보, 이런 식으로 말이다. 쇼핑 카트에 집어넣기 위해 그것들이 정확히 뭔지 알 필요조차 없었다.

과일이 담긴 우울한 바구니들이 어처구니없을 정도로 다양한 요구르트 코너와 병치되어 있는 모습이 마치 나를 꾸짖는 것처럼 느껴졌다. 가게에 없는 건 요구하지 말라. 그냥, 한 번도 상상해 본 적 없는 요구르트로 카트를 채워라. 텀블위드가 네 아기의 아빠 노릇을 하는 걸 원치 않았다고 해서 그를 미워하지 말라. 네가 아직도 욕망에 사로잡힐 능력을 잃지 않았음을 알려 준 그에게 감사하라.

20년 가까이 지난 옛날, 내 식이장애가 끝나갈 무렵, 한 정신과 의사는 식이장애를 없애려면 그 전에 식이장애가 내게 해 준 일들이 무엇인지 알아야 한다고 말했다. 그것이 해 준 일이 무엇이건, 앞으로 그 일을 나 스스로 하는 법을 알아야 한다고 말이다. 그의 지시는 사람들이 자기 파괴적 행위에 대해 해 준 온갖 지혜의 말들보다 더 도움이 됐다. 이 정신과 의사는 내 병이 한편으로는 무슨 일을 일으키고자 하는 시도이기도 했다는 걸 이해했다.

텀블위드에게 실연당한 것은 쓸모 있는 고통이었다. 그 고통은 내가 아직도 기꺼이 부서지기를 받아들일 정도로 무언가를 간절히 원할 수 있음을 알려 주었다.

예전에 이모는 말했다. 어떤 연애는 대하소설이고, 어떤 연애는 단편소설이라고. 그저 시 같은 연애도 있다. 원나잇 스탠드는 하이쿠다. 장편소설이 되지 못했다고 시를 탓할 수는 없는 노릇이다. 어차피, 시가 800페이지에 걸쳐 이어지기를 바라지는 않지 않을까. 어떤 연애가 영원히 이어지지 않았다고 해서 그 연애가 실패했다는 뜻은 아니다. 나는 텀블위드와의 관계를 그렇게 여기고 싶었다. 내 결혼 역시 그렇게 여기고 싶었다.

롤랑 바르트가 던진 질문. "어째서 불타 없어지는 것보다 계속되는 것이 나은가?"

중독에서 빠져나온 어느 헤로인 중독자가 언젠가 내게 한 말. "나는 허기진 게 좋아요. 내 몸이 살아 있고 싶다고 내게 말한다는 뜻이니까."

FeVEr

열

바이러스는 문손잡이에서 얼마나 오래 살아남을까? 바이러스는 지하철 안에서 얼마나 오래 살아남을까? 스카프로 입을 가리면 바이러스가 들어오지 못하게 막을 수 있을까? 스카프로 입을 가리면 바이러스가 나가지 못하게 막을 수 있을까? 그 많던 파스타는 다 어디로 갔을까? 암시장에서 산 휴지. 바닐라 추출물이 들어 있는 손 소독제. 격리 중 재발률. 다시 입을 연 뒤에도 말이 안 나오면 어떡하지? 도널드 저드는 싱글 대디였을까? 도널드 저드에게는 보모가 있었을까? 헤지펀드는 다른 사람들이 돈을 잃을 때마다 돈을 벌까? 오래된 쓰레기 예술. 코로나바이러스에 감염됐다 나으면 셔츠에서 나는 냄새가 다르게 느껴질까? 코로나바이러스로 죽는 아이도 있을까? 너무 오랫동안 누군가의 몸과 닿지 못하면 무슨 일이 일어나나?

모든 격리가 그렇듯, 우리의 격리도 갑작스러운 뺄셈들로 시작되었다. 수업, 포옹, 지하철, 보육이 빠졌다. 우리 집 거실에 있던 친구들의 몸. 인도를 걸을 때 내 몸을 스치던 낯선 사람들의 몸. 그리고 결국은, 내 몸까지도 빠졌고, 바이러스가 오한, 밤마다 일어나는 발열, 목부터 발뒤꿈치까지 번지는 근육통을 가져온 덕분에 뺄셈보다는 왜곡에 가까워졌다.

몇 주 동안 내 몸에 닿은 타인은 내 딸뿐이었다. 딸은 두 살이었다. 집 밖 거리는 텅 비었고, 사이렌은 멈출 줄 모르고 울렸다. 병원의 산소 호흡기가 동났다.

내게 증상이 나타난 뒤로 우리는 집 밖에 나가지 않았다. 넘쳐흐르는 쓰레기를 내다 놓느라 단 한 번 내려간 게 다였다. 아무 냄새도 맡을 수 없으니 쓰레기 냄새도 나지 않았다. 그러나 바나나 껍질과 으깬 주키니 조각으로 이루어진 더미를 아무리 꾹꾹 눌러 담아도 더는 들어가지 않는 걸 보니, 쓰레기를 비울 때였다. 1층 현관에서 파란 마스크를 쓴 남자가 말을 하려고 마스크를 내리자 나는 움츠러들며 그에게서 멀어졌다. 그는 내가 자기에게 바이러스가 옮을까 두려워하는 줄 알았을 것이다. 사실 나는 내가 그에게 바이러스를 옮길까 봐 두려웠다. 왜 그에게 제가 바이러스에 감염되었어요라고 말할 수 없었나? 차마 목에 걸린 듯 말할 수 없었다. 나는 질병 매개체의 수치심을 느꼈다.

바이러스. 힘줄을 닮은 친밀한 이름. 바이러스는 어떤 느낌일까? 이불 속에서 벌벌 떠는 느낌. 눈 안쪽에서 느껴지는 뜨거운 가려움. 대낮에도 세 겹이나 껴입어야 하는 스웨트셔츠. 조그만 두 팔로 내 몸에 담요를 한 장 더 덮어 주려는 내 딸. 근육이 욱신거리는 나머지 가만히 누워 있을 수도 없고, 다른 무슨 일을 하는 것은 상상조차 할 수 없는 느낌.

록다운이 시작되었을 때, 그리고 내가 아프다는 걸 알기 전, 나는 미치지 않고 한없이 긴 하루하루를 보낼 수 있도록 시간표를 짰다. 책 읽는 시간, 춤추는 시간, 그림 그리는 시간. "청소/집안일" 옆에는 여덟 개의 팔을 잘 놀려 문손잡이를 표백제로 닦아 내겠다는 것처럼 종이를 오려 만든 문어를 붙였다. "산책/모험!" 옆에는 마치 우리가 길가에서 이국의 동물을 마주치기라도 할 것처럼 종이호랑이를 붙였다.

우리 집 창밖 벚꽃은 눈치 없이 화사하게 피어났다. 봄볕은 병실을 찾아와 씩 웃는 방문객처럼 다가왔다.

처음에는 내가 피로하다고 믿지 않았다. 아기가 낮잠 자는 시간에 이메일 답장을 쓰려다가 자꾸만 소파에서 잠들어 버리는데도 말이다. 그러나 결국은 전류처럼 다리를 타고 흐르며, 운동한 뒤처럼 나를 기진맥진하게 만드는 아픔을 더는 부정할 수 없어졌다. 며칠 뒤 미각과 후각이 사라졌다. 이 새로운 증상에 대한 기사를 찾아봤다. 그런 식이었다. 뉴스에 등장하는 몸들, 그리고 몸에 등장하는 뉴스.

내게 증상이 나타나자, C와 나는 한동안 한 집에만 아이를 데리고 있기로 했다. 우리 둘 다, 그게 가장 안전한 방식이라 생각해서였다. 만약 내가 아이를 돌볼 수 없을 만큼 아프면 그에게 알려 주기로 했다. 그건 어떤 상황일까? 그만큼 아프다는 걸 내가 어떻게 알지?

딸이 떨어뜨리거나 집어 던진 물건들을 주워 일어서면 시야 주변부에 검은 점들이 날아다녔다. 바이러스는 내 침실을 자기 침실이라 우겼다. 바이러스는 밤중에 내 몸을 감싸고 침대 시트에 땀을 흘리는 내 새로운 파트너였다. 밤중에 잠에서 깨면 나도 모르게 핸드폰으로 뉴스를 확인했다. 물을 마시러 개수대로 가는 길에도 기절할 것 같아서 반쯤 가다가 바닥에 주저앉아야 했다.

아프다는 사실을 알자마자, 한밤중까지 기다렸다가 아래층 이웃들에게 내가 감염병에 걸렸음을 알리는 안내문을 붙였다. 모든 환자는 다른 누군가에게 0번 환자가 될 수 있었다. 잠깐이지만 바이러스는 우리 모두를 치명적 무기로 둔갑시켰다. 바이러스를 흘린다shed라는 표현은 어쩐지 아름답게 그로테스크하다. 마치 비가시광선을 통해서 보면, 탈피한 뱀 허물처럼 벗어던진 병이 내 집 안에 웅크린 채 먼지가 되어 바스러지는 모습이 보이기라도 할 것만 같다.

록다운이 시작되기 한 달 전, 밸런타인데이에 C와 나는 드디어 이혼 서류에 서명했다. 내 사건을 담당한 주니어 변호사는 내가 이혼 합의서 구석에 대문자로 내 이니셜을 48번 쓰는 모습을 보았다. 나는 C가 다음 날 자기 변호사의 사무실에서 내 이니셜 옆에 자기 이니셜을 쓰는 모습을 상상했다. 그가 내 이니셜을 보고, 또 보면서, 매번 그것이 내가 원하는 것임을 확인하는 상상을 했다.

서류에 서명을 마친 뒤, 변호사는 몇 시간 뒤 신부 파티에 참석하기 위해 바르셀로나행 비행기를 탈 거라고 했다. 그게 그녀의 삶일 것이다. 매주 이혼 합의서를 쓰고, 매 주말 신부 파티에 참석하는 삶. 선불교의 교훈 같다. 언젠가는 유리잔이 깨질 것임을 잊지 말라.

서명을 마치자마자 나는 서둘러 지하철을 탔다. 보육 시간은 30분 뒤 끝이었다. 시리도록 춥지만 환한, 태양이 머리 위에 빛나는 눈처럼 둥실 떠 있는 날이었다. 그해 겨울 딸이 그린 그림 속에는 위쪽 구석에 엉망진창으로 끄적인 노란색 무언가가 등장하기 시작했고, 그 애는 그것을 "차가운 달"이라고 불렀다. 그 애는 이해하고 싶었던 것 같다. 온기로 가득 차지 않은 날이 어떻게 빛으로 가득 찰 수 있는지를.

처음에는 다들 격리 기간에 관해 이야기했다. 격리 기간이 단 하나인 것처럼. 우리 모두 각자의 격리 속에서 살아가고 있지 않기라도 한 것처럼. 나는 운이 좋았다. 직업이 있고, 집이 있고, 건강한 딸이 있었다. 아프기는 해도 병원에 입원한 게 아니었다. 사람들은 격리 기간이 부모들에게, 또 혼자 사는 사람들에게 혹독하다고 했다. 한부모인 나로서는 두 배로 혹독한 셈이었다.

내 마음속에는 똑같은 그림책을 읽고 또 읽는 내 목소리가 메아리치는 복도가 하나 있었다. 토끼 씨, 도와드릴게요. 안녕, 줄무늬야. 안녕, 점박이야. 안녕, 우와. 그게 뭐야? 이건 흘러내린 완두콩이야. 퍼핀puffin이 머핀 위에 앉아요. 스네이크snake가 케이크에 앉아요. 램lamb이 잼에 앉아요. 어린 소녀야, 정말 도와줄 거니?

일정표 속에 써 둔 놀이들은 내가 아프기 시작하자 힘들어서 도저히 할 수 없는 일들처럼 보였다. 티 파티, 댄스파티, 티슈 찢기 파티. 라이브 캠을 통해 동물원 보기는 복불복이었다. 때로는 명랑한 판다들이 초록빛 언덕을 굴러 내려오는 모습이 보였다. 때로는 다른 우리 모두와 마찬가지로 아파 보이는 코알라가 눈을 감고 있는 모습밖에는 보이지 않았다.

어차피 내가 일정표에 뭐라고 썼건 상관없었다. 내 딸은 자기가 좋아하는 걸 알았다. 그 애가 제일 좋아하는 놀이는 빨래 바구니에서 뛰어내려 하드우드 바닥에 머리부터 착지하는 일이었다. 두 번째로 좋아하는 놀이는 내 브라를 쓰레기통에 집어넣는 일이었다. 세 번째로 좋아하는 놀이는 기저귀 발진 방지 크림을 바닥에 쭉 짠 다음 내게 물티슈를 건네주고 "엄마 닦아." 하는 거였다.

내가 엄한 표정으로 바라보면 그 애는 능청스레 웃었다. "닦아 주세요." 그 애는 어떻게 하면 통하는지 잘 알았다.

팬데믹 초기의 나날, 초대받지 않은 디너파티를 꿈꾸는 일이 종종 있었다. 다른 이들의 격리 기간을 낭만적으로 상상하는 건 오래된 습관의 새로운 반복일 뿐이었다. 그렇다, 나는 내 결혼이 다른 결혼이

길 종종 바랐듯이 내 격리 역시 다른 격리이기를 바랐다. 그러나 애초 내가 이 초조함 없이 삶을 살았던 적이 과연 있었나? 격리 기간은 내가 이전에 수없이 많이 배웠지만 여전히 잘 기억나지 않는 사실을 가르쳐 주었다. 내가 외로운 특정한 방식 말고도 세상에는 너무나 많은 외로움의 방식이 존재한다는 사실.

그동안 내 아이는 라마가 그려진 무지개색 파자마의 목 부분에 피타 칩 부스러기를 부어 넣고 있었다. 그 애는 인터넷으로 주문한 라즈베리를 아기용 포크로 쿡쿡 찌르며 시간을 보냈다. 우리 둘 중 하나는 아직 맛을 느낄 수 있으니 다행이었다. 아이는 전혀 아파 보이지 않았다. 그 애의 쉬지 않는 몸이 우리 두 사람 몫을 사는 것 같았다. 아기는 치열하고도 불가해한 프로젝트에 돌입했다. 자기 장난감 웍으로 내가 가지고 있던 행운의 매 깃털—완전히 다른 어느 우주에서, 어느 화창한 날, 업스테이트뉴욕의 어느 마당에서 발견한 것—을 나무로 된 자기 조그만 부엌에 가져가서는 나무 칼로 뒤적였다. 뭐 하는 걸까? 한껏 집중한 눈이 반짝였다. 그 애는 모든 걸 돌보고 싶어 했다. 나무 얼룩말에게 기저귀를 채우려 들었다. 무선 청소기에 기저귀를 채우려 들었다. 소독 티슈 통에 기저귀를 채운 뒤 내 침대의 요 아래 집어넣고 "잘 자." 했다.

때로 딸은 "엄마 도와줘." 했다. 무언가 필요한데 정확히 뭐가 필요한지 모를 때였다. 나는 내게 필요한 게 무엇인지 정확히 알았다. 다른 인간의 몸이었다. 나는 아이의 두피 냄새를 들이마셨다. 아기의 조그만 발가락으로 내 허벅지를 눌렀다. "엄마 다리." 아이는 기뻐하며 말했다. 때로는 세상에 이름을 붙이는 것만으로도, 세상의 부분들을 소리

내 부르는 것만으로도 충분했다.

격리 8일 차, 딸이 창밖을 보더니 애처로운 목소리로 말했다. "바깥." 격리 9일 차, 길 건너편 집 진입로에 서 있는 아빠를 향해 포근한 오렌지색 코트를 입은 아기가 달려가는 모습을 본 딸이 외쳤다. "오렌지 아기!" 다른 인간을 보는 것이 유명 인사를 우연히 만나는 것처럼 느껴졌다. 그 아기가 사라지자, 딸이 외쳤다. "오렌지 아기 돌아와!"

지난번에 세상과 이토록 동떨어진 기분을 느꼈던 건, 지난번에 맛을 느끼지 못하는 채로 음식을 먹었을 때이기도 했다. 열일곱 살, 병원에서 철사로 입이 벌어지지 않게 고정한 채, 알아볼 수 없을 만큼 부은 얼굴로 일주일을 보내고 집으로 돌아왔을 때였다. 내가 도저히 내 얼굴을 쳐다볼 수 없었기에 엄마는 집에 있는 거울을 모조리 천으로 덮었고, 플라스틱 주사기로 내 안쪽 어금니 뒤 공간에 엔슈어*를 집어넣어 주었다. 두 달 동안 말할 수 없어서 노트에 글을 써서 의사소통했다. 몇 년 뒤, 나는 심오한 생각의 조각들을 찾을 수 있을지도 모른다는 생각으로 그 노트를 다시 읽어 보았지만, 그곳에 담긴 건 끝없이 반복되는 요구뿐이었다. 바이코딘** 더 주세요, 제발. 바이코딘 더 주세요, 제발. 바이코딘 더 주세요, 제발.

팬데믹 기간의 내 아파트에는 바이코딘이 없었다. 이곳에 있는 것이라고는 유아용 타이레놀, 혀에 닿는 감촉이 곤죽 같은 바나나, 그리고 페이스타임 속 단주에 성공한 다른 알코올중독자뿐이었다. 그 사

* 음식물 섭취를 하기 어려운 수술 후 환자들을 위한 액상형 영양제의 상표명.

** 마약성 진통제의 상표명.

람은 자신이 후원자로 있던 회원 중 몇 명이 다시 술을 마시기 시작했다고, 왜냐하면 빌어먹을 세상이 끝장나는 중이기 때문이라고 했다. 텅 빈 거리에 비가 내리기 시작하자 나는 창밖으로 아주 잠깐 손을 내밀어 보았다. 마치 내가 딸의 배에 뺨을 대고 누를 때처럼, 그저 무언가가 여전히 그곳에 있다는 걸 느끼려고.

격리 기간 동안, 그해 겨울에 만나던 남자와 문자 메시지를 주고받았다. 첫 데이트 장소는 디저트 바였다. 데이팅 앱에서 만난 술을 끊은 여자에게 달리 제안할 만한 곳이 있을까? 그의 프로필에서 가장 마음에 들었던 건 그가 캔버스에 검은 페인트를 마구 칠하는 사진이었다. 사진 설명은 이랬다. 봤죠? 추상 표현주의는 어려운 게 아니에요. 나는 이혼 서류에 사인한 지 이틀 뒤 그를 만났다. 그도 이혼했지만 아이는 없었다. 그는 키가 컸고 머리는 모래 빛이었다. 잘생겼지만 기억에 남지는 않는 얼굴이었다. 철학박사 학위가 있었지만 지금은 헤지펀드 회사에서 일했다. 그가 입은 청바지는 비싸 보였고, 나는 똑같은 바지 열두 벌이 벽장 안에 쌓여 있는 게 아닐지 궁금했다. 실제로 그랬다.

자신감과 취약성이 뒤섞인 그의 몸짓과 말투는 상대를 무장 해제시켰다. 뉴욕의 연애 시장에서 오랫동안 인기 있었을 테지만, 내면에는 고등학생 시절 너드의 흔적이 남아 있는 남자. 그는 너무 똑똑했기에 그와 대화를 나누는 것만으로도 마치 곧 용감하고 고된 일을 하게 될 것처럼 아드레날린이 솟구쳤다.

첫 데이트를 하고 얼마 지나지 않아 그는 이혼한 게 최근이었느냐고 물었다. 내가 오랜만에 남자를 만나는 것 같지는 않다고 그는 설명했다. 내가 순수하게 덜 질려 보인다고 했다. 그건 자신이 약간 질렸다고 말하는 그만의 방식이었다. 그러나 그의 대화는 뜻밖의 순간 등장하는 순전한 호기심에 활기를 띠었다. 내가 단 한 번 퍼스트클래스로 디모인에 갔던 이야기를 하자 그의 눈이 반짝였다. 정말로 만화 속 캐릭터처럼 눈이 튀어나올 것 같았다. 나중에 나는 그 표정을 슬롯머신 표정이라고 부르게 됐는데, 그 얼굴을 보면 내가 무슨 잭팟이라도 터뜨린 기분이 들어서였다. "디모인에 퍼스트클래스로 갔다고요?" 그가 신기하다는 듯 물었다. 그는 디모인에 퍼스트클래스로 간 경험에 대해 속속들이 알고 싶어 했다. 한밤중에 치른 라스베이거스 결혼식에 대해서도 다 알고 싶어 했다. 우리는 디저트 바가 문을 닫을 때까지, 종업원이 짜증 난 기색을 내비칠 때까지, 주변 자리 의자들이 테이블 위에 뒤집혀 올라갈 때까지 이야기를 나누었다.

디저트 바에서 나와 인도에서 그가 내게 키스했을 때, 우리의 키스 안에는 섹스가 담겨 있었다. 그럴 거라는 확신이 없었지만, 그랬다.

그는 내 프로필에서 가장 마음에 들었던 게 내가 서점에서 친구와 함께 환하게 웃으며 요란하게 손을 흔들어대는 사진이었다고 털어놓았다. "당신 옆에 있으면 그렇거든요." 그가 말했다. 나 역시 환한 미소를 띠고, 할 말이 많은, 다른 사람, 심지어 질릴 대로 질린 사람마저도 다시금 세상이 무한하다 느끼게 만들 수 있는 버전의 내 모습을 믿고 싶었다.

두 번째 데이트에서 과거에 철학자였던 남자와 나는 퀸스 깊숙한 곳에 있는 한국식 스파에 갔다. 뜨거운 온탕이 잔뜩 있고, 각각 얼음

방, 황토 방, 소금 방, 황금 방 같은 테마를 가진 조그만 오두막 같은 사우나들이 작은 마을을 이룬, 4층짜리 궁전 같은 벽돌 건물이었다. 누들 뷔페도 있었고, 루프탑에는 자쿠지도 있었다.

"두 번째 데이트로는 너무 과한 것 같은데요." 그곳을 향하기 전 그가 말했다. 그는 데이트에 있어 베테랑이었다. 데이트의 법칙을 잘 알았다. 그러나 나는 그가 너무 과한 일들을 하길 바랐다. 예를 들면 번쩍거리는 금빛 벽을 가진 80도가 넘는 오두막에서 누군가를 애무한다거나, 한 번도 입 밖에 내 본 적 없는 취약성을 털어놓는 일처럼. 나는 그를 구슬려 그가 완전히 다른 사람처럼 행동하게 만들고 싶었다.

요새 같은 스파의 벽돌 벽에 기댄 채로 우리는 10대처럼 서로를 애무했다. 그가 나를 찾아 어둠 속을 더듬으며 시간 개념을 잃어버리는 걸, 질렸다는 생각 같은 건 까맣게 잊어버리는 걸 느끼고 싶었다.

세 번째 데이트에서 우리는 그의 집이 있는 유리로 된 고층 빌딩 펜트하우스 라운지에 놓인 가짜 벽난로 앞에 앉았다. 이곳의 이름은 스카이라운지였다. 아버지가 종종 가던, 비행기를 자주 타는 사람들의 클럽과 같은 이름이었다. 그의 어깨에 고개를 기대자, 그는 자신이 종종 스스로를 로맨틱코미디 속 악역이라 묘사한다고 말해 주었다. 그러니까, 관객들이 당돌한 여자 주인공과 맺어지지 않기를 바라는 금융업에 종사하는 남자 말이다. 그에게 깊은 인상을 주고 싶은 마음이 어찌나 간절했던지, 그를 아빠라고 불러야 할 지경이었다. 그는 마치 보통 사람들보다 더 견고한 소재로 만들어지기라도 한 것처럼 소변조차 자주 보지 않았다.

그와 함께 삶을 짓는 백일몽에 빠지는 건 어렵지 않았다. 젊은 시절로 회귀한 것 같은 텀블위드와의 사이와는 달랐다. 몰아치던 끝없음, 극도의 열정, '전생부터 아는 사이였던 것처럼 뜨거운 사랑에 빠졌기에 당신이 묵는 휴스턴의 호텔 로비에 와 있어요.' 식의 무모함과는 달랐다. 그와의 관계는 반대로 어른의 삶을 향해 앞으로 달려 나가는 것만 같았다. 주택담보대출로 구입한 브라운스톤* 주택, 더 많은 아이들, 얼음제조기가 달린 냉장고, 꼬마전구로 장식한 뒷마당에서 가족이 다 함께 모여 먹는 저녁. 내 백일몽에 담긴 부르주아적 평범성이야말로 수치심 자체였다. 어쩌면 돈은 내가 진정 무엇에 굶주려 있는가를 스스로에게 말하기 위한 부서진 언어에 불과한 건지도 모른다. 나는 브라운스톤 주택이 등장하는 판타지를 통해 스스로에게 나는—10년 뒤에—어떤 깊은 상처도 나지 않은 것처럼 보이는 삶을 원한다고 말하고 있었다.

당연히, 불가능한 일이었다. 내 삶, 내 딸의 삶, C의 삶—우리의 삶들은 언제까지나 이 파열을 품고 있을 것이다. 그러나 미래의 언젠가, 내가 무척이나 다른 삶 속에서 그날들을 돌아보는 상상을 하자 마음이 누그러졌다. 지하철에서 내려 집으로 걸어오는 길에 보았던, 램프 불빛이 새어 나오는 돌출창이 달린 타운하우스 안에서 일어나는 삶.

브루클린 버전의 희고 뾰족한 울타리인 브라운스톤 주택에서의 삶을 꿈꾸는 와중에도 이 판타지의 어떤 부분은 애매하게 발에 안 맞

* 브루클린의 특징적인 건물 형태인 5층 정도의 벽돌 건물로, 고가에 거래되기에 부의 상징으로 쓰인다.

는 값비싼 신발처럼 찰과상을 일으켰다.

나는 과거에도 사랑 이야기가 나를 구원하리라는 믿음을 가진 적 있다. 마음의 눈이 보는 영화처럼 펼쳐지는 그 서사를 믿기만 한다면 충분할 거라고. 아니었다. 그럴 리 없었다.

내가 나 자신에게 하는 로맨스에 관한 이야기를 믿는다는 건 깜빡이는 전구를 향해 고집스레 몸을 부딪치는 나방이 된 것처럼 느껴졌다. 전구가 달이 될 일은 없을 것이다. 결혼 서사가 달이 될 일은 영영 없을 것이다. 결국 나방은 뜨거운 유리에 날개를 다 태우거나, 지쳐 죽을 것이다.

브라운스톤 주택이라는 백일몽 아래에는 한층 더 원초적인 허기가 도사리고 있었다. 돌봄을 받고 싶은 욕망이었다. 그건 돈 문제이기도 했지만—몇 년째 공과금을 혼자 내고 있었으니까—그보다는 하루가 끝날 때 콘크리트처럼 굳은 내 어깨를 누군가가 주물러 주면서 내가 지고 있는 모든 짐을 내려놓으라고 말해 주는 판타지와 더 관련 있었다.

이 버전의 내 삶 속에서, 내가 아프면 남편은 나를 침대에 눕히고 서늘한 손등으로 내 이마를 짚은 뒤, 땀에 젖어 차가워진 티셔츠를 내 머리 위로 벗긴 다음 그릇에 담긴 아이스크림을 아침 식사로 가져다줄 것이다. 아기의 조그만 손가락이 루비처럼 빨간 피에 젖어 미끌미끌해지면 남편은 공주 그림이 그려진 일회용 반창고를 꺼내거나, 아니면, 젠장, 반창고가 다 떨어졌잖아. 할 것이고, 우리는 그의 목소리가 만들어낸, 현관 앞 아치처럼 둥근 집이 될 것이다.

얼굴 없는 유령에 대해 백일몽을 꾸기는 어렵지만, 미래의 이 유령에게 얼굴을 준다면—예를 들면, 날카로운 눈을 가진, 과거에 철학자였던 남자의 얼굴—그 유령을 믿기가 더 쉬워진다. 어둠 속 불 밝혀진 현관에 서 있는 우리를 믿기가 더 쉬워진다. 끝없는 할 일 목록, 빡빡한 일정, 그중 아무것도 놓치지 않겠다고 손마디가 하얗게 될 정도로 주먹을 움켜쥔 내 삶에서, 내가 이 욕망에게 몸을, 그리고 값비싼 짙은 색 청바지를 준다면, 내 머리를 쓰다듬는 두 손을, 나더러 쉬라고 고집하는 목소리를 준다면, 내가 얼마나 돌봄을 갈망하는지 인정하기 더 쉬워졌다.

이 판타지가 무슨 옷을 걸치건 간에 분명한 사실은 한 가지였다. 내 판타지는 삶을 건설하는 일이 아닌, 삶을 재건하는 일에 관한 것이었다. 이 삶은 어떤 모습이건 과거의 뼈를 딛고 세워질 터였다.

나는 과거에 철학자였던 남자가 자신을 로맨틱코미디 속 악역이라 부를 때가 좋았는데, 내가 여자 주인공이 맞는지 의심하기 시작해서였다. 지난 오랜 세월 내내, 내 삶이라는 영화에 출연한 나를 상상할 때면, 나는 내가 응원할 만한 인물이라고 생각했다.

그런데 이제는 확신이 없었다. 나는 첫 아내와 사별한 남자, 슬픔으로 충격과 트라우마에 시달리던 남자를 떠났다. 이제 내 친구나 엄마가 아니라면 누가 날 응원할 수 있을지 알 수 없었다. 내가 따라가는 내러티브 아크*가 무엇인지, 내게 걸맞은 결말이 무엇인지 확신할 수

* 스토리의 구조에서 발단-상승-위기-절정-하강으로 이어지는 흐름을 만들어내는 사건과 플롯 들.

없었다.

별거한 지 1년 뒤 처음 데이팅 앱에 접속했을 때, 남자들이 요란하게 뽐내는 남성성의 과시를 마주하자니 취약성과 결핍으로 이루어진 거대한 거미줄을 들쑤시는 기분이었다. 킬리만자로에서 찍은 셀피, 바람에 머리카락을 흩날리며 요트 위에서 찍은 사진, 거품이 이는 라거 잔 앞에서 지은 세련되고 느긋한 포즈. 모든 프로필이 내가 분해해 보고 싶고 돌보고 싶은 인간이라는 복잡한 기계였다. 저지에 사는 뮤지션 겸 카피라이터. 라이커스섬의 교정공무원. 커피 로스터. SVP. SVP가 뭐지? 처음 그 단어를 봤을 때는 구글에 검색해 보았다. 일곱 번째 봤을 때는 검색하지 않았다. 그린포인트에 사는 파스타와 기후 변화에 꽂혀 있었다. 트라이베카에 사는 누군가는 자신이 실수로 여동생이 키우는 햄스터를 죽인 일에 대해 물어보기를 바랐다. 첼시에 사는 누군가는 살면서 다시는 하고 싶지 않은 일이 "비트 먹기"라고 했다. 사진 속 그는 눈보라 속에 웃통을 벗고 씩씩하게 걷고 있었다. 그는 가능한 삶이었다.

나는 내가 프로필에서 극도로 솔직해지면 어떤 모습일지 상상해 보았다.

살면서 다시는 하지 않을 일: 한밤중 라스베이거스 예식장에서 결혼하기

토론해 봅시다: 양육권을 나눠 가지면 저는 온전한 엄마가 아닌가요!!?? :)

나는 이 모든 남성적 허세 앞에서 불가능할 정도로 따뜻한 마음이 차오르는 걸 느꼈다. 넘치기 직전의 커피처럼. 마치 내가 이 모든 남자들의 엄마인 것처럼.

과거에 철학자였던 남자와 만난 지 한 달째였을 때 세상이 일시 정지되었다. 내가 가르치던 대학이 휴교했다. 마트에 청소용품과 손 소독제가 동났다. 과거에 철학자였던 남자는 문자 메시지로 열이 있다고 전해 왔다. 큰일은 아닐 거라고 했다. 의사는 호흡에 문제가 없으니 바이러스 때문이 아닐 거라고 했다.

그의 열은 2주간 떨어지지 않았다. 그의 체온이 정상으로 돌아오자, 이번엔 내가 아팠다. 우리 둘 다 이 병의 이름이 무엇인지 잘 알았다.

아기와 함께 철저한 격리 속에서 보내는 나날은 끝이 없는 동시에 앞뒤가 맞지 않았다. 화요일이 수요일 같고, 그러다 금요일이었고, 어떤 날에는 바깥에 비가 왔고, 어떤 날에는 날씨가 맑았고, 어떤 날에는 누가 우리 건물 현관에 침입해서 아마존에서 온 소포들을 뒤집어엎었다.

우리의 나날은 메트로놈처럼 째깍째깍 지나가는 반복으로 가득했다. 주전자의 삐익 소리, 개수대 속 오트밀이 굳어 달라붙은 그릇이 부딪치는 소리, 아기가 조그만 모자와 장갑을 몇 번째인지 모를 정도로 또 한 번 바닥에 온통 흩어 놓은 뒤 "엄마가 고쳐 줘." 말하는 것.

시간의 흐름을 놓치지 않으려고, 나는 매일 딸에게 새로운 음식을 먹이기로 했다. 삶은 주키니, 링 모양으로 자른 파인애플, 아직 하얀 곰팡이가 앉지 않은 라즈베리. 나비넥타이 모양 파스타. 수레바퀴 모양 파스타. 병에서 곧바로 떠먹는 피넛버터. 때로 나도 모르게 부러운 눈으로 딸을 바라보았다. 아기는 아직 맛을 느낄 수 있으니까. 초콜릿 맛이, 사과 맛이, 체더 치즈 맛이, 심지어는 좋은 커피가 다 떨어졌을 때만 마시는 인스턴트커피 맛조차 그리웠다. 예전에는 좋아하지도 않았던 냄새들도 그리웠다. 무첨가 요구르트, 유리 세정제, 곰팡이가 군데군데 앉은 오이가 풍기는 썩은 내. 코를 찌르는 소변 냄새, 딸이 똥을 눈 기저귀에서 나는 거름 냄새까지도.

록다운 소문이 돌자마자 마트의 선반은 텅 비었고 쇼핑 카트는 넘쳐흘렀다. 고양이 사료와 인스턴트커피를 쟁이는 여자, 영원히 목욕만 할 것처럼 비누를 한 아름 안은 남자.

자가격리 열흘째, 집안이 그득한 재활용 쓰레기봉투로 가득 차자, 나는 구글에서 유아 예술 프로젝트 + 오래된 쓰레기를 검색했다. 결국 내 딸과 나는 기저귀 상자를 잘라 펼치고 뒷면에 길을 그렸다. 아이가 찢어 버린 그림책 속 삽화를 오려 붙였다. 분홍색 마커로 실비아 플라스가 갓 태어난 아들을 위해 쓴 시 구절을 베껴 썼다. "사랑, 사랑 / 나는 우리 동굴에 장미 다발을 걸었지……." 낡은 쓰레기는 새로운 십자수였다. 내 딸은 플라스의 시 위에 마커로 낙서했고, 그 애가 그린 비뚤거리는 동그라미와 물고기 스티커로 흐려진 그 언어들은 더욱더 진실해 보였다.

아이를 재운 뒤, 과거에 철학자였던 남자와 나는 때로 각자의 집에서 동시에 같은 영화를 보는 방식으로 데이트했다. 우리는 미친 듯이 실시간 메시지를 나누었다. 우리가 보는 영화들은 캠피한 영화로 기울었다. 「사라의 미로여행」을 볼 때는 스카프를 두른 작은 벌레 인형에 관해서, 그리고 고블린의 왕 자레스로 분한 데이비드 보위의 공공연한 비밀인 섹스어필에 대해 메시지를 주고받았다. 「인디아나 존스: 마궁의 사원」을 볼 때는 거대한 뱀이 꿈틀거리는 조그만 뱀들을 잔뜩 먹는 디너파티에 어울리는 이모지를 찾으려 애썼다. 입 부분이 마이크처럼 굴곡진 해골 헬멧을 머리에 쓴 사악한 마술사가 인간 제물의 두근거리는 심장을 들어 올리자 나는 마술사가 이제 TED 강연을 시작하려는 것 같다고 말했다. 그러자 그는 ㅋㅋ 웃는 이모지로 반응했고, 나는 작은 승리감이 자아낸 아드레날린이 쏟아지는 걸 느꼈다.

그럼에도 이 시기는 우리의 역동, 즉 그에게 깊은 인상을 남기고 싶은 내 마음을 잠시 멈추게 했다. 두 번째 데이트 날, 루프탑에 있던 자쿠지에서 나눈 대화가 자꾸 떠올랐다. 중학생 시절 나는 병적으로 수줍음이 많았고, 밤이면 침대에 누워서 잘나가는 여학생이 너는 왜 다리 면도를 하지 않느냐고 또 물으면 다음번에는 뭐라고 대답해야 할지 생각했다. 아니면 내가 함께 차를 타고 등교하는 인기 많은 학생들에게 무슨 말을 해야 할지를 생각했다. 우리는 피시Phish의 라이브 잼 세션을 연주하는 잘생긴 선배의 폭스바겐 밴에 타고 등교했다. 나는 그 음악이 마음에 안 들었지만, 그래도 피시의 CD를 샀다. 내가 어떤 사람이 되어야 하는지 어렴풋이라도 알고 싶은 마음이 간절해서였다. 몇 년간 아무 말도 없이 살아가다 대학생이 된 나는 자아의 유령 같은 껍데기에서 벗어날 수 있는 방법을 마침내 알아냈다. 문예지 편집부에서 밤늦게까지 술을 질펀하게 마신 뒤, 허름한 벨벳 소파에 몸을 던졌다. 마침내 내게 어울리는 장소를 찾아낸 거였다.

"흐으으음." 그는 잠시 후, 눈을 가늘게 뜨고 나를 쳐다보았다. "정말…… 평범한 이야기네요."

나는 그를 보며 눈을 깜빡였다.

"굉장히 익숙한 이야기예요." 그는 그렇게 말하더니, 탐탁지 않다는 듯 덧붙였다. "'수줍음 많은 소녀가 별나고 창의적인 공동체 안에서 자아를 발견하다.' 꼭 영화 같은 데 나오는 것 같잖아요."

내 안의 어린아이는 실패감을 맛보았다. 자쿠지 안 염소로 소독된 물속에 웅크리고 앉아, 나는 덜 평범한 일화를 찾아 내 안의 서랍을 들쑤셔댔다. 그의 마음에 찰 정도로 괜찮은 일화를 찾아서.

그날 밤 늦은 시간, 나는 과거에 철학자였던 남자에게 어떤 사람은 다른 사람들보다 더 흥미롭다는 말이 맞는 것 같으냐고 물었다. "아니면 흥미라는 건 너무나 주관적인 거라서, 누구나, 그러니까, 그 누구라 할지라도 그 사람이 세상에서 제일 흥미로운 사람이라 생각하는 다른 누군가가 있을까요?"

나는 그 개념에 담긴 너그러움이 기분 좋았다. 그 누구라 할지라도 누군가에게는 세상에서 가장 흥미로운 사람이라는 것 말이다. 우리는 신탁의 동굴처럼 생긴, 벽이 금빛인 오븐처럼 뜨거운 방 안에 있었다. 이런 종류의 진실을 털어놓을 수 있는 곳.

"아," 그는 말했다. "전 그냥 따분하기만 한 사람도 있다고 생각하는데요."

내가 깊은 인상을 주려 애쓸 필요가 없던 상대는 오로지 어머니뿐이었다. 아침마다 초등학교로 등교하는 길, 나는 어머니가 모는 은색 토요타 자동차에 조용히 앉아 정체된 405번 도로에 갇힌 채로 침묵에 대해서는 전혀 생각하지 않았다. 몇 년 뒤, 그 누구와도 침묵을 지키는 게 편안하지 않다는 사실을 깨달았을 때에서야 그때의 침묵을 떠올렸다.

턱 수술을 받은 뒤 철사로 입을 벌릴 수 없게 고정했을 때, 내가 보고 싶은 사람은 오로지 어머니뿐이었다. 어머니 말고 다른 누군가와 나누기에는 너무나 진부한 불안만을 휘갈겨 쓴 조그만 노트를 가진, 다른 누군가와 함께 있기에는 너무 시시하고 따분한 사람인 나는 엄마에게 침대 옆 협탁에 가위를 가져다 달라고 부탁했다. 입을 다문 채로 구토했을 때 철사를 자르고 입을 벌릴 수 있도록 말이다. 내가 어머니에게 줄 수 있는 것은 심오함이 아닌 지루함과 요구가 전부였다. 어머니의 사랑은 내가 물개처럼 재주를 부려야 얻어먹을 수 있는 물고기가 아니었다. 어머니가 영영 죽지 않는다면 나는 영영 괜찮을 터였다.

딸이 태어나자, 딸이 신생아이던 나날, 그 나날에 담긴 반복과 섬망을, 끝없이 들이켜는 얼음물을, 머스터드 색 똥이 그득한 조그만 기저귀를 어머니와 나누는 게 어렵지 않게 느껴졌다. 어머니는 늘 내 존재의 가장 단조로운 구석에 기꺼이 깃들어 살았으니까.

격리 기간 동안 내가 똑같은 그림책을 열네 번째 읽으며 딸과 너무 오랫동안 함께 앉아 있었을 때마다, 아니면 삑삑 소리가 나는 기린 인형을 의자 뒤에 숨겼다가, 꺼냈다가, 그 일을 또 하고, 또 하고, 또 할 때마다, 나는 내가 느끼는 지루함이 딸에게 내주는 선물이라고, 그 애가 나에게 흥미를 불러일으키려 애쓸 필요가 없다고, 흥미란 내가 그 애한테서 요구하지 않는 그 무엇이라고 생각하려 애썼다.

그 기나긴 시간 동안 내 지루함은 그 누구도 지루하게 해서는 안 된다고 여겼던 어린 시절의 나에게까지 가 닿았다. 어머니만 빼고, 그 누구도.

줌으로 이루어진 회복 모임에서, 단주한 다른 회원들이 「브래디 번치」 포스터*를 닮은 화면 속에 자리 잡았고 각자의 고양이들이 웹캠 앞에 꼬리를 흔들어댔다. 잡음 섞인 목소리들이 서로 맞지 않는 속도로 평온을 비는 기도를 읊었다. 스피커 모드의 좋은 점은 내가 내 얼굴을 보지 않을 수 있다는 점이었다. 지금까지 수년간 회복이 내게 알려준 일이 바로 그것이었다. 나 자신한테서 벗어나는 것.

지하실에서 했던 모임들을 떠올리자니, 그때 느꼈던 신체성이 그리웠다. 내 손을 마주 잡는 낯선 이들의 종이처럼 버석버석한 손바닥에 새겨진 손금. 바닐라 프로스팅이 덮인 단주 기념일 케이크를 한 조각 가져오려고 집은 플라스틱 포크의 손잡이가 다른 누군가의 체온이 남아 아직 따뜻했던 것. 함께 기도문을 읊는 골초들의 갈라진 목소리와 민트 껌 냄새가 풍기는 숨결.

나는 자기혐오라는 멜로드라마를 떠나오려 10년의 회복 기간을 보냈다. 그러나 이혼 과정에서 양극단의 사고라는 세이렌의 노래가 또다시 강력하게 들려왔다. 나 자신을 순수한 피해자로 보거나 악마로 보려는 충동이었다. 당연히 나는 둘 다 아니었고, C 역시 둘 다 아니었다.

나는 나를 동물 인형처럼 다루는 방법을 배우고 싶었다. 내 딸이 매일 밤 여우 인형에게 부드럽게 이불을 덮어 주는 것이 여우가 착하게 굴어서가 아니라 여우가 잠을 잘 시간이어서인 것처럼.

* 1969~1974년 방영된 미국의 시트콤으로, 주요 등장인물의 얼굴을 네모칸 속에 들어간 모습으로 나열한 포스터가 마치 여러 명이 참여한 줌 회의 화면을 연상시킨다.

어느 날 오후 과거에 철학자였던 남자는 평소보다 더 감동적인 문자 메시지를 보내왔다.

"지난 2주 동안 당신이 얼마나 힘들었을지 서서히 알게 됐어요. 주 7일, 24시간 내내 도와줄 사람도 없이 아이를 돌보고, 팬데믹과 자가격리가 주는 정서적 부담도 있었을 테고, 아픈 와중에도 일을 계속 해야 했겠죠. 정말 큰일이었을 거예요."

메시지를 읽다가 하마터면 울 뻔했다. 목이 메어 왔다. 짠맛이 느껴졌다. 얼마나 혼자이고 싶지 않은지, 이 갈망이 너무나 커서 압도될 것 같았다.

다른 어른과 이토록 오랜 기간 떨어져서, 딸이 조그만 장난감 프라이팬으로 구워서 가져온, 찍찍이가 달린 반쪽 두 개를 합치면 하나가 되는 나무 레몬을 받으려고 손을 활짝 펼치면서, 그다음에는 내 딸이 딱 한 통 남은 소독 티슈를 자기 아기라도 되는 것처럼 아끼고 돌보는 모습—통에 턱받이를 둘러준 다음 종려나무가 그려진 내 이불 속에 집어넣는—을 보느라 미쳐 버릴 것 같은 기분이었다. "무지개 차를 한 잔 끓여 줄래?" 소독 티슈 통이 낮잠에서 깨면 나는 그렇게 말하면서 내가 이메일에 답장할 시간을 5분 더 벌기 위한 숙제를 내 주었다. 일 때문에, 그 일들 중 아무것도 끝나지 않기 때문에 벅찼지만, 한편으로는 이 끝을 모르는 리듬 외에도 내 삶이 존재한다는 사실을 일깨워 준다는 점이 고마웠다. 내 삶이 찍찍이 심장을 가진 나무 레몬보다는 크다는 사실을.

아이를 봐 줄 사람이 없으니, 강의할 수 있는 시간은 아기를 재우고 난 밤 시간뿐이었다. 그래서 침대 헤드보드에 기대앉아 이어폰을 끼고—아기가 우는지 확인하려고 20분에 한 번꼴로 한쪽을 뺐다 끼우면서—줌 화면 속 난처하고도 열의에 찬 학생들의 얼굴을 보며 강의했다.

한 학생은 닭다리를 야금야금 먹는 브리지트 바르도의 오래된 사진에 관해 썼는데, 그것은 자신의 섭식 장애에 다가가는 한 방법이었다. 또 다른 학생은 자신이 키우는 열대어 베타에게 욕설을 한 이야기를 썼는데, 그것은 기후위기에 다가가는 한 방법이었다. 일 대 일 회의에서 학생들이 글쓰기가 힘들다고 말할 때마다 내 안의 엄마는 생각했다. 당연히 글쓰기가 힘들겠지. 세상이 붕괴됐잖아. 2주째 다른 인간이라고는 한 명도 못 봤잖아. 내 안의 또 다른 엄마—지친 엄마, 참을성을 잃은 엄마, 온종일 시달린 엄마—는 생각했다. 어째서 글쓰기가 어려운 거야? 아이가 없으면 남아도는 게 시간인데.

서서히 후각이 돌아왔다. 캔털루프 멜론의 희미한 꽃향기를 닮은 맛이 실제인지 아닌지는 알 수 없었다. 맛은 깜빡이는 전구 빛처럼 켜졌다 꺼지기를 반복했다. 처음으로 피넛버터에서 견과류 특유의 옅은 단맛을 느꼈을 때는, 꼭 기다란 복도 끝에 서 있는 낯선 이를 본 기분이었다. 2미터 이상 떨어져 있어 간신히 알아볼 수 있는 게 다였지만 아무도 없는 것보다 나았다.

일상의 냄새들이 돌아오자 아찔할 정도로 황홀했다. 커피를 볶는 냄새, 사과를 썰고 난 뒤 손가락에 남은 옅은 흔적, 침대에서 막 기어 나온 내 딸의 곱슬머리에서 나는, 비누와 벌집 사이 어딘가의 향기 같은, 평범하고도 성스러운 냄새들.

드디어 집 밖으로 나갔을 때는 유령 도시로 돌아가는 기분이었다. 놀이터는 폐쇄되었다. 가게들도 문을 닫았다. 코로나바이러스의 확산으로 인해 무기한 영업을 정지합니다. 손으로 쓴 안내문은 오래전, 종말이 예언보다는 판타지로 느껴지던 시절 즐겨 본 아포칼립스 영화를 떠올리게 했다. 사람들은 마스크를 쓴 채 공원을 빙글빙글 맴돌았다. 승객이 하나도 없는 버스들이 7번 애비뉴를 지나갔다.

고와너스 운하 근처에 있는 사우스브루클린 관 제조사는 여전히 운영 중이어서, 관들로 그득한 창고들이 햇빛을 반사해 빛났고, 파란 마스크를 쓴 일꾼들이 관을 트럭에 싣고 있었다. 고와너스 운하는 무지개색 기름띠가 진 녹색에 가까운 물로 이루어진 큰길이었다.

몇 년 전 밸런타인데이에 한 친구와 이곳에 온 적 있었다. 우리는 작은 종이에 소원을 써서 빵조각에 밀어 넣은 다음 더러운 물속에 던졌다. 사랑이 이루어지는 주문이었다. 몇 주 뒤, 나는 C를 만났다.

수백 년간 동화들이 우리한테 알려주려 한 교훈이 바로 그것이었다. 원하는 걸 얻지 못할까 봐 두려워하지 마라. 원하는 걸 얻은 뒤 그것으로 무엇을 할지를 두려워해라.

뉴욕은 오랫동안 고와너스에 폐기물을 버렸다. 고와너스 운하 바닥에는 블랙 마요네즈라고 불리는 화학 약품 침전물이 3미터 층을 이루고 있다. 절반은 콜타르, 절반은 오물인 침전물이다. 그러나 이 지형의 어떤 면이 내게는 산소처럼 느껴졌다. 아름다워서는 안 되는, 그러나 아름다운 공간의 추잡하며 마음을 뒤흔드는—거의 성적인—에너지가 담겨 있어서다. 수면을 가득 채운 소용돌이치는 기름띠는 내장을 닮았다. 비장, 위, 소장. 그 모습이 떠올랐다 녹아 사라지는 모습을 몇 시간이라도 볼 수 있을 것 같았다. 만약 그 대신 내 딸의 몸을 지켜보며, 그 몸이 울타리 널 아래를 비집고 들어가 더러운 무지개 속으로 풍덩 뛰어들지 못하도록 감시해야 하지 않았더라면 말이다.

얽히고설켜 빛을 반사하는 가시철조망 너머에 묶여 있는 작은 배를 볼 때마다 딸은 외쳤다. "내 비행기!" 그 애는 작은 가지를 주운 뒤 철조망 틈새로 떨어뜨려 더러운 물속을 헤엄치게 만드는 걸 좋아했다. 개 출입 금지라고 쓰인 경고문이 붙은 울타리 속 풀숲을 달리는 걸 좋아했다. 계단 가장자리에 난간 삼아 놓인 널찍한 바위에 조그만 엉덩이를 대고 앉아 들썩이는 걸 좋아했다. "내 작은 미끄럼틀이야." 그 애는 당연한 듯 말했다. 그 애는 어떤 사물을 원하는 대로 사용하기로 마음먹는 것만으로, 그것을 자기가 원하는 것으로 만들어 냈다.

운하 공원에 온 다른 아기들을 위해 비눗방울을 불었을 때 나는 신이라도 된 것 같은 기분이었다. 더러운 물에 내리쬐는 햇빛이, 코를 찌르는 바람이, 그리고 진흙투성이 강둑을 금속 탐지기로 훑는 남자가 보기 좋았다. 그는 희망을 버리지 않았다.

뉴욕시가 침전물을 건져내고 운하를 청소하기 시작했을 때는 달콤하고도 씁쓸한 느낌이 들었다. 문 닫는 시간에 늙고 정다운 단골을 쫓아내는 바텐더처럼. 조금 악취를 풍기기는 하지만, 그 단골이 없다면 이곳은 어떻게 될까? 그는 어디로 가야 하나?

내가 완전히 회복되자 C와 나는 다시금 평소의 일정대로 돌아가며 아이를 데리고 있기 시작했다. 우리는 버스를 타고 싶지 않았기에 각자의 집을 걸어서 오갔다. 왕복 10킬로미터, 유아차를 밀며 아무도 없는 인도를 걸어갔다가, 텅 빈 유아차를 밀고 다시 돌아오는 일이었다.

딸이 C의 집으로 간 첫날 밤, 나는 과거에 철학자였던 남자를 만났다. 우리 둘 다 회복된 뒤였지만 조금은 무모하고 또 방종한 일처럼 느껴지기도 했다. 엄격하게 격리가 지켜지던 기간에는 가족이 아니고서는 누구도 만나서는 안 되는 것 같았고, 우리는 가족이 아니었으니까. 그러나 그가 간절히 보고 싶었다. 딸 외의 다른 사람과 시간을 보내본 지 한 달이 가까웠다.

포옹했을 때 그가 불쑥 내뱉었다. "여기까지 오는 길에 초조했어요." 나 역시 초조했다. 내 딸로 이루어진 세계에서 너무 오랜 시간을 보냈다. 그를 위해 나의 또 다른 버전을 불러내야 했다.

프로스펙트 파크는 내가 본 그 어느 때보다도 사람이 없었다. 우리는 풀로 뒤덮인 언덕을 올라가 울퉁불퉁한 바위에 함께 앉았다. 그날 밤은 서사시적인, 거의 영화 속 같은 광채를 띠었지만 — 달을 가린 가느다란 구름 줄기들, 내 손을 잡은 그의 손 — 바위 자체가 편하지는 않았다. 바위는 마치 교묘한 후속 질문처럼, 그와 함께 있다는 사실에 담긴 숨은 의미처럼 내 엉덩이를 쿡쿡 찔러댔다.

내 집으로 돌아온 뒤, 우리는 타코를 만들었다. 상자에 담아 파는, 딱딱한 노란 쉘 안에 바닷물처럼 짜게 볶아 번들거리는 버섯과 리프라이드빈 통조림을 넣은 타코였다. 이 타코를 완성해 놓고 그는 아이처럼 손뼉을 짝 치며 좋아했다. 그는 딸과 내가 함께 기저귀 상자 뒷면에 그린 길을 좋아했고, 어느 부분이 내 딸이 그린 것인지 물었다. "저기

보라색으로 끄적거린 데가 그 애가 한 부분이에요." 내가 대답했다. "또 저기 마커로 죽 그은 부분도요."

내 딸에 대해 이야기할 때, 우리는 이렇듯 일련의 선별된 일화를 통해, 몇 가지 대표적인 세부 사항을 통해 말했다. 그러나 양육의 진면모를 그와 공유할 생각을 하니 초조했다. 지속성이고, 반복되며, 대체로 새롭지도, 무언가를 드러내지도 않는, 그저 더더욱 늘어나기만 한다는 점.

그는 나를 만나기 전 초조했다는 말이, 종일 아기와 단둘이서 한참을 보낸 뒤 내가 묘하게 달라진 건 아닐까 하는 뜻이었다고 털어놓았다. 나는 내가 내 딸처럼 아기로 퇴행한 모습을 상상해 보았다. 얼굴에 아보카도를 묻히고, 마커로 벽에 낙서하고, 대학 생활에 대한 일반적인 이야기 대신 그저 나무 과일이 잔뜩 담긴 프라이팬을 그의 얼굴을 향해 불쑥 내밀며 먹어. 하는 모습.

그럼에도 그를 만나니 기분이 좋았다. 그가 나를 끌어안는 것도 좋았다. 우리는 통에 든 반죽을 꺼내 오밤중에 쿠키를 구웠고, 맨몸에 양말만 신은 채 스토브 옆에 서서 차가운 우유와 함께 쿠키를 먹었다. 쿠키의 맛이, 버터와 소금이, 키스할 때 그의 혀에서 느껴지던 초콜릿 맛이 좋았다. 한밤의 우유는 순수했고, 진했고, 우리의 것이었다.

때로 나는 과거에 철학자였던 남자를 딸에게 소개하는 상상을 했지만, 둘이 한자리에 있을 때 내가 어떤 모습일지는 좀처럼 상상할 수 없었다. 처음 우리 집에 들어올 때, 그는 아이의 조그만 신발을 보고 말했다. 정말 귀엽네요. 맞다, 그렇다. 그는 내 딸이 무엇에 흥미가 있는지 물었다. 대답하는 데는 몇 초가 걸렸다. 그 애는 두 살이었다. 물건을 붙잡고 기어오르거나 물건으로부터 뛰어내리는 일에 흥미가 있었다. 청소용품 사이에 기저귀를 쑤셔 넣는 데 흥미가 있었다.

그의 삶을 들여다보면 때로는 공허가 보였다. 때로는 자유가 보였다. 아이 없는 이혼은 내 것보다 더 감당할 만한 과거 같았다. 언젠가 그가 결혼해서 아이를 낳으면—언젠가는 분명 그럴 거라고 생각했다, 비록 나와의 사이에서는 아닐지라도—그는 백지상태에서 시작하게 되겠지. 그의 이야기는 온전하고 올바르겠지.

처음 그가 자신의 결혼과 7년 전의 이혼 이야기를 들려주었을 때, 나는 그의 목소리에서 순수한 고통을 들었지만 한편으로는 빈번히 입 밖에 오른 이야기의 닳고 닳은 굴곡도 느꼈다. 이혼으로부터 배우는 게 아직도 있느냐고 물었다. 혹시 아직도 그 일이 당신에게 어떤 의미였는지를 자꾸만 발견하느냐고. 그는 아니, 딱히 그렇지 않다고 했다. 그가 이혼 이야기를 할 때마다, 이야기는 전반적으로 똑같았다.

매주 일요일과 수요일, 과거에 철학자였던 남자와 나는 마스크를 쓴 채 브루클린의 텅 빈 거리를 오래 산책했다. 그는 새소리가 들릴 정도로 낮은 내 아파트가 좋다고 했다. 몇 주간 내가 만난 다른 어른이라고는 그가 전부였다. 우리의 데이트는 내가 딸과 함께 있지 않은 유일한 시간이었다. 데이트하는 밤, 보통 우리는 17층인 그의 아파트로 돌아갔다. 그의 집 유리 벽을 통해 환자들로 터져 나가는 종합병원의 네온사인이 내려다보였다. 그는 식물을 여럿 키웠고 그것들이 그의 연약하고 말 없는 자식이었다. 그의 집에는 너무 커서 천장에 닿는 바나나 나무가, 줄기에서 흰 수액을 흘리는 고무나무가 있었다. 그는 유부와 가이란을 볶은 요리를 만들었다. 자기 직업, 집, 옛 연인과 아내에 대해 말할 때 먼저 "제가 늘 하는 말로 표현하면……"이라는 서두를 붙여서, 내게 닿는 감상은 한 번 걸러진 것임을 알렸다. 반들반들 닳은 돌 같은 자아.

그의 집 욕실은 그와 사귀었던 다른 여자들이 두고 간 컨디셔너의 공동묘지였다. 옛 연인들의 물건을 보면 과거의 감정이 되살아나느냐고 묻자 그는 아니라고 했다. 나는 고개를 끄덕이며, 우리가 살아 있음을 느끼는 서로 다른 방식에 대한 소식을 받아들였다.

이혼한 뒤 그는 여러 아름답고, 흥미롭고, 지적인 여성들을 사귀었고, 그들 중 누구와도 사랑에 빠지지 않았다. 그 말을 듣자 마치 숙제를 받아드는 느낌이었다. 그의 패턴을 깨뜨려라. 남자들을 숙제로 바꾸는 것이 내 패턴이기도 했다. 그를 충실한 연인으로 만들어라. 그를 사랑에 빠지게 하라.

사랑이 탁월한 실력으로 해내거나 나를 더 나은 사람으로 만드는 숙제가 아니라는 것을, 사랑은 성취의 논리 바깥에 존재하며 그보다는 실패, 결핍, 시도와 더 가까운 일이라는 것을 머리로는 알았다. 사랑을 할 때 중요한 것은 불평투성이에, 방어적이고, 똑같은 이야기를 하고 또 하는 불완전한 버전의 나 자신이고, 이런 내 모습도 사랑받는다고 느끼는 것이라는 것도 알았다. 그러나 내 본능은 모든 이를 자기 수행이라는 햄스터 쳇바퀴에서 해방하는 그런 사랑을 경험하기를 바랐다.

과거에 철학자였던 남자와 나의 대화는 종종 대강 들어맞을 것처럼 생겼지만 맞지 않는 두 개의 직소 퍼즐 조각을 끼워 맞추는 것처럼 느껴졌다. 한번은 그가 집에서 혼자 술을 마시는 게 지루해 보인다고 했다. 대체 뭘 하면서 마셔야 할지 상상도 못 하겠다고 했다.

"오, 할 수 있는 일은 엄청 많죠!" 나는 지나치게 큰 소리로 대답했다. "병째로 마시면서 옛 연인들이 보낸 오래된 이메일을 읽어도 되고요."

그는 미소 한 점 없는 얼굴로 눈을 가늘게 뜨고 나를 쳐다보았다.

"예를 들자면 그렇다고요." 나는 말했다.

혼자 술 마시는 일에 대해, 그가 좀 더 재밌다고 생각할 만한 다른 이야기를 할 수 있을까? 내가 농담한다는 걸 그가 알기는 했을까? 그런데, 내가 농담한 게 맞을까? 그러니까, 지금까지 내가 여러 번 한 일인 이상, 농담이 아니지 않나?

그는 매일 거실에서 잇따른 줌 회의에 참여했다. 동료들은 모두 뉴욕을 떠나 시골 별장으로 갔단다. 한번은 누군가가 자꾸만 수영장에 자꾸 여우가 들어간다고 불평하는 소리를 언뜻 듣기도 했다. 나는 심리치료사와의 전화 상담에서 그가 일에 지나치게 몰두한 나머지 내가 그의 집 부엌에 서서 그의 눈앞에서 설거지해도 내 존재를 못 알아차리는 게 정말 마음에 든다고 말했다. 그 말을 입 밖에 내자, 이 경험이 내뿜는 어린 시절의 흔적이 귀에 선연했다. 늘 책상에 앉아 있거나, 어둑어둑한 하늘을 나는 어느 먼 곳의 비행기에 타고 있느라 늘 부재하던 아버지. 저절로 주어지지 않는 관심이야말로 받을 가치가 있는 유일한 관심이었다. 그게 아니라면, 수정이 필요한 무언가를 내가 끝냈을 때 주어지는 관심이거나.

한번은, 내가 그와 함께 먹을 샌드위치를 만드는 사이, 후무스를 바르는 내 모습을 그가 하도 빤히 바라보는 바람에 내가 못 참고 물었다. "후무스 바르는 데 원하는 방식이 따로 있어요?" 서른여섯 살의 아이 엄마가, 이 남자에게 후무스 바르는 데 원하는 방식이 따로 있느냐고 묻는다. 내 안의 나직한 목소리는 잘하고 있어.라고 말하지만, 또 다른, 더 큰 목소리는 말한다. 이번에 제대로 해내면, 이걸로 충분할지도 몰라.

그의 집에서 보내는 아침이면 그는 매번 똑같은 아침을 차려 주었다. 부분부분 해동되어 보랏빛 슬러시처럼 된 냉동 블루베리를 섞은 무첨가 요구르트였다. 별로 좋아하지는 않았지만 그래도 그가 만들어 준 것이기에 먹었고, 이렇게 사소한 식으로나마 보살핌받는다는 사실에 기분이 좋았다.

딸이 새로 좋아하게 된 취미는 조그만 손가락으로 부엌 식탁을 두드리면서 "엄마 이이이메일 쓴다!" 말하는 거였다. 엄마는 이메일을 참 많이 썼다.

처음 줌으로 교직원 회의를 할 때, 나는 아이가 「렛 잇 고」를 부르면서 얼굴을 내 화면에 최대한 바짝 댄 채 왜 이 화면 속 얼굴들이 자기 공연에 더 열광적으로 반응하지 않는지 혼란스러워할 때마다 수시로 음 소거했다. 아이는 결국 소파로 물러가서 그림책을 뒤적였다.

잠시 아무 일 없이 시간이 흘러가다가, 채팅 창에 갑자기 개인 메시지가 떴다. 레슬리 뒤를 봐요! 돌아보니 아이가 책꽂이에서 뛰어내리고 있었다.

그것이 아이 돌봄 서비스 없는 재택근무의 이면이었다. 헛일일 뿐 아니라, 노출된다는 점. 아이에게 주의를 기울이지 않는 나의 양육은 동료들에게 고스란히 방송된다. 제가 동시에 두 가지 방식으로 '충분히 괜찮아지지 못한' 모습을 지켜보라고요.

그 애는 괜찮았다! 그래놀라 바 하나를 뇌물로 주니 쉽게 해결됐다. 내가 모르는 사이, 아이는 화면의 네모 칸 속 얼굴들을 향해 작은 나무 컵을 내밀며 모두에게 무지개 차를 권하고 있었다.

몇 주 뒤 줌을 통한 낭독회를 하는 사이, 딸은 내가 숨겨 둔 담배를 찾아 상자 하나를 조그만 부리토처럼 찢어 열어 담뱃잎을 바닥에 온통 흩뿌렸다. 나는 격리 기간의 육아에 대한 에세이를 낭독하는 중이었는데, 지금—문득 화면 속에 등장한—내 아이는 청중들이 자신의 선별된 존재뿐 아니라 실제 존재, 씩 웃는 미소와 약탈한 보물을 모두 바라보길 요구했다. 아이는 내가 세상 앞에서 수행하는 버전의 나—단단하게 만 담배처럼 아슬아슬한 균형을 이룬 모습—를 가져다가 내 침착함을 담뱃잎처럼 흩뿌렸다. 나는 엉켜 바닥에 흩어진 찻잎이었다. 해독하기 힘들 정도로 엉망인 예언이었다.

그해 봄, 나는 예술가 도널드 저드Donald Judd에 대한 에세이를 쓰고 있었다. 적어도, 과거에 철학자였던 남자가 살던 유리로 된 고층 건물에서 잠에서 깨는 목요일 아침에는 썼다. 나는 예전부터 저드의 작품이 꾸밈없고 완강하다고 느꼈다. 갤러리 한가운데 도사리고 있는 콘크리트 상자들. 다른 이들이 심오하다고 느끼는 철판들.

록다운이 시작되기 몇 주 전, 나는 딸을 데리고 뉴욕 현대미술관에 저드의 회고전을 보러 갔다. 그의 사물들이 놀이터의 놀이기구를 닮았다는 사실을 그때만큼 분명히 느낀 건 처음이었다. 내 딸의 눈에 짙은 오렌지색 가로대가 달린 사다리는, 분명 정글짐처럼 보였다. 바닥에 놓인 붉은 색 둥근 튜브는 물 없는 어린이용 수영장 같았겠지? 아이는 모든 사물에 기어오르려 들었다. 아니면 사물을 통과하거나, 넘어가거나.

사물들. 나는 그것들을 조각이라 부르지 않도록 스스로를 훈련했는데, 저드가 그것들을 조각으로 바라보지 않기 때문이었다. 그건 내 아기도 마찬가지였다! 그 애는 파란색 철제 상자 속으로 기어들어 가고, 철판을 조그만 주먹으로 콩콩 두들기고 싶어 했다. 원치 않는 게 딱 하나 있었다면, 그건 유아차 안에 가만히 앉아 있는 거였다. 저드의 작품을 만지려는, 두들기고 올라타고 밑으로 기어가려는 열의는 작품에 잠재한 의미를 찾으려는 노력 따위로 산만해지지 않았다. 그 애는 부지불식간에 온몸을 꿈틀대며 저드의 유명한 선언, "작품은 오로지 흥미로워야 할 뿐이다."라는 말을 따르는 제자가 되어 있었다. 저드의 그 말을 들을 때마다 나는 어머니가 아버지와의 22년간의 결혼 생활에 대해 했던 말이 떠올랐다. "네 아버지와 있으면 적어도 지루하지는 않았다."

저드의 상자와 사다리는 흠 하나 없이 세공된, 삭막한 실루엣을 가진, 자기확신으로 가득한 사물들이었지만, 그것들을 볼 때마다 나는 오로지 이 사물들을 이해하지 못하는 내가 부족하다는 기분만 들었다. 그가 만든 매끈한 상자는 이해하고자 하는 나의 허기에 침묵에 가까운 과묵함으로 응답했다. 그의 예술은 내가 조금의 구멍을 찾으려 애쓰는 또 하나의 무감정한 남성의 얼굴처럼 느껴졌다. 그런데 지금 나는 격리된 와중에 아기를 돌보며 저드의 불투명성에 대한 글을 쓰려고 하는 중이다. 이 일은 마치 아기를 아기 의자에서 기어 나오지 못하게 막는 와중에 아버지와 러시아의 GDP에 관해 대화하려는 것과 조금 닮았다.

함께 저드의 전시회를 찾았을 때, 나는 이 작품들의 '진정한' 경험을 얻을 수 있도록 혼자 다시 한번 와야겠다고 생각했다. 갤러리에서 몇 번 조용히 시간을 보내고 나면, 나도 저드의 콘크리트 상자를 해독할 수 있는 예리한 평론가가 될 수 있을지 몰랐다. 그러나 당연히, 그런 일은 없었다. 그 대신 온 세상이 닫혀 버렸다. 우편으로 전시 카탈로그가 도착하자 딸은 커피 테이블에 두었던 카탈로그를 끌어 내린 다음 테이블에 올라가서 "아기 산에 올라가!" 했다. 그다음에는 카탈로그를 활짝 펼친 다음 광택 나는 페이지를 서둘러 넘기며 "사진, 사진, 사진," 투덜거렸다.

내게 저드는 궁극적 형태의 '소원한 아버지' 유형의 예술가였다. 그러나 내가 저드에게 내가 매혹되기 시작한 이유 중 하나는 알고 보니 그가 작품 대부분을 아이를 돌보면서 창작했다는 점이었다. 저드는 싱글 대디였다.

수년 전 마파에 있는 저드의 집을 찾았을 때, 그 집은 한때 아이들이 살던 집처럼 보이지 않았다. 상자 같은 대칭적인 공간으로, 부엌에는 저드의 작품과 무척 닮은, 완벽하게 세공된 단순한 실루엣의 주방기구들이 가득했다. 마치 일상적 삶이 예술적 사물이 될 수 있는 것처럼, 마치 엉망진창이 되지 않고도 생활이라는 것이 가능한 것처럼, 전혀 흐트러지지 않은, 의도를 품고 설계된 공간이었다.

그런데 알고 보니 저드는 실제로 그 집에서 아이들을 키웠다. 아내와 헤어진 뒤 저드는 아들과 딸(당시에는 아홉 살과 여섯 살)을 데리고 텍사스로 가서 함께 살았다. 프레시디오 카운티 법원에서 주 양육권을 얻으려 싸우기도 했다. 법원이라거나 양육권 다툼같은 단어를 읽으니, 이 깔끔하고 우아한 사물들의 창조자마저도 엉망인 삶을 살았다는 사실에 예기치 못한 기쁨이 느껴졌다.

훗날, 나는 저드가 집의 인테리어를 더 대칭적으로 만들기 위해 욕실을 없앴다는 글을 읽었다. 그리고 근처에 벽돌로 독채 욕실을 지었다. 아주 특별한 삶의 방식이다. 완벽하게 대칭적이지만, 똥은 밖에서 싸야 하는.

집 한편, 딸의 방 옆에 저드는 잔디를 길게 깔고 자두나무 일곱 그루를 심어 두었다. 설명 대신 그는 “아이는 마당을 갖고 싶어 했다.”라고만 말했다.

나는 잡지 기사를 쓰기 위해 저드의 아들인 플레빈을 만나 저드 같은 사람이 아버지였던 어린 시절이 어땠는지 인터뷰할 생각이었다. 인터뷰 시간은 내 딸의 낮잠 시간에 맞춰 잡았다. 정확히는, 내 딸의 낮잠이라는 사건이 일어날 가능성이 가장 높은 시간대를 택했다고 말해야겠지만 말이다.

전화가 연결되자, 플레빈에게 시간을 내주어 고맙다고 했다. 그는 말했다. “우리 모두한테 넘쳐 나는 게 바로 그거 아닌가요? 시간?”

“아이가 있지 않으세요?” 내가 물었다.

“다른 데 있어요.” 그는 그렇게 대답했지만, 후속 질문을 유도하는 방식의 대답은 아니었다.

플레빈 말로는, 그가 어렸을 때 살던 소호의 로프트에는 아버지의 작품이 가득했다고 한다. 걸음마를 시작하자마자 “작품을 통과해서 걸으면 안 된다.”를 배웠다고 했다. 여섯 살이 된 플레빈은 자신만의 사물을 그리기 시작했다. 아버지가 만든 것 같은 상자가 아니라, 삼각형이었다. 그 삼각형들이 나를 감동시켰다. 그 삼각형들은 그가 건드려서는 안 되는 아버지의 어떤 부분들에 참여하고자 하는 시도처럼 보였다. 또, 형태를 바꿈으로써 그 예술을 자신의 것으로 만드는 방법이기도 했다.

플레빈은 마파에 살던 시절 저드는 아이들의 점심을 만들어 주는 유일한 싱글 대디였다고, 하지만 아버지는 남매에게 보기 흉하니 우유갑은 식탁 아래에 두라고 했다고 했다.

부모로서 아버지의 삶이 예술가로서의 그의 삶을 어떻게 빚어 냈느냐고 플레빈에게 물을 때 나는 간절한 심정이었다. 부모가 된다는 것이 다른 방식으로는 불가능한 예술을 창조할 수 있다는 뜻이라고 그 누구라도 말해 주기를 바랐다. 내가 하드우드 마루에서 스티커를 떼면서, 플라밍고 인형들의 티 파티를 마련하며, 요람의 난간에서 기저귀 발진 방지 크림을 닦아 내며 살아가는 이상, 이런 나날 속에서도 예술이 발생할 수 있다고 누군가 말해 주었으면 했다. 솔직히 말하면, 나아가 그런 나날들은 다른 방식으로는 존재할 수 없었을 예술을 가능케 한다고도.

나는 단주와 창조성을 다룬 책을 한 권 썼다. 그리고 부모가 된다는 건 새로운 형태의 단주와 마찬가지인지도 몰랐다. 내가 생산적이라 증명하기 위해 무모함이 아닌 규칙성을 필요로 하는 상태이자, 번뜩 깨달음이 찾아오는 분수령보다는 매일의 누적으로 이루어지는 삶이라는 점에서였다. 아이를 기르는 사람은 자신을 희생 제물로 바치는 불길 속이 아니라 핸드폰 스크린에서 나오는 불빛, 또는 메트로놈을 닮은 유축기의 박자에 의지해 글을 쓴다.

플레빈은 내가 구하는 것을 줄 생각이 없었다. 아니면 적어도 내가 예상한 방식으로는 주지 않았다. 그는 아이를 키우는 일은 아버지의 예술 창작에 아무 영향도 미치지 않았다고 했다. 이들은 "하나의 철학적 체계"에서 영감받은 두 가지 다른 실천일 뿐이라고 했다. 그런데 그 체계란 뭐지? 전통이라는 거즈를 벗겨내고, 그 자리를 근접한 세계의 형태, 소재, 지평에 대한 면밀한 집중으로 대신하는 것.

"철학적 체계"라는 말이 이토록 조화롭게 결합하지 않았던 적이 있기나 할까? 주의를 기울인다는 것에 대해 이토록 지난하고도 희귀한 관념을 지닌 아버지의 손에서 자라는 건 때로 고되었으리라는 생각이 들었다. 그래서 어린 플레빈이 어머니와 텔레비전을 보는 사진을 발견했을 때 묘하게 안심이 됐다.

내 안의 어떤 부분은 양육의 영향을 이토록 쉽게 물리친다는 데 대한 반발감을 느꼈다. 아버지의 작품에 자식들의 흔적이 없다는 사실이 어쩐지 사치라는, 또는 거부 행위라는 생각이 들었다. 일관적인 철학적 체계라니, 보모가 있었다고 해야 그나마 상상하기 쉬울 것 같았다.

그러나 플레빈에게 이 질문을 집요하게 던지기 시작하자마자—당연히 부모가 된다는 것은 예술에 영향을 미치지 않았나요?—옆방에 있던 내 딸이 울기 시작했다. 악몽을 꾸었을지도 몰랐다. 기저귀를 갈 때가 되었는지도 몰랐다. 어느 쪽이건, 아이가 깼다. 그 애한테는 내가 필요했다. 대화는 거기서 끝이었다.

내가 저드를 싱글 대디가 아니라 소원한 아버지라 인식한 건 그리 놀랍지 않은 일이었다. 나는 특정한 원형을 다른 한 가지 원형보다 더 우선해 인지하니까. 하지만 당연하게도 내 앞에는, 이스트리버 건너편에는 또 하나의 싱글 대디가 있었다. 바로 내 딸의 아빠다. 나와 마찬가지로 그 역시 이 아이를 혼자 키웠고, 나와 마찬가지로 그것은 그가 전혀 원치 않은 일이었으며, 나와 마찬가지로 그는 자신의 예술에 전념하려 고군분투하고 있었다.

과거에 철학자였던 남자의 삭막한 흰색 침대에 걸터앉아 길쭉한 창을 마주하고 있는 아침이면, 그와 저드 사이에 어떤 유사성이 있다는 사실을 의식하지 않을 수 없었다. 아니면 적어도, 두 사람이 내게 느끼게 만드는 감정은 엇비슷했다. 내가 엉망이고, 결핍투성이고, 그들의 우아하고 자기 확신적인 외면을 어떻게 읽어 내야 할지 잘 모르겠다는 기분. 그의 집 거실에는 프로필 사진 속 그가 그렸던 캔버스 세 개가 걸려 있었다. 봤죠? 추상 표현주의는 어려운 게 아니에요.

때로 그의 침실에서 글을 쓰며 벽 너머 그가 줌 회의를 하는 소리에 귀를 기울이다 보면, 방금 쓴 단락을 그에게 읽어 주는 상상을 하며 그가 내 글이 영리하다고 생각할지 궁금했다. 때로 죽은 저드가 무덤에서 일어나 내 글을 읽고 평가하는 상상을 하는 것과 마찬가지로.

어느 일요일 아침, 우리 집 부엌 식탁에서 과거에 철학자였던 남자는 사실 우리가 나누는 대화에서 만족스럽지 않은 부분이 있다고 했다. 그 말은 마치 우주가 나를 파괴하려 쏘아 보낸 열추적 미사일이나 마찬가지였다.

정확히는, 그는 이렇게 말했다. "우리 대화는 최선의 상태와 비교했을 때 85퍼센트 정도인 것 같아요." 그는 우리 대화는 늘 고속도로가 아닌 뒷골목을 달리는 것 같다고 했다. 나는 묻고 싶었다. 고속도로를 달리는 게 더 낫다고 생각하는 이유가 뭐예요?

그러자 그는 다른 비유를 시도했다. 우리는 박물관에 간다. 첫 전시장엔 온통 비잔틴 시대의 동전뿐이다. "전 비잔틴 동전이 좋아요. 비잔틴 동전이 흥미롭다고 생각하고요." 그는 설명했다. "하지만 비잔틴 동전을 하루 종일 보고 싶지는 않아요."

이런 은유들은 그가 우리의 관계가 이어지는 내내 조심스레 깎고 있었던 조그만 조각들처럼 느껴졌다. 내가 아닌 다른 사람이었다면 그의 말을 잘랐을 것이다. 그러나 나는 말 한마디도 빼놓고 싶지 않은 사람이었다. 마치 시험공부를 하는 기분이었고, 내 실수를 고치는 방법은 그게 전부였다. 그건 내가 끊을 수 없던 약물, 내가 따르던 거짓된 예언자 같은 것들이었다. 사랑을 받기 충분할 정도로 흥미로운 존재가 된다는 판타지.

그날 밤의 대화가 끝난 뒤, 나는 글을 쓰는 노트의 마지막 한 장 가득 그에게 하고 싶은 말들을 썼고, 모두 a, b, c라는 소제목을 붙였다. 우리의 서로 다른 말하기 방식, 서로 다른 존재 방식, 우리가 이런 방식으로 다른 것이 얼마나 흥미로운지, 그리고 서로 다른 방식으로 어떻게 더 잘 말할 수 있을지. 저드에 대한 글의 얼개와 구상이라거나 수업 계획, 학생들의 에세이에 대한 기록으로 채워진 이 노트의 마지막 장에 써 둔 메모가 눈에 띌 때마다 나는 슬퍼졌다. 노트 속 구불구불하고 정신없는 손 글씨는 여백까지 가득 메우고 있었다. 그런데 맨 마지막 장에는 딱딱한 인쇄체에 깔끔하게 항목별로 정리한 '어떻게 하면 그에게 더욱 영향을 미칠 수 있을까'의 지시문을 잔뜩 써 두었던 것이다. 그것은 나 자신을 바라보는 수정된 청사진이었다.

내 안에 있는, 미친 듯 서랍을 뒤져대는 자아는 아직도 내 취약성을 더 잘 설명할 수 있는 일화를 찾고 있었다. 그리고 이제는 한편으로 내가 말하는 모든 것을 하느라 더 적은 시간을 보냄으로써 그가 원하는 바로 그 사람이 될 수 있는 방법을 찾으려 했다.

아버지가 한 번도 지루한 적 없었다는 어머니의 말은 진실이었을까? 모두, 때로는 자신을 가장 사랑하는 사람을 질리게 만들지 않나? 그것이야말로 궁극적으로는 더 지속 가능한 사랑의 개념이 아닌가? 우리의 모든 지긋지긋한 순간들로부터 등을 돌리는 대신, 그 모든 것을 품고 싶어 하는 사랑.

과거에 철학자였던 남자가 마침내 내게 헤어지자고 말한 장소는 하필이면 교회 계단이었다. 나는 그에게 푸른 일회용 마스크를 벗어 달라고 했는데, 나를 찬 다음에 곧바로 나를 수술할 것처럼 수술용 마스크를 쓴 남자에게 거절당하는 건 너무 사악한 일처럼 느껴져서였다. 자리를 떠나려고 일어섰을 때, 그는 내게 포옹해도 되느냐고 물었다.

나는 싫다고 했다. 설명도, 사과도 덧붙이지 않았다. 내 안에 살고 있는 어떤 조그만 인간이 이런 식으로 싫다고 거절하는 걸까? 나는 그녀를 좀 더 잘 알고 싶었다.

처음에는 다친 건 내 마음이 아니라 자존심뿐이라고 믿고 싶었다. 몇 년 전, 차바퀴가 내 발을 깔아뭉개며 지나갔을 때도 나는 내가 괜찮다는 걸 알았다. 심지어 떨어뜨린 키라임 파이에 둘러싸인 채 아스팔트 위에 벌러덩 쓰러졌는데도, 이미 괜찮아요 괜찮아요 괜찮아요 중얼거리고 있었다.

마스크를 뭉쳐서 주머니에 넣고, 로맨틱코미디 속 악역이 내 손을 잡은 채로 교회 계단에 앉아 있을 때, 나는 내가 부서지지 않았다는 걸 알았다. 나를 부술 만한 일들은 이미 벌어진 지 오래였다. 지금은 내 손을 돌려받고 싶을 뿐이었다.

과거에 철학자였던 남자가 과거가 된 다음 날, 나는 공원을 자유롭게 뛰어다니는 기니피그 한 마리를 보았다. 짧은 다리로 자유롭게 종종걸음치고 있었다는 게 좀 더 정확한 표현이리라. 빽빽한 털은 왁스 페이퍼에 싸서 파는 쫄깃한 캐러멜 같은 토피 색과 하얀색이었다. 기니피그는 자꾸만 같은 피크닉 매트 위로 돌아와서 주인이 들고 있는 당근을 갉아 먹었다. 주인은 기니피그의 이름이 피넛이라고 했다. 그날, 피넛이 존재한다는 사실, 그리고 그 녀석을 보고 내가 느낀 기분은 과거에 철학자였던 남자가 내게 느끼게 만든 그 어떤 기분보다도 중요했다.

아니면 적어도 그렇게 믿고 싶었다. 경이로움을 느끼는 나의 능력이 분노보다 강하다고. 어차피 나에게 어울리지 않았던 로맨틱코미디 속 악역에게 거절당한 것보다 나는 온갖 일들로 바글거리는 커다란 세상을 더 중요하게 여긴다고. 물론, 그렇다. 하지만 동시에 나는 화가 났다.

안대를 쓴 사람 옆에서 잠에서 깨어난 적 있는가? 나는 있었다. 그가 살던 유리로 된 고층 빌딩에서였다. 꼭 재비츠 센터 한가운데서 섹스하는 기분이었다. 수많은 유리창은 전염병에 시달리는 도시를 내려다보고 있었다. 그는 도덕적인 채식주의자였으며, 팬데믹 불황 속에서 이미 돈을 벌어들이고 있었다.

내 분노의 어떤 면은 내게 힘을 주는 것 같았다. 분노의 순수한 노래, 강, 불. 어쩌면 아프잖아!라고 외치는 이 분노에 담긴 혼란스러우며 엉뚱한 솔직함 때문인지도 몰랐다.

내 분노는 확실히 과했다. 그는 더 이상 나와 사귀고 싶지 않다고 마음의 결정을 내린 것뿐 내가 그 어떤 잘못도 하지 않았다.

심리치료사는 자연히 던질 만한 질문을 던졌다. “당신이 화가 난 게 정말 그 사람 때문인가요?”

과거에 철학자였던 남자와 과거에 내 남편이었던 남자의 유일한 공통점은 둘 다 나를 우리 관계의 일상적인 결 속이 아니라 우리 관계라는 이야기 속에 살도록 불러들였다는 점이었다. 아내를 잃은 남자를 슬픔에서 구해 달라고. 과거에 철학적이었던 남자를 공허한 금융계의 삶에서 구해 달라고.

그것이 내가 자꾸만 배운 교훈 중 하나였다. 사랑 이야기와 사랑을 살아내는 결이 가진 차이. 모성에 관한 이야기와 모성과 더불어 살아가는 결이 가진 차이. 중독에 관한 이야기와 중독을 살아내는 결이 가진 차이. 공감 이야기와 그것을 살아내는 결이 가진 차이.

교회 계단에서, 턱 아래서 마스크가 덜렁거리는 채로 앉아 있을 때 내가 과거에 철학자였던 남자에게 하고 싶었던 말은 다음과 같았다. 내가 당신한테 충분히 좋은 사람이었다고 말해요! 또, 끊임없이 좋은 사람이 되어야 한다는 노동으로부터 나를 자유롭게 해 줘요! 내 안의 어떤 부분은 분명 그 노동 속에서 쉴 곳을 찾았다. 좋은 사람이 되어야 한다는 걱정은 결혼이 끝날 무렵 내 역할을 생각하지 않아도 되게 해 주었다.

내가 자꾸만 그의 곁에 있었던 것은 아마 그래서였을 것이다. 내가 내가 내가 충분한가요라는 익숙한 굴곡 때문이었을 것이다. 내가 후무스를 잘못된 방식으로 바른다고 말하지 말아요. 당신은 딸을 만든 적이 없잖아요. 자기 살로 다른 인간을 살아 있게 만든 적 없었잖아요.

차 바퀴가 내 발을 밟고 지나가며 부러진 뼈는 다시 붙기 시작할 때야 보였다. 균열이 스스로 다시 붙으며 엑스레이 사진 속에 굵직한 흰색 굳은살 같은 것이 나타났다. 과거에 철학자였던 남자와의 관계도 비슷했다. 시간이 흐른 뒤에야 그를 잃은 아픔을 더 선명히 볼 수 있었다. 정확히는 그가 아니라, 다른 삶을 향한 백일몽을 잃은 아픔. 내 미래에는 얼굴이 없었기에, 나는 그 미래에 그의 얼굴을 주었다, 한동안은.

함께 보낸 몇 달을 떠올리면, 큼직한 티셔츠를 입고 무릎을 세워 가슴 앞에 바짝 끌어안은 자세로 앉아 어느 영영 차분한 남자에게 그의 이혼 이야기를 하는 여자가 보인다. 너무 힘든 일일 거예요.라는 문자 메시지를 받고 눈물을 흘리는, 그 말이 간절히 듣고 싶었던 여자가 보인다.

헤어지자는 말을 들었을 때 내가 느꼈던 수치심은 처음 갖는 것은 아니지만 새롭게 예리해진 의문을 가져왔다. 나는 어째서 늘 관계를 먼저 끝내는 쪽이 나이기를 바랄까? 마치 그것이 내가 상상할 수 있는 가장 의미 있는 형태의 권력이라도 된다는 듯이, 어째서 여전히 상대가 더 많이 좋아하는 쪽이 되고 싶을까? 만약 내가 늘 먼저 떠나는 쪽이라면, 결국 혼자가 되더라도, 그건 내가 선택한 외로움일 것이다.

결혼 생활의 여파로 그 권력은 폐소공포를 불러왔고 나를 좀먹는 것처럼 느껴졌다. 그러다가 상대에게 차이자 내겐 이제 그 권력조차 없었다. 어쩌면 버려질지 모른다는 두려움은 어쩌면 내가 결국은 언제고 떠나고 싶어 할지도 모른다는 더 깊은 두려움에서 스스로를 지키기 위한 수단이었을지도 모르겠다.

그러나 내가 원하는 모든 걸 하지 않아도 되잖아? 내가 갖는 모든 감정에 반드시 충실할 필요는 없잖아? 그게 희망이었다.

과거에 철학자였던 남자는 내게 행복한 결말도, 엄청난 처벌도 아니었다. 그는 그저 희망과 불확실성, 화면을 옆으로 밀어 건너뛰기와 화면을 두드려 선택하기의 진창 속에 서 있을 만한 기회였다. 알고 보니, 나는 악당도, 여신도 아닌, 그저—회복 과정에서 쓰는 표현을 빌리자면—수많은 여자들 중 한 여자, 수많은 사람들 중 한 사람일 뿐이었다. 남들보다 그리 낫지도, 모자라지도 않은 사람.

미친 소리처럼 들릴지 몰라도, 거절당하는 건 자유낙하하는 기분이었다. 마치 한 사람이 나를 사랑하지 않는다는 게 내가 그 누구의 사랑을 받을 자격도 없다는 뜻처럼 느껴졌다. 나는 이름을 붙일 수도 없을 정도로 부끄러운 어떤 순수한 판타지들에 매달렸다. 지치지 않는 친밀감, 만일의 사태 같은 건 일어나지 않는 사랑, 죄책감이 깃들지 않은 아름다움. 이혼의 그늘에 가려지지 않은 엄마 되기라는 경험.

그러나 나는 친밀감 속에는 언제나 내가 그 관계를 망가뜨릴 것이라 두려워하는 것들이 가득하다는 사실을 배워 가는 중이었다. 지루함, 분노, 곪아가는 상처. 우리 딸을 위한 내 사랑에는 영원히 내가 깨뜨린 서약이, 내가 꿈꿨던, 그다음에는 묻어 버렸던, 그다음에는 애도했던 우리 삶의 다른 버전들이 깃들어 있을 것이다. 이 애도와 동떨어져 살아가는 방법은 존재하지 않는다. 또 끝도 없다. 내 실수는, 좋은 삶이라는 건 그 삶으로 인해 더럽혀지지 않고 남아야 마땅하다 믿었다는 것이다.

내 딸한테는 도톰한 스티커 세트가 있었는데, 아이는 그 스티커를 작은 인형 삼아 가지고 놀기를 좋아했다. 남자 농부, 여자 농부, 아빠 다람쥐, 엄마 다람쥐. 모두 2.5센티미터 크기였고, 아이는 스티커를 건초 다락, 초원, 다람쥐 별장 같은 코팅된 배경에 붙이려 들지 않았기에, 접착제 발린 뒷면은 먼지와 찌꺼기투성이였다. 그 대신 딸은 스티커를 목욕시킨 다음 수건으로 닦아 주고 이불을 덮은 뒤 이야기를 들려 주었고, 그 뒤에는 소파 위에 얼굴을 아래로 엎어 놓고 재웠다.

어느 날 딸은 스티커 가족을 아빠 집으로 데려가고 싶어 했기에, 우리는 스티커를 작은 지퍼백에 넣어 가져갔다. 스티커 가족은 적국 사이를 오가는 작은 외교관들이었다.

우리 집으로 돌아왔을 때, 키 큰 농부 스티커 뒷면에 짧은 검은 머리카락 한 줄기가 붙어 있었다. 한때 내 머리카락과 뒤섞인 채 우리 베개에 온통 붙어 있고, 우리가 함께 쓰는 욕실 배수구에 걸려 있던 C의 머리카락인데도, 지난 1년 반 사이 그 머리카락이 가장 가까이 있는 게 그 순간이었다. 이제 그 머리카락은 이국적이고 귀중한 유물이나 마찬가지였다. 내가 아직도 만질 수 있는 그의 유일한 부분이었다.

어느 날 딸은 C의 집에서 돌아오더니 실수로 변기에 넣고 물을 내려 버린 플라스틱 컵케이크 이야기를 했다. 정말 슬펐는데, 아빠가 컵케이크가 보낸 편지를 읽어 줬다고 했다. 컵케이크는 해저 세계에서 모험을 즐기고 있었다! 그곳이 정말 좋다고 했다. 컵케이크에게는 해마, 불가사리, 상어 친구도 생겼다. 아마 곧 다음 편지를 보낼 것 같다고 했다.

나는 그 편지 속 목소리를 알 수 있었다. 나도 한때 알았던 목소리였으니까.

팬데믹이 시작될 때, 내가 아프기 전 마지막으로 딸을 데려온 날의 한순간을 머릿속으로 몇 번이나 곱씹었다. 내가 C를 바라보며 "몸조심해." 하자 그는 나를 바라보더니 "몸조심해." 했다.

격리된 나날 동안 나는 회복 모임의 다른 이들과 감사 목록을 교환했다. 보통 내 목록은 딸로 시작해서 딸로 끝났다. 내 딸이 여우 인형 둘 모두를 안아 주어서 둘 중 누구도 방치된 기분을 느끼지 않는다는 것. 그 애가 작은 나무 부엌 위로 몸을 숙인 채 나무 쿠키에 기저귀 발진 크림을 바르다가, 내가 그 애 이름을 부르자 마치 바빠 죽겠는데 왜 부르냐는 눈빛으로 나를 쏘아보던 것. 나는 아이가 소파에 앉은 내게 담요를 덮어 주며 "엄마도 편안해." 할 때가 좋았다. 도마뱀 타코와 페이스타임을 하게 해 달라고 애원할 때가 좋았다. 그 애가 "모든 작은 비들"처럼 "비들rains"이라는 복수형을 쓰는 것도. 그 애가 좋아하는 매너티 스티커에 '빅 보이'라는 이름을 붙인 것도. 임신한 내가 병원 대기실에 앉아 있는 사진을 가리키며 "아기 아직 엄마 집에 있어." 한 것도.

그 애는 세상 모든 것을 엄마 사물과 아기 사물로 구분하기를 좋아했다. 엄마 여우와 아기 여우. 엄마 배와 아기 배. 엄마 막대기와 아기 막대기. 그렇게 내 딸은 세상 모든 것이 보살핌받고 있는지 단단히 확인했다.

그 애를 사랑하는 건 순수한 감정이 아니었다. 모든 감정이었다. 그 감정은 그 애와 완전히 하나가 되고 싶은 마음과 도망치고 싶은 마음을 끊임없이 오갔다. 그 애에 대한 내 사랑이 2분에 한 번씩 내 핸드폰에 도착하는 이메일 때문에 오염되었나? 이 오염된 집중도 집중으로 계산할 수 있나? 그런데 그 계산은 누가 하는 걸까?

신에 대한 나의 관념은 평가하며 점수를 매기는, 내가 착한 일을 충분히 많이 하면 충분한 수의 금별을 주는 하늘 위의 거짓된 아버지의 모습에서, 여태까지 쭉 이곳에 있었던 어머니의 모습으로 서서히 바뀌었다. 내 행동에 대해서는 참을성이 덜했지만, 그 밖의 모든 것에 대해 훨씬 참을성 있었던 어머니. 나는 얻어 내는 것보다는 잠복해 있는 기쁨을 향해 살아가고 있었다. 은총이라고 부를 수 있을 그런 기쁨.

여름이 다가오자 세상이 다시 열리기 시작했다. 어느 일요일, 아이를 C의 집에 데려다준 뒤, 한 친구와 함께 로커웨이를 향했다. '피클스 앤드 파이스'라는 이름의 커다란 보데가 뒤에 차를 세운 다음 뜨거운 모래 위에 비치 타월을 깔고 눕자, 하늘 위에 무지개색 해파리 모양 연이 물결치며 떠 있는 모습이 보였다.

근처에는 한 남자가 작은 플라스틱 앵커들로 바닥에 고정해 둔 매트 위에 혼자 앉아 있었다. 그 남자가 앉아 있는 단정한 매트에는 어쩐지 가슴 저리는 구석이 있었다. 깔끔한 사각형으로 자른 수박 조각, 바람이 부는데도 반듯한 사각형을 유지하는 매트. 팬데믹 속 세상에서 그는 자신이 상상한 그대로 펼쳐지는 경험을 즐기기로 단단히 마음먹은 것 같았다.

그 사이, 주변에 있던 다른 가족들은 쏟아진 오렌지 맛 탄산음료, 모래 범벅이 된 샌드위치들이 일으키는 난리에 굴복하고는 손가락에 묻은 네온처럼 선명한 색 도리토스 가루를 핥아 먹으며 아이들에게 플라스틱 삽을 내주었다.

딸과 함께 있지 않을 때 보는 아이들은 언제나 정확히 딸과 똑같은 체구였다. 아니면 얼마 전까지의 딸과 똑같거나, 가까운 미래의 딸과 똑같은 체구였다.

해 질 녘, 친구와 나는 바람에 너울거리는 바닷말들로 가득한 모래 언덕 옆에서 담배를 피웠다. 볕에 탄 우리의 몸 뒤, 어느 양로원의 그림자가 모래 위로 길고 길게 펼쳐져 있었다. 비키니 차림의 여자가 다른 누군가의 비치 타월 위에 놓인 붐박스에서 나오는 살사 음악에 맞춰 춤췄다. 낯선 사람의 음악에 맞춰 또 하나의 낯선 사람이 춤추는 것, 그것은 교감의 한 형태이자, 만지지 않고도 닿는 방법이었다.

해변에 있던 가족들은 내가 깨뜨리기로 한 가족을 떠올리게 했다. 그러나 이런 일은 내가 어떻게 살건 간에 일어나는 것임을 알았다. 나는 늘 다른 어딘가에서 불가능한 이상을 포착할 것이다.

엄마 되기든, 로맨스든, 그 무엇이건, 바로 그 사실을 불러일으킨다. 순수한 감정이라거나 훼손으로 더럽혀지지 않은 사랑이라는 기만을 페티시화하는 일을 멈추라고. 그 대신 타협한 버전에 헌신하라고.

소방서 옆 서블렛 아파트에서 살던 시절, 한 친구는 이혼을 겪고 살아남는다는 것은 원하는 것을 얻는다는 뜻이 아니라고 말해 주었다. 원하는 걸 얻을 수는 없을 테니까. 이혼에서 살아남는다는 것은 가진 것으로 최선의 삶을 만들어 가는 일이라고.

7월, 나는 딸을 데리고 메릴랜드 이스턴쇼어에 사는 케이시와 캐스린을 만나러 갔다. 케이시와 캐스린은 내가 C와 헤어지기 6개월 전에 결혼했던, 그리고 1년 뒤, 공구 세트를 가지고 브루클린을 찾아와 가구 조립을 도와준 친구들이었다.

싱글 맘으로 살면서 가장 힘든 일 중 하나는 로드트립을 위해 차에 짐을 싣는 일이었다. 함께 할 다른 어른이 없는 이상, 그 일은 논리 게임처럼 머리를 쥐어짜게 만들었다. 양 떼를 여우 옆에 남겨 두지 않고 강을 건너게 하려면 어떻게 해야 하지? 아기가 2층에 있는 상황에서 1층으로 짐을 가지고 내려오려면 어떻게 해야 하나? 도로 한가운데 있는 내 렌터카를 향해 모두가 경적을 울려대는 와중에, 내 딸은 우리가 챙겨 온 과일 간식이 맞는 과일 간식이 아니라는 이유로 뒷좌석에서 분노 발작을 일으키고, 바로 그 순간 나는 아기에게서 절대로 떼 놓을 수 없는 말코손바닥사슴 인형을 요람 속에 두고 온 걸 깨닫는다. 이런 좌절감을 느낄 때마다, 나는 늘 똑같은 만트라에 현혹되곤 했다. 파트너만 있었더라면.

연기를 뿜어내는 탑들로 이루어진 도시 같은 공장 지대를 지나치며 저지를 통과했다. 바람에 물결치는 강아지풀로 뒤덮인 습지, 마당에 눅눅해진 야외용 가구, 드문드문 시커멓게 멍든 눈 같은 트램펄린들이 놓인 낮은 집들이 가득한 곳을 지났다. 천국 같은 풍경이었다. 목가적이어서가 아니라, 여태까지 우리가 있던 곳과 다른 곳이었기 때문이다. 필라델피아 북쪽 고속도로에 붙은 슬로건이 잊고 있던 사실을 상기시켜 주었다. '트렌턴이 만들고, 세상이 취한다.'*

딸은 뒷좌석 카시트에 앉은 채 그래놀라 바를 더 달라고 애원하면서 백미러를 향해 얼굴을 잔뜩 구겨 우스운 표정을 지어 보였다. 난 웃긴 팬케이크야. 난 작은 치즈 조각이야. 그 애는 아직 할 줄 아는 말이 몇 개 없지만, 그래도 내가 아는 그 누구보다 함께 있기 더 좋은 상대였다. 보육 서비스가 재개되기만 하면, 분명 다시 그렇게 느끼게 될 터였다.

케이시와 캐스린은 이스턴쇼어의 농장 주택에 살았다. 초록빛 콩, 핫핑크색 야생화가 자라는 농지, 채소 텃밭, 일곱 가지 맛 탄산수를 쟁

* 뉴저지의 주도이자 19세기 말부터 20세기 초에 이르기까지 제조업으로 유명했던 도시 트렌턴의 슬로건.

여 둔 뒷문 포치도 있었다. 둘은 러시 림보가 두려워하던 레즈비언 농부들*이 바로 자신들이라고 농담했다. 케이시와 캐스린은 결혼 서약이 약속했던, 습관으로 굳어진 깊은 결합을 살아 내고 있었다. 둘의 애정은 공기 중의 정전기 같았다. 무의식중에도 서로의 등을 쓸어내렸다. 상대가 해 둔 사소한 집안일을 알아차렸다.

나도 턱없이 순진한 건 아니었다. 그들에게도 나름의 균열이 있음을 알았다. 그러나 내 삶에서 두 사람의 존재는 마녀 같고 영적인 것, 다큐멘터리보다는 마술적 리얼리즘 같은 것이었다. 두 사람의 결혼 생활은 우주가 내게 타협이라는 굳은살 뒤로 후퇴하지 말라고 애원하는 신호처럼 느껴졌다. 진정한 사랑이란 너무 딱 달라붙어 비실용적인 칵테일 드레스처럼 내가 버려야만 하는 기만이 아니었다. 펜타닐 사용 이력을 가진 금융계 남자들과 시시한 세 번째 데이트를 하기 위해 자신을 속일 필요는 없었다. 드라마틱한 환멸은 그저 나를 숨겨 줄 또 하나의 알리바이일 뿐이었다.

즉, 내 염세주의는 내 낙관주의만큼이나 멜로드라마틱한 것이었으며, 내게는 팬케이크 한 접시를 내밀며 이를 중단해 줄 친구들이 존재했다. 두 사람의 사랑은 일상적이었고 호기심 가득한 것이었다. 하나의 사랑이 실패했다고 다른 사랑도 그렇다는 뜻은 아니라고, 곁에 있어 주는 일이 내 결혼 생활을 구하지 못했다고 해서, 곁에 있어 주는 일을 믿는 게 잘못되었다는 뜻은 아니라고 내게 말해 주는 사랑이었다.

* 2016년 미국의 보수주의 라디오 진행자 러시 림보는 '레즈비언 농부들'의 증가가 공화당 텃밭인 중서부 지역 LGBTQ 인구를 늘리기 위한 음모라고 발언했다.

우리는 잔디밭에 어린이용 수영장을 설치했고 내 딸은 기저귀 바람으로 호스에서 나온 찬물에 뛰어들었다. 보라색 플라스틱 공룡을 목욕시켜 주었는데, 그건 내 아이가 기쁨을 나눔으로써 기쁨을 극대화하는 성미이기 때문이었다. 그다음에는 플라스틱 거북이를 초록 스펀지 배에 태워 주었다.

우리의 모든 행복한 순간 속에 슬픔이 핏줄처럼 흐르게 될까? 아직 그 문제는 풀리지 않았다. 그저 그 속에서 살아가는 법을 배웠을 뿐이다.

부두로 나온 우리는 햇살 속에서 체리 아이스크림을 먹고 게잡이 배들 사이에서 작고 흰 해파리들이 박동하는 모습을 보았다. 딸이 외쳤다. "내 비행기! 내 비행기!" 고와너스에서 배를 보았을 때도 같은 말을 했었다. 케이시가 개오동나무의 낮게 늘어진 가지에서 기다란 녹색 깍지를 따서 내 딸이 기타처럼 가지고 놀게 주었다.

몇 달을 혼자 지내다가 이렇게 좋은 일들이 일어나자 갑작스럽고 행복해서 어쩔 줄 모르겠다는 기분이 들었다. 때로 나는 내가 딸에게 주는 모든 아름다움이 타협된 것이라고 스스로를 탓했다. 왜냐하면 그 아름다움은 그 애가 완전하지 않은 가족에서, 두 곳의 집에서, 조각조각 살아가야만 하는 삶에서 나온 것이므로. 그러나 스펀지 배와 깍지 기타는 내게 다른 것을 알려주었다. 이 아름다움은 때 묻지 않은 것이라고. 아니, 어쩌면, 모든 아름다움은 이미 때 묻은 것이라고.

이 여행에서도 내 딸은 온갖 사물을 엄마와 아기로 분류했다. 엄마 당근, 아기 당근. 엄마 파스타, 아기 파스타. 엄마 풀, 아기 풀. 시골길 끝에 있는 막다른 골목은 엄마 동그라미였다. 길 한가운데 타르로 때워 놓은 부분은 아기 동그라미였다. 이런 삶 속에 존재하면 엄마 아니면 아기가 된다. 누군가를 보살피거나, 누군가의 보살핌을 받게 된다.

내 딸은 둘 다였다. 그 애는 사물들을 사랑하는 법을 연습하는 중이었다. 작은 플라스틱 공룡은 어린이용 수영장에 넣어 주는 방식으로 사랑했다. 아기 팬케이크는 입안에 넣어 줌으로써 사랑했다. 아기 동그라미는 한때 엄마 동그라미 속에 살았다는 걸 그 애는 안다. 아주 추운 날, 병원 대기실에서 푸른 임부복을 입은 엄마 동그라미 속에. 하지만 그 애는 엄마 동그라미는 아기보다 크다는 것을, 그리고 아기 동그라미 역시 엄마보다 크다는 것을 안다.

나의 일부는 충만감으로 넘쳐났다. 햇살이 시골길의 타르 위에 내리쬐고, 우리는 이 자리에 선 채 필요한 모든 걸 가질 수 있었다. 충분했다.

그러면서도 나는 우리가 맞잡은 손 이상의 것들을 원해도 된다는 것을 알았다. 휴스턴 호텔 객실의 구겨진 시트, 아래층 인도에 내어놓은 테이블에 앉은 대학원생들이 마르크스주의 이론을 읽는 와중에 노트북 앞에서 타닥타닥 타자를 치며 보내는 조용한 아침. 해변에서 피우는 담배를, 지하 목욕탕의 사골 국물을 원해도 괜찮았다. 내 딸은 온 세상을 향해 나를 활짝 열었다. 그 애는 그 애 자신이 아닌 모든 것을 향해 나를 활짝 열어 주었다.

햇빛으로 물든 아스팔트 위, 아이의 작은 손이 내 손에 쥐어져 있다. 그러다 아이는 손을 빼고 무언가를 가리킨다. 아기 동그라미의 깜깜한 심장에서부터 기름으로 물든 검은 핏줄처럼 번들거리며 뻗어 나온 리본 같은 타르 한 줄기. 엄마 선, 아기 선. 자세히 보려고 몸을 구부리자 입고 있던 반바지 허리 부분이 흙터에 쓸렸다. 그 애가 존재하기 이전의 세계와 그 애가 만들어진 세계 사이의 문턱이었다.

아이는 내 안으로 다시 들어가지 않을 것이다. 내 흉터는 어디로도 가지 않을 것이다. 햇살은 어디로도 가지 않을 것이다. 사라질 때까지는, 그리고 그때가 오더라도, 우리에겐 밤이 있을 것이다.

감사의 말

진심을 담아 이 원고를 작업해 준 담당 편집자 벤 조지, 에이전트에게서 상상할 수 있는 모든 종류의 지원은 물론, 더 깊은, 그 이상의 도움까지 내어준 진 오에게 고맙습니다. 리틀, 브라운과 와일리 에이전시의 근사한 팀에게도 감사합니다. 그란타를 비롯한 해외 팀, 특히 카르스텐 크레델과 로베르트 아메를란, 이 책에 실리게 된 애초의 원고를 작업했던 편집자 에밀리 그린하우스, 앤 헐버트, 찰리 호먼스에게 고맙습니다.

이 원고를 먼저 읽어 준 독자(이자 사랑하는 친구들인) 콜린 킨더, 헤리엇 클라크, 헤더 라드케, 린 스티거 스트롱, 로빈 와서먼, 남 레, 카일리 매카시, 마이클 테이킨스, 멀리사 피보스, 메리 카에게 고맙습니다. 그 시절, 그리고 그 시절에 관한 글을 쓰는 동안 도와준 모든 친구들에게 고맙습니다. 얼마나 무한한 은총인지요. 고마워요, 스테이시 페럴맨. 고마워요, 소여. 정말 사랑해요.

제 딸을 돌보는 일을 도와주고, 깊은 동지애와 우정을 내주었고, 글을 쓸 수 있는 시간을 가능하게 해 준 모든 여성들, 특히 매들린 루카스, 그레이스 리드비터, 해나 캐플런, 그리고 놀라운 사람 샌드라 로드니에게 고맙습니다.

내 가족, 그 모든 어수선한 가지들까지도 고맙습니다. 특히 어머니, 어머니의 양육이 제 양육의 닻이 되어 주었어요. 어머니의 사랑은 제가 한 모든 일이 가진 결을 만들어 주었습니다.

내 사랑, 일라이에게. 당신과 함께 있는 곳이라면 그 어디든 집입니다.

이오니 버드에게. 내 사랑, 내 기쁨, 내 나날. 무엇보다도 이 책은 너를 위한 거야.

옮긴이의 말

『모든 아름다움은 이미 때 묻은 것』을 번역하기 전에 가장 걱정했던 것은 이 이야기가 아이를 기르는 삶을 담고 있다는 점이었다. 나는 릴리 댄시거가 편집한 『불태워라』(돌베개)에 실린 「분노로 가득 찬 허파」를 번역하면서 처음 제이미슨의 글을 읽었다. 종종 외면되어 왔던 여성의 분노에 관해 생각하고, 분노와 슬픔이 공존하는 공간을 창조할 수 있다는 가능성을 제시하며 끝나는 이 아름다운 글을 읽자마자 제이미슨은 그해 내가 만난 가장 뛰어난 작가가 되었다.

이토록 솔직하고 거침없는 글을 쓰는 젊은 여성 작가에 대한 매혹에 이끌려 이후 타인의 고통과 상처를 탐구하는 『공감 연습』(문학과지성사), 알코올중독의 회고록이자 문화사인 『리커버링』(문학과지성사)를 읽었고, 나아가 『비명 지르게 하라, 불타오르게 하라』를 번역하게 되었다. 이 책 역시 내가 그해 가장 좋아한 책 중 하나다.

"갈망, 관찰, 거주의 글쓰기"라는 부제대로, 『비명 지르게 하라, 불타오르게 하라』는 내게 없는 것을 간절히 바라는 글쓰기, 타인의 삶의 한가운데로 들이닥쳐 면밀하게 바라보는 글쓰기였지만, 이 책에서 결혼과 아이, 가족을 비롯한 가장 내밀한 이야기들을 담은 마지막 장인 「거주의 글쓰기」야말로 내게는 가장 간절한 갈망이자 관찰이 담긴 것처럼 보였다. 우리에게 달라붙은 일상은 바짝 붙어 탐구했을 때 모르는 사람의 집처럼 낯설다. 당연하고 따분한 정주定住의 삶은 어떤 이들에게는 늘 집을 떠나 있는 아버지의, 내가 모르는 나머지 반의 삶과 마찬가지로, 동경을 담아 바라보고 나아가 내 곁에 붙잡아 두고 싶은 것이다. 나는 동시대를 살아가는 지적이고 예리한 젊은 여성 작가인 제이미슨의 글에 담긴 이 갈망의 에너지가 좋았다.

『비명 지르게 하라, 불타오르게 하라』는 눈보라가 몰아치는 날 딸 이오니 버드를 출산한 장면에서 끝났다. 이 책, 『모든 아름다움은 이미 때 묻은 것』은 그다음에 오는 이야기다. 아이를 기르는 여성과 그렇지 않은 여성들 사이에 내가 머릿속으로 그어놓은 선은 뚜렷했다. 떠도는 삶, 사랑을 갈망하는 삶, "여자들의 행성"에서 살아가는 삶은 내가 잘 아는 것인 반면, "마음을 바꾸지 않고" 결혼하는 사람의 이야기, 출산이라는 "되돌릴 수 없는" 결정을 하는 이야기, 그래서 정확한 간격을 두고 모유 수유하는 삶은 다른 사람의 삶이라고 나는 늘 생각했다.

그러나 이번 책을 작업하면서, 제이미슨의 글을 읽고 번역해 오는 내내, 애초부터 그 모든 이야기들은 '다른 사람'의 것이었음을, 나 역시 매혹과 거부감을 동시에 느끼며 그의 삶을 바라보고, 깊숙이 들어갔다고 여기는 바로 그 순간 우리 사이의 미묘한 거리를 의식하게 되었음을 다시금 깨달았다. 우리는 자신과 타인의 세밀하고 특수한 때

묻음에 관해 읽고/쓰고, 바라보고/그 자리에 존재한다. 제이미슨의 팔에 새긴 타투의 문구처럼 인간적인 그 어떤 것도 낯설지 않기 때문에, 또는 낯설지 않기 위해 우리는 실패를 거듭하기 때문에.

이 이야기는 아이를 기르는 이야기이기도 하지만, 그 때문에 더욱 치열한 사랑 이야기다. 정주하는 삶에 관한 이야기일 것으로 기대했으나, 실은 안정감이라는 백일몽에서 깨어나는 이야기다. 여전히 갈망에 관한 이야기이고, 갈망이 남긴 균열에 관한 이야기기도 하다. 마음을 바꾸지 않는 사람이 되고자 시도하고, 사랑하고자 시도하고, 계속 실패하면서 끊임없이 시도하는 이야기다. 이 시도는 훼손되지 않은 삶과 사랑이 존재한다는 환상을 지우며, "모든 아름다움은 이미 때 묻은 것"임을 인정하고 발견하는 일인 동시에, "이게 다가 아니"(『비명 지르게 하라, 불타오르게 하라』)라고, 곁에 있는 일be present을 포기해선 안 된다는 외침으로 보이기도 한다.

추운 겨울, 산도産道를 닮은 서블렛 아파트에서 시작한 이 이야기는 햇살 속에서 끝난다. 아기를 다른 세계에서 이 세계로 데려오며 남은 흉터는 여전히 그 자리에 있다. 나는 이 책을 흉터를 지닌 채로도 계속 원하고, 계속 소망하고, 계속 살아가는 이야기로 읽었다.

레슬리 제이미슨의 책 두 권을 함께 만드는 내내 가장 많은 이야기와 고민을 나누어 준 반비의 최예원 편집자께 감사드린다. 우리가 함께 독자에게 이 책을 소개할 순간이 기대된다.

2024년 11월

송섭별

모든 아름다움은 이미 때 묻은 것
모성, 글쓰기, 그리고 다른 방식의 사랑 이야기

1판 1쇄 찍음 2024년 11월 29일
1판 1쇄 펴냄 2024년 12월 6일

지은이 레슬리 제이미슨
옮긴이 송섬별

편집 최예원 박아름 최고은
미술 김낙훈 한나은 김혜수
전자책 이미화
마케팅 정대용 허진호 김채훈 홍수현 이지원 이지혜 이호정
홍보 이시윤 윤영우
저작권 남유선 김다정 송지영
제작 임지헌 김한수 임수아 권순택
관리 박경희 김지현 박성민

펴낸이 박상준
펴낸곳 반비

출판등록 1997. 3. 24.(제16-1444호)
(06027) 서울시 강남구 도산대로1길 62
강남출판문화센터
대표전화 515-2000 팩시밀리 515-2007
편집부 517-4263 팩시밀리 514-2329

ISBN 979-11-94087-84-7 (03840)

반비는 민음사출판그룹의 인문·교양 브랜드입니다.

만든 사람들
책임편집 최예원
디자인 한나은
조판 순순아빠